Karl Olsberg

DIE ACHTE OFFENBARUNG

atb aufbau taschenbuch

Karl Olsberg, geb. 1960, promovierte über Künstliche Intelligenz und arbeitet als Autor und Unternehmensberater. Er lebt mit seiner Familie in Hamburg. Bislang erschienen seine Thriller *Das System*, *Der Duft*, *Schwarzer Regen*, *Glanz* sowie das Sachbuch *Schöpfung außer Kontrolle*.

Mehr vom und zum Autor unter: www.karlolsberg.de.

Paulus Brenners beschauliches Leben als Historiker nimmt eine jähe Wendung, als ihm ein reicher Amerikaner ein uraltes, verschlüsseltes Manuskript aus dem Besitz seiner Großmutter übergibt. Fasziniert macht sich Paulus daran, den Geheimcode zu knacken. Während in einem US-Labor DNA-Proben eines extrem gefährlichen Virus verschwinden, reist er quer durch Deutschland, um Hinweise für die Entschlüsselung zu suchen. Dabei entkommt er mehrmals nur knapp mysteriösen Verfolgern, die das Buch unbedingt in ihre Hände bekommen wollen. Mit Hilfe zweier Studenten kommt Paulus dem Geheimnis mehr und mehr auf die Spur. Und es wird deutlich, dass die achte Offenbarung des Manuskripts über das Schicksal der Menschheit entscheiden könnte ...

Karl Olsberg

DIE ACHTE OFFENBARUNG

Thriller

atb aufbau taschenbuch

Dieses Buch ist ein Werk der Fiktion.
Jede Ähnlichkeit mit tatsächlichen Ereignissen oder Personen ist zufällig und unbeabsichtigt.

FSC
www.fsc.org
MIX
Papier aus verantwortungsvollen Quellen
FSC® C083411

ISBN 978-3-7466-2917-9

Aufbau Taschenbuch ist eine Marke
der Aufbau Verlag GmbH & Co. KG

1. Auflage 2013

Umschlaggestaltung Mediabureau Di Stefano, Berlin
unter Verwendung eines Motivs von plainpicture/C&P
Satz LVD GmbH, Berlin
Druck und Binden CPI – Clausen & Bosse, Leck
Printed in Germany

www.aufbau-verlag.de

Für Carolin,
das größte Rätsel von allen

Ausgestattet mit einem einzigen Reagenzglas einer biologischen Substanz ... könnten kleine Gruppen von Fanatikern oder scheiternde Staaten die Macht erlangen, um große Nationen und den Weltfrieden zu bedrohen. Amerika und die gesamte zivilisierte Welt sehen sich dieser Bedrohung in den kommenden Dekaden ausgesetzt. Wir müssen der Gefahr mit offenen Augen und unbeugsamem Willen begegnen.

Präsident George W. Bush, 11. Februar 2004

Es ist ja das große Glück,
den Wurm dann zu spüren,
wenn er noch vernichtet werden kann.

Bernhard von Clairvaux, 1142

Prolog

Militärbasis Fort Fredrick, Maryland,
Donnerstag 16:05 Uhr

Es riecht nicht gut. Das war der erste Gedanke, den Eddie Wheeler hatte, als er das zweistöckige Gebäude auf dem Militärgelände von Fort Fredrick betrat, etwa achtzig Kilometer nordwestlich von Washington. Der zweite: wie damals, als Oma starb.

Es war genau dieselbe Mischung des stechenden Geruchs von Desinfektionsmittel und der abgestandenen Atmosphäre von Räumen, die nie auf natürliche Weise belüftet wurden. Er konnte beinahe seine Großmutter vor sich liegen sehen, die Haut eingefallen, das bleiche Gesicht halb unter einer durchsichtigen Plastikmaske verborgen, wie sie ihn ansah. Er hatte an ihren Augen gesehen, dass sie versuchte zu lächeln, doch ihr Mund hatte nicht mehr die Kraft gehabt.

Er hatte geweint.

Erstaunlich, wie einen Gerüche plötzlich Szenen wieder erleben lassen, die Jahrzehnte zurückliegen, war sein dritter Gedanke. Er war damals erst zehn Jahre alt gewesen.

»Hier entlang bitte, Sir!« Der uniformierte Corporal, der ihn am Eingang des Militärgeländes in Empfang genommen hatte, führte ihn über einen neonbeleuchteten Gang bis zu einem Büro am Ende. Eine farbige Sekretärin blickte mit mürrischem Ausdruck von ihrem Computerbildschirm auf. Neben ihr führte eine Tür in das Büro des Laborleiters, Dr. Steve Crowe.

Crowe war Ende vierzig, ungefähr im selben Alter wie Eddie. Da hörten die Ähnlichkeiten allerdings schon auf: Während Crowe hochgewachsen und schlaksig war, hatte

Eddie einen gedrungenen Körperbau, der ihn immer etwas korpulent wirken ließ, obwohl er regelmäßig in einem Fitnessstudio trainierte. Crowes volles, schon fast weißes Haar bildete einen Kontrast zu den dünnen Fransen, die von Eddies einst üppiger dunkelblonder Lockenpracht noch übrig waren.

Crowe war einer der wenigen Zivilisten, die auf dem Militärcampus arbeiteten. Seine grauen Augen wirkten müde, sein weißer Kittel war zerknittert, sein Händedruck schlaff, als er Eddie begrüßte. Sah er immer so aus, oder war der Eindruck das Ergebnis schlafloser Nächte in letzter Zeit?

»Bitte nehmen Sie Platz«, sagte Crowe. »Möchten Sie Kaffee?«

»Nein danke.« Eddie hätte nie im Leben in diesem Gebäude etwas zu sich genommen. Er war nicht unbedingt ein Hypochonder, aber er hasste Krankenhäuser und Arztpraxen. Und dieser Ort war in gewisser Hinsicht noch schlimmer. Hier heilten sie keine Krankheiten, hier brüteten sie welche aus. Zumindest vermutete er das, obwohl es natürlich offiziell verboten war, mit biologischen Kampfstoffen zu experimentieren.

Er setzte sich, wobei er sich instinktiv bemühte, seine Hände so wenig wie möglich mit den Möbeln in Berührung zu bringen, holte einen Collegeblock und einen Bleistift aus seiner Aktentasche und legte sie vor sich hin. Seiner Erfahrung nach konzentrierten sich Zeugen besser auf die Beantwortung von Fragen und schweiften weniger ab, wenn er sich während des Gesprächs Notizen machte.

»Dr. Crowe, was genau tun Sie in diesem Forschungsinstitut?«

»Dies ist kein Forschungsinstitut, Mr. Wheeler«, korrigierte Crowe. »Das National Biological Threat Defense

Center ist dazu da, mögliche Gefahren, die aus infektiösen Substanzen resultieren können, zu erkennen, zu bewerten und Gegenmaßnahmen zu entwickeln. Wir betreiben hier keine wissenschaftliche Forschung.«

»Und trotzdem haben Sie ein Hochsicherheitslabor.«

»Selbstverständlich. Wir müssen natürlich dazu in der Lage sein, potenziell hochletale biologische Substanzen zu analysieren.«

»Und dazu bewahren Sie solche Substanzen hier im Gebäude auf.«

»In unserem Hochsicherheitstrakt, ja.« Crowe blieb gelassen. Wenn es ihm unangenehm war, dass ihm jemand vom Office of Intelligence and Analysis – der Aufklärungsabteilung des Heimatschutzministeriums – auf den Zahn fühlte, überspielte er das geschickt.

»Wann genau haben Sie festgestellt, dass die fraglichen Substanzen verschwunden sind?«

Crowe sah ihn leicht verärgert an. »Wir haben nicht festgestellt, dass irgendwelche Substanzen verschwunden sind. Wir haben lediglich eine Inventurdifferenz bemerkt.«

»Und das heißt?«

»Das heißt, dass von einer Substanz weniger Bestand vorhanden ist, als laut unseren Bestandsdaten vorhanden sein müsste. Das kann zwei mögliche Ursachen haben: Entweder ist tatsächlich etwas von dieser Substanz verloren gegangen, oder die Daten stimmen nicht. Ich denke, Letzteres ist der Fall.«

»Was macht Sie so sicher?«

»Kommen Sie, ich zeige Ihnen, wie wir hier arbeiten. Dann werden Sie sehen, dass bei uns nichts verschwinden kann.«

»Einverstanden.«

Eddie folgte Crowe zu einem Fahrstuhl, der ungewöhnlich lange brauchte, bis er die Ebene –1 erreichte. Sie mussten sich mindestens ein Dutzend Meter unter der Erde befinden. Sie gingen einen gefliesten Gang entlang bis zu einer Stahltür, die mit einem Zahlenschloss und einem Irisscanner gesichert war. Crowe drückte einen Knopf und blickte in die Kamera neben der Tür.

»Dr. Steve Crowe. Bitte um Zugang in Begleitung eines Gastes.«

Mit einem leichten Summen schwang die Tür auf. Dahinter lag ein Raum, der ein wenig wie das Kontrollzentrum einer Weltraummission wirkte. Dutzende von Monitoren an den Wänden zeigten Laborräume, in denen sich Menschen in einer Art gelben Raumanzügen bewegten. Ein großes Sichtfenster in der Mitte des Raums gab den Blick auf einen Teil des Labors frei, in dem mehrere gelb vermummte Gestalten mit Reagenzgläsern und Pipetten hantierten oder auf Computertastaturen tippten.

Zwei Soldaten erhoben sich und salutierten, als sie eintraten. »Guten Tag, Dr. Crowe«, sagte einer der beiden, der die Rangabzeichen eines Captains trug. Der andere, ein Corporal, hielt sich stumm abseits. Beide trugen schusssichere Westen und hatten Pistolenhalfter umgeschnallt.

»Das hier ist Mr. Eddie Wheeler, ein Mitarbeiter des OIA im DHS. Er ist hier, um unsere Sicherheitsvorrichtungen zu inspizieren.«

»Jawohl, Sir. Beabsichtigen Sie, zusammen mit Mr. Wheeler den BSL-4-Bereich zu betreten?«

Crowe warf einen kurzen Blick zu Eddie, dann nickte er, ohne eine Reaktion abzuwarten.

Eddie bemühte sich, nicht zusammenzuzucken. Es hätte ihm ausgereicht, hier vor Ort über die Sicherheitsabläufe informiert zu werden. Die Vorstellung, in den Raum auf der anderen Seite der Glasscheibe zu gehen, in eine Umgebung, die wahrscheinlich genauso lebensfeindlich war wie der Weltraum, gefiel ihm gar nicht. Aber er würde sich von Crowe nicht einschüchtern lassen.

»Wie Sie wünschen. Mr. Wheeler, darf ich bitte Ihren Dienstausweis sehen?«

Während der Captain den Ausweis entgegennahm und die persönlichen Daten überprüfte, betrachtete Eddie das Labor genauer. Das Glas der Sichtscheibe war mindestens zwei Zentimeter dick und garantiert schusssicher. Das Labor dahinter war mit Edelstahl ausgekleidet. Alle Ecken und Kanten waren abgerundet. Trotzdem bewegten sich die Gestalten in den gelben Schutzanzügen langsam, als hätten sie Angst, durch eine unbedachte Bewegung eine Katastrophe auszulösen.

Eddie spürte, wie Schweiß auf seine Stirn trat.

»Sir?«

Der Captain hatte ihm offenbar eine Frage gestellt. Er hielt ein Klemmbrett mit einer Checkliste in der Hand.

»Wie bitte?«

»Leiden Sie unter Klaustrophobie, Sir?«

»Nein.«

Der Captain hakte die erste Frage ab. »Haben Sie jemals Psychopharmaka verschrieben bekommen?«

Eddie beantwortete die Fragen und unterschrieb ein Formular, das das US-Militär von jeder Haftung freisprach, falls er bei dem Besuch in irgendeiner Weise zu Schaden kam.

»Soll ich Dr. Jarkov bitten, die Einweisung vorzunehmen?«, fragte der Captain.

»Nein, das wird nicht nötig sein«, sagte Crowe. »Ich werde Mr. Wheeler selbst unterweisen.«

»Selbstverständlich, Dr. Crowe.« Der Captain drückte einen Knopf und informierte die Mitarbeiter im Labor darüber, dass sie Besuch von ihrem Laborleiter und einem Zivilisten bekamen. Die Leute in den Schutzanzügen hoben die Köpfe und sahen sich an. Dann arbeiteten sie weiter.

Crowe gab dem Captain ein Zeichen, der daraufhin einen Knopf drückte und damit die Blockierung einer schweren Stahltür löste. Sie war mit einem gelben Dreieck gekennzeichnet, auf dem vier ineinander verschlungene schwarze Kreise zu sehen waren, drei davon an den äußeren Seiten durchbrochen – das internationale Symbol für biologische Gefahr.

Eddie schluckte, als er durch die Tür trat.

Dahinter lag ein Umkleideraum mit mehreren Spinden. Crowe wies ihm einen zu. »Legen Sie alle Kleidung und persönlichen Gegenstände ab und verstauen Sie sie da drin. Dann gehen Sie dort in die Kabine und duschen. Im Raum auf der anderen Seite liegt sterile Kleidung bereit. Ziehen Sie sie an und warten Sie dann auf mich.«

Eddie folgte den Anweisungen. Als er nackt durch die Tür auf der anderen Seite des Umkleideraums treten wollte, ertönte ein Warnsignal. »Ihre Kette, Sir«, erklang die Stimme des Captains durch einen Lautsprecher.

Eddie griff nach der Kette mit dem goldenen Kreuz, die er um den Hals trug. Er hatte sie seit Jahren nicht mehr abgelegt. Seine Großmutter hatte sie ihm geschenkt, kurz vor ihrem Tod. Mit einem mulmigen Gefühl nahm er die Kette ab und legte sie zu den anderen Sachen in seinem Spind. Er fühlte sich schutzlos, als er schließlich in die Duschkabine trat.

Er wusch sich gründlich mit der bereitgestellten antiseptischen Seife, trocknete sich mit einem sterilen Handtuch ab, das er anschließend in einen dafür vorgesehenen Schlitz warf, und trat auf der anderen Seite aus der Nasszelle in einen weiteren Umkleideraum. Wie Crowe gesagt hatte, lagen auf einer Bank zwei Stapel mit blauer Kleidung: Unterhose, dünnes, langärmliges Shirt und Leggings, dazu blaue Gummischuhe und Gummihandschuhe.

Als Eddie die Laborkleidung angelegt hatte, trat Crowe aus der Dusche. Mit geübten Bewegungen zog er die blaue Kleidung über. Dann wies er auf mehrere gelbe Anzüge, die an speziellen Haltevorrichtungen bereithingen. »Ziehen Sie einen davon über. Achten Sie darauf, dass nichts in die Verschlussnaht vorne gerät. Ziehen sie den Verschlussstreifen nach oben, bis er einrastet. Dann stecken Sie den blauen Schlauch dort auf das Ventil an der Seite. Es erfolgt eine automatische Dichteprüfung. Wenn alles okay ist, leuchtet neben Ihrem Visier eine grüne LED. Sollte jemals ein rotes Lämpchen aufleuchten, ist Ihr Anzug undicht. Dann müssen Sie sofort das Labor verlassen. Haben Sie das alles verstanden?«

Eddie nickte.

»Wenn wir beide in den Anzügen sind, entfernen Sie den blauen Schlauch und treten zusammen mit mir in die Schleuse. Auf der anderen Seite liegt das Labor. Sobald Sie hindurchgetreten sind, nehmen Sie einen der blauen Schläuche neben der Tür und stecken ihn auf das Ventil. Der Schlauch versorgt Sie mit Atemluft und erzeugt in Ihrem Anzug einen Überdruck, so dass selbst dann, wenn irgendwo eine winzige undichte Stelle sein sollte, keine Mikroorganismen eindringen können. Achten Sie darauf, wo Sie hingehen – man kann sich mit dem Schlauch leicht irgendwo verheddern. Wenn Sie ein Problem haben oder sich unwohl fühlen, sagen Sie es einfach oder drücken Sie auf den Notfallknopf an Ihrem rechten Arm. Alles klar?«

Eddie nickte noch einmal.

»Mr. Wheeler, wenn Sie in dem Schutzanzug nicken,

sieht es niemand. Gewöhnen Sie sich bitte an, meine Fragen laut zu beantworten, so dass es jeder hört.«

»Ja, alles klar.«

»Gut. Dann los.«

Eddie legte den Schutzanzug an, wie ihn Crowe angewiesen hatte. Das war nicht so einfach wie gedacht, da der Helm fest mit dem Anzug verbunden war und man leicht in die Hocke gehen musste, um ihn überstreifen zu können.

Sobald er den Kopf in die Hülle gesteckt hatte, hörte er gedämpfte Stimmen. Er begriff, dass alle Labormitarbeiter und die Wachen in permanentem Sprechfunkkontakt miteinander standen. Er zog den Verschlussclip hoch, bis er einrastete. Er wartete darauf, dass die Leuchtdiode aufleuchtete, aber nichts geschah. Kalter Schweiß trat ihm auf die Stirn. Er fühlte sich wie in einem der Plastik-Leichensäcke, die sie damals beim FBI benutzt hatten.

»Mr. Wheeler, der Schlauch!«, hörte er Crowes Stimme.

Eddie griff sich einen der blauen Schläuche und steckte das Ende auf einen Zapfen, der aus dem Anzug herausragte. Ein Zischen ertönte, und er spürte einen leichten Druck auf seinen Ohren. Die grüne LED leuchtete auf.

»Sehr gut. Jetzt in die Schleuse bitte. Vorher den Schlauch entfernen. Keine Sorge, in Ihrem Anzug ist genug Atemluft für mindestens zehn Minuten.«

Eddie entfernte den Schlauch und trat durch eine weitere Stahltür. Er wartete, bis Crowe zu ihm trat und die Tür schloss. Feiner Nebel sprühte aus Düsen an den Seiten und nahm ihm die Sicht. Dann ertönte ein scharfes Zischen, und er spürte einen warmen Luftstrom von außen gegen den Anzug blasen. Sein Sichtfenster wurde wieder klar.

»Sobald die Lampe dort grün wird, treten Sie durch

diese Tür«, wies Crowe ihn an. »Und vergessen Sie nicht, sich auf der anderen Seite wieder an das Sauerstoffsystem anzuschließen.«

Eddie kämpfte eine aufsteigende Panik nieder.

»Was ist los? Ist Ihnen nicht gut?«, fragte Crowe.

Eddie schluckte. »Nein, alles klar.« Er trat durch die Tür in die »Hexenküche«, wie das Labor innerhalb der Heimatschutzbehörde genannt wurde.

Insgesamt vier Wissenschaftler saßen an Tischen, hantierten mit irgendwelchen Glasgefäßen und starrten auf Computerbildschirme, auf denen Mikroskopaufnahmen oder statistische Diagramme zu sehen waren. Wie auf Kommando drehten sich alle vier gleichzeitig um. »Willkommen im BSL-4-Labor der NBTDC«, erklang eine weibliche Stimme in seinem Helm. »Ich bin Nancy Whitechapel. Das dort sind meine Kollegen Dr. Spencer, Dr. Jarkov und Dr. Hamilton.« Die Genannten hoben nacheinander die Hand, doch da man die Gesichter hinter den Sichtfenstern nur undeutlich erkennen konnte, versuchte Eddie erst gar nicht, sich die Namen zu merken.

»Der Schlauch, Mr. Wheeler«, ermahnte ihn Crowe, der nach ihm aus der Schleuse getreten war.

Eddie griff sich einen der blauen Schläuche und steckte ihn auf das Ventil. Sofort blähte sich sein Anzug auf. Trotz des beruhigenden Zischens fühlte sich Eddie immer noch unwohl in seiner Haut. Er wäre froh, wenn er diesen schrecklichen Ort möglichst schnell wieder verlassen könnte. Doch er hatte hier eine Aufgabe zu erfüllen. »Wo werden die Substanzen aufbewahrt, mit denen Sie hier experimentieren?«, fragte er.

Crowe führte ihn zu einer Klappe, die in die Edelstahlwand eingelassen war. Daneben befanden sich ein Tastenfeld und ein Monitor. »Die Proben werden in einem hermetisch verschlossenen, computergesteuerten Kühlsystem aufbewahrt«, erklärte der Laborleiter. »Man gibt hier den Code für die entsprechende Probe ein und autorisiert sich. Der Computer liefert dann die gewünschte Charge automatisch hier in die Klappe. Jeder Zugriff auf das System wird registriert und protokolliert.«

»Geben Sie bitte den Code für die fragliche Charge ein.«

»Wie Sie wünschen.« Crowe tippte ein paar Zahlen in die Tastatur. Ein Warnton erklang, und auf dem Bildschirm war eine rot unterlegte Meldung zu lesen: »Sicherheitsstufe 5 – Autorisierung erforderlich«. Crowe tippte einen weiteren Zahlencode ein. Die Meldung verschwand.

»Das dauert jetzt einen Moment«, sagte Crowe.

Nach etwa zwei Minuten ertönte ein weiteres Tonsignal. Neben der Klappe leuchtete ein blaues Licht auf.

»Ich muss jetzt noch einmal meinen Sicherheitscode eingeben«, erklärte Crowe, während er die Zahlen in die Tastatur tippte. »Erst dann habe ich Zugriff auf die Probe.«

Die Klappe schwang auf. Dahinter kam ein unscheinbares durchsichtiges Kästchen zum Vorschein. Auf einem Aufkleber waren Angaben zum Inhalt aufgedruckt. Eddie konnte erkennen, dass sich im Inneren sechs kleine Fläschchen befanden. Die Substanz darin schien gefroren zu sein.

»Das ist die Charge?«, fragte er.

»Ja. Wie Sie sehen, sind sechs Proben vorhanden. Nach den Aufzeichnungen im Computer sollten es acht sein. Das ist das ganze Problem.« Er schloss die Klappe wieder und tippte etwas auf der Tastatur.

»Wann wurde die Differenz bemerkt?«

»Vor fünf Tagen. Der Computer weist uns regelmäßig an, Routineüberprüfungen der Proben vorzunehmen. Dabei ist aufgefallen, dass die im Computer hinterlegte Anzahl der Proben nicht mit dem tatsächlichen Bestand übereinstimmt.«

»Wann ist diesen Aufzeichnungen gemäß zuletzt auf die Charge zugegriffen worden?«

»Vor etwa drei Jahren. Damals wurden die Proben eingelagert. Vermutlich wurde dabei die Anzahl falsch erfasst. Mehr ist es nicht. Trotzdem sind wir verpflichtet, jede Differenz zu melden. Wie Ihnen sicher nicht entgangen ist, nehmen wir es hier mit der Sicherheit sehr genau, Mr. Wheeler.«

»Ja, das sehe ich. Dennoch bin ich ebenfalls verpflichtet, der Sache nachzugehen. Können Sie ausschließen, dass ein Unbefugter in der Zwischenzeit Zugriff auf die Proben hatte?«

»Mr. Wheeler«, sagte Crowe sichtlich genervt, »Sie haben doch gerade selbst erlebt, welche Schritte man durchlaufen muss, um hier hereinzukommen. Es ist absolut ausgeschlossen, dass ein Unbefugter Zugriff auf eine der Substanzen erhält, die hier gelagert sind.«

»Könnte einer Ihrer Mitarbeiter die Proben entwendet haben?«

Vier Köpfe drehten sich zu ihm um. Eddie begriff, dass alle Anwesenden den Dialog mitverfolgten. »Ich meine, rein theoretisch natürlich«, schob er schnell nach.

»Wie ich schon sagte, jeder Zugriff wird aufgezeichnet. Man kann genau nachvollziehen, wann wer was aus dem Schrank entnommen oder eingelagert hat.«

»Und bei der Routineüberprüfung? Ist es denkbar, dass derjenige, der die Fläschchen gezählt hat, zwei davon entnommen hat und danach eine Differenz gemeldet hat?«

»Mr. Wheeler, was genau wollen Sie uns eigentlich unterstellen?«

»Ich unterstelle gar nichts. Ich prüfe nur alle Möglichkeiten systematisch ab. Das ist mein Job. Also, wäre es denkbar?«

»Theoretisch vielleicht, aber in diesem konkreten Fall nicht. Zum fraglichen Zeitpunkt waren mehrere Mitarbeiter im Labor anwesend. Außerdem gibt es keine Möglichkeit, Proben einfach so mit nach draußen zu nehmen. Wie Ihnen vielleicht schon aufgefallen ist, haben die Schutzanzüge keine Taschen. Die Desinfektionskammer wird peinlich genau überwacht. Hier kommt keine einzige Bakterie unbemerkt raus.«

»Trotzdem würde ich gern mit demjenigen sprechen, der die Überprüfung vorgenommen und die Differenz bemerkt hat.«

»Das tun Sie bereits«, bemerkte Crowe. »Derjenige war ich.«

»Ich verstehe. Vielen Dank für Ihre Hilfe, Dr. Crowe. Ich habe zum Abschluss nur noch eine Frage: Was genau ist das eigentlich für eine Substanz in der fraglichen Charge?«

Crowe zögerte einen Moment, bevor er antwortete. »Es handelt sich um isoliertes DNA-Material, mit dessen Hilfe man Keime identifizieren kann. Vergleichsmuster sozusagen.«

»Was für DNA-Material?«

»Eine synthetische Mutation.«

»Was genau heißt das?«

»Das heißt, dass die fragliche DNA so in der Natur nicht vorkommt.«

»Sie meinen, ein genmanipuliertes Virus?« Eddie wurde vage bewusst, dass die übrigen Labormitarbeiter mit ihrer Arbeit aufgehört hatten und gebannt dem Dialog lauschten.

»Wir reden hier von der DNA eines Virus, nicht von dem Virus selbst«, sagte Crowe. »Sie entstand im Rahmen eines Experiments.«

»Was für ein Experiment?«

»Wir haben damals überprüft, wie einfach es ist, bestimmte Viren-DNA miteinander zu kombinieren. Natürlich nicht, weil wir selbst biologische Kampfstoffe herstellen wollten. Wir wollten nur wissen, wie leicht Dritte dazu in der Lage wären. Das Ergebnis können Sie in einer Studie nachlesen, die ich damals verfasst habe. Sie liegt dem OIA vor.«

»Würden Sie mir bitte eine kurze Zusammenfassung geben?«

»Wir haben festgestellt, dass es prinzipiell – entsprechende technische Einrichtungen vorausgesetzt – möglich ist, gewisse Virenstämme miteinander zu kombinieren, um ein hoch pathogenes Virus herzustellen, das bestimmte für einen potenziellen Angreifer attraktive Charakteristika aufweist.«

»Im Klartext: Jemand, der über ein Labor wie Ihres verfügt, könnte aus den Bestandteilen, die Sie damals benutzt haben, ein extrem gefährliches Virus erzeugen?«

»So ungefähr.«

»Welche Bestandteile waren das?«

»Wir haben das Marburg-Virus mit einer häufigen Variante der Influenza Typ A gekreuzt.«

»Was ist das Marburg-Virus?«

»Ein Erreger, der hämorrhagisches Fieber auslöst. Er wurde 1967 bei einer Epidemie in der deutschen Stadt Marburg entdeckt, daher der Name. Er wurde von Versuchstieren eingeschleppt, Meerkatzen aus Afrika. Das Marburg-Virus gehört wie Ebola zur Familie der Filoviridae.«

Eddie lief ein Schauer über den Rücken. Er wusste nicht viel über Krankheiten, aber Ebola war ihm ein Begriff. Er erinnerte sich an Bilder eines Dorfs in Afrika, das voller Leichen gewesen war. Dazwischen waren zwei Ärzte der Weltgesundheitsorganisation in gelben Schutzanzügen herumgelaufen, ganz ähnlich dem, den er selbst gerade trug. »Soll das heißen, in den verschwundenen Proben war ein tödliches Virus?«

»Mr. Wheeler«, entgegnete Crowe mit mühsam unterdrücktem Ärger, »ich habe Ihnen bereits erklärt, dass hier nichts verschwinden kann. Die Charge ist beim Einlagern offensichtlich falsch erfasst worden. Und außerdem enthielt sie ohnehin nur die rekombinierte DNA. Sie allein ist völlig ungefährlich. Man bräuchte schon ein Hochsicherheitslabor wie dieses und eine Menge Knowhow, um die DNA in eine Virushülle einzuschleusen und daraus tatsächlich eine ansteckende Krankheit zu machen.«

»Aber es wäre möglich.«

»Prinzipiell schon, ja.«

»Nur mal angenommen, Dr. Crowe, jemand würde das tun und das Virus in einer Großstadt freisetzen. Was würde dann passieren?«

»Das habe ich bereits vor drei Jahren in meinem Bericht beschrieben. Sie sollten ihn wirklich lesen.«

»Das werde ich, Dr. Crowe. Bitte beantworten Sie trotzdem meine Frage.«

»Wenn das passieren würde, müssten wir mit vielen Millionen Toten rechnen. Wenn es nicht gelänge, die Ausbreitung rechtzeitig einzudämmen, könnte es zu einer globalen Pandemie kommen. Wir haben abgeschätzt, dass die Letalität des Virus zwischen 70 und 95 Prozent liegen würde.«

»Das heißt, ein Terrorist könnte mit einem solchen Virus unter Umständen fast die gesamte Menschheit ausrotten!«

»Theoretisch. Und sehen Sie, Mr. Wheeler, genau deshalb treiben wir den ganzen Aufwand hier – damit so etwas niemals passiert!«

1.

Hamburg, Donnerstag 17:45 Uhr

Der kleine Hörsaal im sogenannten Philosophenturm, einem der Hauptgebäude der Hamburger Universität, war nur spärlich besetzt: drei oder vier Studenten aus dem Seminar zu mittelalterlicher Kryptologie und kaum ein Dutzend Besucher meist gehobenen Alters, die vermutlich wegen des reißerischen Vortragstitels »Das Rätsel des Voynich-Manuskripts« gekommen waren.

Paulus Brenner war von Anfang an nicht begeistert von der Idee gewesen, einen Vortrag vor Laien zu halten. Er stand nicht gern im Rampenlicht und diskutierte seine Erkenntnisse lieber im kleinen Kreis mit Fachleuten. Doch Professor Julius Degenhart, der neue Leiter des Instituts für mittelalterliche Geschichte, hatte ihm keine Wahl gelassen. Er hatte eine Vortragsreihe mit dem Titel »Geheimnisse des Mittelalters« organisiert, um die Öffentlichkeit stärker für die Arbeit seines Instituts zu interessieren. Tatsächlich war die Idee auf große Resonanz gestoßen. Paulus hatte gehört, dass das Audimax, in dem sein Kollege Marten Schmitt vorgestern einen Vortrag über »Störtebekers Schatz« gehalten hatte, brechend voll gewesen war.

Paulus drückte eine Taste, und die letzte PowerPoint-Folie erschien auf dem Beamer. Sie zeigte eine der schönsten Illustrationen aus dem Manuskript, das Gegenstand seines Vortrags war: eine doppelte Ausklappseite mit drei fein gezeichneten, radförmigen Grafiken, die anscheinend Sternkonstellationen darstellten, jedoch viel zu symmetrisch für reale Himmelsdarstellungen waren. Darüber stand der Text »Vielen Dank« in einer mittelalterlichen Schrifttype.

»Somit muss ich meinen Vortrag mit der Feststellung beenden, dass das Rätsel des Voynich-Manuskripts wohl niemals vollständig gelöst werden wird«, sagte Paulus. »Vielen Dank für Ihre Aufmerksamkeit.«

Zaghafter Applaus erklang und verebbte schnell wieder.

Paulus war froh, dass die Sache nun ausgestanden war. Er wollte gerade den Beamer ausschalten, als ihm einfiel, dass er etwas vergessen hatte. »Äh, haben Sie noch Fragen?«

Ein Mann mittleren Alters mit fettigem Haar und einem offenbar selbstgestrickten Pullover reckte seine Hand nach oben.

»Ja?«

»Was steht denn nun drin in dem Manuskript?«, fragte der Mann mit einer hellen, fast weiblichen Stimme.

Paulus seufzte. Hatte er sich denn so unklar ausgedrückt? »Wie ich versucht habe darzulegen, handelt es sich meiner Ansicht nach beim Voynich-Manuskript um ein Werk der Fantasie. Eine Art Lexikon einer fantastischen Welt, vergleichbar vielleicht mit einem Buch über die Figuren im ›Herrn der Ringe‹. Es wurde meines Erachtens in einer selbst ausgedachten Sprache verfasst, so ähnlich wie Tolkien in seinen Büchern oft die Kunstsprache Elbisch verwendete. Deshalb ist es nicht möglich, das Manuskript zu entschlüsseln – weil es gar nicht verschlüsselt wurde. Um den Inhalt zu verstehen, müssten wir die Kunstsprache des Autors kennen. Doch leider haben wir keine weiteren Dokumente, die in dieser Sprache verfasst sind, so dass wir nur spekulieren können, was der Text bedeuten soll. Ich vermute, dass es sich um die Beschreibung einer Welt handelt, die sich der Autor zum eigenen Vergnügen ausgedacht hat. Dafür sprechen zum Beispiel die vielen Abbildungen von nicht existierenden Pflanzen oder auch die rätselhaften Darstellungen von nackten Frauen in Badewannen. Vielleicht ist das so eine Art mittelalterliche Version von, äh, Pornografie.«

Eine junge Frau mit runder Brille meldete sich. Paulus hatte sie schon ein paar Mal auf dem Campus gesehen, aber sie ging nicht in sein Seminar. »Ich habe gelesen, dass eine der Zeichnungen verblüffende Ähnlichkeit mit einer Sonnenblume aufweist. Sonnenblumen waren jedoch im Mittelalter in Europa nicht bekannt. Wie erklären Sie sich das?«

»Diese Ähnlichkeit ist höchstwahrscheinlich Zufall«, erwiderte Paulus. »Das Manuskript enthält Dutzende solcher Zeichnungen. Wenn ich Sie bitten würde, dreißig oder vierzig verschiedene Fantasiepflanzen zu zeichnen, dann würde eine davon ziemlich sicher einer realen Pflanze ähneln, selbst wenn Sie diese noch nie zuvor gesehen haben.«

Der Typ mit dem selbstgestrickten Pullover reckte noch einmal seine Hand empor, wartete jedoch nicht, bis Paulus ihn aufforderte, seine Frage zu stellen. »Sie haben selbst gesagt, dass die im Manuskript skizzierten Pflanzen auf der Erde nicht existieren. Könnte es nicht sein, dass es sich um außerirdische Pflanzen handelt?«

Paulus unterdrückte ein Stöhnen. »Wie ich schon sagte, handelt es sich um ein Werk der Fantasie. Nicht alles, was in der Kunst dargestellt wird, ist real. Denken Sie etwa an die surrealistischen Gemälde eines Hieronymus Bosch.«

Die nächste Frage kam von einer älteren Dame in einer pinkfarbenen Strickjacke: »Könnte es nicht sein, dass die Freimaurer das Dokument verfasst und darin das geheime Wissen der Alten verschlüsselt haben?«

»Sie sollten nicht zu viele Verschwörungsthriller lesen«, sagte Paulus mit einem Lächeln. »Auch wenn die Freimaurer eine gewisse Geheimniskrämerei betreiben, bedeutet das noch lange nicht, dass alles, was rätselhaft ist, von Freimaurern stammt. Im Übrigen wurde die erste Freimaurerloge 1717 gegründet, ungefähr dreihundert Jahre, nachdem das Voynich-Manuskript geschrieben wurde.«

Diesmal meldete sich einer der Studenten, die Paulus' Seminar für mittelalterliche Kryptologie belegt hatten. »Herr Brenner, Sie sagen, dass das Manuskript ein Werk der Fantasie ist. Aber es enthält, soviel ich weiß, über hundert aufwändig gestaltete Seiten. Pergament war im Mittelalter sehr teuer, und es muss Jahre gedauert haben, eine eigene Sprache und Schrift zu entwickeln. Glauben Sie wirklich, jemand hat all diesen Aufwand nur zum Spaß getrieben? Ist es nicht so, dass im Mittelalter Bücher, insbesondere illuminierte Codices, praktisch immer nur als Auftragsarbeiten angefertigt wurden?«

Endlich mal eine vernünftige Frage. »Das ist ein guter Einwand. Wie ich schon andeutete, kann ich das nicht abschließend beantworten. Aber ich vermute, dass der Schöpfer des Manuskripts eine große Leidenschaft dafür hegte. Man kann es vielleicht schon Besessenheit nennen. Ich stelle mir einen reichen Kaufmann oder Adligen aus Venedig, Florenz oder Pisa vor. Vielleicht litt er unter Schizophrenie und hatte Visionen der Dinge, die er aufgezeichnet hat. Wahrscheinlicher ist allerdings, dass er es einfach zum Spaß getan hat – so wie heute viele Menschen in ihrer Freizeit malen, Bücher schreiben oder Modelleisenbahnen basteln. Es gab damals zwar nicht viele Leute, die sich solche Freizeitbeschäftigungen leisten konnten, aber es gibt ja auch nichts dem Voynich-Manuskript Vergleichbares.« Paulus sah auf die Uhr. Die Vortragszeit war fast abgelaufen. »Wir haben noch Zeit für eine weitere Frage.«

Mehrere Hände schossen nach oben, darunter auch der Spinner mit dem selbstgestrickten Pullover. Paulus wies auf einen Mann mit Glatze in der vorderen Reihe, der bisher stumm geblieben war. »Ja?«

Der Mann räusperte sich. »Mein Name ist Eckard Grün vom Hamburger Morgenblatt«, sagte er. »Sie haben uns einen Vortrag darüber gehalten, dass Sie praktisch nichts über dieses Wotan-Manuskript herausgefunden haben, außer dass es pornografische Zeichnungen enthält.« Ein paar Zuhörer kicherten. »Unsere Leser würde interessieren, wie viele Steuergelder an Ihrem Institut für solche sogenannte Forschung ausgegeben werden.«

Paulus wurde blass. Er verfluchte sich selbst dafür, dass er die nackten Frauen überhaupt erwähnt hatte. »Das … das ist natürlich nur ein Nebenzweig unserer Arbeit. Das Hauptarbeitsgebiet des Instituts liegt in der Erforschung alter Dokumente, die die politischen und wirtschaftlichen Beziehungen der europäischen Städte im Mittelalter wiedergeben. Da einige dieser Dokumente verschlüsselt sind, beschäftigen wir uns quasi gezwungenermaßen mit mittelalterlicher Kryptologie und dabei eben auch mit dem Voynich-Manuskript.«

Der Journalist schrieb etwas in ein spiralgebundenes Notizbuch. »Haben Sie nicht gerade gesagt, dass das Voynich-Manuskript gar nicht verschlüsselt ist?«

»Das ist meine Theorie, ja.«

»Aha«, sagte der Mann nur und machte sich eine weitere Notiz.

Die Zuhörer standen auf und verließen den Raum, während Paulus niedergeschlagen seinen Laptop herunterfuhr.

Der neue Institutsleiter war geradezu fanatisch, was sein Image in der Öffentlichkeit betraf. Er schien sich mehr für Marketing zu interessieren als für Geschichte. Wenn ein kritischer Bericht über Paulus' Vortrag in der Presse erschien, konnte er die Verlängerung seines Vertrags als Dozent und wissenschaftlicher Mitarbeiter vergessen.

»Entschuldigen Sie bitte.«

Paulus drehte sich um. Ein Mann mit wallendem schlohweißen Haar und tief herabgezogenen Koteletten stand vor ihm, mindestens siebzig Jahre alt. Er trug ein abgewetztes hellbraunes Jackett und eine graue Hose.

»Haben Sie noch eine Frage? Ich muss nämlich in den nächsten Termin«, log Paulus, der keine Lust mehr hatte, über irgendwelche albernen Verschwörungstheorien zu diskutieren.

Der Mann reichte Paulus die Hand. »Mein Name ist Aaron Lieberman«, sagte er mit starkem amerikanischen Akzent. »Ich würde gern Sie einladen zu Essen, morgen Abend in Hotel Atlantic.«

Paulus sah den Mann verwirrt an. Er sah nicht danach aus, als verkehre er regelmäßig in Luxushotels. »Ich verstehe nicht ...«

»Ihre Großmutter ist Klara Brenner, right?«

Paulus' Verwirrung nahm zu. »Meine Großmutter ist schon lange tot. Sie starb im Zweiten Weltkrieg.«

Lieberman nickte. »Ja, ich weiß. Sie hat geholfen meine Vater. Er ist gestorben letzte Monat, und ich habe etwas gefunden in seine Sachen. Etwas, das hat gehört Ihrer Grandma. Wenn Sie möchten, ich zeige es Ihnen, morgen Abend. Kommen Sie bitte in Hotel Atlantic um halb nach sieben. Ist das okay?«

»Ja, das ist okay«, sagte Paulus, der immer noch verblüfft war.

»Dann wir sehen uns«, sagte Lieberman und verließ den Hörsaal.

Paulus packte seinen Laptop ein und ging zu Fuß vom Campus der Universität bis zu seiner kleinen Wohnung am Grindelberg, direkt gegenüber den monumental hässlichen Grindelhochhäusern. Während es rund um den Campus noch alte Villen und historische Gebäude gab, war weiter nordöstlich kaum ein Gebäude älter als sechzig Jahre. Hier hatten die Bombenangriffe im Rahmen der Operation Gomorrha im Sommer 1943 nur noch ein Trümmerfeld hinterlassen.

Auf dem Weg dachte er darüber nach, was er über seine Großmutter väterlicherseits wusste. Viel war es nicht. Sie war unter ungeklärten Umständen während des Krieges in einem Arbeitslager gestorben. Sie hatte im Standesamt Hamburg-Wandsbek gearbeitet, bevor sie 1941 als Verräterin verhaftet worden war. Kurz darauf hatte sich ihr Mann, Paulus' Großvater, das Leben genommen.

Paulus' Vater war damals zehn Jahre alt gewesen und von den Nazis in ein Erziehungsheim gesperrt worden. Er hatte sich jedoch nach eigener Aussage allen Indoktrinierungsversuchen der Lehrer widersetzt. Nach dem Krieg war aus dem Heim ein Internat unter englischer Leitung geworden, wo er Abitur gemacht hatte. 1956 war er in die frisch gegründete Bundeswehr eingetreten und hatte es bis zum Oberst gebracht. Paulus' Mutter, die fünfzehn Jahre jünger war, hatte er erst im Alter von fast fünfzig geheiratet.

Paulus' Vater hatte nicht oft über seine Eltern gesprochen, aber wenn, dann voller Ehrfurcht. Für ihn waren sie Helden gewesen, die sich dem Terror des Dritten Reichs widersetzt hatten, auch wenn er nicht genau wusste, was sie getan hatten, um den Zorn der Gestapo auf sich zu ziehen. Er hatte nach Kriegsende versucht, mehr über die Hintergründe zu erfahren, doch die entsprechenden Akten waren von den Nazis vernichtet worden.

Paulus war gespannt darauf, was der Amerikaner über dieses dunkle Kapitel seiner Familiengeschichte wusste. Leider war sein Vater vor einigen Jahren an Lungenkrebs gestorben, so dass er es nicht mehr erfahren würde.

Als er den Flur des schmucklosen Mehrfamilienhauses betrat, traf er dort die alte Frau Zacharias aus dem dritten Stock. Sie trug ein helles Kostüm und einen Hut, hatte sich grell geschminkt und hielt einen kleinen Koffer in der Hand.

»Frau Zacharias! Was ... was machen Sie denn hier?«

»Mein Verlobter, der Franz, kommt gleich und holt mich ab«, sagte sie mit strahlendem Lächeln. »Wir fahren ans Meer!«

Paulus seufzte. »Frau Zacharias, Ihr Mann Franz ist seit vielen Jahren tot«, sagte er sanft.

Die alte Dame blinzelte. »Ach ja, stimmt«, sagte sie. »Das hatte ich ganz vergessen.« Sie sah sich in dem engen Hausflur um, als wisse sie nicht genau, wie sie hierhergekommen war.

Er fasste sie am Arm. »Kommen Sie, ich bringe Sie in Ihre Wohnung. Ihre Tochter kommt sicher bald nach Hause.« Er führte sie die Treppe hinauf und half ihr, die Wohnungstür aufzuschließen.

Ein Luftzug wehte ihm entgegen – die Balkontür stand sperrangelweit auf. Er schloss sie rasch. Es erschien ihm unverantwortlich, die verwirrte alte Dame so lange allein zu lassen. Was, wenn sie auf die Idee kam, sich etwas zu essen zu machen, und dann vergaß, den Herd auszuschalten? Wahrscheinlich gehörte sie längst in ein Pflegeheim. Andererseits würde ihr Alzheimer ohne die vertraute Umgebung wahrscheinlich noch rascher voranschreiten.

Paulus schauderte. Was für eine schreckliche Vorstellung, dass sich ein ganzes Leben voller Erinnerungen allmählich in Vergessen auflöste!

Frau Zacharias hatte inzwischen ihren Koffer abgestellt und ein altes Fotoalbum aus dem Wohnzimmerschrank geholt. Sie winkte Paulus zu sich. »Sehen Sie mal, junger Mann, das ist er, mein Franz. Ist er nicht ein schmucker Bursche?«

Paulus nickte. Er setzte sich zu ihr, während sie ihm erzählte, wie sie ihren Franz auf einem Schützenfest im Sauerland kennengelernt hatte.

Zwei Stunden später saß er immer noch dort. Er hatte es nicht fertiggebracht, die alte Dame in ihren Erinnerungen zu unterbrechen. Während sie jetzt von ihren beiden Töchtern erzählte, das Fotoalbum auf ihren dünnen Knien, wirkte sie vollkommen klar.

Paulus blickte verstohlen auf die Uhr. Halb neun. Seit einer halben Stunde hätte er beim Treffen der Aktionsgemeinschaft »Historiker für den Frieden« sein sollen.

Er war wie viele seiner Fachkollegen überzeugt, dass sich vor allem Politiker mehr mit Geschichte befassen sollten. Dann würden sie sehr schnell begreifen, dass ihre Machtspielchen gefährlich waren und nur allzu leicht in die Katastrophe führen konnten. Wie viele Kriege waren schon ausgebrochen, weil jede Seite ihre eigene Stärke überschätzt und die Entschlossenheit des Gegners unterschätzt hatte! Wie sinnlos waren diese Gemetzel gewesen, hatte doch kaum je ein Krieg einer der beiden Seiten unter dem Strich tatsächlich einen Vorteil gebracht.

Die Aktionsgemeinschaft hatte es sich zum Ziel gesetzt, Aufklärungsarbeit zu betreiben. Statt historisches Wissen in Museen und Gedenkstätten verstauben zu lassen, wollte sie es in spektakulären Aktionen zu den Menschen bringen – und in die Medien. Auf dem letzten Treffen war die Idee entstanden, vor dem Hamburger Rathaus einen Pranger aufzustellen, in dem eines der Gruppenmitglieder symbolisch für die Sünden der Politik bestraft werden sollte. Man war sich nur nicht einig geworden, wer den Sünder spielen sollte.

Bisher war die Aktionsgemeinschaft nicht über Stammtischdiskussionen hinausgekommen, und Paulus vermutete, dass das auch auf absehbare Zeit so bleiben würde. Die meisten Gruppenmitglieder zeigten, wenn es darauf ankam, nicht allzu viel Mumm und hatten stets eine Ausrede parat, warum sie an der nächsten geplanten Aktion leider nicht teilnehmen konnten.

Dass Paulus trotzdem immer noch zu den Treffen ging, lag in erster Linie an Judith. Sie arbeitete am Archäologischen Institut der Universität und beschäftigte sich mit Frühgeschichte, von der Steinzeit bis zu den Feldzügen der Römer. Im Unterschied zu Paulus verbrachte sie ihre Zeit nicht über alten Dokumenten, sondern wühlte im Sand verschiedener Ausgrabungsstätten, was ihr einen braunen Teint einbrachte, der ihre blauen Augen umso heller strahlen ließ. Sie war hübsch, intelligent und hatte Humor, doch leider hatte sie bisher nicht auf Paulus' dezente Annäherungsversuche reagiert. Aber vielleicht waren die ja auch ein wenig zu dezent gewesen.

Wie auch immer, das Treffen musste warten. Er konnte Frau Zacharias nicht allein lassen und riskieren, dass sie wieder in ihren geistigen Dämmerzustand fiel.

Um Viertel vor zehn öffnete sich die Tür. Frau Zacharias' Tochter, selbst schon an die fünfzig Jahre alt mit einer rundlichen Figur und kurzen braunen Haaren, kam ins

Wohnzimmer. »Oh«, sagte sie, als sie Paulus erblickte. »Entschuldigen Sie, ich …« Sie stockte.

»Ich habe dem freundlichen jungen Mann von Franz erzählt und von dir, als du noch klein warst«, erklärte ihre Mutter.

Paulus erhob sich. Als er an der Tochter vorbeiging, roch er Alkohol. Zorn wallte in ihm auf. Doch dann wurde ihm bewusst, was für ein Leben eine Tochter führen musste, die sich tagaus, tagein um ihre Mutter kümmerte.

»Keine Ursache«, sagte er mit einem Lächeln. »Es hat mir Spaß gemacht, mit Ihrer Mutter zu plaudern. Wenn Sie wieder einmal jemanden brauchen, der für ein, zwei Stunden bei ihr bleibt, sagen Sie mir bitte Bescheid!«

Die Tochter lächelte zurück. »Vielen Dank!«

In dem kleinen Flur seiner Wohnung fiel sein Blick auf den Garderobenspiegel. Seine bereits graumelierten Schläfen unter dem dichten Schopf kurzen schwarzen Haars ließen ihn deutlich älter wirken als seine 29 Jahre und verliehen ihm eine Aura der Seriosität und Erfahrung. Andere sahen in ihm eher einen Professor als einen Assistenten des Instituts. Doch spätestens mit 35 würde sein Haar vollständig ergraut sein, und er würde mindestens zehn Jahre zu alt wirken.

Er betrat das Schlafzimmer. Zwei gerahmte Bilder hingen über dem breiten, mit grauem Baumwollstoff abgedeckten Bett: Seiten aus dem Voynich-Manuskript, die Paulus aus dem Internet heruntergeladen, vergrößert und ausgedruckt hatte.

Eine zeigte eine besonders bizarre Darstellung aus der sogenannten balneologischen Sektion: insgesamt fünfzehn Frauen, die in zwei durch ein dünnes Rinnsal miteinander verbundenen grünlichen Teichen badeten. Aus dem oberen der beiden Teiche wuchs ein seltsames Röhrensystem heraus, das halb künstlich, halb pflanzlich wirkte. Die eher amateurhaft wirkenden Zeichnungen waren von der seltsamen, auf den ersten Blick so natürlich wirkenden Handschrift umrahmt, an der sich schon Generationen von Kryptologen, darunter ein ehemaliger Chef der National Security Agency der USA, die Zähne ausgebissen hatten.

Die zweite Zeichnung stellte eine besonders exotisch wirkende Pflanze mit einer großen, einem Auge ähnelnden Blüte und Blättern mit fingerartigen Auswüchsen an den Rändern dar. Es war dieses Blatt, das Paulus davon überzeugt hatte, dass es sich bei dem Voynich-Manuskript um ein Werk der Fantasie handeln musste, denn ganz offensichtlich gab es auf der Erde kein Gewächs, das dem dargestellten auch nur entfernt ähnelte.

Er wandte seinen Blick von den Drucken ab, die ihn allzu schmerzhaft an den bissigen Kommentar des Journalisten erinnerten. In einer Schublade des Wohnzimmerschranks kramte er herum, bis er einen Umschlag mit alten Fotos fand, die ihm sein Vater hinterlassen hatte. Eines zeigte einen bärtigen Mann im dunklen Anzug Arm in Arm mit einer jungen, recht hübschen Frau in einem hellen Kostüm. Sie standen vor einem Laden, über dem ein Werbeschild mit der Aufschrift »Kohlen von Brenner brennen länger« hing. In dem Umschlag fand er außerdem ein ovales Klappmedaillon aus Silber. Im Inneren waren der junge Mann und die Frau in Porträts abgebildet. Dies waren die einzigen Fotos, die er von seinen Großeltern besaß. Sein Vater musste sie vor den Nazi-Erziehern versteckt haben.

Er legte die Erinnerungsstücke zurück in die Schublade und ging zu Bett.

2.

Hamburg, Freitag 19:27 Uhr

Paulus stieg die Marmorstufen zum Eingangsbereich des Hotels Atlantic empor. Der Portier, der ihm die Tür öffnete, wirkte mit seinem schwarzen Zylinder und der roten Goldknopflivree wie ein Relikt vom Beginn des letzten Jahrhunderts.

Paulus trug saubere Jeans, einen schwarzen Rollkragenpullover und das dunkelgraue Jackett, das er gestern während seines Vortrags angehabt hatte – das teuerste und edelste Kleidungsstück in seiner überschaubaren Garderobe. Trotzdem kam er sich unpassend gekleidet vor.

Er durchquerte die opulente Empfangshalle und betrat das Restaurant. Mit seinen holzvertäfelten Fensternischen und den aufwändig ornamentierten Glastrennscheiben zwischen den Tischen strahlte es eine steife Würde aus.

Etwa die Hälfte der Tische war besetzt, überwiegend mit Geschäftsleuten in dunklen Anzügen, die gedämpft in verschiedenen Sprachen miteinander redeten. Irgendwie schien sich in diesem Raum kaum etwas geändert zu haben, seit hier Männer mit schwarzen Westenanzügen, steifen Kragen, Monokeln und goldenen Taschenuhren über die Kautschukpreise und die Schwierigkeiten in den deutschen Afrikakolonien debattiert hatten.

Er entdeckte Lieberman an einem Tisch am Fenster. Der Amerikaner trug dasselbe abgewetzte Jackett wie gestern. Nun war Paulus beinahe froh, dass er keine elegantere Garderobe besaß.

Lieberman winkte Paulus zu sich und bedeutete ihm, Platz zu nehmen. Sie gaben sich über den Tisch die Hand.

Der Amerikaner bedachte ihn mit einem breiten Lächeln. »Schön, dass Sie kommen konnten, Mr. Brenner.« Er reichte ihm die Speisekarte. »Wollen wir etwas zu essen bestellen zuerst? Die Küche hier ist gut, aber etwas langsam manchmal.«

Paulus nahm zögernd die Speisekarte in Empfang. Er war sich nicht sicher, ob die Verabredung eine Einladung durch Lieberman beinhaltete oder ob nicht eher er es war, der den alten Amerikaner einladen musste. Aber die Aussicht, mehr über das Schicksal seiner Großmutter zu erfahren, erschien ihm eine Investition wert. Trotzdem musste er schlucken, als er die Preise sah.

Lieberman bestellte ein Steak – well done – und einen Salat, dazu einen trockenen Sherry und einen offenen Rotwein, das Glas zu einem Preis, für den man bei Paulus' Lieblingsitaliener eine ganze Flasche bekommen hätte. Paulus wählte Lachsravioli und begnügte sich mit Mineralwasser.

»Sie sagten, Sie hätten etwas, das meiner Großmutter gehörte«, begann Paulus das Gespräch. »Ich muss gestehen, ich weiß fast nichts über sie.«

Lieberman zeigte sein breites amerikanisches Lächeln. »Ihre Großmutter war eine, wie sagt man, extraordinary – eine nicht gewöhnliche Frau. Das ich vermute jedenfalls, von was meine Vater hat erzählt.« Er nahm einen Schluck von seinem Sherry. »Mein Vater, Sie müssen wissen, war Jude, wie ich. Er hat gelebt in Nazideutschland und ist emigriert vor dem Krieg, in 1939. Er hatte ein kleines Modegeschäft hier in Hamburg, an Große Bleichen. Was ich weiß, er wollte nicht gehen, ist lange geblieben unentdeckt von die Nazis, weil er hatte falsche Papiere. Sie wissen, was ein Ahnenpass war in diese Zeit?«

Paulus nickte. Jeder, der ein öffentliches Amt bekleiden

wollte, hatte nach den Nürnberger Rassegesetzen eine lückenlose arische Herkunft vorweisen müssen. Dazu hatte der Ahnenpass gedient, der entweder bei Vorlage der entsprechenden Geburts- und Todesurkunden der Eltern und Großeltern ausgestellt wurde oder von einem örtlichen Standesamt beglaubigt werden konnte.

»Mein Vater hatte eine solche Pass. Ihre Mutter hat ihn gemacht, ein Fake, eine Fälschung, für ihn, und für eine Menge andere Juden, ich glaube. Er hat gedacht, er kann bleiben unbehelligt, so tun, als sei er ein, wie nennt man das, Aryan. Aber dann er ist doch ausgereist, als Gefahr wurde zu groß, entdeckt zu werden. Über die Schweiz er ist gekommen nach USA.«

»Haben Sie diesen Ahnenpass noch?«, fragte Paulus. Die Vorstellung, darin die Handschrift, vielleicht sogar die Unterschrift seiner Großmutter zu finden, elektrisierte ihn. Er konnte ihr vielleicht nach all den Jahren endlich die Anerkennung zuteilwerden lassen, von der sein Vater immer gewusst hatte, dass sie ihr gebührte.

Lieberman schüttelte den Kopf. »Nein, sorry. Mein Vater hat ihn vernichtet vor Einreise in US. Wäre nicht gut gewesen, Pass zu haben, worin steht, er ist ein Aryan.« Er lachte trocken. »Außerdem, andere Juden waren nicht gut zu sprechen auf solche, die haben getan, als wenn sie wären Nichtjuden. Daher mein Vater hat kaum je darüber gesprochen. Deshalb niemand hat jemals sich bedankt bei Ihre Großmutters Familie. Sie alle, denen sie geholfen hat, haben sich – wie sagt man – geschämt. Mein Vater hat mir das erst erzählt kurz vor seine Tod.«

»Meine Großmutter wurde 1941 von der Gestapo verhaftet und in ein Arbeitslager gebracht. Dort ist sie dann ein Jahr später gestorben. Wissen Sie etwas über die Umstände Ihres Todes?«

Lieberman schüttelte den Kopf. »Nein. Ich nur kann vermuten, dass sie ist geworden entdeckt, verhaftet, und dann schlecht behandelt in Lager. Vielleicht sie ist geworden krank. War eine schlimme Zeit.«

»Mein Großvater hat sich kurz nach ihrer Verhaftung das Leben genommen. Er war Kohlenhändler, Mitglied der NSDAP, soweit ich weiß. Er muss sie all die Jahre gedeckt haben. Wahrscheinlich ist er nur seiner eigenen Internierung oder Hinrichtung zuvorgekommen. Mein Vater hat nie erfahren, was sie getan hat. Leider ist er vor ein paar Jahren gestorben.«

»I'm sorry.«

»Sie sprachen von etwas, das Sie mir zeigen wollten«, sagte Paulus, der seine Neugierde kaum zügeln konnte.

Lieberman nickte. Er griff in eine Ledertasche, die er auf die Bank neben sich gestellt hatte, holte ein Kästchen und ein vergilbtes, gefaltetes Blatt Papier hervor und legte beides auf den Tisch. »Hier, bitte.«

Paulus nahm den Zettel und öffnete ihn vorsichtig. Es war ein Brief, geschrieben mit Tinte in einer sorgfältigen Handschrift.

Lieber J.,
die Zeit ist gekommen, vor der ich immer Angst gehabt habe. Wir müssen nun Abschied nehmen, vielleicht für immer.

Ich weiß nicht, welches Schicksal mir hier bevorsteht, aber ich beneide Dich darum, daß Du New York sehen wirst. Ich wünschte, wir könnten Euch begleiten. Doch man würde uns nicht gehen lassen, und allein den Wunsch zu äußern könnte uns und die Kinder in Gefahr bringen. Krieg liegt in der Luft, und überall herrschen jetzt Angst und Mißtrauen. Ich weiß nicht, wie lange meine Taten noch unentdeckt bleiben.

Eine Bitte habe ich noch. Das Buch, das sich in dem Kästchen befindet, hat meinem Vater gehört. Ich weiß nicht, was darin steht, ich habe von solchen Dingen nie etwas verstanden. Als er es mir gab, kurz vor seinem Tod, sagte er, es sei schon lange im Besitz unserer Familie, und daß es ein großes Geheimnis enthält, das nicht in falsche Hände gelangen darf. Er sagte, eines Tages würde jemand den Inhalt verstehen, und so lange müsse ich gut darauf aufpassen.

Ich weiß nicht, für wen dieses Buch bestimmt ist, er wußte es wohl selbst auch nicht. Aber ich weiß, daß es nicht in die Hände der Kriegstreiber und Schlächter fallen darf. Deshalb bitte ich Dich: Nimm das Buch an Dich, bringe es an einen sicheren Ort, verberge es gut. Eines Tages wird vielleicht jemand wissen, was damit zu tun ist. Bis dahin musst Du es sicher aufbewahren. Ich weiß, daß ich mich auf Dich verlassen kann.

Ich wünsche Dir und Gerda viel Glück auf Eurem Weg. Möge der Gott der Juden und der Christen über Euch wachen und Euch beschützen. Auch wenn wir uns vielleicht nie wiedersehen, werdet Ihr immer einen Platz in meinem Herzen haben.

In immerwährender Freundschaft
K.

Paulus starrte den Brief lange an, während Lieberman geduldig wartete. Schließlich schluckte er und fragte: »Woher … woher wissen Sie, dass es meine Großmutter war, die diesen Brief geschrieben hat?«

»Ich bin nicht sicher es zu wissen. Aber als mein Dad mir von seine Flucht aus Nazideutschland erzählte, er hat erwähnt ihren Namen – Klara Brenner. Er hat gesagt, sie war eine gute Freundin. Sein Name war Jakob, J., und sie war Klara, K., also ich habe gedacht das muss sein von ihr, auch weil sie schreibt von ihre Taten, die bald können entdeckt werden. Aber mein Vater hat den Brief nicht erwähnt. Er vielleicht hat vergessen – er war mehr als neunzig Jahre alt, als er ist gestorben. Ich habe es erst gefunden vor zwei Wochen, als ich aufgeräumt habe seine Sachen, auf Dachboden. Und das hier.« Er zeigte auf das Kästchen.

Paulus nahm es in die Hand und betrachtete es genauer. Es handelte sich um eine einfache, schmucklose Schatulle. Das dunkle Holz wirkte abgegriffen und war an einigen Stellen angeschlagen.

Er öffnete den Messingverschluss und klappte den Deckel auf. Das Kästchen war innen mit dunkelblauem Samt ausgeschlagen, der fadenscheinig und brüchig wirkte. Darauf lag ein in Leder gebundenes Buch. Der Einband wies keine Aufschrift auf.

Vorsichtig nahm er das Buch aus dem Kasten, öffnete es und betrachtete die erste Seite. Sie war leer, bestand aber eindeutig aus Pergament.

Allem Anschein nach war dies eine mittelalterliche Handschrift. Er traute sich kaum, die Seiten zu berühren. Vorsichtig blätterte er um und blickte ungläubig auf ein Pergamentblatt, das mit sorgfältig gezeichneten Glyphen bedeckt war. Sie bestanden aus halbmondförmigen Bögen, Linien und Punkten und ähnelten nichts, was Paulus jemals gesehen hatte.

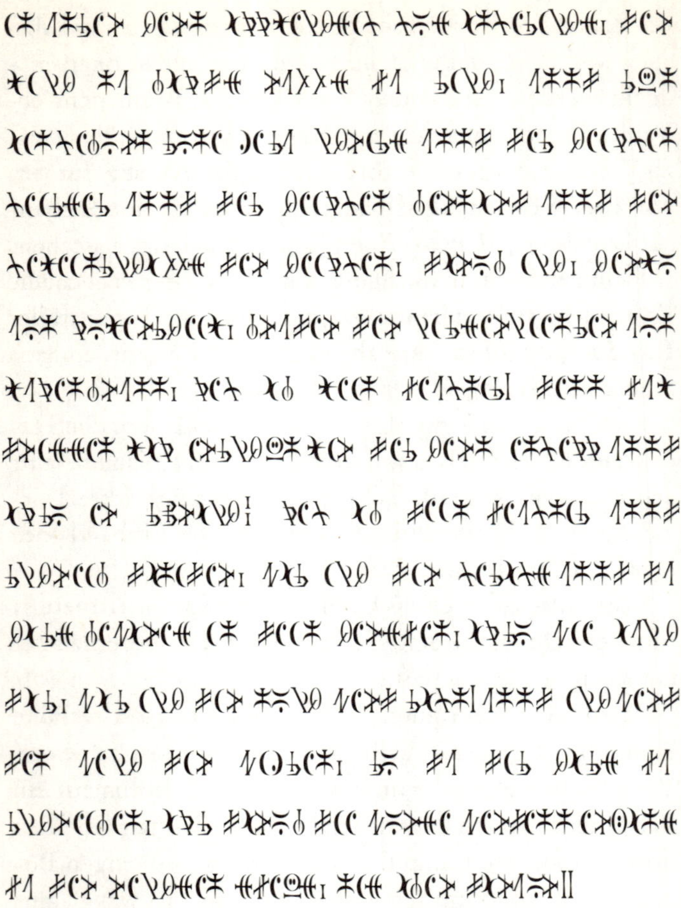

Er blickte erstaunt auf.

Lieberman sah ihn erwartungsvoll an. »Haben Sie ein Idee, was das soll bedeuten? Ich kann nicht sagen, dass ich es verstehe.«

Paulus fuhr mit dem Finger über die unregelmäßigen Schnittkanten der Pergamentblätter. »Es sieht auf den ersten Blick aus wie eine mittelalterliche Handschrift. Aber solche Glyphen habe ich noch nie gesehen.«

»In dem Brief steht etwas von eine Geheimnis. Und davon, dass eines Tages jemand kommt, der versteht, was das Buch sagt. Als ich hatte gefunden das Buch und den Brief, ich habe erst gedacht es zu geben an eine University, zu entschlüsseln. Aber dann ich habe gedacht, das Buch gehörte diese mutige Frau, die geholfen hat meine Vater, und eigentlich das dann gehört ihre Kinder oder Enkelkinder. So ich habe recherchiert eine Weile, und ich dann herausgefunden habe Ihre Name und dass Sie sich kennen aus mit medieval cryptology. Und da habe ich gewusst, dass ich muss kommen her, um Ihnen zu geben das Buch.«

»Sie sind extra nach Deutschland gekommen, um mir das zu zeigen?«, fragte Paulus ungläubig.

Lieberman lächelte. »Nicht nur wegen Sie. Ich wollte immer schon sehen alte Heimat von meine Vater. Er hat gewohnt in Haus in Barmbek, doch das wurde gebombt in Krieg. Ich bin hier auf eine Art Suche von Spuren. Aber ich glaube auch, das Buch gehört in Ihre Hände. Sie verstehen, es ist eine geheime Code, und Sie sind Experte für Geheimschrift und Grandson von der Frau, die es meinem Vater gegeben hat, und Great-Grandson von dem Mann, der es ihr gegeben hat. Das kann nicht sein Zufall.«

Nun war es an Paulus zu lächeln. Dass seine Großmutter mit demjenigen, für den das Buch bestimmt war, ihn gemeint haben könnte, war eine hübsche, romantische Vorstellung – mehr aber auch nicht. Trotzdem gab es kaum etwas, das ihn mehr hätte reizen können als die Aufgabe, ein solches mittelalterliches Dokument zu entziffern, noch dazu eines, das sich lange im Besitz seiner Familie befunden hatte.

»Wäre es möglich, dass ich die Seiten kopiere, damit ich versuchen kann, sie zu entschlüsseln?«, fragte er.

»Kopieren? Sie wollen es kopieren?« Lieberman wirkte brüskiert. Seine buschigen weißen Augenbrauen waren tief herabgezogen, was seinem Gesicht einen finsteren Ausdruck verlieh. »Wissen Sie, was meine Vater hat riskiert, das Buch zu schmuggeln aus Nazideutschland? Er hat es all die Jahre beschützt, und ich komme hier her, um es Ihnen zu geben, und Sie wollen es kopieren? Haben Sie nicht gelesen, was dort steht in die Brief, dass es ist ein Geheimnis, das nicht kommen darf in falsche Hand? Sie dürfen dieses Buch nicht kopieren! Niemand darf es sehen!«

»Entschuldigung, aber ... ich dachte, ich könnte vielleicht versuchen ...«

Liebermans Gesicht hellte sich auf. »Ah, ich glaube, Sie haben mich verstanden falsch. Ich möchte, dass Sie das Buch behalten. Und den Brief. Es ist Ihr Erbe, von Ihrer Großmutter.«

»Aber ... wenn dieses Buch aus dem Mittelalter stammt, dann ist es vielleicht sehr wertvoll ...«

Lieberman setzte wieder sein breites Grinsen auf. »Wertvoll? Ich bin ein Händler von Gold und Edelsteine. Ich weiß, was ist wertvoll. Ich habe Geld genug, mehr als ein alter Mann haben soll. Ich brauche kein altes Buch, das ich nicht verstehe. Das Schicksal hat mir dieses Buch gegeben, damit ich es Ihnen gebe. Ich habe meine Aufgabe erfüllt. Nun müssen Sie tun, was Sie können, um das Geheimnis zu entdecken.«

Paulus strich sanft über den Ledereinband. Sein Herz schlug heftig. Dennoch gebot ihm sein Anstand zu widersprechen. »Ich weiß nicht, ob ich das annehmen kann, Mr. Lieberman ...«

Liebermans Gesicht wurde wieder ernst. Diesmal sprach er ruhig, aber dafür umso eindringlicher. »Mr. Brenner, das ist kein Geschenk. Das ist eine Aufgabe. Ihre Großmutter hat viel getan für meine Familie. Sie hat ihre Last getragen. Ich weiß nicht, ob dieses Buch ist Fluch oder Segen, aber ich weiß, Sie müssen es nehmen und herausfinden, was es bedeutet.«

Paulus erwiderte Liebermans intensiven Blick. Was auch immer diese Handschrift tatsächlich für eine Bedeutung hatte, diesem alten Mann war es äußerst wichtig, dass er es als seine Aufgabe annahm, sie zu entschlüsseln. Lieberman war dafür eigens nach Deutschland gereist. Es wäre ein Affront gewesen, das Buch zurückzuweisen.

»Danke, Mr. Lieberman. Ich verspreche, ich werde alles tun, um das Geheimnis dieses Buches zu lüften.«

Diesmal lächelte Lieberman nicht. »Ja, das ich habe gewusst. Schließlich Sie sind Grandson von eine sehr mutige Frau.«

3.

Hamburg, Freitag 22:15 Uhr

Paulus betrachtete das Manuskript auf seinem Schreibtisch voller Vorfreude. Er konnte es kaum erwarten, das Geheimnis der seltsamen Glyphen zu lüften.

Den Rest des Abendessens über hatte er sich mit Lieberman über belanglose Dinge unterhalten. Der Amerikaner war ein charmanter Gesprächspartner, der einen trockenen Humor hatte und sich selbst nicht allzu ernst nahm. Er hatte Paulus erzählt, wie er in den Sechzigerjahren das kleine Schmuckgeschäft seines Vaters übernommen und begonnen hatte, in größerem Stil mit Gold und Edelsteinen zu handeln, bis er es schließlich zu einem kleinen Vermögen gebracht hatte.

Paulus hatte kaum zugehört – seine Gedanken waren bei dem Manuskript gewesen.

Voller Dankbarkeit hatte er sich schließlich bei Lieberman verabschiedet, der am Ende auch noch die Rechnung übernommen hatte. Der Amerikaner hatte angekündigt, am nächsten Morgen in seine Heimatstadt Boston zurückzufliegen. Er hatte Paulus seine Handynummer gegeben und ihn gebeten, ihn zu informieren, wenn er etwas über das Manuskript herausgefunden hatte – »Sofern es etwas ist, das Sie glauben zu dürfen teilen mit mir«, wie er sich ausgedrückt hatte.

Paulus ging normalerweise relativ früh zu Bett, doch an Schlaf war jetzt nicht zu denken. Also machte er sich an die Arbeit.

Als Erstes zählte er die Seiten – es waren, den ledernen Einband nicht eingerechnet, 52, von denen 47 beschrieben waren. Sie schienen in vier Abschnitte oder Kapitel unterteilt zu sein, denn an drei Stellen endeten die Glyphen in der Mitte einer Seite und der Anfang der nächsten war mit einer Illumination verziert. Er vermaß das Buch und notierte eine Höhe von 17 und eine Breite von 11 Zentimetern in einer Datei auf seinem Laptop. Dann begann er mit der ersten kryptologischen Analyse.

Er erstellte auf kariertem Papier eine Liste der Glyphen, die er grob abzeichnete. Es waren 25, zuzüglich einem senkrechten Strich, der in zwei unterschiedlichen Längen, mal einzeln, mal doppelt vorkam und den Paulus intuitiv als Satzzeichen interpretierte. Somit war klar, dass es sich aller Wahrscheinlichkeit nach um eine Substitutionschiffre handelte, bei der jeder Buchstabe des lateinischen Alphabets durch eine Glyphe ersetzt worden war.

Der nächste Schritt bestand darin, die Häufigkeit der Zeichen zu ermitteln. Er begnügte sich zunächst mit den ersten fünf Seiten und machte jedes Mal, wenn eine Glyphe im Text auftauchte, an der entsprechenden Stelle seiner Liste einen Strich. Auf diese Weise zählte er etwa 3000 Zeichen aus und übertrug sie in eine neue Tabelle, die ein klares Bild ergab:

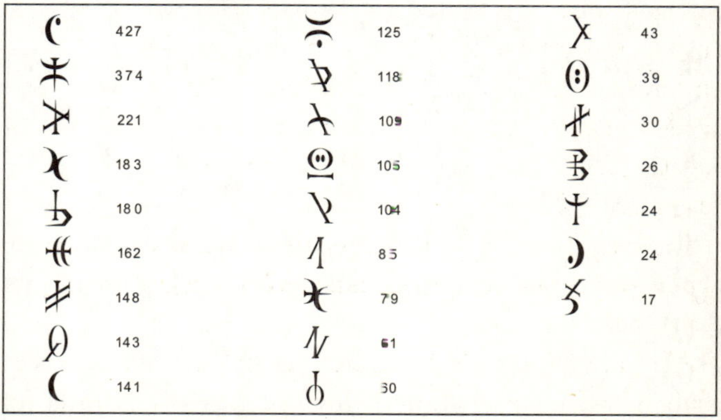

Wie er gehofft hatte, zeigten die Glyphen deutliche Unterschiede in der Häufigkeit. Die beiden häufigsten tauchten in sehr vielen Wörtern auf und bildeten zusammen etwa ein Viertel aller Zeichen. Dies entsprach typischen Häufigkeitsverteilungen bei bekannten Sprachen. Es handelte sich tatsächlich um eine einfache Substitutionschiffre. Das Entschlüsseln würde ein Kinderspiel sein.

Die einzige noch offene Frage war, in welcher Sprache der Originaltext verfasst war. Wenn das Dokument aus dem Mittelalter stammte, dann war Latein am wahrscheinlichsten. Also öffnete Paulus eine Datei, die die Häufigkeit der Zeichen in lateinischen Texten wiedergab, und schrieb die Buchstaben neben die Glyphen. Da das traditionelle lateinische Alphabet nur 23 Buchstaben kannte, blieben zwei Glyphen übrig, die er nicht zuordnen konnte. Paulus ignorierte dieses Problem vorerst; es mochte sich bei den überzähligen Symbolen um die Zusammenfassung mehrerer Buchstaben oder um Symbole für Eigennamen handeln, das würde er später noch genauer untersuchen.

Jetzt hatte er eine Übersetzungstabelle für die Glyphen:

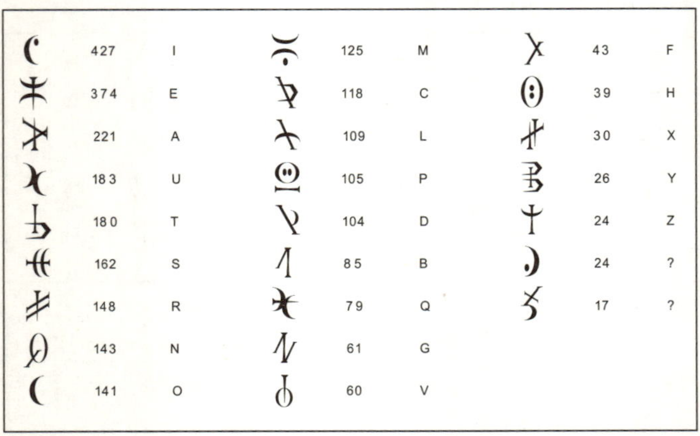

	427	I		125	M		43	F
	374	E		118	C		39	H
	221	A		109	L		30	X
	183	U		105	P		26	Y
	180	T		104	D		24	Z
	162	S		85	B		24	?
	148	R		79	Q		17	?
	143	N		61	G			
	141	O		60	V			

Er begann, für jede Glyphe den entsprechenden Buchstaben einzusetzen. Die häufig, jedoch nur am Ende eines Wortes auftretenden kurzen Striche interpretierte er als Kommata. Er merkte jedoch schon nach wenigen Wörtern, dass er auf dem Holzweg war, denn das Resultat sah nicht einmal ansatzweise wie Latein aus:

OE BETIA NIAE UCCQIDNSOL LMS UELITODNS, RIA QODN EH VUCRS AHFFS XH TODN, BEER TPE UOELIVMAE TMEI ...

Als Nächstes versuchte er es aufs Geratewohl mit Deutsch. Dabei wählte er eine Häufigkeitstabelle des im ausgehenden Mittelalter verbreiteten Frühneuhochdeutschen, bei der U und V nicht unterschieden wurden, so dass sich genau 25 Zeichen ergaben. Die resultierende Übersetzungstabelle sah diesmal so aus:

	427	e		125	V		43	k
	374	n		118	l		39	z
	221	i		109	c		30	p
	183	s		105	g		26	j
	180	r		104	m		24	Y
	162	a		85	o		24	X
	148	t		79	w		17	q
	143	d		61	b			
	141	h		60	f			

Er ersetzte die Glyphen durch die entsprechenden Buchstaben. Das Ergebnis wirkte allerdings auch nicht viel überzeugender als bei seinem ersten Versuch:

HN ONREI DEIN SLLWEMDAHC CUA SNCERHMDA, TEI WHMD NO FSLTA IOKKA PO RHMD, ONNT RGN SHNCEFUIN RUNE XERO MDIHRA ONNT TER DEHL-CEN CEHRAER ONNT TER DEHLCEN FEINSIT ONNT TEI CEWEHNRMDSKKA TEI DEHLCEN

Zwar tauchten deutsche Wörter wie »Dein« und »Rune« im Text auf, aber das war höchstwahrscheinlich Zufall – der Rest ergab überhaupt keinen Sinn.

Paulus wusste jedoch aus Erfahrung, dass das Knacken einer Substitutionschiffre etwas Geduld erforderte. Denn natürlich schwankten die Buchstabenhäufigkeiten von Schriftstück zu Schriftstück, und schon eine leichte Veränderung ihrer Häufigkeitsverteilung konnte einen Text gehörig durcheinanderbringen.

Er betrachtete den Text einen Moment. Das Erste, das ihm auffiel, war ein Wort, das in dem kurzen Text viermal unverändert auftauchte: ONNT. Konnte es sein, dass dieses Wort nicht nur zufällig so ähnlich klang wie »und«, eines der häufigsten Wörter im Deutschen? Zwar hatte es vier Buchstaben, nicht drei, doch in den frühen Formen des Neuhochdeutschen, die im ausgehenden Mittelalter geschrieben worden waren, kamen durchaus Schreibweisen mit doppeltem N vor. Er erinnerte sich an einen Vertragstext zwischen zwei Hanse-Kaufleuten, den er erst kürzlich analysiert hatte. Darin war »und« mit V und Doppel-N geschrieben worden.

Versuchsweise tauschte Paulus das O gegen das V und das D gegen das T aus.

HN VNREI TEIN SLLWEMTAHC COA SNCERHMTA, DEI WHMT NV FSLDA IVKKA PV RHMT, VNND RGN SHNCEFOIN RONE XERV MTIHRA VNND DER TEHL-

CEN CEHRAER VNND DER TEHLCEN FEINSID VNND DEI CEWEHNRMTSKKA DEI TEHLCEN

Viel besser war das noch nicht, aber Paulus spürte, dass er auf dem richtigen Weg war, denn jetzt tauchten plötzlich mehrere Wörter mit drei Buchstaben und einem D am Anfang auf – typische bestimmte Artikel im Deutschen. »Dei« war aber offensichtlich falsch, falls nicht das lateinische Wort für »Gottes« gemeint war, das wiederum in einem deutschen Text nicht so oft vorkommen sollte.

Er betrachtete das erste Wort des Textes. HN. Es enthielt keinen Vokal. Wenn aber das Wort VNND korrekt war, dann musste das N auch hier richtig sein. Vermutlich handelte es sich um das Wort »In« oder »An«. Da das I offensichtlich ohnehin an der falschen Stelle stand, versuchte es Paulus mit einem Dreieckstausch: Für H setzte er I ein, für I ein R, da so aus DEI das häufige Wort DER wurde, und das übrigbleibende H setzte er anstelle des Rs ein. Heraus kam:

IN VNHER TERN SLLWEMTAIC COA SNCEHIMTA, DER WIMT NV FSLDA RVKKA PV HIMT, VNND HGN SINCEFORN HONE XEHV MTRIHA VNND DEH TEILCEN CEIHAEH VNND DEH TEILCEN FERNSRD VNND DER CEWEINHMTSKKA DER TEILCEN

Ein lesbarer Text sah anders aus, doch Paulus gab nicht auf. Einem Impuls folgend, vertauschte er H und S, so dass sich das zweite Wort in VNSER verwandelte, in der alten Schreibweise das Wort »unser«. Und plötzlich kam ihm der letzte Teil des kurzen Textabschnittes gar nicht mehr so mysteriös und unverständlich vor:

VNND DES TEILCEN CEISAES VNND DES TEILCEN FERNHRD VNND DER CEWEINSMTHKKA DER TEILCEN

Paulus hatte ähnliche Phrasen schon zu oft in mittelalterlichen Handschriften gesehen, um nicht über die Ähnlichkeit zu stolpern: »... und des Heiligen Geistes ... und der Gemeinschaft der Heiligen ...« Dann würde TEILCEN für »Heiligen« stehen. Zwar hatte das Wort einen Buchstaben zu wenig, doch es war im Mittelalter nicht unüblich, dass man nicht zwingend zum Wortverständnis notwendige Buchstaben einfach wegließ, ähnlich wie Dichter dies auch heute noch machten, damit das Versmaß passte. Also das T in ein H verwandelt, aus dem C ein G gemacht und das A durch ein T ersetzt. Damit die Buchstabenzuordnung wieder stimmte, setzte Paulus für das H ein A ein und für das G ein C. Danach sah der Text so aus:

IN VNSER HERN ALLWEMHTIG GOT ANGESIMHT, DER WIMH NV FALDT RVKKT PV SIMH, VNND SCN AINGEFORN SONE XESV MHRIST VNND DES HEILGEN GEISTES VNND DES HEILGEN FERNARD VNND DER GEWEINSMHAKKT DER HEILGEN

Paulus' Herz schlug schneller. Er hatte es geschafft! Der Text war ganz offensichtlich in einer der zahllosen Varianten jener Sprache verfasst, in der etwa Luthers Bibel und »Till Eulenspiegel« geschrieben worden waren. Sie markierte den Übergang vom wilden Durcheinander mittelalterlicher Dialekte zu einer einheitlichen deutschen Hochsprache.

Der Rest war ein Kinderspiel. Eine halbe Stunde später hatte er den Text der ersten Manuskriptseite in klar lesbarem, wenn auch etwas altertümlich anmutendem Deutsch vor sich:

IN VNSER HERN ALLMECHTIG GOT ANGESICHT, DER MICH NV BALDT RVFFT ZV SICH, VNND SYN AINGEBORN SONE JESV CHRIST VNND DES HEILGEN GEISTES VNND DES HEILGEN BERNARD VNND DER GEMEINSCHAFFT DER HEILGEN, DAROB ICH, HERMO VON LOMERSHEIM, BRVDER DER CISTERCIENSER VON MVLENBRVNN, LEG AB MEIN ZEVGNIS. DENN ZVM DRITTEN MAL ERSCHYN MIR DES HERN ENGELL VNND ALSO ER SPRACH: LEG AB DEIN ZEVGNIS VNND SCHREIB DANIDER, WAS ICH DIR GESAGT VNND DV HAST BEWARET IN DEIN HERTZEN, ALSO WIE AVCH DAS, WAS ICH DIR NOCH WERD SAGN. VNND ICH WERD DEN WECH DIR WIJSEN, SO DV DIS HAST ZV SCHREIBEN, ALS DAROB DIE WORTE WERDENN ERKANT ZV DER RECHTEN TZEYT, NIT ABER DARVOR.

Paulus starrte fasziniert auf den Text. Es schien sich um eine Art Testament eines Mönchs zu handeln. Mulenbrunn stand möglicherweise für das heutige Maulbronn im Schwarzwald, in dem immer noch eine der besterhaltenen mittelalterlichen Klosteranlagen zu bewundern war. Soweit Paulus sich erinnerte, hatte die ehemalige Zisterzienserabtei ihre Blütezeit im 15. Jahrhundert gehabt und war später im Zuge der Reformation in eine Schule umgewandelt worden. Das würde bedeuten, dass das Manuskript tatsächlich aus dem ausgehenden Mittelalter stammte und wahrscheinlich vor 1550 entstanden war.

Die Erwähnung des Engels, der dem Mönch angeblich erschienen war, war sicher metaphorisch zu verstehen. Möglicherweise stand er für das Gewissen des Mönchs, das diesem am Ende seines Lebens befahl, sich ein lange gehütetes Geheimnis von der Seele zu schreiben. Das würde auch erklären, warum das Dokument verschlüsselt war: So hatte er sicherstellen können, dass das Geheimnis erst nach seinem Tod bekannt wurde. Möglicherweise hatte er irgendwo ein Schlüsseldokument aufbewahrt, das erst nach seinem Tod zugänglich werden sollte. Vielleicht war es nie gefunden worden.

Sanft strich Paulus mit dem Finger über den Rand der Seite. Das Pergament fühlte sich uneben und doch glatt an. Was für eine aufregende Vorstellung, dass dieses Dokument vielleicht jahrhundertelang im Besitz seiner Familie gewesen war!

War der Autor womöglich ein Vorfahr von ihm gewesen? Was mochte ihn so sehr belastet haben, dass er es unbedingt noch vor seinem Tod aufschreiben, jedoch gleichzeitig sicherstellen musste, dass es nicht mehr zu seinen Lebzeiten ans Licht kam? Hatte er ein Verbrechen begangen? Wahrscheinlicher war, dass er etwas beobachtet hatte oder sonstwie in etwas verwickelt worden war, das auf keinen Fall bekannt werden durfte. Einen Mord? Ein geheimes Treffen von Staatsoberhäuptern und Kirchenfürsten in dem abgelegenen Kloster? Das wäre eine wissenschaftliche Sensation. Aber vielleicht war es nur eine nach heutigen moralischen Maßstäben harmlose Gotteslästerung, die einen frommen Mann im Mittelalter in schwere Gewissensnöte hatte stürzen können.

Es war Viertel nach vier morgens, als Paulus auf unerwartete Schwierigkeiten stieß.

Er betrachtete nachdenklich den Text, den er bisher entschlüsselt und der besseren Lesbarkeit halber ins Neuhochdeutsche übertragen hatte:

Im Angesicht des Herrn, Gott des Allmächtigen, der mich nun bald zu sich rufen wird, seines eingeborenen Sohnes Jesus Christus, des heiligen Geistes, des heiligen Bernhard und der Gemeinschaft aller Heiligen lege ich, Hermo von Lomersheim, Bruder der Zisterzienser unserer lieben Mutter zu Mulenbrunn, Zeugnis ab. Denn zum dritten Mal ist mir der Engel des Herrn erschienen, und er sprach zu mir: Lege Zeugnis ab und schreibe auf, was ich dir gesagt habe und was du in deinem Herzen bewahrt hast, wie auch das, was ich dir noch sagen werde. Und ich werde dir den Weg weisen, wie du dieses aufzuschreiben hast, auf dass die Worte zur rechten Zeit erkannt werden, nicht aber vorher.

Dreimal wurde mir das größte Glück zuteil, die Gnade und Weisheit Gottes zu empfangen. Dreimal sandte Er Seinen Engel, um mir die Geheimnisse zu offenbaren. Doch welche Bürde erlegte Er mir auf! Die Worte, die Er zu mir sprach, ließen mein sündiges Herz erbeben. Die Last des Wissens war schwer zu tragen, und mit niemandem durfte ich sie teilen. So bin ich erleichtert, dass Er mir erlaubt hat, sie niederzuschreiben, auf dass die Worte von den richtigen Augen gelesen und gedeutet werden, und ich nun endlich die Last ablegen darf. Beruhigt trete ich vor den Herrn, unseren gütigen und allmächtigen Gott, meinen Schöpfer, und erwarte Sein Urteil. Denn wahrhaftig habe ich alles getan, was mir aufgetragen wurde, und nie ein einziges Wort darüber verloren.

Du, der du dies liest, bist von Gott gesegnet, denn Er öffnet dir die Augen und lässt dich an Seiner Weisheit teilhaben. So wisse denn, was mir der Engel offenbart hat, auf dass Gottes Wille geschehe und die frommen Menschen ihm zum Wohlgefallen gereichen.

Dreimal erschien mir das Licht im Laufe meines langen und von der Gnade Gottes behüteten Lebens.

Beim ersten Mal war ich noch jung und fürchtete mich sehr, doch der Engel erfüllte mich mit dem Frieden des Herrn. Fürchte dich nicht, sprach er, denn du wurdest auserwählt, die Botschaft des Herrn zu empfangen und in die Zukunft zu tragen, auf dass die Menschen sie zur rechten Zeit erkennen und verstehen mögen. Diese Zeit aber wird nicht kommen, solange deine sterbliche Hülle auf der Erde weilt, und nicht hundert noch zweihundert noch fünfhundert Jahre nach dir. So darfst du mit niemandem über das reden, was ich dir zeigen werde. Dies waren seine Worte.

Ich hörte seine Stimme in meinem Kopf wie den Schall von Posaunen, doch ich verstand sie nicht. Wie sollte ich Gottes Botschaft in die Zukunft tragen, wenn ich sie mit niemandem teilen durfte? Doch der Engel erkannte meine Beschränktheit und ließ mich an der unendlichen Weisheit des allmächtigen Gottes teilhaben. Bewahre die Worte in deinem Herzen, sagte er, und vergesse nichts. Doch sprich mit niemandem darüber. Auch darfst du nichts aufschreiben von dem, was ich dir sagen werde, noch ein Bildnis davon anfertigen, bis ich wiederkomme und dir den Weg zeige.

In meiner Verwirrung fragte ich mich, warum Gott in seiner Allmächtigkeit den Engel nicht zu jenem schickte, für den die Worte bestimmt waren, und stattdessen mir diese Aufgabe auftrug.

Der Engel aber erkannte meine Gedanken. Zweifle nicht, sagte er, denn der Zweifel ist die Saat des Teufels. Wisse aber, dass Gott der Allmächtige jenen prüfen wird, der deine Worte liest. Dieser wird zweifeln. Und wenn seine Zweifel größer sind als sein Glaube, so wird er Gott fehlen, und alle Menschen werden Gott fehlen, und Gott wird sie richten, wie es dem Johannes offenbart wurde. Ist er aber stark im Glauben, so liegt es in seiner Macht, die Menschen zum wahren Gott zu führen und ihre Seelen zu erretten. Darum wisse, dass Gott der Herr dem Menschen die Wahl lässt zu zweifeln, denn nur, wer den Zweifel kennt, kann wahrhaftig glauben.

Die Weisheit seiner Worte erfüllte mein Herz, und ich verstand, was von mir verlangt wurde, und erfreute mich an der Güte und Größe des Herrn. Doch wusste ich nicht, warum gerade mir, einem unwürdigen Bruder, diese große Aufgabe zuteilwurde. Da bekam ich große Angst, und eine Furcht erfüllte mich, dass ich der Aufgabe des Engels nicht gerecht werden und im Antlitz des Herrn versagen könnte.

Doch der Engel sprach zu mir: Verzage nicht, denn der Herr hat dich erwählt, und Seine Wahl ist stets weise. Eine große Bürde wirst du tragen dein Leben lang, doch dein Glaube wird sie dir leichter machen.

Und ich hörte die Worte und bewahrte sie in meinem Herzen, und jeden Tag seit jenem habe ich sie gesprochen, auf dass keines davon jemals aus meinem Geiste verloren ginge, und nichts verändert noch zugefügt noch hinweggelassen. Nichts aber habe ich aufgeschrieben und kein Bildnis gemacht, bis der Engel mir zum dritten Mal erschien.

Nun sollst du aufschreiben, was ich dir gesagt habe und was ich dir noch sagen werde, verkündete er. Doch schreibe es in Zeichen, die niemand deuten kann außer dir selbst. Eines Tages jedoch wird der kommen, dem der Herr die Schrift offenbaren wird. Und dieser wird deine Worte verstehen und die Botschaft empfangen.

Und der Engel lehrte mich die Zeichen, um meine Worte zu verhüllen, und er leitete mich an, wie ich diese Zeichen hinter anderen Zeichen verbergen sollte.

Du, der du dies liest, ich flehe dich an: Folge meinen Worten und sei stark im Glauben, denn alles, was ich aufschreibe, ist wahr und entspringt der Weisheit unseres Herrn, des allmächtigen Gottes, der Seinen Sohn Jesus Christus opferte, um uns zu erretten. Doch wir haben Ihm gefehlt und fehlen Ihm immer, und jene, die in Seinem Namen sprechen, fehlen Ihm aufs Übelste, und Jesus und die Heilige Mutter Gottes weinen im Himmel ob dieser Frevel. Du aber kannst die Menschen auf den rechten Weg führen, wenn du im Glauben stark bist und die Zweifel, die Satan in dir gesät hat, überwindest.

So flehe ich dich an im Namen aller sündigen Seelen, die auf ihren Richtspruch warten, und all derer, die noch ungeboren sind: Folge meinen Worten und verkünde Gottes Weisheit, auf dass die Gnade ihnen zuteilwerde und sie vor der Finsternis errettet werden können.

Wisse, dass alles, was der erste Engel mir sagte, hinter den Worten verborgen ist, welche die alten Könige bezeugen, die neben den jungen im Lichte Gottes stehen, wo die Heiligsten ruhen. Denn diese standen über mir, als der Engel mir erschien, wo ich in Seinem prachtvollen Haus zum Gebet kniete, am Ziel meiner Wallfahrt im Jahre des Herrn vierzehn hundert elf.

Und wahrhaftig, dieses offenbarte mir der Engel.

Der lesbare Text endete dort, wo im Manuskript ein neuer, mit der Zeichnung eines Königs verzierter Abschnitt begann. Paulus hatte versucht, die nächste Seite zu übersetzen, indem er wie bisher für jede Glyphe den entsprechenden lateinischen Buchstaben einsetzte, doch das Resultat ergab keinen Sinn mehr:

AYC LOZEVKIO EXRQ YXF, EHAGVNFJ NXF PSIZTMG GTXVTP

Der Mönch hatte mitten im Text das Verschlüsselungsverfahren geändert. Paulus ahnte, dass es nicht so einfach werden würde, den folgenden Teil zu knacken, schon gar nicht in seinem übermüdeten Zustand. Also ging er zu Bett.

4.

Washington D. C., Maryland, Freitag 15:53 Uhr

Eddie starrte missmutig auf seinen Schreibtisch, der in einem Großraumbüro im dritten Stock eines tristen Bürogebäudes im Regierungsviertel von Washington stand. Ein Laptop befand sich darauf, nicht das neueste Modell, ein altmodisches Telefon mit schnurgebundenem Hörer, ein Becher mit Stiften, ein Foto von Jenny, sieben Jahre alt, in einem angelaufenen Silberrahmen. Mittlerweile war seine Tochter schon fast in der Pubertät, aber er hatte sich nicht überwinden können, das Foto auszutauschen. Es war in glücklichen Tagen gemacht worden, kurz bevor seine Ehe mit Gwyn zerbrochen war.

Er seufzte. Weiß Gott kein Einzelfall – Ehen waren heutzutage nicht mehr für die Ewigkeit gemacht. Trotzdem nahm er es Gwyn immer noch übel. Weniger, weil sie ihn betrogen hatte, sondern vor allem, weil er ihr zuliebe seinen Job als Profiler beim FBI gekündigt hatte und nach Washington gezogen war, um in der Abteilung für Innere Angelegenheiten innerhalb des Office of Intelligence and Analysis im Heimatschutzministerium zu arbeiten. Damals, kurz nach dem 11. September, war ihm das neu gegründete Ministerium wie eine zukunftsträchtige Institution vorgekommen. Dort könne er mit seinen Talenten Karriere machen, war auch Gwyn überzeugt gewesen, die damals als Sekretärin eines Kongressabgeordneten arbeitete. Doch er war in einer Sackgasse gelandet.

Der Grund war im Nachhinein offensichtlich: Er hatte keine Erfolge erzielt, weil es keine zu erzielen gab. Also hatte es auch nie einen Grund gegeben, ihn zu befördern.

Seine Aufgabe war es, gravierende Verstöße gegen die Sicherheitsregeln durch Mitarbeiter des Heimatschutzministeriums aufzuspüren. Bei der Gründung des Ministeriums hatte man befürchtet, dass die Behörde, deren Hauptaufgabe die Terrorabwehr war, von terroristischen Organisationen unterwandert werden könnte. Ein Maulwurf in den eigenen Reihen, der Terroristen wichtige Informationen lieferte und die Aufdeckung eines Terroranschlags verhinderte, war eine Horrorvision für die Verantwortlichen. Doch Al-Quaida war nicht der KGB. Die Islamisten hatten offenbar weder die Fähigkeit noch den Wunsch, amerikanische Behörden zu infiltrieren.

Die wenigen gravierenden Verstöße gegen Sicherheitsvorschriften, die es trotzdem gab, wurden meist rasch aufgeklärt, bevor Eddie mit seinen beim FBI erlernten Fahndungstricks einen echten Beitrag dazu leisten konnte. Sein größter Erfolg war es gewesen, einen Mitarbeiter zu überführen, der einen Reporter eines linksgerichteten Magazins mit relativ harmlosen Insiderinformationen versorgt hatte. Das war inzwischen fünf Jahre her.

Eddies ganze Abteilung war im Grunde überflüssig, und alle wussten es. Doch es war zu spät für ihn, um sich woandershin versetzen zu lassen. Das FBI wollte ihn nicht mehr, für andere Behörden hatte er wenig zu bieten. Hinzu kam, dass die Abteilung für Innere Angelegenheiten die unbeliebteste des ganzen Ministeriums war. »Nestbeschmutzer« wurden sie hinter vorgehaltener Hand genannt.

Er sah auf die Uhr. Zeit, seinem Chef Bericht zu erstatten.

Bob Collins empfing ihn in seinem Büro, von dem aus man auf eine belebte Straße blicken konnte. Wie immer setzte er ein strahlendes Lächeln auf, als gäbe es nichts

Schöneres, als für das Heimatschutzministerium zu arbeiten. Eddie vermutete, dass er das auf irgendeinem Training für Mitarbeitermotivation gelernt hatte. Es funktionierte kein bisschen.

»Hallo, Eddie! Wie war's in der Hexenküche? Hast du den Übeltäter schon identifiziert?«

Die Art, wie er das sagte, zeigte deutlich, dass er die ganze Sache für Zeitverschwendung hielt. Aber die Sache war von weiter oben gekommen, von Jason Butler, dem Direktor des OIA selbst, wie es hieß.

Der Auftrag, einer Ungereimtheit im Hochsicherheitslabor in Fort Fredrick nachzugehen, hatte Eddie überrascht. Das Labor wurde vom Militär betrieben, unterstand also nicht direkt der Heimatschutzbehörde. Allerdings hatte seine Organisation ein Weisungs- und Informationsrecht, da das Labor kritische Aufgaben bei der Abwehr von Bioterrorismus wahrnahm. Mit anderen Worten: Die Zuständigkeiten waren nicht klar geregelt, was ein permanentes Hickhack zwischen dem Verteidigungs- und dem Heimatschutzministerium zur Folge hatte. Bob hatte sicher eine Menge Telefonate führen müssen, bevor er für Eddie die Zugangsberechtigung für Fort Fredrick erwirkt hatte.

Wie immer ging Eddie nicht auf Bobs Plauderton ein, sondern blieb bei den Fakten. »Es ist unklar, ob tatsächlich eine Verletzung der Sicherheitsvorschriften vorliegt. Möglicherweise geht der Vorfall auf einen simplen Irrtum bei der Erfassung der Proben zurück.«

»Komm schon, Eddie! Möglicherweise, unklar, was sind das für Vokabeln? Du weißt doch, wie der Laden hier tickt: Butler will alles nicht nur schwarz auf weiß, sondern auch entweder schwarz oder weiß, wenn du verstehst, was ich meine!« Er kicherte über sein Wortspiel.

»Tut mir leid, ich kann mir noch kein abschließendes Urteil bilden.«

Bob seufzte. »Stur wie immer. Ist dir klar, was das bedeutet? Solange die Sache nicht endgültig entschieden ist, haben wir sie an der Backe!«

Eddie nickte. »Ehrlich gesagt halte ich das auch für richtig. Mir gefällt das alles nicht. Ich fände es gut, wenn wir dranbleiben.«

»Dranbleiben? Was heißt dranbleiben?«

»Ich schlage vor, dass wir die Wissenschaftler, die im BSL-4-Labor arbeiten, überwachen.«

»Überwachen? Sag mal, geht's dir noch gut? Du willst Angehörige der Streitkräfte der Vereinigten Staaten von Amerika überwachen? Hast du auch nur den Ansatz einer Ahnung, was die mit uns machen, wenn sie das mitkriegen?«

Eddie blieb gelassen. »Es handelt sich bei den fraglichen Mitarbeitern um Zivilisten. Und die Schwere des Vorfalls rechtfertigt ein solches Vorgehen durchaus.«

»Schwere des Vorfalls? Hast du nicht gerade gesagt, die Sache ginge auf einen simplen Irrtum zurück?«

»Möglicherweise. Aber ich kann nicht sicher ausschließen, dass tatsächlich Proben verschwunden sind.«

»Nicht sicher ausschließen? Was soll denn das heißen? Ich kann auch nicht sicher ausschließen, dass meine Exfrau ein verkleideter Alien ist! Herrgott, Eddie, wir brauchen schon ein bisschen mehr als eine theoretische Möglichkeit, um uns mit der mächtigsten Armee der Welt anzulegen!«

Eddie konnte den Hang seines Chefs zur Dramatik nicht leiden. Irgendwie artete jede ihrer Diskussionen früher oder später in eine Farce aus, die besser in eine Fernsehkomödie gepasst hätte als in eine Behörde für Terrorbekämpfung. Er bemühte sich, den aufkeimenden Zorn aus seiner Stimme herauszuhalten. »Bob, selbst wenn die Wahrscheinlichkeit, dass hier tatsächlich Proben verschwunden sind, nur sehr gering ist, gibt es doch ein schlagendes Argument dafür, dass wir die Sache ernst nehmen sollten.«

»Und das wäre?«

»In dem Labor werden über 70 000 verschiedene Substanzen aufbewahrt. In den letzten fünf Jahren ist es nur zu einer einzigen Unregelmäßigkeit bei einer Routineüberprüfung gekommen, und zwar vor fünf Tagen. Und diese Unregelmäßigkeit betrifft zufällig den mit Abstand gefährlichsten Erreger im gesamten Bestand.«

Endlich verschwand Bobs fröhlicher Gesichtsausdruck. »Was?«

»Die Probe, die verschwunden ist, enthielt gentechnisch veränderte DNA – eine Rekombination des Marburg-Virus mit der Influenza A.«

»Und das bedeutet?«

»Stell dir Ebola gekreuzt mit einer gewöhnlichen Grippe vor. Die Sterblichkeit liegt laut Aussage des Laborleiters zwischen 70 und 95 Prozent. Das Zeug hat das Potenzial, eine globale Pandemie unvorstellbaren Ausmaßes auszulösen.«

»Heilige Scheiße! Eddie, du verarschst mich doch, oder?«

»Leider nicht.«

»Und was machen wir jetzt? Mann, wenn da draußen irgendwer mit so einem Virus rumläuft, ist es vielleicht schon zu spät! Heilige Mutter Gottes! Wir müssen etwas unternehmen!« Er griff zum Telefon. »Ich werde sofort eine Dringlichkeitssitzung des Direktorenkreises einberufen.«

»Langsam, Bob. Das Zeug in den Proben ist die DNA eines Virus, nicht das Virus selbst.«

»Und wo bitte ist da der Unterschied?«

»Die DNA ist nur die Erbinformation. Sie kann sich nicht von selbst vermehren, da ihr dafür eine Virushülle fehlt, die die DNA in die Zellen einschleust. Laut Aussage des Laborleiters könntest du das Zeug trinken, ohne dass etwas passiert.«

Bob atmete erleichtert aus. »Mann, Eddie, ehrlich! Du hast mir einen ganz schönen Schrecken eingejagt!« Er lachte. »Dafür hab ich aber einen gut bei dir!«

»Du verstehst mich immer noch nicht. Dass die DNA nicht sofort ansteckend ist, heißt nicht, dass sie ungefährlich ist. Man braucht ein Biotechnik-Labor, um daraus wieder ein ansteckendes Virus zu machen. Aber so was gibt es heute in jedem Kleinstaat.«

Endlich hielt Bob für eine Weile die Klappe. Schließlich nickte er. »Okay. Du vermutest also, dass jemand die Proben entwendet hat und versuchen könnte, sie an irgendeinen Schurkenstaat zu verkaufen.«

»Ich hoffe, dass es nicht so ist, aber ich kann es nicht ausschließen. Und wenn doch, dann müssen wir herausfinden, wo diese Proben sind, und sie zerstören, bevor jemand sie in eine wirklich gefährliche Substanz verwandelt.«

»Und wie, bitte, willst du das anstellen?«

»Wenn wirklich etwas weggekommen ist, dann kann es nur einer der Labormitarbeiter gewesen sein. Vielleicht hat er im Auftrag einer fremden Regierung gehandelt. Mit ein bisschen Glück hat die Übergabe noch nicht stattgefunden, und das Zeug ist noch im Land. Im Prinzip können die Proben beliebig lange in jedem gewöhnlichen Kühlschrank aufbewahrt werden. Unsere beste Chance ist es, den Verräter zu identifizieren und ihn zu schnappen, bevor die Proben das Land verlassen.«

»Also gut. Du kriegst deine Überwachung. Ich spreche mit Butler.« Er strich sich mit der Hand durch sein schütteres Haar. »O Mann, ich hatte wirklich gehofft, dass das hier ein ruhiger Job bleibt, bis ich in Rente gehe.«

Eddie bemühte sich, ein ausdrucksloses Gesicht zu behalten. Er konnte eine gewisse Freude darüber, dass es endlich mal einen richtigen Fall gab, nicht unterdrücken. Doch gleichzeitig war ihm mulmig zumute. Wenn an der Sache was dran war, dann war dies vielleicht die größte Bedrohung, der sich die USA je gegenübergesehen hatten. Oder besser gesagt die ganze Welt.

5.

Hamburg, Samstag 09:50 Uhr

Paulus war so begierig darauf, die Arbeit an dem Manuskript fortzusetzen, dass er sich kaum die Zeit zum Frühstücken nahm. Er hatte nur wenige Stunden geschlafen, fühlte sich jedoch ausgeruht und voller Energie, als er sich wieder an den Schreibtisch setzte.

Als er allerdings die Glyphen auf den folgenden Seiten einer Häufigkeitsanalyse unterzog, wusste er, dass er ein Problem hatte. Denn nun gab es keine klare Verteilung mehr – alle Zeichen tauchten mehr oder weniger gleich häufig im Text auf. Dafür gab es nur zwei mögliche Erklärungen: Entweder hatte der Mönch die restlichen Seiten aus irgendeinem Grund mit zufälligen Glyphen vollgekritzelt, oder er war von einer monoalphabetischen zu einer polyalphabetischen Substitution gewechselt.

Bei der monoalphabetischen Substitution wurde für jeden Buchstaben eines Textes ein anderer Buchstabe oder ein geheimes Zeichen eingesetzt, so wie dies im ersten Teil des Manuskripts der Fall gewesen war. Diese Technik war im Mittelalter weit verbreitet gewesen. Doch schon im 9. Jahrhundert nach Christus hatte der arabische Philosoph Abū Ya'qūb al-Kindī erstmals die Häufigkeitsanalyse beschrieben, mit der monoalphabetische Chiffren relativ leicht zu knacken waren. Diese Erkenntnis war jedoch im Abendland lange unbekannt gewesen, denn erst im 16. Jahrhundert begannen die Kryptographen, das Problem ernst zu nehmen.

Berühmt wurde der Fall der schottischen Königin Maria Stuart, der die Verwicklung in ein Komplott zur Ermordung der englischen Königin Elisabeth II. nachgewiesen wurde, weil es dem englischen Geheimdienst gelang, ihre verschlüsselten Botschaften mit Hilfe der Häufigkeitsanalyse zu entziffern. Maria Stuart wurde hingerichtet, und allen Kryptographen war spätestens jetzt klar, dass sie ein neues Verschlüsselungsverfahren brauchten.

Das Problem wurde durch die Erfindung der polyalphabetischen Substitution gelöst. Schon zu Beginn des 16. Jahrhunderts hatte der Benediktinerabt Johannes Trithemius das Verfahren beschrieben, bekannt wurde es jedoch erst durch eine Veröffentlichung des französischen Kryptographen Blaise de Vigenère. So ging es als Vigenère-Verschlüsselung in die Geschichte der Kryptographie ein.

Das im Grunde recht simple Verfahren war dreihundert Jahre lang praktisch nicht zu knacken gewesen. Man benutzte zur Verschlüsselung eine quadratische Tabelle, in der das Alphabet in jeder Zeile um eine Position verschoben war:

A	B	C	D	E	F	G	H	I	J	K	L	M	N	O	P	Q	R	S	T	U	V	W	X	Y	Z
B	C	D	E	F	G	H	I	J	K	L	M	N	O	P	Q	R	S	T	U	V	W	X	Y	Z	A
C	D	E	F	G	H	I	J	K	L	M	N	O	P	Q	R	S	T	U	V	W	X	Y	Z	A	B
D	E	F	G	H	I	J	K	L	M	N	O	P	Q	R	S	T	U	V	W	X	Y	Z	A	B	C
E	F	G	H	I	J	K	L	M	N	O	P	Q	R	S	T	U	V	W	X	Y	Z	A	B	C	D
F	G	H	I	J	K	L	M	N	O	P	Q	R	S	T	U	V	W	X	Y	Z	A	B	C	D	E
G	H	I	J	K	L	M	N	O	P	Q	R	S	T	U	V	W	X	Y	Z	A	B	C	D	E	F
H	I	J	K	L	M	N	O	P	Q	R	S	T	U	V	W	X	Y	Z	A	B	C	D	E	F	G
I	J	K	L	M	N	O	P	Q	R	S	T	U	V	W	X	Y	Z	A	B	C	D	E	F	G	H
J	K	L	M	N	O	P	Q	R	S	T	U	V	W	X	Y	Z	A	B	C	D	E	F	G	H	I
K	L	M	N	O	P	Q	R	S	T	U	V	W	X	Y	Z	A	B	C	D	E	F	G	H	I	J
L	M	N	O	P	Q	R	S	T	U	V	W	X	Y	Z	A	B	C	D	E	F	G	H	I	J	K
M	N	O	P	Q	R	S	T	U	V	W	X	Y	Z	A	B	C	D	E	F	G	H	I	J	K	L
N	O	P	Q	R	S	T	U	V	W	X	Y	Z	A	B	C	D	E	F	G	H	I	J	K	L	M
O	P	Q	R	S	T	U	V	W	X	Y	Z	A	B	C	D	E	F	G	H	I	J	K	L	M	N
P	Q	R	S	T	U	V	W	X	Y	Z	A	B	C	D	E	F	G	H	I	J	K	L	M	N	O
Q	R	S	T	U	V	W	X	Y	Z	A	B	C	D	E	F	G	H	I	J	K	L	M	N	O	P
R	S	T	U	V	W	X	Y	Z	A	B	C	D	E	F	G	H	I	J	K	L	M	N	O	P	Q
S	T	U	V	W	X	Y	Z	A	B	C	D	E	F	G	H	I	J	K	L	M	N	O	P	Q	R
T	U	V	W	X	Y	Z	A	B	C	D	E	F	G	H	I	J	K	L	M	N	O	P	Q	R	S
U	V	W	X	Y	Z	A	B	C	D	E	F	G	H	I	J	K	L	M	N	O	P	Q	R	S	T
V	W	X	Y	Z	A	B	C	D	E	F	G	H	I	J	K	L	M	N	O	P	Q	R	S	T	U
W	X	Y	Z	A	B	C	D	E	F	G	H	I	J	K	L	M	N	O	P	Q	R	S	T	U	V
X	Y	Z	A	B	C	D	E	F	G	H	I	J	K	L	M	N	O	P	Q	R	S	T	U	V	W
Y	Z	A	B	C	D	E	F	G	H	I	J	K	L	M	N	O	P	Q	R	S	T	U	V	W	X
Z	A	B	C	D	E	F	G	H	I	J	K	L	M	N	O	P	Q	R	S	T	U	V	W	X	Y

Um einen Klartext zu verschlüsseln, benötigte man ein oder mehrere Schlüsselwörter. Jedem Buchstaben des Klartextes wurde entsprechend der Tabelle der Buchstabe zugeordnet, der sich aus der Zeile des Schlüsselbuchstabens und der Spalte des Klartextbuchstabens ergab. Wenn man beispielsweise das Wort »GEHEIM« mit dem Schlüssel »PAULUS« chiffrierte, setzte man für das G den Buchstaben in der mit P beginnenden Zeile in der G-Spalte ein, in diesem Fall ein V. Für das erste E erhielt man in der A-Zeile wiederum E, das H wurde in der U-Zeile zu B und so weiter. »GEHEIM« wurde auf diese Weise als »VEBPCE« verschlüsselt.

Die gängige Methode zur Entschlüsselung von Vigenère-Chiffren bestand darin, den verschlüsselten Text auf Wiederholungen von Buchstabenkombinationen zu untersuchen, die möglicherweise auf häufige, mit den identischen Schlüsselbuchstaben chiffrierte Worte hindeuteten. Mit dem Computer war das kein großes Problem, solange das Schlüsselwort wesentlich kürzer war als der verschlüsselte Text. Doch das Übertragen der Symbole in den Rechner war eine mühselige Angelegenheit.

Aber natürlich gab es noch eine andere Möglichkeit: Man konnte versuchen, das Schlüsselwort zu erraten.

Der Mönch hatte offenbar am Ende des monoalphabetisch verschlüsselten Textes Hinweise darauf gegeben. Paulus las noch einmal die entsprechende Passage:

Wisse, dass alles, was der erste Engel mir sagte, hinter den Worten verborgen ist, welche die alten Könige bezeugen, die neben den jungen im Lichte Gottes stehen, wo die Heiligsten ruhen. Denn diese standen über mir, als der Engel mir erschien, wo ich in Seinem prachtvollen Haus zum Gebet kniete, am Ziel meiner Wallfahrt im Jahre des Herrn vierzehn hundert elf.

Diese Zeilen waren im wahrsten Sinn des Wortes kryptisch. Von welchen alten Königen »neben den jungen« war die Rede? Was bezeugten sie? Offenbar war dem Mönch seine Erscheinung in einer Kirche widerfahren, aber wo?

Immerhin lieferte der Text Paulus ein Datum, einen ersten konkreten Anhaltspunkt für das Alter des Dokuments. Doch das war seltsam: Die erste bekannte Erwähnung der Vigenère-Verschlüsselung stammte aus dem Jahr 1508. Wenn Hermo von Lomersheim 1411 eine Wallfahrt gemacht hatte, konnte er davon nichts gewusst haben, es sei denn, er wäre über hundert Jahre alt geworden. Zwar war es denkbar, sogar wahrscheinlich, dass die Vigenère-Methode auch vor ihrer Veröffentlichung schon eine Weile in Gebrauch gewesen war, allerdings waren selbst von den Geheimdiensten der Könige jener Zeit keine älteren Dokumente mit dieser Methode bekannt. Wie also sollte ausgerechnet ein Mönch aus dem Schwarzwald an diese Technik gekommen sein?

Im Text wurde angedeutet, dass der Engel ihm die Methode erklärt hatte. War dieser »Engel« in Wirklichkeit ein Geheimagent gewesen? Aber warum dann eine so umständliche Umschreibung eines Schlüsselworts? Warum überhaupt eine Andeutung in dieser Richtung?

Er wollte, dass jemand den Text entziffert – aber nicht zu früh, nicht unmittelbar nach seinem Tode, beantwortete Paulus sich selbst die Frage. Er wollte es schwierig machen, aber nicht unmöglich. Wenn er tatsächlich die Vigenère-Verschlüsselung benutzt und dieses Wissen von einem Geheimagenten gelernt hatte, dann hatte er davon ausgehen können, dass es lange dauern würde, bis jemand die Chiffre anwenden und den Text entschlüsseln konnte.

Aber was zum Himmel konnte so wichtig und gleichzeitig so schrecklich sein, dass der Mönch einen derart komplizierten Weg eingeschlagen hatte?

Er betrachtete die Manuskriptseite, auf der der zweite, unentzifferbare Teil begann. Oben links auf der Seite war eine Illumination angebracht, die einen König darstellte:

Jedenfalls hatte Paulus sie bisher für Schmuck gehalten. Andererseits war es wohl kaum ein Zufall, dass im Absatz davor von Königen die Rede gewesen war. Vielleicht war die Illumination ein Hinweis darauf, wo er suchen musste.

Wohin hatte man im Mittelalter eine Wallfahrt unternehmen können? Dafür gab es eine Menge denkbarer Ziele, angefangen bei Jerusalem über Rom bis zu den Lebens- und Wirkstätten zahlreicher Heiliger. Paulus war kein Experte in solchen religiösen Fragen – sein Fachgebiet war die Wirtschaft jener Zeit. Am Montag konnte er Professor Degenhart danach fragen, der seine Habilitationsschrift über den Ablasshandel verfasst hatte. Der Glaube an ein Leben nach dem Tod und die Angst armer Sünder vor der Hölle waren damals ein einträgliches Geschäft gewesen.

Der Mönch hatte den heiligen Bernhard erwähnt. Damit war gewiss Bernhard von Clairvaux gemeint, einer der Gründerväter des Zisterzienserordens. Er hatte im 12. Jahrhundert gelebt und sich mit wortgewaltigen Predigten für einen Kreuzzug zur Befreiung Jerusalems stark gemacht. War Hermo von Lomersheim vielleicht nach Clairvaux gereist oder in das Mutterkloster in Citeaux, in das Bernhard ursprünglich eingetreten war und von dem sich der Name der Zisterzienser ableitete? Bezog sich die Formulierung »wo die Heiligsten ruhen« auf Bernhards Grab?

Paulus recherchierte eine Weile im Internet über Bernhard von Clairvaux und die Zisterzienser, fand jedoch keinen Hinweis auf irgendwelche alten und jungen Könige.

Welche Heiligsten hatte der Mönch wohl sonst gemeint? Die Katholische Kirche verehrte über 6000 Heilige und Selige, hinzu kamen noch einmal mehr als 7000 offizielle Märtyrer. Selbst wenn man alle abzog, die im Mittelalter noch nicht gelebt hatten, waren das eine Menge Gräber, die Hermo von Lomersheim hätte besuchen können.

Sein Blick glitt zum wiederholten Mal über die entsprechenden Zeilen in seinen Aufzeichnungen:

… welche die alten Könige bezeugen, die neben den jungen im Lichte Gottes stehen, wo die Heiligsten ruhen …

Paulus stutzte. Bisher hatte er das Wort »Heiligsten« als für sich allein stehendes Substantiv betrachtet, das somit beliebige Heilige bezeichnen konnte. Doch die Glyphen unterschieden nicht zwischen Groß- und Kleinschreibung. Vielleicht war »heiligsten« als Adjektiv gemeint? Dann bezöge sich die Formulierung auf die Könige, und der Text müsste sinngemäß lauten: »wo die heiligsten Könige ruhen«.

Paulus war kein Theologe, aber mit den »heiligsten Königen« konnten wohl nur jene gemeint sein, die der Weihnachtsgeschichte zufolge dem neugeborenen Jesus ihre Aufwartung gemacht hatten.

Angeblich befanden sich die Gebeine der Heiligen Drei Könige im Kölner Dom. Paulus recherchierte die Details im Internet: Kaiser Friedrich Barbarossa, dem die Reliquien nach der Eroberung Mailands in die Hände gefallen waren, hatte sie im Jahr 1164 dem Kölner Erzbischof geschenkt. Sie lösten einen enormen Pilgeransturm in Köln aus, der schließlich zum Bau des Kölner Doms führte, einem der gewaltigsten Bauvorhaben seiner Zeit. Die Kathedrale war bereits zu Hermo von Lomersheims Lebzeiten ein bedeutendes Pilgerziel gewesen, auch wenn der Bau erst im 19. Jahrhundert vollendet worden war.

Nun war auch klar, was die Erwähnung der Könige zu bedeuten hatte, die »im Lichte Gottes standen«: Zu Beginn des 14. Jahrhunderts waren in den Oberchor des Doms Glasfenster eingesetzt worden, die 48 Könige zeigten – die Hälfte davon mit, die andere ohne Bart. Diese Fenster gehörten zu den ältesten noch erhaltenen Glasmalereien.

Es gab keinen Zweifel mehr: Im Jahr 1411 war der Mönch nach Köln gepilgert. Wahrscheinlich fand sich in den Glasfenstern oder in deren unmittelbarer Nähe eine Inschrift, die das Schlüsselwort enthielt.

Paulus war zuletzt als Kind im Kölner Dom gewesen. Er hatte damals mit seinen Eltern eine Tour durch Deutschland gemacht, kurz bevor sich seine Mutter von seinem Vater getrennt und Paulus mit sich nach München genommen hatte. Er war damals acht Jahre alt gewesen.

Er erinnerte sich noch, dass ihn die mittelalterlichen Burgen entlang des Rheins fasziniert hatten. Die Kathedrale war ihm damals allerdings ziemlich langweilig vorgekommen.

Er googelte Bilder des Doms und fand eine Menge Fotos der Glasmalereien des sogenannten Königszyklus. Die Darstellungen der Könige in den Fenstern glichen der Zeichnung in dem Manuskript bis ins Detail. Allerdings war auf keinem der Fotos eine Inschrift zu erkennen.

Als er gerade die Fotoserie eines talentierten Amateurfotografen studierte, der sich eingehend mit der Innenarchitektur des Doms beschäftigt hatte, klingelte es an der Tür.

Er sah auf die Uhr: halb zwei mittags. Er hatte gar nicht gemerkt, wie die Zeit verstrichen war.

Wer mochte um diese Zeit etwas von ihm wollen? Ein Paketbote vielleicht? Er hatte in letzter Zeit nichts im Internet bestellt.

Durch den Türspion erblickte er einen jungen Mann mit schwarzem Vollbart.

Paulus war stolz darauf, keine Vorurteile gegenüber Menschen aus anderen Kulturkreisen zu haben, aber er war auch nicht naiv. Er legte die Sicherheitskette ein, bevor er die Tür einen Spalt weit öffnete. »Ja, bitte?«

»Paulus Brenner?«, fragte der Mann. Er hatte einen starken, rauen Akzent.

»Ja?«

»I come from Aaron Lieberman.« Sein Englisch klang abgehackt, so als habe er nur ein paar Brocken gelernt. »He gave you book, last day. Now he want it back. You give me book, please.«

Paulus erschrak. Hatte der Amerikaner es sich tatsächlich anders überlegt und wollte das Buch nun doch zurück haben? Aber warum hatte er Paulus dann nicht angerufen und ihn persönlich darum gebeten? Andererseits musste Lieberman den Mann wohl geschickt haben – woher sonst hätte jemand von dem Treffen und dem Buch wissen sollen?

Trotzdem – Paulus hatte ein ungutes Gefühl bei der Sache. »How do I know that Mr Lieberman sent you?«, fragte er.

»Lieberman told me to go to you and get the book. He gave me your address. Now you give book to me!«

»I will call Mr Lieberman now«, sagte Paulus und holte sein Handy hervor. Er wählte Liebermans Nummer, erreichte jedoch nur die Mailbox.

»You give me the book now!«, insistierte der Mann. Die energische Art, mit der er die Forderung hervorbrachte, sprach nicht gerade dafür, dass er bloß ein beauftragter Kurier war.

»I'm sorry, I will only give the book to Mr Lieberman in person«, sagte Paulus. »It belonged to my Grandmother. He gave it to me and asked me to keep it. If he changed his mind, he must tell me so himself.«

»Yes, yes, he has changed mind, now wants book himself«, sagte der Araber, oder was immer er war. »You give it now to me!«

»I'm sorry«, sagte Paulus und versuchte, die Tür zu schließen.

Der Mann stellte den Fuß in die Tür. »Open the door!«

»I will call the police now!«, erwiderte Paulus und begann, die Notrufnummer in das Display zu tippen.

Das wirkte. Der Mann stieß einen langen Fluch in einer rauen, kehligen Sprache aus, drehte sich um und verschwand die Treppe hinunter.

Nachdenklich kehrte Paulus an seinen Schreibtisch zurück. Was hatte das zu bedeuten? Ganz offensichtlich hatte der Mann versucht, das Buch unrechtmäßig in seinen Besitz zu bringen. Aber woher hatte er überhaupt davon gewusst? Und warum lag ihm so viel daran? Ging es ihm bloß darum, an ein wertvolles Manuskript aus dem Mittelalter zu kommen, von dessen Existenz er zufällig erfahren hatte? Aber der Fremde hatte sich nicht wie ein professioneller Betrüger verhalten. Dazu war er viel zu ungeschickt vorgegangen.

Paulus wählte erneut Liebermans Handynummer und sprach eine kurze Nachricht auf, in der er um dringenden Rückruf bat.

Er betrachtete das äußerlich unscheinbare Buch, das immer geheimnisvoller zu werden schien, je länger er sich damit beschäftigte. Vielleicht war es an der Zeit, die Sache etwas professioneller anzugehen. Immerhin war er Wissenschaftler.

Die erste Aufgabe, die er bei der Entdeckung eines wissenschaftlich bedeutsamen Fundes hatte, war es, diesen möglichst exakt zu dokumentieren und ihn damit für die wissenschaftliche Auswertung zu sichern. Er holte sein Handy hervor und machte mit der eingebauten Digitalkamera Fotos des Buches und der einzelnen Seiten. Diese überspielte er auf seinen Laptop. Die Fotos waren nicht besonders gut und erfüllten keine wissenschaftlichen Ansprüche, aber immerhin konnte man die einzelnen Glyphen erkennen.

Während er die Bilder betrachtete, kam ihm eine Idee. Er suchte eine Nummer aus dem Speicher seines Handys, die er schon länger nicht mehr angerufen hatte.

»Frank Bornemann?«, meldete sich die Stimme seines früheren Kommilitonen.

»Hallo, Frank, hier ist Paulus Brenner!«

»Mensch, Paul, ist ja ’ne Ewigkeit her! Wie geht’s dir denn so? Bist du immer noch an der Uni?«

Frank hatte wie Paulus mittelalterliche Geschichte studiert. Sie hatten sich vor Jahren in einem Seminar kennengelernt und sich ein paar Mal getroffen, um sich gemeinsam auf Klausuren vorzubereiten. Frank hatte sich besonders für mittelalterliche Handschriften interessiert und wusste alles über ihre Herstellung, die verwendeten Materialien und Techniken sowie Kalligraphie und Illumination. Er hatte sogar Kurse gegeben, in denen man lernte, wie man Pergament herstellte und zu Büchern band.

Frank hatte immer gehofft, nach dem Studium eine Anstellung in einem Staatsarchiv oder einer Universitätsbibliothek zu erhalten. Doch stattdessen hatte er einen Job bei einer Versicherung annehmen müssen. Seit er vor zwei Jahren geheiratet hatte, hatten sie sich aus den Augen verloren.

»Sag mal, beschäftigst du dich eigentlich immer noch mit alten Handschriften?«, fragte Paulus.

»Na ja, eigentlich nicht. Hin und wieder kommt es vor, dass jemand ein Druckwerk aus dem 16. oder 17. Jahrhundert bei uns versichern will, aber meistens geht es um alte Möbel und Kunstgegenstände. Wieso? Hat euer Institut irgendwo eine Geldquelle aufgetan, und ihr wollt etwas kaufen?«

»Nein. Ich bin da zufällig auf etwas gestoßen und wollte nur mal deine Meinung dazu hören.«

»Auf etwas gestoßen? Auf was denn?«

»Eine Handschrift, wahrscheinlich aus dem 15. Jahrhundert. Verschlüsselt.«

»Klingt aufregend. Weißt du, wer sie verfasst hat?«

»Es scheint das Testament eines Mönchs zu sein. Ich kann mir noch keinen richtigen Reim darauf machen. Ich dachte, vielleicht kannst du es dir mal anschauen und mir sagen, wie alt es ist.«

»Klar, mach ich gerne. Komm doch einfach gleich bei mir vorbei! Patrizia ist mit einer Freundin shoppen, und ich hocke eh bloß vor dem Computer. Wäre nett, mal wieder mit dir über alte Zeiten zu plaudern! Meine Adresse hast du ja, oder?«

»Ja. Gut, ich schätze, ich bin in einer halben Stunde da.«

»Hast du schon was gegessen? Ich nämlich nicht. Was hältst du davon, wenn ich uns Pizza bestelle, wie in alten Zeiten? Du nimmst die 23, nehme ich an?«

Paulus musste grinsen. »Aber ohne Anchovis!«

»Logisch. Also bis gleich!«

6.

Hamburg, Samstag 14:17 Uhr

Mit der S-Bahn und dem Bus brauchte Paulus etwas länger als die angekündigte halbe Stunde, bis er vor Franks Reihenhaus in Rahlstedt stand.

Sein alter Freund begrüßte ihn grinsend. »Mensch, das ist echt schön, dich wiederzusehen! Komm doch rein!« Er betrachtete kritisch Paulus' ergraute Schläfen. »Bist ganz schön alt geworden, Mann! Stress mit den Frauen?«

»Nö, wieso?«, gab Paulus zurück. »Ich bin doch nicht verheiratet!«

Frank lachte. »Du hast ja keine Ahnung! Ich meine, Patrizia und ich, das läuft wirklich super. Sie ist im fünften Monat schwanger, und wir freuen uns schon riesig auf die Kleine. Aber das Blöde am Heiraten ist, dass man zur Hochzeit noch eine Familie dazubekommt. Und die von Patrizia würde ich am liebsten gleich wieder umtauschen.«

Er führte Paulus in das kombinierte Wohn- und Esszimmer, wo bereits zwei verführerisch duftende Pizzen warteten. Wie es sich gehörte, aßen sie direkt aus der Pappschachtel und tranken dazu Cola aus der Dose.

Während des Essens plauderten sie über alte Zeiten und die Wendungen, die ihr Leben genommen hatte. Paulus lästerte über seinen neuen Chef, und Frank beklagte sich über das eintönige Leben eines Sachbearbeiters bei einer Versicherung.

Nachdem sie die Pappschachteln entsorgt und das Besteck in die Spülmaschine geräumt hatten, kam Paulus endlich zum Grund seines Besuchs. Er holte das Kästchen aus seiner Tasche.

Frank machte große Augen. Er nahm aus einer Kommode dünne Stoffhandschuhe und streifte sie über. Mit einer flachen Pinzette blätterte er vorsichtig durch die Seiten.

»Das ist ziemlich außergewöhnlich«, sagte Frank nach einer Weile. »Woher hast du es?«

»Ein Amerikaner hat es mir gegeben, ein Jude namens Aaron Lieberman. Er hat es im Nachlass seines Vaters gefunden. Offenbar hat es meiner Großmutter gehört.«

»Deiner Großmutter?«

»Ja. Sie ist im Krieg in einem Arbeitslager gestorben. Sie hat davor im Standesamt Wandsbek gearbeitet. Lieberman hat mir erzählt, dass sie seinem Vater einen gefälschten Ahnenpass ausgestellt hat, damit er seine jüdische Herkunft vor den Nazis verschleiern konnte. Als er aus Deutschland floh, hat sie ihm das Buch mitgegeben, damit er es in Sicherheit bringt. Jahrzehntelang hat es auf seinem Dachboden gelegen, bis er gestorben ist und sein Sohn es gefunden hat.«

»Wow! Das ist ja wirklich mal eine Story! Aber woher hatte deine Großmutter das Buch?«

»Lieberman hat mir einen Brief von ihr gegeben. Darin steht, dass sie es von ihrem Vater bekommen hat, der ein evangelischer Priester war. Es scheint sich schon seit Generationen im Familienbesitz befunden zu haben.«

»Und du hast davon nie etwas gewusst?«

»Nein. Mein Vater war erst zehn, als seine Mutter verhaftet wurde und mein Großvater sich kurz darauf umbrachte.«

»O Mann, das tut mir leid.«

»Es ist schon seltsam: Ich habe nie etwas über meine Großeltern gewusst. Und nun stellt sich heraus, dass sie insgeheim Juden geholfen und dafür mit dem Leben bezahlt haben.«

»Mann, das musst du an die Öffentlichkeit bringen! Die beiden verdienen ein Denkmal oder mindestens einen Platz in einem Holocaust-Museum.«

»Vielleicht. Leider gibt es keine Dokumente mehr aus dieser Zeit, die ihre Taten belegen. Die Juden, denen sie geholfen hat, sind wohl entweder doch noch umgekommen oder haben die gefälschten Dokumente bei der Einreise in die USA oder nach Israel vernichtet. Auf jeden Fall dürfte keiner mehr leben, der sie persönlich gekannt hat. Und wenn doch, wüsste ich nicht, wie ich ihn finden sollte.«

»Hat denn das Standesamt keine Dokumente mehr aus dieser Zeit?«

»Mein Vater hat schon alles versucht. Er wollte immer wissen, warum sie verhaftet worden war, doch alle entsprechenden Unterlagen wurden bei Kriegsende vernichtet.«

»Wie hat denn dieser Jude dich gefunden?«

»Sein Vater hatte ihm den Namen meiner Großmutter genannt. Er hat im Internet recherchiert und mich gefunden. Dann hat er gesehen, dass ich einen Vortrag über mittelalterliche Kryptographie und das Voynich-Manuskript halte, und da ist er nach Deutschland gekommen, um mir das Buch zu geben. Er denkt, dass ich mich für Kryptologie interessiere, ist Vorsehung oder so was.«

»Du hast einen Vortrag gehalten? Wieso hast du mir nicht Bescheid gesagt?«

»Sorry, hab nicht dran gedacht. Ist ja auch egal, du weißt eh schon alles, was es zu wissen gibt.« Sie hatten nächtelang über das Voynich-Manuskript diskutiert, wobei Paulus seine Theorie eines fantastischen Werks gegen Franks Einwände verteidigt hatte. »Jedenfalls kam er nach dem Vortrag zu mir und hat mich zum Essen eingeladen. Gestern hat er mir dann das Buch gegeben und den Brief meiner Großmutter.«

»Das ist aber anständig von ihm, dass er dafür extra nach Deutschland kommt!«

»Er hat gesagt, er ist hergekommen, um die alte Heimat seines Vaters zu sehen. Er scheint ziemlich reich zu sein. Außerdem glaubt er, dass das Buch ein großes Geheimnis enthält und dass ich dafür bestimmt bin, es zu lüften.«

»Glaubst du das etwa auch?«

»Na ja, du kennst ja meine Einstellung zu Schicksal und so. Aber etwas ist schon seltsam an diesem Buch. Der Brief meiner Großmutter spricht tatsächlich von einem Geheimnis, und der Text, den ich bisher entschlüsselt habe, deutet auch darauf hin. Und dann war da vorhin so ein komischer Typ an meiner Haustür, sah aus wie ein Araber. Er wollte, dass ich ihm das Buch gebe. Hat behauptet, dass Lieberman ihn geschickt hätte, aber das war offensichtlich gelogen.«

»Hm. Das klingt wirklich seltsam. Du sagtest, du hast schon einen Teil entschlüsselt? Was steht denn drin?«

»Der Autor ist ein Mönch namens Hermo von Lomersheim. Er schreibt von Visionen, bei denen ihm ein Engel erschienen sein soll.«

»Was denn für Visionen?«

»Das weiß ich noch nicht genau. Ich konnte den Text nur bis zu einer bestimmten Stelle entschlüsseln. Bis dahin ist es eine einfache Substitutionschiffre. Danach hat er das Verschlüsselungsverfahren geändert. Ich vermute, dass der Rest Viginère-verschlüsselt ist.«

»Hmm. Dem ersten Anschein nach hätte ich das Buch für älter gehalten. Aber wenn du recht hast, kann es frühestens gegen Ende des 16. Jahrhunderts entstanden sein. Zu der Zeit wurde Pergament eigentlich nur noch selten verwendet.«

»Das ist ja das Merkwürdige. Der Mönch schreibt, dass er die erste Erscheinung des Engels im Jahr 1411 hatte, und zwar vermutlich im Kölner Dom. Wenn das stimmt, müsste er es spätestens Ende des 15. Jahrhunderts geschrieben haben.«

»Aber das Verfahren von Viginère ist erst fünfzig Jahre später veröffentlicht worden, wenn ich mich recht erinnere.«

»Ja, ich weiß. Die Methode war aber vorher schon bekannt. Vielleicht hat dieser Mönch gegen Ende seines Lebens jemanden kennengelernt, der ihm das Verfahren beigebracht hat. Vielleicht hat er auch indirekt davon erfahren. Der Text, den ich bisher entziffern konnte, liest sich allerdings ein bisschen seltsam, und mir ist noch nicht ganz klar, weshalb er sich solche Mühe gemacht hat, seine Botschaft an die Nachwelt zu verschlüsseln.«

»Hast du den Klartext da?«

Paulus nickte und reichte ihm einen Computerausdruck.

Frank las schweigend. »Das klingt irgendwie ... unheimlich«, sagte er schließlich. »Diese Zeitangabe am Ende scheint sich fast auf unsere Gegenwart zu beziehen.«

»Ja, darüber bin ich auch erst gestolpert. Aber die Jahrtausendwende war im Mittelalter für viele gleichbedeutend mit dem Tag des Jüngsten Gerichts. Möglicherweise erklärt das diese Angabe. Außerdem ist sie ja ziemlich ungenau.«

»Schon ziemlich seltsam das Ganze. Hast du mal drüber nachgedacht, ob es eine Fälschung sein könnte? Oder so ein romantischer Schabernack aus dem 19. Jahrhundert? Damals war es eine Zeitlang in Mode, das Mittelalter in pseudohistorischen Bauwerken und Dokumenten nachzuempfinden. Denk zum Beispiel an Neuschwanstein.

Das würde jedenfalls den esoterischen Tonfall des Textes erklären und das komplexe Verschlüsselungsverfahren.«

»Ehrlich gesagt bin ich genau deswegen zu dir gekommen. Ich dachte, du kannst mir vielleicht sagen, ob es tatsächlich aus dem Mittelalter stammt.«

Frank betrachtete das Buch eingehend von allen Seiten und roch daran. Er holte eine große Lupe aus einer Schublade und studierte eine Zeitlang den Ledereinband, die Bindung und eine der Pergamentseiten.

Schließlich zuckte er mit den Schultern. »Eine wirklich sichere Altersbestimmung müsste man im Labor machen, zum Beispiel mit der Radiokarbonmethode. Aber wenn du mich nach meinem Eindruck fragst, dann würde ich sagen, das Buch ist entweder tatsächlich sehr alt, oder es ist eine verdammt gute Fälschung. Ich bezweifle, dass sich jemand im 19. Jahrhundert für eine romantische Imitation die Mühe gemacht hätte, die Techniken des Mittelalters derart exakt zu kopieren.«

»Das habe ich schon vermutet.«

»Willst du, dass ich eine Altersbestimmung vornehmen lasse? Ich kenne da ein Labor, die sind auf so was spezialisiert. Das ist aber nicht ganz billig.«

»Nein, deine Einschätzung reicht mir erst mal. Eine Radiokarbonanalyse kann ich später immer noch machen lassen. Zunächst will ich versuchen, den Rest des Textes zu entschlüsseln. Vielleicht finde ich das Codewort, das der Mönch benutzt hat. Hier, dieser Absatz scheint mir auf den Kölner Dom hinzudeuten. Mit den Worten, die die alten Könige bezeugen, ist bestimmt irgendeine Inschrift gemeint.«

»Hast du schon im Internet danach recherchiert?«

»Ja, ich habe aber noch nichts Konkretes gefunden.«

»Und was willst du jetzt machen?«

»Ich fahre morgen nach Köln und sehe nach.«

Frank lachte. »Na, du bist aber wirklich hartnäckig!«

»Stell dir doch bloß mal vor, was in diesem Dokument stehen könnte!«, sagte Paulus aufgeregt. »Ich meine, dieser ganze Engelkram ist doch bloß eine moralische Rechtfertigung. Vielleicht wurde der Mönch Zeuge eines besonderen Vorkommnisses. Wer weiß, möglicherweise beschreibt er einen Mord oder ein Geheimtreffen von Kirchenfürsten. Das wäre eine wissenschaftliche Sensation!«

»Na, erwarte mal lieber nicht zu viel davon«, sagte Frank. »Das Geschreibsel klingt für mich bisher ziemlich wirr, wie die Fantasien eines altersschwachen Greises. Als historische Quelle jedenfalls nicht belastbar.«

Frank war immer der nüchterne Realist gewesen. Wahrscheinlich war er in der Versicherung ganz gut aufgehoben. Ihm würde so schnell niemand etwas vormachen, was den Wert eines Gegenstands anging. Und vielleicht hatte er recht – Paulus hatte sich von seiner Begeisterung für das Familienerbstück hinreißen lassen. Bei Licht betrachtet war das verschlüsselte Manuskript zwar alt, aber möglicherweise viel weniger bedeutend, als es seiner Großmutter und seinem Urgroßvater erschienen sein musste.

»Mag sein«, sagte er. »Trotzdem – ich muss rausfinden, was im Rest des Buchs steht! Vielleicht erfahre ich so mehr über die Geschichte meiner Familie.«

»Das stimmt natürlich. Ehrlich gesagt würde ich am liebsten mitkommen. Mir ist eigentlich egal, ob das Buch historischen Wert hat – ich finde solche Sachen einfach spannend.« Er seufzte. »Ich fürchte allerdings, Patrizia hätte dafür kein Verständnis. Halte mich aber auf jeden Fall auf dem Laufenden!«

Sie unterhielten sich noch eine Weile über das rätselhafte Manuskript, dann kam Patrizia mit ihrer Freundin nach Hause, und Paulus verabschiedete sich. Als er den Grindelberg erreichte, war es bereits Viertel nach fünf.

Im Treppenhaus blieb er abrupt stehen.

Seine Wohnungstür war angelehnt.

Hatte er vergessen, die Tür richtig zu schließen? Nein, undenkbar! Als er das Schloss genauer betrachtete, sah er, dass jemand die Tür aufgehebelt hatte.

Erschrocken betrat er die Wohnung. Es herrschte ein fürchterliches Durcheinander. Schranktüren standen offen, Schubladen waren herausgezogen, der Inhalt lag auf dem Boden verstreut.

Aus der Küche drang ein regelmäßiges Piepen. Wie in Trance folgte Paulus dem Geräusch. Es kam aus dem Kühlschrank, dessen Tür offen stand. Der gesamte Inhalt war ausgeräumt worden und stapelte sich auf der Spüle. Die Verpackungen von Pizza und tiefgefrorenem Gemüse waren nass vom aufgetauten Eis.

Er ging ins Schlafzimmer. Sein Laptop war verschwunden, ebenso der Drucker und der Fernseher. Doch Paulus war klar, dass dies kein gewöhnlicher Einbruch gewesen war. Der Mistkerl von einem Araber war wiedergekommen und hatte das Buch gesucht.

Wut stieg in ihm auf, als er das Handy hervorholte und die Polizei anrief.

Als er das Handy zuklappte, durchzuckte ihn ein eisiger Schreck. Der Brief! Er hatte ihn neben dem Laptop liegen lassen. Er rannte zu seinem Schreibtisch, durchsuchte die Schubladen, sah auf dem Fußboden nach. Doch seine Befürchtung wurde zur Gewissheit: Das einzige schriftliche Zeugnis seiner heroischen Großmutter war verloren.

7.

Hamburg, Samstag 17:45 Uhr

Es dauerte fast eine halbe Stunde, bis zwei Polizisten eintrafen. Sie besahen sich das Durcheinander, das Paulus unangetastet gelassen hatte.

»Ist etwas gestohlen worden?«, fragte einer der beiden, während der andere sich in der Wohnung umsah.

»Ja. Mein Laptop, ein Drucker und ein Flachbildfernseher. Und ein Brief meiner Großmutter.«

Der Polizist zog eine Augenbraue hoch. »Ein Brief? Der Einbrecher hat einen Brief ihrer Großmutter gestohlen? Warum das denn?«

»Das weiß ich nicht genau. Aber es hatte sicher mit dem Buch zu tun, dem eigentlichen Grund für den Einbruch.« Paulus zeigte es ihm und erzählte von der Begegnung mit dem Unbekannten am Vormittag.

»Können Sie den Mann beschreiben?«

»Etwas kleiner als ich, schwarzes kurzes Haar, Vollbart. Vom Aussehen her würde ich ihn für einen Araber halten oder vielleicht einen Inder oder Pakistani. Er sprach gebrochen Englisch.«

»Wie alt war er ungefähr?«

»Ende zwanzig, schätze ich.«

»Und Sie glauben, er wollte das Buch stehlen?«

»Er hat von mir verlangt, dass ich es ihm herausgebe. Er behauptete, der Mann, der es mir gegeben hat, wolle es wiederhaben. Er wurde richtig aggressiv. Als ich damit gedroht habe, die Polizei anzurufen, ist er abgehauen.«

»Von wem haben Sie dieses Buch?«

»Von einem Amerikaner namens Aaron Lieberman.«

Der Polizist machte sich auf einem Klemmbrett Notizen. »Können Sie mir bitte seine Anschrift geben?«

»Ich habe nur seine Handynummer.«

Der Polizist notierte sie. »Dieses Buch – wie wertvoll ist es?«

»Das kann man nicht genau sagen. Möglicherweise von großem historischen Wert. Sein Inhalt wurde mit einer Technik verschlüsselt, die nach bisherigem Stand der Forschung zu dem Zeitpunkt, als es geschrieben worden sein muss, noch gar nicht bekannt war.«

»Es wurde verschlüsselt?«

»Ja. Schauen Sie, hier.« Paulus hielt ihm das geöffnete Manuskript hin und erklärte kurz, wie er den ersten Teil entschlüsselt hatte und dann auf eine offenbar polyalphabetische Chiffre gestoßen war.

Der Polizist sah ihn an, als hätte er nicht allzu viel von dem begriffen, was Paulus gesagt hatte. »Und … was steht da drin?«

»Offenbar ist es eine Art Testament eines Mönchs aus dem Mittelalter. Er hat anscheinend seine Träume und Visionen aufgeschrieben und verschlüsselt. Möglicherweise beschreibt er in dem Teil, den ich noch nicht knacken konnte, historische Begebenheiten. Dann wäre das Buch für die Wissenschaft sehr wertvoll.«

»Wie hat dieser Unbekannte davon erfahren, dass das Buch in Ihrem Besitz ist?«

»Das weiß ich nicht.«

Der Polizist nickte. »Kommen wir noch mal auf die gestohlenen Gegenstände zurück. Was für ein Laptop war das? Haben Sie vielleicht eine Unterlage, aus der die Seriennummer hervorgeht?«

Paulus hatte bereits mit dieser Frage gerechnet und den Ordner mit den Garantieunterlagen herausgesucht. Er gab dem Polizisten die entsprechenden Unterlagen inklusive der Verkaufsquittungen.

Der Polizist schrieb die Seriennummern ab und gab Paulus die Unterlagen zurück. »Die brauchen Sie noch für die Versicherung.«

»Ja, danke. Was geschieht jetzt?«

»Wir fertigen ein Protokoll an. Es wäre schön, wenn Sie morgen oder Montag zu uns ins Revier kommen könnten, um es zu unterschreiben.« Er reichte Paulus eine Visitenkarte.

»Und sonst? Werden Sie versuchen, diesen Araber zu fassen?«

»Sie haben ausgesagt, dass ein Unbekannter vor Ihrer Wohnungstür war«, antwortete der Polizist in der verständnisvollen, aber bestimmten Art, mit der Versicherungssachbearbeiter am Telefon ihren Kunden erklären, warum sie für einen Schaden nicht zuständig sind. »Am selben Tag ist hier eingebrochen worden. Doch das Buch, das der Unbekannte von Ihnen gefordert hat, ist nicht gestohlen worden. Somit ist nicht erwiesen, dass die beiden Ereignisse in einem Zusammenhang stehen. Es wäre möglich, dass es sich um einen gewöhnlichen Einbruchdiebstahl handelt. Hier in der Gegend treiben mehrere Banden ihr Unwesen, hinter denen wir schon länger her sind. Mein Kollege hat Fingerabdrücke genommen. Wenn wir einen von denen erwischen, hilft uns das vielleicht weiter.«

»Aber der Brief! Ein gewöhnlicher Einbrecher hätte doch wohl keinen Brief meiner Großmutter gestohlen, oder?«

Der Polizist sah ihn mitleidig an. »Vielleicht findet sich der Brief ja wieder ein.«

Paulus unterdrückte ein Aufstöhnen. »Und der Araber? Ich könnte versuchen, ein Phantombild ...«

»Erstens wissen wir gar nicht, ob der Unbekannte Araber ist«, unterbrach ihn der Polizist. »Zweitens ist nicht erwiesen, dass er etwas mit dem Einbruch zu tun hat. Drittens haben wir so gut wie keine Informationen über den Mann. Bitte haben Sie Verständnis dafür, dass wir nicht jedes Mal, wenn irgendwo eingebrochen wird, die Spurensicherung schicken und eine Fahndung ausschreiben können – dafür haben wir weder die Kapazität, noch wäre der Aufwand angesichts der Erfolgsaussichten gerechtfertigt. Ich rate Ihnen, noch heute Ihre Hausratversicherung über den Vorfall zu informieren und die Gegenstände als gestohlen zu melden. Außerdem sollten Sie das Schloss in der Tür auswechseln und sie durch zusätzliche Sicherungsbolzen verstärken lassen. Leider ist die Tür sehr leicht aufzuhebeln gewesen, so dass Sie es den Einbrechern unnötig leicht gemacht haben.«

»Ich? Aber … das ist eine Mietwohnung!«

»Dann wenden Sie sich an Ihren Vermieter und bitten ihn, die Türsicherungen zu verstärken. Wir informieren ihn gern über geeignete einbruchhemmende Maßnahmen. Sollte Ihnen später noch etwas einfallen, rufen Sie uns bitte an. Ansonsten melden Sie sich bitte spätestens Montag auf der Dienststelle. Auf Wiedersehen.«

Während Paulus die Wohnung aufräumte, dachte er darüber nach, was die Polizei wohl tun würde. Die Antwort war einfach: gar nichts. Sie würden bloß abwarten, bis sie irgendeinen Einbrecher auf frischer Tat ertappten, und dann versuchen, ihm auch diesen Einbruch anzuhängen. Und was hätten sie auch sonst tun sollen? Paulus sah ein, dass es naiv gewesen war, zu glauben, dass die Polizei nun Jagd auf den unbekannten Araber machen würde.

Immerhin, das Buch war in Sicherheit. Der Verlust seines Laptops war verschmerzbar; zum Glück sicherte er seine Daten regelmäßig bei einem Onlineservice, so dass nichts von seiner Arbeit unwiederbringlich verloren war. Lediglich die Datei mit dem übersetzten Manuskripttext hatte er nicht mehr, aber er besaß noch seine handschriftlichen Aufzeichnungen und den Ausdruck, den er für Frank gemacht hatte. Das Gerät war auch nicht mehr das jüngste gewesen, und Paulus hatte schon mit dem Gedanken gespielt, sich ein neues zuzulegen – nun würde er sogar noch Geld von der Versicherung dazubekommen. Auch der Fernseher und der Drucker waren veraltete Modelle gewesen.

Der schmerzhafteste Verlust war der Brief seiner Großmutter. Warum hatte der Araber ihn mitgenommen? Auf jeden Fall war klar, dass es ihm nicht bloß darum gegangen war, das alte Buch auf dem Schwarzmarkt zu verkaufen. Hatte es etwas mit dem Geheimnis zu tun, von dem seine Großmutter geschrieben hatte und das sich irgendwo hinter dem Code verbarg?

Er würde den Grund für den Einbruch wohl nur herausfinden, wenn er den Rest des Textes entschlüsselte. Ohne seinen Laptop und die entsprechende Software hatte er keine Möglichkeit, den Code durch statistische Analysen zu knacken. Zwar konnte er das Manuskript am Montag im Institut analysieren, aber so lange wollte er nicht warten. Morgen würde er einen frühen Zug nach Köln nehmen und versuchen, das Schlüsselwort im Kölner Dom zu finden.

Paulus bestellte einen Schlüsselnotdienst, der für sündhaft teures Geld ein neues Schloss einsetzte. Nachdem der Mann gegangen war, verriegelte Paulus die Tür zusätzlich mit der Sicherungskette und schob eine Kommode vor den Eingang.

Den ganzen Abend grübelte er darüber nach, was es mit dem Buch auf sich haben mochte. Wie war es an seine Familie gelangt? Warum hatte seine Großmutter etwas von einem Geheimnis geschrieben? Warum hatte sie nicht gewollt, dass es den Nazis in die Hände fiel? Hatte sein Urgroßvater den Inhalt gekannt? Wie hatte der Araber davon erfahren?

Irgendwann gab er auf. Wilde Spekulationen brachten ihn nicht weiter. Er nahm ein Buch über Hitlers Machtergreifung aus dem Regal und las eine Weile, um sich abzulenken. Schließlich ging er zu Bett, doch er brauchte lange, um einzuschlafen.

Mitten in der Nacht fuhr er aus dem Schlaf hoch. War da ein Geräusch gewesen? Er lauschte in die Dunkelheit, hörte jedoch nichts außer dem gedämpften, niemals ganz verstummenden Straßenlärm. Eine Zeitlang blieb er mit klopfendem Herzen liegen und versuchte, wieder einzuschlafen. Schließlich gab er auf, schaltete das Licht ein und betrat den kleinen Flur. Die Tür war unversehrt, die Kommode stand noch an ihrem Platz. Die Tür zu dem kleinen Balkon, auf dem er im Sommer gern frühstückte, war weit geöffnet. Er hatte sie wie jeden Abend offen stehen lassen, um die kühle Nachtluft in die Wohnung zu lassen. Er schalt sich selbst für seinen Leichtsinn und schloss sie. Dann ging er wieder ins Bett.

Er wälzte sich noch eine Weile hin und her, dann gab er den Versuch, wieder einzuschlafen, auf. Er machte das Licht an und sah auf seine Armbanduhr. Viertel nach fünf. Wann fuhr der erste Zug nach Köln? Sein altertümliches Handy besaß keinen Internetbrowser, also rief er die Bahnauskunft an. Der Computer teilte ihm mit freundlicher Kunststimme mit, dass er um kurz nach sechs mit dem ICE fahren konnte. Also stand er auf, duschte, packte seine Aufzeichnungen und das Buch in die Laptoptasche und machte sich auf den Weg zum Bahnhof.

Am frühen Sonntagmorgen war der Hauptbahnhof nicht so voll wie sonst, aber es waren doch überraschend viele Menschen schon um diese Zeit unterwegs. Er kaufte sich ein Ticket am Fahrkartenautomaten und stieg in einen Großraumwagen des ICE.

Auf der Strecke zwischen Hamburg und Bremen nickte Paulus ein. Als er aufwachte und auf den Nebenplatz blickte, durchfuhr ihn ein eisiger Schreck. Anstelle seiner Tasche, die er dort abgestellt hatte, saß plötzlich eine etwa vierzigjährige Frau auf dem Platz.

»Ich habe Ihre Tasche nach oben in die Gepäckablage gelegt«, sagte sie mit vorwurfsvoller Miene. »Ich habe diesen Platz nämlich reserviert!«

Paulus sah sich verwirrt in dem Wagen um. Offenbar war in Bremen eine Reisegruppe zugestiegen, denn fast alle Plätze waren mit fröhlich schwatzenden Frauen mittleren Alters gefüllt.

»Entschuldigen Sie«, murmelte er, zwängte sich an ihr vorbei auf den Gang, nahm seine Tasche aus der Gepäckablage, kontrollierte, ob das Buch immer noch darin war, und suchte sich dann einen ruhigeren Platz in einem Abteil.

Als er endlich Köln erreichte, war es kurz vor zehn. Es versprach, ein sonniger Tag zu werden, und auf der Domplatte, die direkt neben dem Hauptbahnhof lag, tummelte sich bereits eine große Schar von Touristen.

Paulus betrachtete einen Moment die beeindruckende Fassade der beiden gewaltigen Türme und das filigrane Gewirr aus aufstrebenden Streben, Stützen und Pfeilern, das dem Gebäude eine fast unwirkliche Leichtigkeit verlieh. Der Dom hatte seine beiden Türme und einen Teil der prachtvollen Fassade erst im 19. Jahrhundert erhalten, doch die Pläne dafür stammten aus dem Mittelalter. Die Baumeister jener Zeit hatten es geschafft, aus den vorhandenen Materialien und mit vergleichsweise primitiven Techniken Bauwerke zu errichten, deren Eleganz nach Paulus' Ansicht in der Moderne nicht einmal mehr annähernd erreicht worden war.

Aus dem Inneren der Kathedrale erklang Orgelmusik. Ein Schild informierte die Touristen in vier Sprachen, dass gerade ein Gottesdienst stattfand und man von Besichtigungen so lange absehen möge. Paulus umrundete das Bauwerk, setzte sich in der Nähe des Römisch-Germanischen Museums in ein Straßencafé und frühstückte erst einmal.

Wenn man sich die beiden Türme am fernen Ende wegdachte, sah der Dom aus dieser Perspektive in etwa so aus, wie er im Mittelalter gewesen war. Nur der Südturm war zu Lebzeiten Hermo von Lomersheims halb fertiggestellt gewesen, doch das Hauptschiff hatte damals bereits alle Gebäude Kölns bei weitem überragt. Es musste für die Menschen jener Zeit ein überwältigender Anblick gewesen sein.

Er beobachtete das bunte Treiben der Touristen auf der Domplatte, die sich immer mehr füllte. Sie kamen aus aller Herren Länder hierher, um dieses Zeugnis mittelalterlicher Gottesfürchtigkeit zu bestaunen. Es stammte aus einer Zeit, in der Himmel und Hölle noch keine abstrakten Begriffe gewesen waren, mit denen man höchstens Kinder erschrecken konnte. Die meisten Menschen hatten das Leben nach dem Tod als eine selbstverständliche Tatsache hingenommen und ihre Handlungen im Diesseits darauf ausgerichtet. Das hatte der Kirche eine ungeheure Macht verliehen.

Paulus vermutete, dass die meisten Atheisten jener Zeit in den hohen Kirchenämtern zu finden gewesen waren. Sie hatten den Glauben ganz bewusst als ein machtpolitisches Instrument eingesetzt. Wenn sie überhaupt an Gott geglaubt hatten, dann musste ihnen zumindest klar gewesen sein, dass sie Sein Wort ziemlich frei zu ihrem eigenen Vorteil interpretierten. Konsequenzen im Jenseits hatten sie entweder für unwahrscheinlich gehalten oder verdrängt. Anders war es nach Paulus' Ansicht nicht zu erklären, dass sie kaltblütig ihren eigenen Reichtum gemehrt und solche perfiden Instrumente wie den Ablasshandel erfunden hatten, die doch offensichtlich nicht mit Gottes Geboten vereinbar waren.

Kein Zweifel: Dieser ungeheure Bau war in erster Linie ein politisches Instrument gewesen, eine Demonstration der Macht der Kirche und gleichzeitig ein psychologischer Trick, der die Besucher einschüchtern, jeden Zweifel an der kirchlichen Lehre ausräumen und so ihren Einfluss weiter stärken sollte. Es war eine Ironie der Geschichte, dass der Dom inzwischen eine Touristenattraktion geworden war, die sich vor allem als Hintergrund für Familienfotos eignete – kaum anders als Neuschwanstein oder Disneyland.

Paulus holte das Manuskript aus seiner Tasche und betrachtete es nachdenklich. War es das, was den Mönch so sehr belastet hatte? Hatte er sich Sorgen um die Entwicklung des Glaubens gemacht? Einige Passagen schienen das zu bestätigen: *Zweifle nicht, denn der Zweifel ist die Saat des Teufels.*

Hatte er insgeheim etwas beobachtet, das in ihm Zweifel am wahren Glauben eines hohen Kirchenvertreters geweckt hatte? Einen Frevel vielleicht, ein vertrauliches, offenes Gespräch zwischen zwei Klerikern oder gar ein ketzerisches Dokument? Das hätte einen Mönch des Mittelalters durchaus so sehr erschrecken können, dass er diese Erkenntnis zwar für die Nachwelt erhalten wollte, sie aber gleichzeitig verschleiert hatte, vielleicht, um seine Loyalität zu dem Betreffenden nicht zu verraten.

Aber würde das auch erklären, warum dieser merkwürdige Araber hinter dem Manuskript her war?

Er sah auf die Uhr: fast elf. Zeit für einen Besuch in einer der berühmtesten Kirchen der Welt.

8.

Köln, Sonntag 10:53 Uhr

Dunkelheit, Kühle und ein leichter Geruch von Weihrauch empfingen Paulus. Vor ihm erstreckte sich das gewaltige Hauptschiff mit seinen vierzig Meter hohen Säulen auf einer Länge von mehr als hundert Metern. Die Sonne ließ die turmhohen, bunten Glasfenster in einer Intensität erstrahlen, die ihn mehr beeindruckte, als es jede moderne Lasershow vermocht hätte.

Erfüllt von Ehrfurcht vor den Menschen, die dieses Bauwerk errichtet hatten, blieb Paulus stehen. Er blendete das Gemurmel und das Klicken der Kameras aus und stellte sich vor, wie es für Hermo von Lomersheim gewesen sein musste, als er als junger Mann an dieser Stelle stand.

Die Kathedrale musste zu jener Zeit voller Menschen gewesen sein, die weite Wege auf sich genommen hatten, um sie zu besuchen – beinahe so wie jetzt. Doch die Besucher hatten keine Pauschalreisen gebucht, waren nicht mit bequemen Flugzeugen oder Autos angereist. Die meisten von ihnen hatten den Weg nach Köln zu Fuß zurückgelegt, denn Pferde und erst recht Kutschen waren für Normalbürger unerschwingliche Luxusgüter gewesen.

Hermo musste von Maulbronn bis hierher mehrere Wochen unterwegs gewesen sein – Wochen, in denen er sich geistig auf das Ziel seiner Reise vorbereitet und sich auf diesen Moment gefreut hatte. Sicher war er überwältigt von der Pracht der Kathedrale in die Knie gegangen und hatte gebetet, vielleicht sogar vor Freude geweint.

Paulus schritt durch das rechte Seitenschiff. Sein Blick

wanderte an den Säulen empor bis zu den bunten Fenstern des Oberchores, die sich etwa fünfzehn Meter über ihm befanden. Einige von ihnen waren so hoch wie ein fünfstöckiges Haus. Am unteren Ende jedes Fensters waren je nach der Breite zwei oder vier überlebensgroße Figuren in prachtvollen Gewändern dargestellt, die Häupter mit Kronen geschmückt, in den Händen ein Zepter und eine Kugel, genau wie auf der Zeichnung in dem Manuskript. Jeder Zweite von ihnen trug einen Bart.

Da waren sie: insgesamt 48 Könige, die Alten neben den Jungen, im Lichte Gottes erstrahlend.

Unter jedem König war ein Wappen angebracht, doch es handelte sich nicht um die Insignien von Königshäusern, sondern um Stifterwappen. Glasfenster wie diese waren im Mittelalter sehr teuer gewesen und von reichen Kaufleuten oder Adligen bezahlt worden, die sich so eine Eintrittskarte ins Paradies hatten erkaufen wollen. Als Zeichen ihrer Frömmigkeit waren ihre Wappen in die Fenster eingearbeitet worden. Vielleicht hatten sie damit die Hoffnung verbunden, dass die gute Tat nicht nur ihnen selbst, sondern auch ihren Nachkommen beim Jüngsten Gericht einen Bonus verschaffen würde.

Erschöpft von der Reise musste sich Hermo auf eine der groben Holzbänke gekniet haben. Vielleicht hatte er dabei zu den Königen über ihm aufgesehen und dann seine Vision gehabt. Paulus setzte sich, doch er konnte weder in den Fenstern selbst noch an den Wänden in ihrer Nähe eine Inschrift erkennen.

Nach einer Weile stand er auf und wanderte durch die Kathedrale, auf der Suche nach etwas, das Hermo von Lomersheim als Schlüsselwort gedient haben mochte. Erschwert wurde das durch den Umstand, dass der Dom heute nicht mehr im selben Zustand war wie im 15. Jahrhundert. Vieles war erneuert, restauriert oder erst lange nach Hermos Tod hinzugefügt worden. Im Südquerhaus befand sich beispielsweise ein großes Fenster, das erst vor einigen Jahren von dem Künstler Gerhard Richter gestaltet worden war. Es bestand aus bunten, quadratischen Glasbausteinen, die offenbar zufällig angeordnet worden waren, so dass es ein wenig aussah wie das Pixelgewirr auf einem Computerbildschirm. Dennoch fügte sich das moderne Fenster auf eigentümliche Weise harmonisch in das Gesamtbild ein.

Es war durchaus möglich, dass die Inschrift, auf die sich der Mönch bezogen hatte, nicht mehr existierte. Dann würde Paulus nichts anderes übrigbleiben, als den Code mit einer leistungsfähigen Software zu attackieren. Doch so schnell wollte er sich nicht geschlagen geben. Also wanderte er durch die Gänge und versuchte abzuschätzen, ob die Dinge, die er sah, auch Hermo gesehen haben konnte.

Er stieß auf ein kunstvolles rundes Fußbodenmosaik, das einen Bischof zeigte, der ein großes mittelalterliches Gebäude in den Händen hielt – der romanischen Architektur nach zu urteilen ein Modell des alten Doms, der bis ins 12. Jahrhundert an dieser Stelle gestanden hatte. Um den Bischof herum liefen mehrere kreisförmige Inschriften. In einem äußeren Kranz von Kreisen waren Namen angebracht, die jeweils mit einem stilisierten Bischofsstab markiert waren. Offenbar eine Aufzählung der Erzbischöfe von Köln, insgesamt ungefähr dreißig Namen, die eine Zeitspanne von mehreren Jahrhunderten umfassten. Enttäuscht wandte sich Paulus ab. Das Mosaik war erst im 19. Jahrhundert entstanden.

Im Zentrum des Doms war auf einem Podest, umhüllt von Panzerglas, der wertvollste Schatz zu besichtigen: der goldene Dreikönigenschrein, in dem angeblich die Gebeine der Heiligen Drei Könige aufbewahrt wurden. Er war über zwei Meter lang, anderthalb Meter hoch und hatte die gestufte Form eines Kirchenschiffs. Er war mit mehr als siebzig kunstvoll gearbeiteten Figuren besetzt – die größte und bedeutendste Goldschmiedearbeit des europäischen Mittelalters. Dies war das eigentliche Ziel der Pilger jener Zeit gewesen.

Als Paulus sich den Schrein genauer ansah, entdeckte er darauf eine Inschrift – und dann noch eine und noch eine. Hunderte Wörter in Latein umrahmten die kunstvollen Figuren, liefen entlang der Kanten des Schreins. Sorgfältig notierte er sich die Texte.

Je länger er suchte, desto mehr Texte fand er. Sie befanden sich in Glasmalereien, auf Grabplatten, in Fußbodenmosaiken. Bei manchen war er sich sicher, dass sie aus dem Mittelalter stammten, bei anderen hatte er Zweifel. Doch je mehr Wörter er in sein Notizbuch kritzelte, desto weiter entfernte er sich von seinem eigentlichen Ziel: das eine Schlüsselwort zu identifizieren, das Hermo von Lomersheim benutzt hatte.

Nach fast zwei Stunden hatte Paulus mehrere Seiten seines Notizbuchs vollgeschrieben und das Gefühl, alles Wesentliche erfasst zu haben. Seine Arbeit hier war getan. Es war Zeit, nach Hamburg zurückzukehren.

Er ging zum Ausgang des Doms, steckte in einem Anflug von Dankbarkeit einen Zehn-Euro-Schein in die Spendenbox für den Erhalt des Doms und sah sich mit einem gewissen Bedauern noch einmal um. Die Könige schienen aus ihrer hohen Position huldvoll auf ihn herabzublicken, wie sie es seit siebenhundert Jahren getan hatten.

Draußen empfingen ihn gleißende Helligkeit, Wärme

und das aufdringliche Lärmen der modernen Welt, die nach zwei Stunden in der ehrfürchtig gedämpften Atmosphäre des Doms in unangenehmer Intensität auf ihn einstürmten. Er blieb einen Moment stehen, um sich wieder ans Hier und Jetzt zu gewöhnen. Er fühlte sich, als habe er gerade eine Zeitreise hinter sich.

In der Nähe des Eingangs stand eine kleine Gruppe von asiatischen Touristen. Sie blickten zu den gewaltigen Türmen empor, während sie andächtig den Worten einer schlanken, jungen Frau mit kurzen blonden Haaren lauschten: »… but when they finished the towers, they discovered that one was about a meter shorter than the other. This outraged the bishop, and so the architect was brought to the top of the smaller tower and was thrown to his death.«

Paulus stutzte. Was erzählte die Frau denn da? Der Architekt des Doms sei von einem der Türme zu Tode gestürzt worden, weil sie nicht exakt gleich hoch waren? Das war natürlich völliger Unfug, wie offenbar selbst den Asiaten auffiel, denn einer fragte nach:

»Excuse me, but I read that the towers were only finished in the 19th century. So how could the architect of the middle ages have been thrown down one of them?«

Die Frau zog die Augenbrauen herab. »Yes, you are right. These new towers were built in the 19th century. I am talking about the old towers of course, which were destroyed when Napoleon came to Cologne in 1806. They were even higher than the ones you can see today.«

»I see«, sagte der Asiat und nickte.

Das ging Paulus nun aber doch zu weit. Er war kein Experte für die Geschichte des Kölner Doms, aber dass es »alte« Türme gegeben haben sollte, die von Napoleon zerstört worden waren, war hanebüchener Unsinn. Er fühlte sich verpflichtet, den ahnungslosen Touristen die Wahrheit zu sagen.

»Excuse me, but this is not true«, mischte er sich ein. »Until about 1850, only half of the cathedral was built, and only one of the two towers was erected to about one third of the size it has today. I'm sorry, but this woman obviously has no idea what she's talking about!«

Empörtes Gemurmel erhob sich unter den Asiaten. Sie begannen, in ihrer Sprache zu diskutieren.

»Was mischen Sie sich da ein?«, zischte die Blonde Paulus an.

»Ich bin Historiker«, sagte Paulus. »Es ist mein Beruf, die Wahrheit über die Geschichte zu verbreiten!«

»Die Wahrheit? Woher wollen Sie die denn wissen? Waren Sie etwa dabei, als der Dom gebaut wurde?«

»Natürlich nicht, aber ...«

Inzwischen waren die Asiaten offenbar zu dem Schluss gekommen, dass sie einer Aufschneiderin aufgesessen waren. »This man is right«, sagte einer von ihnen. »You have told us wrong things. We want our money back!«

»Da sehen Sie, was Sie angerichtet haben!«, sagte die Frau empört. »Ich habe denen doch bloß ein paar spannende Geschichten erzählt, damit sie einen unterhaltsamen Tag haben. Aber nein, Sie wissen ja alles besser! Glauben Sie etwa, es interessiert irgendwen, dass der Dom über Jahrhunderte eine Bauruine war, die hier einfach nur rumgestanden hat? Das ist doch keine interessante Geschichte!«

»Sie können den ausländischen Touristen doch nicht einfach für Geld irgendwelchen pseudohistorischen Quatsch auftischen! Das ist Betrug, und ...«

Paulus stockte. Sein Blick glitt zufällig über die Menschenmenge, die auf der Domplatte hin und her wanderte, als er in etwa hundert Metern Entfernung einen Mann mit arabischen Zügen entdeckte, der mitten in dem Trubel stand und sich suchend umsah. Paulus erschrak. Es war der Unbekannte von gestern! Wie kam der Kerl plötzlich hierher?

Ihre Blicke trafen sich. Die Miene des Mannes verfinsterte sich. Er griff in die Tasche seines Jacketts und hatte plötzlich eine Pistole in der Hand.

»Ach du Scheiße!«, rief die Touristenführerin. »Der hat ja 'ne Knarre!« Sie rannte los.

Ohne nachzudenken, folgte Paulus ihr.

Sie bahnten sich einen Weg durch die Menschenmenge in Richtung der Treppen, die hinab zum Hauptbahnhof führten.

Paulus blickte sich über die Schulter um, konnte jedoch den Araber in der Menge nicht entdecken.

Sie überquerten den Vorplatz und stürmten in die Haupthalle des Bahnhofs, die voller Menschen war.

Paulus blieb keuchend stehen, um sich umzusehen. Der Araber war nicht in Sicht. Hatten sie ihn abgehängt? Er warf einen Blick auf die große Anzeigetafel. Der nächste Zug nach Hamburg ging in einer halben Stunde. Aber war es eine kluge Idee, ihn zu nehmen? Der Mann wusste, wo er wohnte. Wenn er Komplizen hatte …

»Jetzt steh nicht so blöd rum und komm mit!«, rief die Touristenführerin. »Oder willst du, dass der Kerl dich abknallt?«

Paulus folgte ihr quer durch den verwinkelten Bahnhof und eine Treppe hinauf zu einem der S-Bahn-Gleise. Ein Zug fuhr gerade ein. Sie sprangen hinein.

Paulus sah aus dem Fenster, doch niemand kam die Treppe hinaufgestürmt. Als der Zug sich in Bewegung setzte, atmete er erleichtert auf.

»Ich bin übrigens Mele«, sagte die junge Frau.

Er ergriff ihre ausgestreckte Hand. »Paulus.«

Sie grinste. »Wie der Apostel?«

»Ja, genau. Danke übrigens.«

»Keine Ursache. War ohnehin gerade Zeit zu gehen. Wütende Koreaner können ganz schön nerven. Außerdem finde ich Typen in Schwierigkeiten interessant.«

»Ich bin nicht in Schwierigkeiten.«

»Ach nein? Dann wollte der Typ mit der Pistole gar nichts von dir?«

»Doch, schon. Er ist gestern in meine Wohnung eingebrochen. Er will anscheinend etwas, das mir gehört.«

Ihre Augen weiteten sich. »Bist du ein Drogendealer oder so?«

»Nein. Es geht um ein Buch. Ist eine längere Geschichte.«

»Ein Buch?«

»Eine Handschrift aus dem Mittelalter. Möglicherweise sehr wertvoll. Sie hat meiner Großmutter gehört.«

»Und deswegen wollte er dich umlegen?«

Paulus ignorierte die Frage. Er blickte auf den Plan des Kölner U- und S-Bahn-Netzes, der über dem Eingang des Wagens hing. »Weißt du, wo hier in der Nähe ein Polizeirevier ist?«

»Vergiss die Bullen«, erwiderte Mele. »Die helfen dir in so einer Situation nicht weiter. Wenn es stimmt, dass irgendwelche Typen hinter dir her sind und nicht zögern, in aller Öffentlichkeit auf dich zu schießen, dann nützen dir die Bullen rein gar nichts. Glaubst du etwa, die stellen eine Mannschaft zu deinem persönlichen Schutz ab?«

»Er hat ja nicht geschossen.«

»Aber er hätte, wenn er freies Schussfeld gehabt hätte. Glaub mir, ich kenne mich mit so was aus. Ich hatte mal 'nen Ex, der mir einen Killer auf den Hals gehetzt hat.«

Er musterte sie skeptisch. »Wie auch immer, ich werde nicht zulassen, dass dieser Typ unbehelligt da draußen herumläuft. Als ich den Einbruch in Hamburg angezeigt habe, hat die Polizei tatsächlich nichts getan. Aber jetzt müssen sie ja wohl was unternehmen.«

»Ach ja? Na, da bin ich mal gespannt.«

»Du musst nicht mitkommen. Du hast doch mit der Sache gar nichts zu tun.«

»Machst du Witze? Ohne mich wärst du jetzt wahrscheinlich tot. Außerdem kenne ich mich mit den Bullen offensichtlich besser aus als du.«

Sie verließen die S-Bahn in Köln-Ehrenfeld und standen kurz darauf am Empfang eines Polizeireviers. Mele erzählte, sie habe hier einmal einen Freund abholen müssen, der die Nacht in der Ausnüchterungszelle verbracht hatte.

»Ich möchte eine Aussage machen«, erklärte Paulus einem älteren Polizisten. Er gab seine Personalien an und erzählte in kurzen Worten, was geschehen war.

Der Beamte betrachtete ihn skeptisch. »Er hatte eine Schusswaffe?«

»Ja.«

»Und Sie sind sicher, dass er auf Sie schießen wollte?«

»Warum sonst hätte er die Pistole auf mich richten sollen?«

»Gibt es noch weitere Zeugen?«

»Die Domplatte war voller Menschen. Vielleicht, wenn sie eine Streife hinschicken …«

»Ich fasse noch mal zusammen: Sie kamen aus dem Dom, als Sie einen Mann offenbar nahöstlicher Herkunft sahen, der einen pistolenartigen Gegenstand auf Sie richtete. Sie glauben, darin den Mann erkannt zu haben, der gestern in Hamburg an Ihrer Wohnungstür war, kurz bevor in Ihre Wohnung eingebrochen wurde. Daraufhin sind Sie geflohen. Es fiel jedoch kein Schuss.«

»Richtig.«

»Warum sind Sie überhaupt nach Köln gefahren, wenn erst gestern bei Ihnen eingebrochen wurde?«

»Ich habe Ihnen ja von dem Manuskript erzählt. Ich hatte gehofft, im Dom Hinweise zu finden, die mir bei der Entschlüsselung helfen.«

»Haben Sie dieses Manuskript bei sich?«

Paulus holte es aus seiner Tasche und zeigte es ihm. »Es stammt vermutlich aus dem 15. Jahrhundert und könnte sehr wertvoll sein.«

Der Polizist blätterte vorsichtig durch die Seiten. »Woher haben Sie das?«

»Es ist ein Familienerbstück. Ich habe es vorgestern bekommen … von einem Freund der Familie.«

»Und diese Schrift? Was bedeuten diese seltsamen Zeichen?«

»Es ist ein Geheimcode. Ich habe noch nicht alles entschlüsselt, aber nach dem ersten Anschein handelt es sich um eine Art Testament eines Mönchs aus dem Nordschwarzwald.«

Der Beamte reichte ihm das Manuskript zurück. »Und Sie glauben, jemand wollte auf Sie schießen, um dieses Buch an sich zu bringen?«

»Eine bessere Erklärung habe ich nicht.«

»Können Sie sich erklären, wieso der Verdächtige, der möglicherweise an dem Einbruch beteiligt war, plötzlich hier in Köln auftaucht?«

»Ich weiß nicht. Er muss mich verfolgt haben.«

»Und Sie haben nichts davon gemerkt?«

Paulus zuckte mit den Schultern. Es kam ihm selbst merkwürdig vor.

»Es waren mehrere«, sagte Mele.

Paulus und der Polizist sahen sie überrascht an. »Mehrere?«, fragte der Beamte.

»Na klar. Der Typ hatte mindestens einen Komplizen. Der hat Paulus bis hierher verfolgt und dann seinem Kumpel Bescheid gesagt.«

»Und warum hat dieser Unbekannte Herrn Brenner dann nicht gleich in Hamburg bedroht?«

»Ist es nicht Ihr Job, das rauszukriegen?«

»Darf ich fragen, in welchem Verhältnis Sie beide zueinander stehen?«

»In gar keinem«, sagte Paulus. »Wir haben uns eben erst zufällig kennengelernt.«

»Aha«, sagte der Beamte. »Darf ich bitte auch Ihre Personalien haben?«

»Muss ich die angeben?«, fragte Mele.

Der Beamte zog die Stirn kraus. »Gibt es irgendeinen Grund, weshalb Sie Ihre Personalien nicht angeben möchten?«

»Muss ich oder muss ich nicht?«

Der Beamte seufzte. »Als unbeteiligte Zeugin einer Straftat haben Sie kein Zeugnisverweigerungsrecht. Ob hier in Köln tatsächlich eine Straftat begangen wurde, wissen wir noch nicht. Dennoch muss ich Sie bitten, mir Ihren Namen und Wohnsitz mitzuteilen.«

»Na schön. Mele Kallen, Bismarckstraße 37.«

Der Beamte tippte die Aussage in den Computer und druckte sie aus. »Wenn Sie beide hier bitte unterschreiben würden.«

»Was geschieht jetzt?«, fragte Paulus, nachdem er unterzeichnet hatte.

»Ich werde Ihre Angaben an die Kollegen in Hamburg weiterleiten. Die werden sich sicher noch einmal mit Ihnen in Verbindung setzen.« Es klang nicht so, als ob der Polizist tatsächlich daran glaubte.

»Wollen Sie nicht ein Phantombild anfertigen, eine Fahndung einleiten oder so?«

»Dafür sind nach der Sachlage die Voraussetzungen nicht gegeben. Bisher haben wir lediglich einen Wohnungseinbruch in Hamburg, sofern Ihre Angaben dazu stimmen. Es gibt keinen konkreten Anhaltspunkt dafür, dass die Person an Ihrer Haustür und der Mann auf der Domplatte identisch sind.«

»Aber ich habe ihn erkannt!«, protestierte Paulus.

»Sie haben ausgesagt, er war Araber und trug einen Vollbart. Da ist eine Verwechselung schnell passiert.«

»Und die Pistole? Wenn er es nicht war, wieso sollte er eine Pistole auf mich richten?«

»Aufgrund Ihrer Aussage können wir nicht klären, ob es tatsächlich eine Schusswaffe war und nicht bloß ein Imitat oder eine Schreckschusspistole. Immerhin war der Mann hundert Meter entfernt. Vielleicht wollte er Ihnen nur Angst einjagen. Möglicherweise handelt es sich dabei auch um unerlaubten Waffenbesitz. Aber ohne weitere Anhaltspunkte sehe ich keine Veranlassung, die Einsatzbereitschaft einzuschalten.«

»Kann ich nicht eine Strafanzeige aufgeben?«

»Wenn ich Sie richtig verstanden habe, dann haben Sie das in Zusammenhang mit Ihrem Wohnungseinbruch bereits getan. Sofern der angebliche Araber tatsächlich etwas damit zu tun hat, sind die Kollegen in Hamburg zuständig. Es tut mir leid, mehr kann ich in der Sache nicht tun. Ich empfehle Ihnen, das Buch in einem Bankschließfach aufzubewahren oder es einem wissenschaftlichen Institut zu übergeben, damit man den wahren Wert feststellen kann.«

Paulus sparte sich den Hinweis, dass er selbst Mitarbeiter eines solchen Instituts war. Mele hatte recht gehabt: Die Polizei würde ihm nicht weiterhelfen. Vermutlich hielt ihn der Beamte für paranoid. Paulus konnte es ihm nicht verübeln. Seine Geschichte klang einfach zu absurd.

»Am besten, du kommst erst mal mit zu mir«, sagte Mele, als sie das Polizeirevier verließen.

Er sah sie überrascht an. »Zu dir? Aber …«

»Die Bullen werden dich nicht beschützen, das hast du ja gerade gehört. Also solltest du vielleicht eine Weile von der Bildfläche verschwinden.«

»Das ist doch lächerlich!«

»Ach ja? Ich weiß ja nicht, wo du dieses sogenannte Familienerbstück wirklich her hast, aber die Typen, denen es gehört, werden nicht ruhen, bis sie es zurückhaben. Entweder gibst du es ihnen freiwillig, oder du sorgst dafür, dass sie dich nicht finden.«

»Das Buch gehört wirklich meiner Familie. Es wurde in den Dreißigerjahren aus Deutschland herausgeschmuggelt. Ein amerikanischer Jude, den meine Großmutter vor den Nazis gerettet hat, hat es mir zurückgegeben.«

»Ich glaube, an der Story musst du noch arbeiten.«

»Glaub mir oder nicht, das ist mir egal.«

»Also was ist jetzt, kommst du mit zu mir?«

»Ich will dich nicht noch mehr in Schwierigkeiten bringen.«

»Blödsinn! Die Typen wissen nicht, wer ich bin. Wie soll er dich bei mir aufspüren?«

Paulus zögerte. Er kannte Mele noch keine Stunde. Konnte er ihr trauen? Was, wenn sie es selbst auf das Manuskript abgesehen hatte? Ihm war nicht entgangen, wie interessiert sie zugehört hatte, als Paulus seine Geschichte erzählte.

Andererseits hatte der Typ, der hinter ihm her war, tatsächlich keine Ahnung, wer Mele war. Bei ihr wäre er fürs Erste sicher. Ihre Zufallsbegegnung konnte sich als Glücksfall erweisen. Doch sein Misstrauen blieb. »Warum willst du mir helfen?«

Sie sah ihn beinahe zornig an. »Na hör mal, warum sollte ich dir *nicht* helfen? Was würdest du denn machen, wenn ich in der Situation wäre?«

Paulus war sich durchaus nicht sicher, ob er ihr genauso selbstverständlich seine Hilfe angeboten hätte. Sie kam ihm immer noch ein wenig dubios vor mit ihrer Art, Touristen haarsträubende Lügengeschichten zu erzählen. Aber sie hatte genau richtig reagiert, indem sie zur S-Bahn geflohen war und ihm vielleicht so das Leben gerettet.

Er nickte. »Okay. Danke!«

9.

Köln, Sonntag 15:10 Uhr

Es stellte sich heraus, dass Mele ein Zimmer in einer Studenten-WG belegte. »Ich wohne hier nur vorübergehend«, erklärte sie, als sie die Treppe eines alten Mietshauses an der Bismarckstraße hinaufstiegen. »Die Frau, der es eigentlich gehört, macht gerade ein Auslandssemester.«

»Was studierst du denn?«, fragte Paulus.

»Menschen«, antwortete Mele kryptisch. Sie schien ihren Wohnungsschlüssel vergessen zu haben, denn sie klingelte.

Ein missmutig dreinblickender Typ mit schulterlangen schwarzen Haaren und runder Brille öffnete. »Ach, du bist's«, sagte er zur Begrüßung. Und nach einer kurzen Pause: »Wer ist das denn?«

»Paulus«, erklärte Mele. »Er bleibt für eine Weile bei mir.«

Der Typ machte eine finstere Miene. »Mele, wir haben doch ganz klar vereinbart, dass du keine Typen mehr mit in die WG …«

»Nun mach keinen Stress, Dirk«, sagte Mele. »Es ist ein Notfall. Ein Killer ist hinter ihm her.«

Dirk rollte mit den Augen. »Hör mir auf mit diesen blödsinnigen Geschichten! Die kannst du deinen Touristen erzählen!«

»Aber es stimmt wirklich!«

»Ich bleibe nicht lange«, mischte sich Paulus ein. »Es würde mir wirklich sehr helfen, wenn ich zumindest ein paar Tage bei euch unterkommen könnte, bis ich etwas Besseres gefunden habe.«

Dirk musterte Paulus von Kopf bis Fuß. Dann seufzte er theatralisch. »Na gut.«

Mele führte Paulus durch die Wohnung. Sie hatte drei Schlafzimmer, in denen außer Dirk und Mele noch ein Jurastudent namens Mike wohnte, der für ein verlängertes Wochenende zu seinen Eltern gefahren war.

Meles Zimmer wirkte wie der Wohnraum einer gespaltenen Persönlichkeit: An einer Wand stand neben einem verspiegelten Kleiderschrank ein großes Bücherregal voller juristischer Fachliteratur, an den Wänden hingen ordentlich gerahmte Drucke bekannter moderner Kunstwerke. Doch das Bett war zerwühlt, schwarze Unterwäsche lag neben einem großen Plüschteddy, Kleidung hing unordentlich über dem Stuhl. Neben dem Bett lag ein aufgeklappter Koffer voller Schmutzwäsche. Auf dem Schreibtisch türmten sich Zettel, zerfledderte Liebesromane, ein Comicheft, eine leere Kekspackung. Paulus vermutete, dass die eigentliche Bewohnerin einen Schock bekäme, wenn sie ihr Zimmer in diesem Zustand sehen würde.

Mele führte Paulus in das gemeinsam genutzte Wohnzimmer mit einer alten Couchgarnitur, einem Fernseher und einem runden Esstisch. Sie zeigte auf die Couch. »Da kannst du schlafen«, sagte sie, ohne sich um Dirks empörtes Schnauben zu kümmern.

Paulus wandte sich an ihren Mitbewohner. »Ich bezahle auch dafür.«

Dirk schüttelte energisch den Kopf. »Das brauchst du nicht. Höchstens vielleicht einen Anteil für das Essen. Aber du kannst ein bisschen mithelfen, die Wohnung in Ordnung zu halten. Mele hat es nicht so mit dem Küchendienst.«

Das glaubte Paulus ihm aufs Wort. »Klar, mach ich.«

»Zeigst du mir noch mal das Buch?«, bat Mele.

»Was für ein Buch?«, fragte Dirk

»Das Buch, wegen dem der Killer hinter ihm her ist«, erklärte Mele aufgeregt.

»Dessentwegen«, sagte Dirk.

»Was?«

»Es heißt ›dessentwegen‹, nicht ›wegen dem‹.«

»Von mir aus. Jedenfalls wäre er dessentwegen beinahe erschossen worden.«

Paulus unterdrückte ein Grinsen, als er sah, wie sich Dirk eine erneute Verbesserung mühsam verkniff. »Du behauptest, es ist jemand hinter dir her?«, fragte der Student. »Wegen eines Buches?«

Paulus fühlte sich nicht wohl dabei, die ganze Geschichte nun auch noch Dirk zu erzählen. Andererseits halfen ihm diese Studenten, und Hilfe konnte er weiß Gott gebrauchen. »Ja.« Er holte das Kästchen aus seiner Tasche.

»Darf ich … das mal sehen?«, fragte Dirk.

Paulus nickte.

Die Art, wie der Student das Buch ehrfurchtsvoll betrachtete, mit äußerster Vorsicht den Deckel öffnete und die Seiten voller geheimnisvoller Glyphen betrachtete, machte ihn Paulus sympathisch. Sie schienen eine tiefe Ehrfurcht vor historischen Dokumenten zu teilen.

»Interessant.« Dirk schien beeindruckt zu sein, doch das Interesse, das kurzzeitig sein Gesicht hatte aufleuchten lassen, verschwand wieder hinter einem missmutigen Ausdruck. »Und was steht da drin?«

»Das weiß ich noch nicht«, sagte Paulus. Er verzichtete darauf, zu erklären, was er schon über das Dokument wusste.

»Und was machst du hier in Köln?«

»Ich habe Hinweise darauf, dass das Manuskript von

einem Mönch aus dem Kloster Maulbronn im Schwarzwald geschrieben wurde, der Anfang des 15. Jahrhunderts eine Wallfahrt nach Köln gemacht hat. Ich habe gehofft, im Kölner Dom vielleicht Hinweise auf das Schlüsselwort zu finden, mit dem das Buch codiert ist.«

»Das klingt nach einer bekloppten Dan-Brown-Geschichte.«

»Ja, ich weiß«, erwiderte Paulus nur.

»Dirk mag Dan Brown nicht besonders«, erklärte Mele ungebeten. »Er ist nämlich selber auch Schriftsteller.«

Paulus betrachtete Dirk mit neuem Interesse. Er hatte selbst einmal mit dem Gedanken gespielt, einen historischen Roman über die Hanse zu schreiben, und auch ein Exposé und die ersten paar Seiten angefertigt, besaß jedoch nicht die erforderliche Ausdauer, um das Projekt zu Ende zu bringen. »Du schreibst?«

Der Student winkte ab. »Na ja, ich studiere Germanistik, und hin und wieder muss man da natürlich auch mal was schreiben.«

»Er schreibt Gedichte«, fügte Mele hinzu.

Dirk warf ihr einen Blick zu, in dem tiefe Verletzung lag.

Paulus begriff, dass es zwischen den beiden Spannungen gab, die mehr waren als das übliche Geplänkel zwischen Mitbewohnern. »Ehrlich gesagt habe ich Hunger«, sagte er, um das Thema zu wechseln. »Darf ich euch beide zum Essen einladen?«

»Nein danke«, sagte Dirk. »Ich habe schon gegessen.«

»Gerne«, sagte Mele fast gleichzeitig.

»Wir haben noch Tiefkühlpizza«, meinte Dirk.

»Die gehört doch Mike«, erwiderte Mele.

»Ihr könnt ihm ja morgen neue kaufen.«

»Ist schon okay«, schaltete sich Paulus ein. »Es gibt hier in der Gegend doch bestimmt irgendwo eine Pizzeria?«

»Unten an der Ecke ist ein guter Döner-Laden«, meinte Mele.

»Also, was steckt wirklich hinter diesem Buch?«, fragte sie, als sie zehn Minuten später an einem Stehtisch vorzügliche Geflügeldöner aßen.

Paulus betrachtete sie. War es nur ihre beinahe kindliche Neugier, die sie zu dieser Frage trieb? Ihre großen, hellblauen Augen musterten ihn aufmerksam. Ihre leicht gebogene Nase war ein wenig zu groß, aber das verlieh ihrem ansonsten fein geschnittenen Gesicht Charakter. Sie war auf eine seltsame, charismatische Weise gutaussehend.

Er beschloss, ihr zumindest ein Stück weit zu vertrauen. »Es ist wirklich so, wie ich gesagt habe.« Er erzählte ihr, wie Lieberman ihn angesprochen und ihm das Buch gegeben hatte.

Mele hörte aufmerksam zu. »Und du weißt wirklich nicht, wer es geschrieben hat und was da drinsteht?«, fragte sie, nachdem er geendet hatte.

»Ich habe erst einen Teil entschlüsselt. Anscheinend handelt es sich um das Testament eines Mönchs namens Hermo von Lomersheim. Er berichtet davon, dass ihm dreimal ein Engel erschienen sei und ihm irgendwelche Dinge verraten habe, die erst lange nach seinem Tod bekannt werden dürften.«

»Ihm ist ein Engel erschienen? Wow!«

»Na ja, das war natürlich kein richtiger Engel. Vielleicht hat er Halluzinationen gehabt. Ich glaube aber eher, dass er etwas beobachtet oder erfahren hat, was er eigentlich nicht wissen durfte. Deshalb hat er den Engel erfunden, um zu verschleiern, wie er tatsächlich an die Information gekommen ist.«

»Und was hat der Engel ihm gesagt?«

»Das weiß ich noch nicht. Es wurde auf eine komplizierte Art verschlüsselt, für die man ein Codewort braucht.«

»Ein Codewort? Was für ein Codewort?«

»Wenn ich das wüsste, wäre ich nicht hier. Hermo erwähnt eine Pilgerfahrt zur letzten Ruhestätte der ›heiligsten Könige‹, wie er es nennt. Ich vermute, dass er im Kölner Dom war.«

»Na klar«, stimmte Mele zu. »Die Heiligen Drei Könige sind doch im Dreikönigenschrein aufgebahrt. Glauben jedenfalls viele.«

»Und du nicht?«

Paulus machte sich auf eine weitere Räuberpistole gefasst, doch Mele antwortete ganz sachlich: »Natürlich nicht. Die Knochen, die man darin gefunden hat, stammen von einem Kind, einem Jugendlichen und einem alten Mann. Im Mittelalter hat man alle möglichen Knochen als Reliquien ausgegeben. Ob es die Heiligen Könige überhaupt jemals gegeben hat, und wenn, ob es drei waren und Könige, ist höchst umstritten.«

»Du weißt ja doch eine Menge über den Kölner Dom«, sagte Paulus anerkennend.

»Natürlich. Schließlich bin ich Touristenführerin!«

»Aber warum erzählst du den Leuten dann so einen Quatsch über den Dombaumeister, der von den ›alten Türmen‹ gestürzt wurde, die dann auch noch von Napoleon gesprengt wurden?«

»Weil die Wahrheit manchmal einfach langweilig ist.« Sie grinste, und ihr Gesicht schien von innerer Begeisterung zu leuchten. »Und weil solche Geschichten ein besseres Trinkgeld bringen. Wenn die Touristen sich amüsieren, sind sie spendabler. So einfach ist das.«

»Findest du das nicht … unmoralisch?«

»Wieso? Was macht es denn für einen Unterschied, ob irgendein Koreaner glaubt, Napoleon hätte die Türme des Kölner Doms gesprengt? Schlimmstenfalls blamiert er sich damit in irgendeiner koreanischen Quizshow.«

»Die Wahrheit ist nicht langweilig«, widersprach Paulus. »Jedenfalls nicht immer.«

»Was willst du jetzt machen?«

»Ich werde versuchen, den Rest des Manuskripts zu entschlüsseln. Vielleicht finde ich darin Hinweise darauf, wer es unbedingt haben will und warum. Dann haben wir eine Spur zu dem Araber und können der Polizei helfen, ihn zu schnappen. Ich kann mich ja schließlich nicht ewig vor ihm verstecken.«

»Mhm«, machte Mele nur.

Sie aßen schweigend ihre Döner.

»Dirk schien nicht begeistert zu sein, dass ich bei euch übernachte«, sagte Paulus nach einer Weile.

»Ach der«, erwiderte Mele. »Den darfst du nicht so ernst nehmen. Er ist eigentlich ganz süß, aber ziemlich anstrengend.«

»Er hat sich dir gegenüber ein bisschen seltsam verhalten, findest du nicht? Ich meine, du bist doch seine Mitbewohnerin, wenn auch nur vorübergehend. Wie kommt er dazu, dir Vorschriften zu machen, wen du mit nach Hause bringen darfst?«

Mele zuckte mit den Schultern. »Er denkt, er hat Besitzansprüche, bloß weil ich ein paar Mal mit ihm geschlafen habe.«

»Ihr seid ein Paar?«

»Nein. Er ist in mich verliebt, aber ich nicht in ihn. Er schreibt mir immer schmalzige Liebesgedichte und führt sich auf wie ein eifersüchtiger Ehemann. Das darf man nicht so ernst nehmen.«

Paulus wusste nicht, was er darauf erwidern sollte. Dirk tat ihm beinahe leid. Er konnte verstehen, dass der Student von seiner attraktiven Mitbewohnerin fasziniert war. Aber Mele schien nicht zu einer ernsthaften Beziehung fähig zu sein. Sie wirkte wie ein Kind, das gern mit einem neuen Spielzeug spielt, aber rasch das Interesse daran verliert. Sie schien nichts wirklich ernst zu nehmen.

Sie beendeten ihr Mittagessen und kehrten in die Wohnung zurück. Paulus setzte sich an den Esstisch im Wohnzimmer und breitete seine Aufzeichnungen aus. Dann begann er, aufs Geratewohl Wörter, die er im Dom aufgeschrieben hatte, als Schlüssel einzusetzen. Ohne Computer und die geeignete Software war das eine mühselige Angelegenheit, aber es war immerhin einen Versuch wert. Als Erstes probierte er es mit »sanctus«, dem lateinischen Wort für »heilig«.

Das Resultat lautete: HYO JVELCK VM.

Er probierte die lateinischen Wörter für »König«, »Gott«, »Jesus«, »Maria« und »Engel«, dann ihre frühneuhochdeutschen Entsprechungen. Schließlich wählte er wahllos Wörter aus, die er im Dom aufgezeichnet hatte, doch er bekam nur unsinnigen Buchstabensalat als Ergebnis.

Während er arbeitete, hatte er das Gefühl, dass Dirk ihn beobachtete. Nicht, dass der Student ihn die ganze Zeit angestarrt hätte. Er ging nur auffällig oft durch die Wohnung, von seinem Zimmer ins Badezimmer, wieder zurück in sein Zimmer, in die Küche, ins Wohnzimmer, um ein Buch aus dem Regal zu holen, dann wieder in die Küche wie ein hyperaktives Kind nach acht Stunden Schule. Dabei warf er immer wieder Blicke in Paulus' Richtung.

Paulus versuchte, sich nicht anmerken zu lassen, wie sehr ihm der Student mit seinem albernen Getue auf die

Nerven ging. Sollte er doch endlich sein Verhältnis zu Mele klären, anstatt hier wie ein aufgescheuchter Gockel herumzustolzieren. Wie sollte man sich so konzentrieren?

Irgendwann kam Mele zu ihm, die sich kurz nach dem Mittagessen in ihr Zimmer zurückgezogen hatte. »Was machst du denn da die ganze Zeit?«

»Ich versuche, das Manuskript zu entziffern«, sagte Paulus in unwirschem Tonfall. Warum er so gereizt war, wusste er selbst nicht so genau. Vielleicht, weil sich der Text hartnäckig all seinen Übersetzungsversuchen widersetzte. Doch Paulus war eigentlich ein geduldiger Mensch, besonders, wenn es um mittelalterliche Texte ging. Wissenschaftliche Arbeit vertrug keine Hektik.

Wahrscheinlich war es eher das plötzliche Auftauchen des Arabers, das ihn nervös machte. Wie hatte er Paulus nach Köln verfolgen können? Was, zum Kuckuck, war an diesem verdammten Manuskript so wichtig? Die einzige Möglichkeit, das herauszufinden, war es, den Text zu entschlüsseln. Doch wie sollte er das ohne Computer und geeignete Software schaffen?

Was er brauchte, war nicht Rechenleistung, wurde ihm klar. Was er brauchte, war eine Offenbarung – ein erhellender Einfall, der die kryptischen letzten Zeilen des Textes erklärte:

Wisse, dass alles, was der erste Engel mir sagte, hinter den Worten verborgen ist, welche die alten Könige bezeugen, die neben den jungen im Lichte Gottes stehen, wo die Heiligsten ruhen. Denn diese standen über mir, als der Engel mir erschien, wo ich in Seinem prachtvollen Haus zum Gebet kniete, am Ziel meiner Wallfahrt im Jahre des Herrn 1411.

Welche Worte bezeugten diese vermaledeiten Könige im Kölner Dom?

»Ich glaube, du brauchst mal eine Pause«, sagte Mele. Sie begann, seine Schultern zu massieren.

Paulus versteifte sich. Was sollte das denn jetzt?

»Was ist los? Magst du es nicht?«

»Du … ich weiß nicht …«

»Nun stell dich nicht so an. Ich massiere dich doch bloß.«

»Ist schon okay. Ich bin nicht verspannt. Aber danke.«

Sie lachte hell. »Du, nicht verspannt?« Aber sie ließ von ihm ab. Sie schien nicht einmal irritiert zu sein.

Paulus versuchte, sich wieder auf das Entschlüsseln des Textes zu konzentrieren, aber es fiel ihm verdammt schwer. Ihre Berührung hatte ein absurdes Verlangen in ihm entfacht, das er mit aller Macht niederzukämpfen versuchte.

Sie zog sich einen Stuhl heran und setzte sich neben ihn. Ein leichter Duft von Parfüm stieg ihm in die Nase. Paulus wäre es lieber gewesen, sie hätte sich auf die andere Seite des Tisches gesetzt.

Mit gerunzelter Stirn betrachtete sie seine Aufzeichnungen. »Was sollen denn all diese komischen Buchstaben hier?«

»Das da kommt heraus, wenn ich die Glyphen in dem Buch durch lateinische Buchstaben ersetze«, erklärte Paulus und zeigte auf eines der Blätter. »Die Buchstaben sind offenbar vertauscht. Ich vermute, dass dieser Teil des Buchs mit der sogenannten Vigenère-Methode verschlüsselt wurde. Dafür braucht man ein Schlüsselwort. Ich weiß leider nicht, welches. Deshalb probiere ich alle möglichen Wörter aus, die ich im Kölner Dom gefunden habe.«

»Und woher weißt du, dass das Schlüsselwort im Kölner Dom ist?«

Er zeigte ihr die entsprechende übersetzte Textpassage. »Hier, da steht es. Als Hermo von Lomersheim die Erscheinung hatte, standen über ihm die alten Könige neben den jungen im Lichte Gottes. Damit sind die Fenster im Oberchor gemeint, glaube ich. 48 Könige, die Hälfte davon mit Bart, die andere Hälfte ohne.«

»Die Apokalypse«, sagte Mele.

»Was?«

»Die 24 alten Könige sind die Ältesten aus der Offenbarung des Johannes. Das vermutet man wenigstens. Also bezeugen sie wahrscheinlich die Apokalypse.«

Paulus starrte eine Minute auf den Text. Es war nicht zu fassen! Er hatte die Lösung die ganze Zeit vor Augen gehabt. Das Wort, das er suchte, war nicht im Kölner Dom zu finden. Die Könige waren lediglich das Symbol dafür. Er hätte sich die Fahrt nach Köln sparen können. Dann aber wäre er Mele nicht begegnet, und ohne sie wäre er nicht auf die richtige Idee gekommen.

Aber hatten die Könige im Dom wirklich etwas mit der Apokalypse zu tun? »Hast du einen Rechner mit Internet?«, fragte er.

»Ich nicht, aber Dirk.«

Sie klopfte an die Tür des Zimmers, aus dem Dirk nicht mehr herausgekommen war, seit Mele sich zu Paulus gesellt hatte. »Dirk? Können wir mal an deinen Rechner?«

»Geht gerade nicht, ich muss arbeiten«, hörte Paulus seine gedämpfte Stimme.

»Bitte, es dauert nicht lange. Wir wollen bloß kurz was nachgucken.«

Mit deutlich hörbarem Schnauben öffnete der Student die Tür. »Na gut, aber macht schnell.«

Paulus setzte sich an Dirks Schreibtisch, der bis auf den Computer leer war. Das ganze Zimmer strahlte eine fast mönchische Askese aus. Es gab nur ein Bett, einen Kleiderschrank und ein Bücherregal, das überwiegend mit literarischen Klassikern besetzt war. Keine Bilder an den Wänden, keine Fotos, keine persönlichen Erinnerungsstücke. Paulus war sich nicht sicher, was das über den Charakter seines Bewohners aussagte.

Die Suchmaschine fand auf Anhieb mehrere Quellen, in denen behauptet wurde, dass die 24 alten Könige die Ältesten der Apokalypse darstellten, die 24 jungen Könige dagegen die Könige Judas, die alttestamentlichen Vorgänger Jesu Christi.

Paulus bedankte sich bei Dirk und kehrte ins Wohnzimmer zurück. Er versuchte es zuerst mit dem lateinischen Wort »Apocalypsis«, das aus dem Griechischen entlehnt war und »Offenbarung« bedeutete – bei näherer Betrachtung ein beinahe schon triviales Schlüsselwort.

Paulus' Puls beschleunigte sich, als er mit Hilfe von Vigenères Tabelle Buchstabe für Buchstabe ersetzte. Der Anfang lautete: AIN JONGFRAW

Eine Jungfrau. Das sah eindeutig nach Frühneuhochdeutsch aus. Doch als er fortfuhr, machte sich Enttäuschung in ihm breit.

AIN JONGFRAW EHDO YNJ

Was zum Kuckuck sollte »EHDO YNJ« bedeuten? Das war weder Deutsch noch Latein noch Griechisch oder sonst irgendeine Sprache, die Paulus kannte. Die ersten Zeichen schienen doch darauf hinzudeuten, dass das Schlüsselwort richtig war – selbst eine solche relativ kurze Buchstabenfolge konnte kaum zufällig entstanden sein. Aber wieso funktionierte die Verschlüsselungsmethode nur am Anfang? Hatte Hermo von Lomersheim etwa mitten im Text noch einmal das Verschlüsselungsverfahren gewechselt?

Er versuchte es weiter – vielleicht hatte Hermo beim Kodieren einfach nur einen Fehler gemacht. Doch auch die folgenden Buchstaben ergaben keinen Sinn.

Ihm fiel ein, dass es eine Variante der Vigenère-Verschlüsselung gab, bei der nur der Anfang des Textes mit dem Schlüsselwort codiert wurde. Danach benutzte man den Originaltext als Schlüssel. Dieses recht umständliche Verfahren sollte verhindern, dass eine Schwachstelle kurzer Codewörter – die Wiederholung – für Angriffe genutzt werden konnte, war jedoch erst viel später beschrieben worden.

Trotzdem probierte Paulus es, indem er den Anfang des Textes – »Ain Jongfraw« – an das Schlüsselwort »Apocalypsis« anhängte. Doch auch das erbrachte keinen lesbaren Text.

Erst, als er der Verzweiflung nahe war, begriff er, dass er eine ganz einfache Möglichkeit übersehen hatte. Der Schlüssel konnte ja auch aus mehreren Wörtern bestehen.

Er probierte es aus, indem er das Wort Apocalypsis durch den lateinischen Namen des Propheten, Ioannis, ergänzte. Und plötzlich formten sich aus dem Buchstabengewirr Wörter und Sätze.

Buchstabe für Buchstabe setzte Paulus den Text zusammen.

10.

Fort Meade, Maryland, Sonntag 14:03 Uhr

Wilson Claude starrte auf seinen Monitor in einem durch Schallschutz-Trennwände unterteilten Großraumbüro im dritten Stock des Hauptquartiers der National Security Agency. Der Bildschirm zeigte einen Textausschnitt, den die *Maschine* in einem Internetforum aufgeschnappt hatte, in dem sich vorwiegend Moslems über religiöse Fragen austauschten. Dort wurde in einem Thread heftig darüber gestritten, ob der Tod Osama Bin Ladens von der CIA nur vorgetäuscht worden war und der Al-Quaida-Anführer in Wahrheit noch lebte. In dem Textauszug, der der *Maschine* aufgefallen war, stand der Satz: »Er lebt jetzt *inkognito* in *Oman* und plant von dort den nächsten *Anschlag* auf Einrichtungen der *USA* im *Mittleren Osten*.« Die Schlüsselworte »inkognito«, »Oman«, »Anschlag«, »USA« und »Mittleren Osten« waren rot markiert.

Wilson war kein Techniker. Er hatte allenfalls eine grobe Vorstellung davon, wie das gigantische Computersystem funktionierte, das dem Hörensagen nach drei unterirdische Stockwerke des Hauptquartiers der NSA belegte und das alle nur die *Maschine* nannten. Angeblich handelte es sich um ein riesiges neuronales Netz, verteilt auf Dutzende von Supercomputern. Gerüchten zufolge bestand sein Herz aus neuartigen Quantencomputern, die die Leistung herkömmlicher Parallelrechner um das Hunderttausendfache übertrafen. Es war das mit Abstand leistungsfähigste Computersystem, das die Menschheit je gebaut hatte, soviel war sicher. Wilson wusste zumindest, dass auf dem Gelände ein eigenes Kraftwerk betrieben wurde, um die *Maschine* mit Strom zu versorgen.

Ihre Aufgabe war es, im Ozean der Kommunikation, der jede Sekunde um die Welt schwappte, nach Tropfen mit potenziell bedrohlichem Inhalt zu suchen. Sie konnte erkennen, ob zwei Menschen am Telefon harmloses Geplauder austauschten, ob sich ein geschiedenes Ehepaar per E-Mail stritt oder ob ein Mitarbeiter einer ausländischen Botschaft in Washington Routineinformationen an seinen Vorgesetzten schickte. Erst wenn zum Beispiel der Botschaftsmitarbeiter mit einem amerikanischen Staatsbürger telefonierte und dabei Schlüsselwörter benutzte, die auf sicherheitsrelevante Inhalte hindeuteten, landete das Gespräch auf dem Monitor eines Menschen.

Die *Maschine* zeigte kurze Auszüge aus abgefangenen E-Mails oder Gesprächsprotokollen von abgehörten Telefonaten, zusammen mit einer tabellarischen Darstellung der Hintergrundinformationen, die sie gesammelt hatte: Wer war der Absender, wer der Empfänger? In welcher Beziehung standen sie zueinander? Welche Schlüsselwörter schienen ihr verdächtig? Dazu gab sie eine Empfehlung ab, wie mit der Information weiter zu verfahren war. Manchmal schlug sie vor, die Nachricht zur weiteren Analyse an einen Fachmann der NSA oder an eine andere Behörde wie zum Beispiel die CIA oder das Heimatschutzministerium weiterzuleiten. Meistens jedoch lautete der Vorschlag »Ignorieren«, was bedeutete, dass die Maschine die Nachricht als nicht bedrohlich einstufte, sich aber nicht sicher war, ob nicht doch ein Sicherheitsproblem damit verbunden sein könnte.

Wilsons Job war es, zu entscheiden, ob der Vorschlag der *Maschine* vernünftig klang, was meistens der Fall war. Dann klickte er einfach auf »Akzeptieren«. Nur selten griff er ein und änderte den Vorschlag von »Ignorieren« auf »Weitere Analyse«.

Er war natürlich nicht der Einzige, der diese monotone und deshalb anstrengende Arbeit ausführte – im Schichtdienst, rund um die Uhr, vier Stunden am Stück, dann eine Stunde Pause, danach noch einmal vier Stunden Dienst. Er kannte die meisten seiner Kollegen nicht – die NSA achtete sorgfältig darauf, dass ihre Mitarbeiter keinen zu engen Austausch miteinander pflegten und keine dienstlichen Gespräche außerhalb des elektromagnetisch abgeschirmten Gebäudes führten. Aber er wusste, dass die *Maschine* hin und wieder seine Aufgaben parallel auch an andere Mitarbeiter vergab und die Ergebnisse verglich. So überprüfte sie, ob er seinen Job zuverlässig und gewissenhaft ausführte.

Die *Maschine* schlug vor, das Geplänkel der Islamisten zu ignorieren. Wilson gab ihr recht.

Der nächste Textausschnitt auf seinem Monitor war ein Auszug aus einer E-Mail. Sie war von einem Internetcafé in der Nähe des Militärstützpunkts Fort Fredrick abgesetzt worden. Sowohl Absender als auch Empfänger hatten sich erst vor kurzem ein anonymes Konto bei einem amerikanischen Onlineprovider eingerichtet. Der Zugriff auf das Empfängerkonto erfolgte von einer IP-Adresse aus, die in Pakistan beheimatet war, und zwar ebenfalls in einem Internetcafé in Islamabad.

Die Nachricht war PGP-verschlüsselt und mit mathematischen Methoden nicht zu entziffern, was darauf hindeutete, dass der Absender versucht hatte, den Inhalt geheimzuhalten. Doch auf den öffentlich zugänglichen Computern der amerikanischen Internetcafés lief seit langem ein Keylogger, ein geheimes von der NSA entwickeltes Programm, das alle Tastendrücke aufzeichnete und an einen Zentralrechner übermittelte. So konnte die *Maschine* lesen, was der Absender getippt hatte, bevor die Botschaft verschlüsselt worden war.

Der Textausschnitt war in Persisch verfasst und lautete, vom Computer ins Englische übersetzt: »Der Atem Allahs ist befreit. Die Übergabe erfolgt wie vereinbart.«

Kein Schlüsselwort war markiert. Die Maschine hatte den Text offenbar nur aufgrund der ungewöhnlichen Umstände des Versandes und des Ortes des Absenders nahe einer sicherheitsrelevanten militärischen Einrichtung als bedenklich eingestuft. Der Vorschlag lautete, die Nachricht an das Office of Intelligence and Analysis des Heimatschutzministeriums weiterzuleiten, das für die Analyse von Hinweisen auf mögliche Terroranschläge zuständig war.

Wilson klickte auf einen Button, um den gesamten Text der Nachricht anzuzeigen. Doch die E-Mail bestand nur aus diesen zwei kurzen Sätzen. Keine Anrede, keine Grußformel. Dies war ungewöhnlich genug. Offenbar war die Mail Teil eines Austauschs, in dem es um irgendeine Untergrundaktivität ging.

Wilson hatte keine Idee, was mit dem »Atem Allahs« gemeint sein könnte. Aber darüber konnten sich andere den Kopf zerbrechen. Er klickte auf »Akzeptieren« und wandte sich der nächsten Aufgabe zu.

11.

Köln, Sonntag 22:17 Uhr

Auf dem Esszimmertisch standen zwischen etlichen vollgekritzelten Blättern ein Teller mit einem halb gegessenen Käsebrot und ein leerer Kaffeebecher. Paulus stützte die Hände in den Kopf. Er war erschöpft, doch er war viel zu aufgekratzt, um eine Pause zu machen. Er las noch einmal die Sätze, die er bisher entschlüsselt hatte:

Eine Jungfrau wird kommen, der Heilige Geist wird sie erleuchten, und sie wird Worte des Mutes und der Tapferkeit sprechen. Sie wird das Schwert nehmen und die Gläubigen gegen die Übermacht der Belagerer führen, und mit Gottes Hilfe werden sie obsiegen. Sie wird aus vielen Wunden bluten, doch wird sie nicht weichen, die Herzen der Feinde aber werden mit Ehrfurcht und Schrecken gefüllt, und jene werden fliehen. Die Heilige wird aber verraten und verleumdet und falsches Zeugnis wider sie wird abgelegt werden im Namen Gottes, unseres Herrn, sodann falsches Urteil wird gesprochen. Auf einen großen Platz wird man sie führen und auf das Holz binden, doch wird sie nicht wanken im Glauben. Die Flammen werden sie verzehren, und sie wird Qualen erleiden, doch wird sie nicht wanken im Glauben. So wird sie eingehen in das Himmelreich und aufgenommen in die Gemeinschaft der Heiligen.

Am Ende dieses Textabschnitts war Paulus auf Glyphen gestoßen, die bisher im Dokument noch nicht aufgetaucht waren, die er aber sofort erkannte:

♃♉♂♍♄♑☽♑

»Was ist?«, fragte Mele. »Stimmt was nicht?« Sie hatte die meiste Zeit stumm neben Paulus gesessen und ihm zugesehen. Zu Anfang hatte ihn das nervös gemacht, aber irgendwann war er so in seine Arbeit vertieft gewesen, dass er sie kaum noch bemerkte. Dirk hatte sich in sein Zimmer zurückgezogen, so als sei es ihm unangenehm, im selben Raum wie Mele und Paulus zu sein.

»Die Symbole hier«, sagte Paulus und zeigte darauf. »Das sind eindeutig astrologische Zeichen. Das da, das wie eine Vier aussieht, steht für Jupiter. Das Symbol daneben ist das Sternzeichen Stier. Das hier, das Zeichen für das männliche Geschlecht, wird in der Astrologie für den Mars verwendet. Die anderen sind das Sternzeichen Jungfrau, das Symbol für Saturn, dann der Steinbock, der Mond und noch mal der Steinbock.«

»Was ist daran so merkwürdig? Astrologie war doch im Mittelalter weit verbreitet, oder?«

»Ja, schon. Trotzdem: Dieser Mönch gibt sich eine wahnsinnige Mühe, seinen Text auf komplizierte Weise zu verschlüsseln. Und dann tauchen plötzlich mittendrin diese Symbole auf, die im Mittelalter so ziemlich jeder kannte. Das ist schon merkwürdig. Ich bin nicht sicher, was ich davon halten soll.«

»Darf ich mal lesen, was du bisher entziffert hast?«

Paulus reichte ihr das Blatt.

Sie las mit gerunzelter Stirn. »Was bedeutet das?«

»Mit der Jungfrau ist zweifelsohne Jeanne d'Arc gemeint, die Jungfrau von Orleans.«

»Das heißt, der Engel hat ihm prophezeit, dass die

Jungfrau von Orleans kommen wird? Ich dachte immer, das wäre nur eine Geschichte.«

»Nein, die gab es wirklich. Sie hat die Franzosen zum Sieg gegen eine Übermacht der Engländer geführt und wurde später wegen Ketzerei hingerichtet, genau, wie es da steht. Sie ist eine der bekanntesten Persönlichkeiten des Mittelalters.«

»Also ist es eine echte Prophezeiung?«

»Wohl kaum. Jeanne d'Arc wurde 1431 hingerichtet, wenn ich mich richtig erinnere, also zu Lebzeiten Hermo von Lomersheims. Er hat ein Ereignis beschrieben, über das damals die halbe Welt geredet haben muss.«

»Aber warum hat er es so beschrieben, als läge es in der Zukunft?«

»Das weiß ich auch nicht. Vielleicht wollte er die Sache mit der Engelserscheinung ein bisschen aufbauschen. Mir ist auch nicht klar, warum er dieses Ereignis so kompliziert verschlüsselt hat, wo es doch zu der Zeit jeder kannte. Und jetzt noch diese astrologischen Symbole. Mir kommt das Ganze mehr und mehr wie das sinnlose Geschreibsel eines verwirrten alten Mannes vor.«

»Aber warum ist dann jemand so hinter dem Buch her?«

Paulus konnte nur mit den Schultern zucken.

Mele beugte sich vor, um die Symbole in dem Manuskript zu betrachten. »Na das passt doch: eine Jungfrau, Mars, der Kriegsgott ...«

»Ja, schon. Aber wozu sollte Hermo von Lomersheim diese Symbole einfügen, wenn sie nur das bestätigen, was er schon aufgeschrieben hat?«

»Keine Ahnung. Vielleicht ist das eine Art Horoskop der Jungfrau von Orleans?«

»Vielleicht. Aber dann hätte Hermo ... Moment mal!« Paulus sprang auf. Er klopfte an Dirks Tür.

»Was ist?«, fragte der Student mürrisch.

»Darf ich bitte noch einmal an deinen Computer?«, fragte Paulus durch die geschlossene Tür. Er hörte von drinnen gedämpfte Stimmen – anscheinend lief auf Dirks Laptop gerade ein Spielfilm.

»Muss das sein? Ich bin gerade mitten in der Arbeit.«

»Bitte, es dauert nicht lange.«

»Augenblick.« Nach einer Minute öffnete sich die Tür. »Also gut, kommt rein.«

Paulus setzte sich an den Computer, auf dessen Bildschirm das Fenster einer Textverarbeitung zu sehen war. Er öffnete den Internetbrowser und rief den Wikipedia-Eintrag über Jeanne d'Arc auf. Dann suchte er eine Weile im Internet, bis er eine astronomische Seite fand, die die Planetenkonstellation zu einem beliebigen Datum anzeigte.

Er gab den 30. 5. 1431 ein, den Todestag von Jeanne d'Arc. Sekundenbruchteile später erschien die Planetenkonstellation auf dem Bildschirm: Jupiter stand damals im Sternbild Stier, Mars in der Jungfrau, Saturn und Mond im Steinbock. Hermo von Lomersheim hatte die korrekte Planetenkonstellation des Todestages von Jeanne d'Arc aufgezeichnet.

»Was macht ihr da eigentlich?«, fragte Dirk. »Falls ich das fragen darf.«

»Paulus hat in dem Manuskript astrologische Symbole entdeckt«, erklärte Mele. »Anscheinend so eine Art Horoskop.«

»Nein«, widersprach Paulus. »Eine exakte Datumsangabe. Der Mönch hat das genaue Todesdatum der Jungfrau von Orleans angegeben, indem er die Planetenkonstellation dieses Tages festgehalten hat.«

»Das verstehe ich nicht.«

»Die Planeten umkreisen die Sonne in unterschiedlicher Zeit. Der Jupiter braucht so ungefähr zwölf Jahre für einen Umlauf, glaube ich. Der Saturn noch länger, weil er weiter entfernt ist. Außerdem dreht sich ja auch die Erde um die Sonne, und das bedeutet, dass von uns aus gesehen die Bahnen der Planeten vor dem Hintergrund der Fixsterne relativ kompliziert sind. Manchmal scheinen sich die Planeten in die entgegengesetzte Richtung zu bewegen, was die Astronomen der Antike ziemlich verwirrt hat. Jedenfalls folgt daraus, dass sich genau dieselbe Planetenkonstellation sehr selten wiederholt, wahrscheinlich nur alle fünfhundert Jahre oder so.«

»Aber wenn die Planeten so lange brauchen, dann stehen sie doch monatelang im selben Sternzeichen. Ist das dann nicht eine ziemlich ungenaue Zeitangabe?«

»Nein. Der Mars braucht knapp zwei Jahre für einen Umlauf, das heißt, er bleibt ungefähr zwei Monate lang in einem Sternzeichen. Der Mond dagegen umkreist uns in knapp einem Monat, ist also nur ungefähr zwei Tage lang in einem Sternbild zu sehen. Das heißt, die Zeitangabe, die durch diese Planetenkonstellation beschrieben ist, ist auf etwa zwei Tage genau. Und sie ist unabhängig davon, welchen Kalender man verwendet.«

»Wieso welchen Kalender? Gibt es denn mehrere?«

»Die gibt es in der Tat. Zum Beispiel wird in islamischen Ländern ein Kalender verwendet, bei dem das Jahr nur 355 Tage hat, so dass sich die islamischen Monate wie zum Beispiel Ramadan gegenüber unserer Zeitrechnung jedes Jahr um zehn Tage verschieben. Im Mittelalter verwendete man den Julianischen Kalender, den schon die Römer benutzt hatten, der jedoch nicht sehr genau war, so dass sich der Frühlingsanfang alle 130 Jahre um einen Tag verschob. Gegen Ende des 16. Jahrhunderts wurde dann der Gregorianische Kalender eingeführt, den wir heute noch verwenden.«

Er schwieg einen Moment nachdenklich. Es war fast, als hätte der Mönch geahnt, dass eines Tages der Kalender umgestellt werden würde. Andererseits waren die Schwächen des Julianischen Kalenders auch schon zu Hermos Zeiten bekannt gewesen. Vielleicht hatte sich der Mönch mit astronomischen oder astrologischen Studien beschäftigt – was zu seiner Zeit mehr oder weniger dasselbe gewesen war – und deshalb diese ungewöhnliche Form der Datumsangabe gewählt.

»Wisst ihr jetzt mehr darüber, was in diesem Buch steht?«, fragte Dirk.

»Nicht wirklich«, sagte Paulus.

»Es ist eine Prophezeiung«, sagte Mele gleichzeitig.

Paulus blickte sie überrascht an. »Wie kommst du darauf?«

»Na ja, ist das nicht offensichtlich? Der Engel hat doch diesem Mönch die Sache mit der Jungfrau von Orleans prophezeit.«

»Ich habe dir doch schon erklärt, das war keine wirkliche Engelserscheinung«, widersprach Paulus. »Und Jeanne d'Arc ist gestorben, lange bevor Hermo das Buch geschrieben hat.«

»Hatte er die Erscheinung nicht 1411?«

»Das schreibt er, ja. Aber das kann offensichtlich nicht stimmen. Wenn er überhaupt eine Erscheinung gehabt hat, dann war das ein Traum. Und wenn in diesem Traum die Jungfrau von Orleans vorkam, dann muss er ihn viel später gehabt haben.«

»Woher willst du das so genau wissen?«, fragte Mele mit herausforderndem Tonfall.

Ärger stieg in Paulus auf. Er hatte wirklich keine Lust,

über esoterische Hirngespinste wie Prophezeiungen zu diskutieren. »Wir reden hier über ein Dokument aus dem Mittelalter. Das darf man nicht wörtlich nehmen, genauso wenig wie beispielsweise die Bibel.«

»Bloß, weil es nicht in dein Weltbild passt, heißt das noch lange nicht, dass es nicht doch eine echte Prophezeiung sein kann!«, beharrte Mele.

Paulus gab es auf, mit ihr zu diskutieren. Wer Touristen absurde Lügen über den Kölner Dom auftischte, war wohl kaum eine geeignete Gesprächspartnerin über historische Zusammenhänge.

Andererseits erklärte Meles These vielleicht, wieso das Buch für diesen Araber so wichtig war. Möglicherweise hielt er Hermo von Lomersheim für eine Art Vorläufer von Nostradamus.

»Ist ja auch egal. Ich mache besser weiter«, sagte er und verließ Dirks Zimmer. Mele folgte ihm.

»Gern geschehen«, murmelte der Student, als er die Tür hinter ihnen schloss.

Paulus blätterte durch das Buch und suchte nach weiteren astrologischen Symbolen. Es dauerte nicht lange, bis er welche fand. Insgesamt waren es neun Gruppen aus jeweils acht Zeichen – die vier Symbole für Jupiter, Saturn, Mars und Mond, gefolgt von jeweils einem Tierkreiszeichen. Neun exakte Datumsangaben, die über das ganze Dokument verteilt waren.

Paulus überlegte, ob er versuchen sollte, die jeweiligen dazugehörigen Daten herauszufinden. Doch das war nicht so einfach, denn durch die komplizierten Bewegungen der Planeten relativ zueinander und zu den Sternbildern waren die entsprechenden Berechnungen sehr aufwendig und überstiegen Paulus' Fähigkeiten bei weitem. Die Website, die er benutzt hatte, um die Planetenkonstellation zu einem Datum zu berechnen, erlaubte den umgekehrten Weg nicht. Vielleicht gab es irgendwo im Internet ein entsprechendes Programm, aber es zu finden konnte lange dauern, und er wollte nicht schon wieder den mürrischen Dirk um einen Gefallen bitten. Er würde einfach weiter den Text entschlüsseln, und falls sich daraus irgendwelche erkennbaren historischen Ereignisse ergaben, würde er prüfen, ob die angegebene Planetenkonstellation zu dem jeweiligen Datum passte.

»Du hast recht gehabt«, sagte er nach einer Weile zu Mele.

Sie beugte sich zu ihm und las die Wörter, die Paulus in der letzten halben Stunde entschlüsselt hatte und die im Manuskript unmittelbar auf die astrologischen Zeichen folgten:

Dieses war die erste Offenbarung des Engels. Und sie wurde wahr. Denn der Engel verkündete mir das Wort des Herrn, und sein Wille wird geschehen.

»Es handelt sich vermutlich tatsächlich um Prophezeiungen«, sagte Paulus. »Offenbar hat er die Erscheinung des Engels im Jahr 1411 und die Sache mit Jeanne d'Arc beschrieben, um dem Dokument mehr Glaubwürdigkeit zu verleihen.«

»Wie meinst du das?«, fragte Mele.

»Es macht sich nun mal in einem prophetischen Dokument ganz gut, wenn eine Vorhersage darin steht, die bereits eingetroffen ist.«

»Du glaubst, er hat das erfunden?«

»Natürlich. Es ist immer leichter, ein Ereignis im Nachhinein zu ›prophezeien‹ als im Voraus. In der Esoterik-Literatur findest du jede Menge Bücher, in denen behauptet wird, dass irgendwelche tatsächlichen Ereignisse angeblich schon in historischen Quellen vorhergesagt wurden. Daraus schließen die Autoren dann auf zukünftige Katastrophen, die angeblich auch in den betreffenden Dokumenten prophezeit werden. Das prominenteste Beispiel ist Nostradamus. Er hat Hunderte von kryptischen Versen geschrieben, in die man alles Mögliche hineininterpretieren kann. Und mit ein bisschen Fantasie erkennt man darin tatsächliche Ereignisse, wie zum Beispiel den Zweiten Weltkrieg.«

Er hatte einmal einige von Nostradamus' Versen in einem Seminar verwendet, um die Studenten für die Gefahr von Fehlinterpretationen zu sensibilisieren. Er versuchte, sich an den Wortlaut zu erinnern.

»Nimm zum Beispiel diesen Vers hier: *Von Trojas Blute wird das deutsche Herz geboren, das große Macht haben wird, es wird hinausjagen das fremde Volk Arabiens, Wendepunkt der Kirche* oder so ähnlich. Das klingt, als wenn Nostradamus Hitlers Aufstieg und die Judenverfolgung beschrieben hätte. Oder diese Stelle: *Kampflärm wird am Himmel zu hören sein, so dass die Götter sogar zu Feinden werden, die heiligen Gesetze werden angefochten, durch Blitz und Krieg werden die Gläubigen sterben.* Offenbar wusste Nostradamus schon, dass es eines Tages Luftschlachten und Bombenkriege geben würde. Und natürlich sein berühmtester Vers: *Jahr 1999, siebenter Monat. Vom Himmel kommt ein großer Schreckenskönig.* Das hat die Esoteriker in den Neunzigern in große Aufregung versetzt. Nur ist dummerweise im Juli 1999 kein großer Schreckenskönig vom Himmel gekommen.«

»Vielleicht hat man die Verse von Nostradamus bloß falsch interpretiert«, meinte Mele.

»In der Tat, das hat man. Weil es darin nämlich überhaupt nichts richtig zu interpretieren gibt. Das ist nichts anderes als Kaffeesatz in Reimform. Das erkennst du schon daran, dass es so schön unpräzise und mysteriös formuliert ist. Wenn es exakte Angaben wären, könnte man sie nachprüfen. Man müsste sie nicht interpretieren und so lange verbiegen, bis sie dem entsprechen, was man gern herauslesen möchte.«

»Aber dieser Mönch hat doch das Auftauchen der Jungfrau von Orleans ganz präzise beschrieben, sogar mit dem Datum ihres Todestages.«

»Ja genau, aber eben im Nachhinein. Ich bin sicher, die Beschreibungen, die sich auf die Zeit nach der Entstehung des Manuskripts beziehen, werden genauso vage sein wie die des Nostradamus. Aber das hindert natürlich irgendwelche Spinner nicht daran, das für bare Münze zu nehmen und allen möglichen Quatsch hineinzudeuten.«

»Und du glaubst, einer von diesen Spinnern ist hinter dir her?«

»Es wäre möglich. Vielleicht gibt es eine Sekte oder so was, für die dieses Buch heilig ist.«

»Und dieser Amerikaner? Meinst du, den bedrohen sie auch?«

Paulus erschrak. Darüber hatte er noch gar nicht nachgedacht. Er wählte Liebermans Nummer, erreichte jedoch wieder nur die Mailbox. Beunruhigt bat er erneut um Rückruf. Dann machte er sich wieder an die Arbeit.

»Willst du nicht langsam mal Pause machen?«, fragte Mele irgendwann. Sie hatte die ganze Zeit still neben Paulus gesessen, als gäbe es nichts Interessanteres, als ihm bei seiner akribischen Übersetzungsarbeit zuzusehen. Paulus war zu müde, um sich darüber zu wundern.

Er sah auf die Uhr. Es war halb vier morgens. Er hatte Schwierigkeiten, sich auf seine Arbeit zu konzentrieren.

Die Glyphen tanzten vor seinen Augen, und immer häufiger verrutschte er in der Zeile oder Spalte der Viginère-Tabelle und las den falschen Buchstaben ab. Zum Glück merkte man das daran, dass sich ein Schreibfehler in einem Wort ergab, und er konnte es korrigieren. Aber die Dekodierung ging immer langsamer voran. In den letzten zwei Stunden hatte er nur einen kurzen Abschnitt in Klartext übersetzt:

Die Stadt des Konstantin wird belagert werden von den Heiden. So zahlreich werden sie sein, dass man von den Mauern das Ende des Heeres nicht sehen kann. Unverbrüchlich im Glauben werden die Verteidiger dem Ansturm trotzen. Doch wird ihre Zahl gering sein, und so werden sie ihre Christenbrüder um Hilfe anrufen. Diese aber werden die Ohren verschließen vor ihrem Flehen.

Es fehlten noch ein paar Worte, bis wieder eine astronomische Datumsangabe zwischen den Glyphen eingefügt war.

»Nur noch diesen Satz hier«, sagte er.

Mit der Aussicht auf Schlaf gelang es ihm, Kraftreserven zu mobilisieren, und die nächsten Wörter formten sich wieder etwas schneller:

Also werden sie fallen, und das östliche Reich wird untergehen.

Die astrologische Zeichenfolge zeigte Jupiter im Zeichen der Fische, Saturn in der Jungfrau, Mars im Krebs und den Mond im Wassermann.

Paulus war klar, dass die Zeilen die Eroberung Konstantinopels durch die Osmanen beschrieben. Das war Mitte des 15. Jahrhunderts geschehen. Wenn, wie er vermutete, die Datumsangabe stimmte, dann handelte es sich auch bei diesem Abschnitt um eine Vorhersage im Nachhinein, die der Mönch aus Gründen der Glaubwürdigkeit eingefügt hatte. Aber das konnte er morgen immer noch überprüfen.

Er streckte sich. »Schluss für heute. Gute Nacht, Mele. Und danke noch mal für deine Hilfe.«

Sie lächelte. »Das ist so ziemlich das Aufregendste, was mir je passiert ist«, sagte sie mit kindlichem Vergnügen. »Jedenfalls, seit ich aus dem Waisenhaus getürmt bin.«

»Du bist in einem Waisenhaus aufgewachsen?«

Sie gähnte. »Ja, bin ich. Aber das erzähl ich dir ein andermal. Gute Nacht!« Sie ging in ihr Zimmer.

Paulus machte es sich, so gut es ging, auf dem Sofa bequem. Er schlief in Sekundenschnelle ein.

12.

Köln, Montag 04:47 Uhr

Dirk lauschte in die Dunkelheit. Er hörte, wie jemand die Toilette benutzte. Kurz darauf klappte Meles Tür zu. Er versuchte, an den Geräuschen zu erkennen, ob sie allein in ihr Zimmer gegangen oder der Typ ihr gefolgt war, doch es gelang ihm nicht. Er hörte keine Stimmen aus dem Nebenzimmer, aber das musste nichts bedeuten.

Ängstlich wartete er darauf, dass es begann: erst das leise Quietschen des Bettes, während die beiden noch versuchten, unbemerkt zu bleiben. Dann das Stöhnen, das immer lauter wurde, je mehr sie die Welt um sich herum vergaßen.

Doch nichts dergleichen geschah. Während er begriff, dass er sich umsonst aufgeregt hatte, stieg Wut in ihm auf. Wut auf den Typen, der einfach so in sein Leben einbrach und Meles Aufmerksamkeit mit seinem verdammten Buch fesselte. Wut auf Mele, die so schrecklich naiv und leichtfertig war und sich jedem dahergelaufenen Idioten an den Hals warf. Wut auf sich selbst, weil er sich einfach nicht im Griff hatte.

Dirk war kein Dummkopf. Er wusste, dass Mele einen flatterhaften Charakter hatte. Dass sie nur mit ihm gespielt hatte, ihn nicht liebte, nicht einmal bemerkte, wie sie ihn mit ihrer achtlosen Art verletzte. Sie war Gift für ihn – doch was für ein süßes Gift!

Seit sie vor einem halben Jahr in Brittas Zimmer eingezogen war, hatte er keine ruhige Minute mehr gehabt. Seine Magisterarbeit hatte ebenso darunter gelitten wie sein Roman, an dem er nun schon seit vier Jahren arbeitete. Zu Anfang hatte er sich über die neue Mitbewohnerin bloß geärgert: Im Gegensatz zu Britta war sie laut, schlampig und hatte bisher noch keinen Cent Miete bezahlt, so dass Mike und er schon mehrmals darüber gesprochen hatten, sie rauszuwerfen und einen anderen Untermieter zu suchen. Doch ihre Anmut und ihr kindlich-naives Wesen hatten Dirk mehr und mehr fasziniert. Als er einen zaghaften Annäherungsversuch gemacht hatte, hatte sie ihn zu seiner großen Überraschung nicht zurückgewiesen. Er hatte sich Hals über Kopf in die Falle gestürzt, die sie ihm gestellt hatte.

Wahrscheinlich war es die Sache wert gewesen. Der Sex mit ihr war das Aufregendste, was er je erlebt hatte, und vermutlich würde er auch nie wieder etwas Vergleichbares bekommen. Ein paar Tage war er buchstäblich im siebten Himmel gewesen und hatte sogar alberne Fantasien von Hochzeit und Kindern gehabt. Dann hatte sie diesen bärtigen Typen angeschleppt, vor Dirks Augen mit ihm rumgeknutscht und sich in Brittas Zimmer von ihm vögeln lassen.

Als er sie hinterher zur Rede gestellt hatte, hatte sie nicht einmal begriffen, was er von ihr wollte. Sie hatte ihn spießig und altmodisch genannt und unmissverständlich klargemacht, dass man keinerlei Besitzansprüche erwarb, wenn man mit ihr schlief. Sie sah Sex als eine Art Sport an, den man zum Vergnügen betrieb. Mit Liebe und Bindung hatte das ihrer Meinung nach nichts zu tun.

Dirk war am Boden zerstört gewesen. Zwei Tage lang hatte er nur trübsinnig herumgesessen und nichts zustande gebracht. Irgendwann hatte er sich zusammengerissen. Er hatte versucht, seine Gefühle zu unterdrücken, die alberne Hoffnung, wenn sie ihn anlächelte oder über einen Scherz von ihm lachte, die Eifersucht, wenn sie wieder mit irgendeinem Typen rummachte. Doch sosehr er sich bemüht hatte, sie aus seinen Gedanken zu verbannen, es war ihm nicht gelungen.

Nun lag er hier, wieder einmal schlaflos vor Sehnsucht nach Mele, und wusste nicht, was er tun sollte.

Schließlich hielt er es nicht mehr aus. Als er sicher war, dass sich draußen nichts rührte, stand er auf, öffnete lautlos die Tür und trat hinaus.

Der Typ lag auf dem Sofa im Wohnzimmer. Er schien fest zu schlafen. So weit, so gut.

Er ging zu Meles Zimmer und lauschte an der Tür. Nichts zu hören. Kein Licht schimmerte unter dem Türspalt hindurch.

Vorsichtig öffnete er die Tür. Er hatte dafür gesorgt, dass Klinken und Scharniere aller Türen in der WG gut geölt waren. Den anderen hatte er gesagt, dass er sich durch das ewige Quietschen gestört gefühlt hatte. Niemand hatte das in Zweifel gezogen.

Er blieb am Eingang stehen, die Sinne aufs äußerste gespannt, bereit, die Tür sofort wieder lautlos zu schließen.

Mele lag auf dem Bett, wie immer völlig nackt. Die Bettdecke verhüllte nur unvollständig ihren schlanken Körper, der im Licht der Straßenlaterne vor ihrem Fenster bleich wirkte.

Eine Welle der Sehnsucht durchlief ihn. Sie sah so zart aus, so zerbrechlich, so schutzbedürftig. Sie wären das perfekte Paar: Er würde das gemeinsame Leben organisieren, sie ihm Inspiration und Antrieb liefern. Sie wäre seine Muse. Arthur Miller und Marilyn Monroe.

Vielleicht bestand ja doch noch eine Chance. Irgendwann würde sie merken, dass man nicht immer nur sorglos von einem Tag in den anderen leben konnte, dass man jemanden brauchte, der für einen da war, wenn es darauf ankam.

Dirk schloss die Tür. Es hatte keinen Sinn, sich noch länger zu quälen.

Er schlich ins Wohnzimmer. Der Typ lag dort, als könne er keiner Fliege was zuleide tun. Er sah nicht mal besonders gut aus. Aber Meles Geschmack war Dirk immer ein Rätsel gewesen. Im Grunde hatte er auch keine Ahnung, was sie an ihm selbst gefunden hatte, während sie andererseits bisher keinerlei Interesse an Mike mit seinem athletischen Körper gezeigt hatte.

Er spürte das Verlangen in sich, dem Kerl eines der Sofakissen auf das Gesicht zu drücken, bis er irgendwann aufhörte zu strampeln. Aber natürlich wusste er, dass er weder die Willens- noch die Körperkraft gehabt hätte, um so etwas zu tun. Außerdem konnte der Typ ja nichts dafür, was Mele tat. Wie alle Männer, die sie hier anschleppte, war er ihren Launen hilflos ausgeliefert. Es war nur seltsam, dass er nicht sofort mit ihr ins Bett gegangen war. Besaß er im Unterschied zu den anderen Kerlen so etwas wie Anstand?

Das machte es im Grunde nur noch schlimmer.

Dirk betrachtete das Manuskript. Er nahm es in die Hand, roch daran, blätterte vorsichtig durch die Seiten voller seltsamer Symbole, die er im schwachen Licht kaum erkennen konnte. Eine merkwürdige Faszination ging von diesem unscheinbaren Buch aus. Kein Wunder, dass Mele sich davon angezogen fühlte. Sie hielt die Welt für ein großes Abenteuerspiel und liebte Rätsel und Herausforderungen.

Für einen Moment spielte er mit dem Gedanken, die Seiten aus dem Buch zu reißen und ins Klo zu spülen oder, noch besser, es im Backofen zu verbrennen. Dann würde sich Meles Begeisterung für diesen Historiker wohl schnell verflüchtigen. Aber Dirk liebte Bücher viel zu sehr, um so etwas zu tun. Und außerdem …

Er legte das Buch zurück und betrachtete die Notizen, die dieser Paulus in seiner ordentlichen Spießerhandschrift gemacht hatte. Da war eine Tabelle, in der jedem der Symbole ein Buchstabe zugeordnet wurde. Auf mehreren Blättern waren kryptische Buchstabenfolgen aufgeschrieben, darunter Wörter in einem mittelalterlichen deutschen Dialekt. Es schien nicht besonders schwierig zu sein, den Text zu entschlüsseln.

Sein Blick fiel auf einen karierten Zettel, der unter anderen Blättern herauslugte. Er erkannte den Rand einer Zeichnung.

Vorsichtig zog er das Blatt hervor. Mele hatte Paulus skizziert, wie er da saß, über das Buch gebeugt. Mit wenigen Strichen hatte sie seine Mimik, seine Konzentration perfekt eingefangen. Der Typ hatte es vermutlich nicht einmal bemerkt.

Dirk spürte eine Beklemmung in seiner Brust. Er atmete tief ein und aus, dann faltete er das Blatt vorsichtig zusammen und steckte es ein.

Eine Weile stand er noch in der Dunkelheit und dachte nach. Schließlich ging er wieder in sein Zimmer und schloss die Tür, lautlos wie eine Katze.

13.

Köln, Montag 07:32

Geschirrgeklapper aus der Küche weckte Paulus. Dirk gab sich keine besondere Mühe, leise zu sein.

Düstere Traumbilder verschwanden hinter dem Vorhang des Vergessens. Er versuchte, sie festzuhalten, doch es gelang ihm nicht, sich an allzu viel zu erinnern. Er wusste nur noch, dass er in Panik versucht hatte, vor irgendetwas wegzulaufen, jedoch nicht von der Stelle gekommen war, so als seien seine Füße festgeklebt gewesen. Ein typischer Alptraum, ausgelöst von der bedrohlichen Situation, in der er sich befand.

Er sah auf die Armbanduhr: halb acht. Er hatte kaum mehr als drei Stunden geschlafen.

Dirk steckte den Kopf durch die Tür zum Wohnzimmer. »Morgen. Tut mir leid, dass ich dich geweckt habe. Muss zur Uni.«

»Schon gut. Danke noch mal, dass ich bei euch übernachten durfte.«

Dirk grunzte irgendwas. Er ging noch mal in sein Zimmer und verließ kurz darauf die Wohnung.

Paulus überlegte, ob er versuchen sollte, wieder einzuschlafen, verwarf den Gedanken jedoch. Er wollte dieses verdammte Manuskript so schnell wie möglich zu Ende übersetzen. Er würde später im Institut anrufen und sich ein paar Tage freinehmen. Aber jetzt brauchte er erst mal einen Kaffee.

Er wankte in die Küche und machte sich einen Becher Instantkaffee. Sein Blick fiel auf die polierte Edelstahloberfläche des Wasserkochers. Er strich sich mit der Hand über das unrasierte Kinn. Er hatte nicht mal Waschzeug dabei.

Erfrischt von dem starken Kaffee, ging ihm die Arbeit deutlich leichter von der Hand als letzte Nacht. Doch je mehr Wörter er entzifferte, desto häufiger stutzte er. Schließlich starrte er verwirrt auf den Text, den er bis zur nächsten astronomischen Datumsangabe übersetzt hatte.

Die ersten Zeilen entsprachen noch ungefähr dem, was er erwartet hatte:

Das war die zweite Offenbarung, und mein Herz ist mir schwer, als ich dieses niederschreibe, denn wehe, das Reich Byzanz wird fallen.

Hermo von Lomersheim hatte diesen Abschnitt so formuliert, als liege das Ereignis in der Zukunft, doch wenn er den Fall Konstantinopels beschrieben hatte, war auch das wohl bloß ein dramaturgischer Trick.

Doch was sollte er von den nächsten Zeilen halten? Sie lauteten:

Und der Engel offenbarte mir: Die heilige Kirche selbst wird der Verderbnis anheimfallen und der weltlichen Gier, und sie wird abfallen vom Gebote der Liebe Gottes. Ein Mann aber wird kommen, der die Stimme erhebt wider den Handel mit der Sünde. Seine Anklage wird er in Sätzen schreiben, und es werden an die hundert sein.

Ein Mann, der die Stimme erhob wider den Ablasshandel und seine Anklage in ungefähr hundert Sätzen formulierte? Das klang ein bisschen zu sehr nach Martin Luther, um Zufall zu sein. Wenn es aber kein Zufall war, dann konnte das Manuskript nicht im 15. Jahrhundert geschrieben worden sein, wie Paulus bisher angenommen hatte. Denn Luther hatte seine berühmten 95 Thesen erst 1517 veröffentlicht.

Wieder folgte auf den kurzen Abschnitt eine astrologische Zeichenfolge: Jupiter in der Jungfrau, Saturn im Schützen, Mars in der Waage und der Mond im Stier.

Paulus sah auf die Uhr. Es war halb zehn. Mele war noch nicht aus ihrem Zimmer gekommen. Wahrscheinlich schlief sie noch.

Er entschied sich, sie zu wecken. Vorsichtig klopfte er.

»Komm rein.«

Er öffnete die Tür.

Mele lag noch im Bett. Sie trug weder ein Nachthemd noch Unterwäsche. Eine nackte Brust ragte unter der Bettdecke hervor.

»Entschuldige«, sagte Paulus erschrocken und zog sich rasch zurück. Durch die geschlossene Tür rief er: »Tut mir leid, dass ich dich geweckt habe. Ich wollte nur wissen, ob es hier in der Nähe ein Internetcafé gibt.«

»Einen Moment«, rief sie. Er hörte sie drinnen rumoren. Kurz darauf trat sie aus dem Zimmer. Sie trug verwaschene Jeans und ein kariertes Hemd, das ihr mindestens drei Nummern zu groß war. »Morgen«, sagte sie und lächelte. »Wozu brauchst du denn ein Internetcafé? Wir können doch Dirks Laptop benutzen.«

»Dirk ist zur Uni gegangen.«

»Na und? Ich kenne sein Passwort.« Ohne Umschweife ging sie ins Zimmer des Germanistikstudenten und fuhr den Laptop hoch.

Paulus begann zu ahnen, dass es nicht leicht war, mit Mele eine Wohnung zu teilen. »Meinst du nicht, wir sollten doch lieber in ein Internetcafé gehen?«

»Ach Quatsch«, sagte Mele leichthin. »Dirk merkt es ja

nicht. Und selbst wenn: Was ist schon dabei? Wir lesen ja nicht seine E-Mails oder stöbern in seinen Pornovideos herum.«

Paulus fühlte sich sehr unwohl dabei, auf diese Weise in die Privatsphäre seines Gastgebers einzudringen. »Ich würde wirklich lieber einen öffentlichen Zugang benutzen«, sagte er.

Mele zog eine Augenbraue hoch. »Na schön, wie du willst. Aber du musst allein gehen. Ich habe keinen Wohnungsschlüssel.« Sie fuhr den Laptop wieder herunter und beschrieb ihm den Weg zu einem Internetcafé am Hohenzollernring.

Paulus packte das Buch und seine Aufzeichnungen in seine Laptoptasche und machte sich auf den Weg. Das Café war nur zehn Minuten zu Fuß entfernt. Er googelte die exakten Daten des Falls von Konstantinopel und der Veröffentlichung von Luthers Thesen und gab beide Daten in das Astronomie-Programm ein. Wie er vermutet hatte, stimmten die Planetenkonstellationen mit den Angaben im Manuskript überein.

Nachdenklich betrachtete er das Buch von allen Seiten. Bereits im 14. Jahrhundert war Papier in Europa als Schreibmaterial verbreitet gewesen, hatte jedoch gegenüber Pergament lange Zeit als minderwertig gegolten. Mit der Verbreitung des Buchdrucks änderte sich das im Laufe des 15. Jahrhunderts, und gegen dessen Ende wurde das teure Pergament nur noch für besonders kostbare Handschriften verwendet. Das war einer der Gründe dafür gewesen, dass Paulus ebenso wie sein Freund Frank die Entstehung des Manuskripts auf spätestens Mitte des 15. Jahrhunderts datiert hatte. Wenn es erst nach 1517 entstanden war, dann war das schon ziemlich ungewöhnlich.

»Was ist los?«, fragte Mele, als sie ihm die Wohnungstür öffnete. »Stimmt was nicht?«

Er sah sie verblüfft an. Er war sich nicht bewusst gewesen, dass sein Gesichtsausdruck so leicht zu lesen war. »Nichts stimmt!«, sagte er, während er das Buch aus der Laptoptasche holte und es auf den Wohnzimmertisch legte. »Gar nichts!«

»Ich verstehe nur Bahnhof.«

»Geht mir genauso. Hermo von Lomersheim behauptet, er sei 1411 zum Kölner Dom gepilgert. Aber Luthers Thesen, die in dem Buch erwähnt werden, wurden erst 1517 veröffentlicht. Zu dem Zeitpunkt hätte Hermo demnach mindestens 120 Jahre alt sein müssen. Also kann das nicht sein. Aber warum behauptet er es dann? Und wenn er gar nicht der Autor war, wer dann? Wer hat so einen Aufwand getrieben, um einen Text zu verschlüsseln, der gar keinen Sinn ergibt?«

»Wieso ergibt das denn keinen Sinn? Die Ereignisse, die in dem Buch beschrieben sind, sind doch tatsächlich passiert.«

»Ja eben! Wieso sollte sich jemand die Mühe machen, etwas zu verschlüsseln, was sowieso jeder weiß?«

Mele sah ihn nur stumm an. Es schien Paulus, als warte sie darauf, dass er selbst die richtige Schlussfolgerung zog.

»Blödsinn!«, sagte er entschieden. »Komm mir nicht wieder mit diesem Prophezeiungsquatsch! Es muss einen anderen Grund für diesen ganzen Aufwand geben.«

»Wie auch immer, ich frühstücke jetzt erst mal«, sagte Mele.

Paulus stellte fest, dass er ebenfalls Hunger hatte, und folgte ihr in die Küche. Dort fiel ihm ein, dass er sich noch nicht im Institut abgemeldet hatte. Er rief Daisy an, die Sekretärin von Professor Degenhart. Er sagte ihr, dass er wegen einer dringenden Familienangelegenheit ein paar Tage freinehmen müsse. Das Manuskript und die damit verbundenen Ereignisse erwähnte er nicht. Er war sicher, dass Degenhart, wenn er von dem Buch erfuhr, alles daransetzen würde, die Entschlüsselung als Leistung seines Instituts zu verkaufen. Er würde den ganzen Ruhm dafür einheimsen. Falls Paulus nicht mitspielte, würde er womöglich seine Assistentenstelle verlieren.

Er spürte an Daisys Reaktion, dass ihn niemand ernsthaft vermisste. Das nächste Seminar musste er erst am kommenden Montag halten, es gab also nicht einmal einen Grund, jemanden zu bitten, ihn zu vertreten.

Ihm kam in den Sinn, dass etwas in seinem Leben falsch lief, wenn es niemanden störte, dass er nicht da war.

Das Frühstück bestand aus Toast mit Margarine, Marmelade und Instantkaffee. Paulus hätte gern eine Schale Müsli gegessen, aber es war keine Milch da. Er räumte das Geschirr in die Spülmaschine und stellte sie an. Dann steckte er zwanzig Euro in eine Blechdose mit der Aufschrift *Für Kaffee*.

Nach dem Frühstück machte er sich wieder an die Arbeit. Doch das Manuskript wurde immer rätselhafter, je mehr er entschlüsselte.

Angeklagt von jenen, die falsches Tun bewahren wollen, wird er verurteilt und aus der Gemeinschaft der Gläubigen ausgestoßen, doch viele werden ihm folgen, denn er wird sich nicht dem Worte der Kurie beugen, sondern nur dem Worte seines Gewissens. Seine Stimme aber wird das schneidende Schwert sein, das die Welt spaltet.

Diese Zeilen bestätigten, dass sich der vorhergehende Abschnitt auf Martin Luther bezogen hatte. Allerdings verschoben sie das Entstehungsdatum des Manuskripts noch weiter nach hinten. Denn Luthers Auseinandersetzung mit der Kirche hatte Jahre gedauert, und seine Thesen waren bloß der Anfang eines Spaltungsprozesses gewesen, der erst hundert Jahre später mit dem Ende des Dreißigjährigen Kriegs seinen Abschluss fand. Bezog sich der letzte Satz etwa auf dieses Ereignis, das Europa buchstäblich wie ein Schwert in der Mitte durchtrennt hatte? Dann wäre das Manuskript frühestens im 17. Jahrhundert entstanden.

Er fuhr mit der Entzifferung fort, während ihm Mele stumm zusah.

Dieses war die dritte Offenbarung.

Verzweiflung ergriff mich, als der Engel mir dies sagte, denn die Welt ist verloren, wenn sich selbst jene von Gott abwenden, die in seinem Namen reden und den wahren Glauben verbreiten sollen. Wenn sie, verblendet von Gier und törichtem Streben nach irdischer Macht, sich von der Liebe Gottes abkehren und falsches Zeugnis ablegen und ihre Nächsten richten und der Verlockung der Sünde erliegen, dann hat die Schlange obsiegt. So weinte ich um ihre Seelen.

Der Engel aber tröstete mich. Er sprach: Jene, die reinen Herzens sind und die Liebe Gottes in ihrem Geiste tragen, werden Eingang finden ins Himmelreich.

Du aber, der du dieses liest und die Zeichen erkennst, bist meinem Weg gefolgt, und so bitte ich dich: Folge mir weiterhin. Denn der Engel erschien mir erneut. Dieses geschah, als ich im Frieden des Herrn im Kreuzgang wandelte, an einem Frühlingsmorgen im Jahre des Herrn vierzehn hundert neunundzwanzig.

Paulus hielt mit der Arbeit inne. Die Jahresangabe war eindeutig.

»Ich hab's ja geahnt«, sagte er mit einem Seufzer.

»Was ist denn?«, fragte Mele.

»Irgendwer hat uns hier einen gewaltigen Bären aufgebunden.«

»Wie meinst du das?«

»Schau mal hier, da steht eindeutig, dass dieser Mönch noch eine weitere Erscheinung gehabt hat, im Jahr 1429. Aber die Ereignisse, die er im Detail beschreibt, sind erst viel später geschehen.«

»Natürlich«, sagte Mele. »Sonst wäre es ja auch keine Prophezeiung.«

Paulus seufzte. Mele gehörte wahrscheinlich zu den Leuten, die in der Esoterik-Abteilung einer Buchhandlung in Anleitungen für Hexenrituale blätterten. Manchmal hatte er das Gefühl, dass der Aberglaube heute immer noch genauso verbreitet war wie im Mittelalter. Die Aufklärung schien an einem großen Teil der Bevölkerung spurlos vorübergegangen zu sein. Und Verlage, Wunderheiler und Astrologen machten ihr Geschäft damit wie die Scharlatane, die früher auf Marktplätzen ihr Unwesen getrieben hatten. Warum unternahm eigentlich niemand etwas gegen diese Form der Volksverdummung?

»Tut mir leid, wenn ich dich enttäusche, aber das ist keine Prophezeiung«, sagte er so geduldig wie er konnte. »Dieses Buch ist wahrscheinlich erst im 19. Jahrhundert entstanden. Vermutlich hat es ein kryptologisch interessierter Romantiker geschrieben.« Er fragte sich, ob der Autor vielleicht sogar einer seiner Vorfahren gewesen war, und wenn nicht, wie das Buch dann in die Hände seines Urgroßvaters gekommen sein mochte.

»Du meinst, es geht um eine Liebesgeschichte?«

»Nein. Die Romantik war so eine Art Gegenbewegung zur Aufklärung und der industriellen Revolution. Die Leute waren damals ein bisschen überfordert von der Geschwindigkeit, mit der sich die Welt änderte, und sehnten sich zurück nach den einfachen Verhältnissen des Mittelalters. Im Grunde war es nicht anders als heute. Damals äußerte sich das darin, dass man das Mittelalter verklärte. Goethe und Schiller schrieben ihre großen Dramen über Edelmut, Liebe und Magie. Die Gebrüder Grimm wurden nicht etwa für ihre bedeutenden sprachwissenschaftlichen Leistungen bekannt, sondern für ihre Märchensammlung. Wagner vertonte mittelalterliche Heldensagen. Ludwig II. von Bayern baute Neuschwanstein. Der Kölner Dom wurde vollendet. Überall versuchte man, die Welt der edlen Ritter, holden Jungfrauen und weisen Könige wieder aufleben zu lassen. Dieses angebliche Manuskript Hermo von Lomersheims ist nichts anderes als ein Werk der Fantasie. Jedenfalls dürfen wir nichts, was darin steht, für bare Münze nehmen.«

»Aber warum ist dann jemand so dahinter her?«

Paulus zuckte mit den Schultern. »Das weiß ich auch nicht. Aber ich fürchte, dass wir die Erklärung dafür nicht im Manuskript finden, wie ich es ursprünglich gehofft hatte.«

»Und was willst du jetzt machen?«

Bevor Paulus antworten konnte, hörten sie, wie jemand die Wohnungstür aufschloss. Dirk kam ins Wohnzimmer.

»Hallo«, begrüßte er sie. Im Vergleich zu gestern schien er ausgesprochen gute Laune zu haben. »Ich habe eingekauft. Soll ich uns eine Pizza in den Ofen schieben? Ich habe Salami, Thunfisch und Champignons.«

»Das ist wirklich lieb von dir, Dirk«, sagte Mele. »Ich nehme die Thunfischpizza.«

»Dann nehme ich Champignon. Ist dir Salami recht, Paul?«

Paulus unterließ es, seinen Namen zu korrigieren. »Ja, prima. Vielen Dank!«

»Seid ihr mit dem Manuskript weitergekommen?«, fragte der Student, während er die Pizza in den Ofen schob.

»Paulus glaubt, es ist ein Fake«, sagte Mele.

Dirk blickte überrascht auf. »Ein Fake?«

»Wahrscheinlich ist das Manuskript erst im 19. Jahrhundert entstanden«, erklärte Paulus.

»Wie kommst du darauf?«

»Im Text werden Ereignisse beschrieben, die erst im 16. Jahrhundert stattfanden. Die Datumsangaben im Buch können also nicht stimmen. Ich vermute, dass es aus der Zeit der Romantik stammt, als alle Welt sich mit den Mysterien des Mittelalters beschäftigt hat. Vielleicht ist es eine frühe Form eines Rätselromans, wie sie zuletzt in den Achtzigerjahren populär waren.«

»Hmm«, sagte Dirk. »Klingt ein bisschen seltsam, meinst du nicht? Ein Rätselroman aus dem 19. Jahrhundert, als Einzelstück auf Pergament hergestellt. Wer sollte sich solche Mühe machen, und für wen? Und wieso will jemand dieses Buch um jeden Preis haben, wenn es nur ein Fake ist?«

»Keine Ahnung. Vielleicht glaubt derjenige, dass das Dokument aus dem Mittelalter stammt und wertvoll ist.«

»Vielleicht ist es das ja doch«, sagte Dirk.

Paulus konnte nicht erkennen, ob in seiner Stimme gut verborgener Sarkasmus lag oder ob er es tatsächlich ernst meinte. Bei Mele war es nicht verwunderlich, dass sie Prophezeiungen für möglich hielt, aber Dirk hatte auf Paulus bis jetzt einen aufgeklärten und vernünftigen Eindruck gemacht.

»Bisher hat sich noch jede sogenannte Prophezeiung als Humbug herausgestellt«, erwiderte er.

Dirk zuckte nur mit den Schultern und beschäftigte sich wieder mit der Pizza.

»Lass uns weitermachen«, sagte Mele. »Ich bin gespannt, was als Nächstes kommt.«

Paulus hätte sich am liebsten mit dem Dokument nach Hamburg in seine Wohnung zurückgezogen und es in Ruhe entschlüsselt. Die Aufmerksamkeit, die Mele und Dirk dem Manuskript schenkten, war ihm irgendwie unangenehm. Es schien ihm fast, als ziehe das Buch sie in seinen Bann und übe einen unheilvollen Einfluss auf die beiden aus. Aber vielleicht war er auch einfach nur genervt von ihren laienhaften Kommentaren. Und wer immer hinter ihm her war, wartete vermutlich nur darauf, dass er nach Hamburg zurückkehrte.

Er hatte erst ein paar weitere Wörter übersetzt, als Dirk verkündete, die Pizza sei fertig. Der Student hatte sogar eine Packung Vanilleeis zum Nachtisch gekauft. Paulus trank noch einen Kaffee, bevor er sich wieder an die Arbeit machte.

Nach einer Stunde hatte er die nächsten Zeilen übersetzt, bis zu dem Punkt, an dem er erneut auf eine astrologische Zeichenkette gestoßen war:

Jene Worte des Engels, die er damals zu mir sprach, verberge ich nun hinter dem Buche, das so geschmückt, eben wie ich seine ersten Worte verbarg hinter der Offenbarung des Johannes. Und die so verborgenen Worte verbarg ich ein zweites Mal, wie der Engel es mir befohlen hat. Ich verbarg sie hinter dem fünfundfünfzigsten der Irrtümer, welche der fromme Papst verdammen wird.

Den astrologischen Zeichen zufolge hatte Jupiter im Skorpion gestanden, Saturn in der Jungfrau, Mars im Stier und der Mond in den Fischen. Doch auf welches Ereignis bezog sich diese Konstellation? Das schien viel weniger klar zu sein als bei den historischen Ereignissen zuvor. Von was für Irrtümern war hier die Rede? Und war nicht jeder Papst fromm?

Ihm fiel ein, dass das lateinische Wort für »der Fromme«, Pius, ein gern genommener Name für einen Papst gewesen war. Pius XII. hatte die Kirche während des Zweiten Weltkriegs geführt, soweit er sich erinnerte. Er würde im Internet recherchieren müssen. Aber es waren nur noch wenige Glyphen bis zum Ende des Kapitels. Er beschloss, diese noch zu übersetzen, bevor er Dirk erneut bat, seinen Computer benutzen zu dürfen.

Doch als er die letzten Glyphen auf dieser Seite entzifferte, lief ihm ein eisiger Schauer über den Rücken.

14.
Köln, Montag 15:11 Uhr

Fassungslos starrte Paulus auf die Wörter, die er gerade entschlüsselt hatte:

Dieses wird sein, wenn alles, was ich so verborgen habe, bereits geschehen ist, auf dass der Lauf der Welt sich durch meine Worte nicht verändere. Nur du, der du den Namen des Apostels trägst, sollst die Weisheit erlangen, wenn die Zeit bestimmt ist.

Allmählich erholte er sich von seinem Schrecken. Das war Zufall. Das musste Zufall sein! Schließlich waren die Vornamen der Apostel heutzutage alles andere als selten: Johannes zum Beispiel, Philipp, Andreas, Jakob, Simon, Thomas und nicht zuletzt die modernen Formen von Petrus und Paulus, Peter und Paul.

Doch die Beklemmung wollte nicht weichen. Was, wenn sich das Manuskript tatsächlich auf ihn, Paulus Brenner, bezog? Was, wenn ihn ein Mönch vor über fünfhundert Jahren in einer Vision gesehen hatte, wie er hier saß und die Worte eben jenes Mönchs entzifferte? Was, wenn es doch so etwas wie Prophezeiungen gab und das Manuskript tatsächlich die Zukunft vorhersagte – vielleicht sogar über den heutigen Tag hinaus? War dies das Geheimnis, von dem im Brief seiner Großmutter die Rede war und das auf keinen Fall in falsche Hände geraten durfte?

Seine Gewissheit, dass das Manuskript nur eine Spielerei der Romantik sein konnte, war plötzlich erschüttert.

Sein ganzes von Rationalität und wissenschaftlicher Vernunft geprägtes Weltbild schien feine Risse bekommen zu haben.

Paulus schüttelte den Kopf. Das war absurd! Es musste eine andere Erklärung geben, eine einfache, logische Begründung für die Existenz dieses rätselhaften Manuskripts.

»Was ist?«, fragte Mele, die still neben ihm gesessen hatte.

»Nichts«, sagte Paulus unwirsch. Er hatte nicht die geringste Lust, mit ihr wieder über irgendwelche esoterischen Theorien zu diskutieren.

Aber natürlich weckte er mit seiner Reaktion bloß ihre weibliche Neugier. Sie beugte sich über ihn und las den Text, den er zuletzt geschrieben hatte.

Zu seiner Überraschung sagte sie nichts. Stattdessen wurde sie aschfahl. Ihre Lippen waren zu einem schmalen Strich zusammengepresst, ihre Augen weit geöffnet.

»Das hat nichts zu bedeuten«, beschwichtigte er. »Jeder Zweite heißt heute wie einer der Apostel!«

Statt zu antworten, ging sie stumm in ihr Zimmer.

Er blickte ihr verwirrt nach. War sie beleidigt, weil er den Text nicht ernst nahm? Er unterdrückte den Impuls, ihr nachzugehen und sie zu beruhigen. Hysterische Laien waren das Letzte, was ihm bei der Lösung dieses Rätsels helfen würde.

Zu allem Überfluss kam nun Dirk ins Wohnzimmer, als spüre er, dass es zwischen Paulus und Mele Spannungen gegeben hatte.

»Was ist los?«, fragte er. »Stimmt was nicht?«

»Wie kommst du darauf?«, fragte Paulus eine Spur zu herausfordernd.

Dirk gab keine Antwort, sondern fragte: »Darf ich mal

sehen?« Er wartete Paulus' Einverständnis nicht ab, sondern griff sich die Zettel mit der Übersetzung der letzten Zeilen.

»Und du glaubst, der letzte Satz bezieht sich auf dich?«

»Schwachsinn!«, sagte Paulus gereizt.

»Aber Mele glaubt das, nicht wahr?«

»Kann sein.«

Dirk setzte sich auf den Stuhl Paulus gegenüber. »Sie ist ein sehr sensibles Mädchen«, erklärte er. »Sie ist noch nicht wirklich erwachsen. Sie ist oft übermütig und ungestüm, aber man kann sie sehr leicht erschrecken.«

Paulus musterte den Studenten einen Moment. »Hör zu, Dirk, ich weiß nicht, was zwischen dir und Mele ist. Ist mir auch egal. Ich bin nur hier, weil jemand hinter mir her ist und Mele mir geholfen hat, ihm zu entkommen. Ich bin dankbar, dass ich hier bei euch unterschlüpfen durfte, aber ich denke, mit dem Manuskript komme ich allein klar!«

»Ich bin mir nicht so sicher, ob das wirklich nur deine Sache ist«, sagte Dirk.

»Was meinst du damit?«

»Es muss einen Grund geben, dass jemand dieses Buch so dringend haben will. Das ist sicher kein gewöhnliches historisches Dokument, das man nur aus wissenschaftlichem Interesse heraus entschlüsseln sollte. Hier geht es um viel mehr.«

»Und um was geht es deiner Meinung nach?«

»Keine Ahnung. Um Religion wahrscheinlich, möglicherweise um politische Verwicklungen, vielleicht sogar um Terrorismus. Es scheint sich ja um eine Art Prophezeiung zu handeln. So was hat für manche bestimmt eine enorme Bedeutung.«

»Was immer es ist, es ist mit Sicherheit keine Prophezeiung. Jedenfalls keine echte. Die Sache mit dem Namen des Apostels ist bloß so ein typischer Trick, den auch Wahrsager anwenden. Sie sagen etwas, das auf viele Menschen zutrifft, aber du interpretierst es als konkreten Hinweis auf dich persönlich. Es gibt Millionen Menschen, die den Namen eines Apostels tragen, und der Autor hat das ausgenutzt!«

»Und wenn es kein Trick ist?« Dirk sah ihn herausfordernd an.

»Hast du vielleicht eine bessere Erklärung?«

»Bloß, weil man etwas nicht erklären kann, heißt das nicht, dass es nicht wahr ist. Die Leute hatten jahrhundertelang keine Ahnung, dass es Elektromagnetismus gibt oder wodurch Krankheiten übertragen werden.«

»Heute wissen wir es.«

»Ja, aber wir wissen eine ganze Menge noch nicht. Wir haben zum Beispiel keine Ahnung, woraus die Dunkle Materie besteht, die 85 Prozent aller Materie des Universums ausmacht. Wir wissen nicht, warum sich das Universum immer schneller ausdehnt. Wir haben keinen blassen Schimmer, wohin die ganze Antimaterie verschwunden ist, die unseren physikalischen Theorien zufolge während des Urknalls entstanden sein muss. Wir verstehen das Universum, in dem wir leben, nicht mal ansatzweise. Newton hat gesagt: ›Was wir wissen, ist ein Tropfen, was wir nicht wissen, ein Ozean.‹ Daran hat sich seitdem kaum etwas geändert.«

Paulus' Respekt vor Dirk wuchs. »Woher weißt du so viel über Physik?«

»Ich lese nun mal gern. Als Jugendlicher habe ich populärwissenschaftliche Bücher verschlungen. Ich habe sogar mal überlegt, ob ich Physik studieren soll. Aber Mathematik war nie meine große Stärke.«

»Also schön, wir wissen vieles nicht. Aber deshalb müssen wir noch lange nicht an irgendwelchen übersinnlichen Hokuspokus glauben. Oder willst du mir ernsthaft erzählen, dass einem Mönch im Mittelalter ein Engel erschienen ist, der ihm die Zukunft vorhergesagt hat?«

»Es gibt nur zwei Möglichkeiten«, sagte Dirk. »Entweder ist das Manuskript eine Fälschung, oder der Mönch hat tatsächlich auf irgendeine Weise Wissen erlangt, das er eigentlich nicht haben konnte.«

»Willst du damit sagen, dass du an Engel glaubst?«

»Nein, natürlich nicht. Jedenfalls nicht in dem Sinn, dass sie übernatürliche Wesen sind, die im Auftrag Gottes das Schicksal der Menschen lenken. Aber Zukunftsvisionen haben Menschen schon immer gehabt. Vielleicht gibt es dafür ja eine ganz plausible Erklärung.«

»Und die wäre?«

»Es könnten tatsächlich Botschaften aus der Zukunft sein.«

»Botschaften aus der Zukunft? Wie soll das denn gehen?«

»Wenn ich das wüsste, wäre ich ein Anwärter auf den Physik-Nobelpreis. Aber bloß, weil ich es nicht weiß, heißt das nicht, dass es nicht möglich ist.«

»Ich dachte, Zeitreisen wären aufgrund der physikalischen Gesetze ausgeschlossen.«

»Das sind sie definitiv nicht. Es gibt sogar physikalische Phänomene, die darauf hindeuten, dass unter Umständen die normale Reihenfolge von Ursache und Wirkung aufgehoben ist. Und zumindest in der Theorie könnte man mit Hilfe eines Wurmlochs in die Vergangenheit reisen.«

»Ein Wurmloch? Ist das nicht etwas aus Star Trek?«

»Niemand hat bisher ein Wurmloch gesehen, aber in

der physikalischen Theorie gibt es sie tatsächlich. Es sind quasi Abkürzungen im Raum. Durch sie könnte man theoretisch schneller als das Licht reisen und unter bestimmten Umständen sogar in die Vergangenheit.«

»Aber das ist doch Unsinn! Wenn es Zeitmaschinen gäbe, dann könnte ich in die Vergangenheit reisen und meinen eigenen Großvater töten. Dann würde ich nicht geboren und könnte nicht zurückreisen, um ihn zu töten. Das wäre ein Paradoxon.«

»Nur scheinbar. Es ist durchaus vorstellbar, dass du in die Vergangenheit reisen und sie verändern könntest. Das wäre dann nur nicht mehr deine eigene Vergangenheit.«

»Was soll das denn heißen?«

»Nach der Viele-Welten-Interpretation der Quantenmechanik gibt es nicht nur ein Universum, sondern unendlich viele. Wenn du die Vergangenheit veränderst, erzeugst du quasi einen neuen Strang von Universen, in denen sich aufgrund deines Eingriffs eine neue Zukunft ergibt. Du würdest zwar nicht deine eigene Welt verändern, aber die Zukunft für die Menschen dieser Paralleluniversen.«

»Warum sollte ich das tun wollen?«

Dirk zuckte mit den Schultern. »Keine Ahnung. Ich sage ja nur, dass es prinzipiell möglich wäre. Ich behaupte nicht, dass das die Erklärung ist, aber ich kann sie auch nicht absolut ausschließen. Alles, was ich will, ist dir klarmachen, dass die Lösung für dieses Rätsel vielleicht nicht so simpel ist, wie du denkst. Aber ich fürchte, ich bin nicht der Richtige, um dir das in allen Einzelheiten zu erklären. Ich glaube, ich sehe jetzt lieber mal nach Mele.«

Damit verschwand Dirk.

Paulus starrte nachdenklich auf die Blätter vor sich. Er hatte um Science-Fiction-Romane immer einen weiten

Bogen gemacht. Aber konnte er Dirks Gedanken einfach als Unsinn abtun? War es nicht tatsächlich so, dass die moderne Physik Dinge bewiesen hatte, die scheinbar jeder Vernunft und Logik widersprachen? Auf dem Gymnasium hatte ihm sein Physiklehrer einmal das Zwillingsparadoxon erklärt, das aus Einsteins Relativitätstheorie folgte. Demnach verging die Zeit an Bord eines sehr schnell fliegenden Raumschiffs langsamer. Ein Astronaut konnte ein Jahr unterwegs sein, während für seinen Zwillingsbruder auf der Erde fünfzig Jahre vergingen, so dass er ihn am Ende seiner Reise als alten Mann wiedersehen würde, während er selbst noch jung war. Angeblich verging auch in der Nähe von schwarzen Löchern die Zeit immer langsamer, bis sie irgendwann völlig zum Stillstand kam. Paulus hatte es damals für überflüssig gehalten, zu versuchen, diese Merkwürdigkeiten wirklich zu verstehen. Sie waren ihm viel zu weit weg von den Realitäten des Lebens erschienen. Jetzt wünschte er sich, er hätte besser aufgepasst.

Was, wenn Dirk recht hatte? Was, wenn tatsächlich Botschaften aus der Zukunft gesendet worden waren? War es vorstellbar, dass die Weltgeschichte, so wie er sie kannte, durch Eingriffe aus der Zukunft gezielt verändert worden war? Was für ein ungeheurer Gedanke!

Legenden über Visionen, die angeblich den Lauf der Geschichte verändert hatten, gab es immerhin genug. Die Bibel war voll davon. Jeanne d'Arc war unter anderem aufgrund ihrer Behauptung, Erscheinungen Gottes gehabt zu haben, hingerichtet worden. Hildegard von Bingen dagegen war wegen ihrer Visionen schon zu Lebzeiten wie eine Heilige verehrt worden. Auch bedeutenden Herrschern wie Alexander, Cäsar und Karl dem Großen wurde nachgesagt, Träume und Visionen hätten ihre Taten geprägt.

Manche wissenschaftlichen Entdeckungen waren angeblich ebenfalls auf Träume zurückzuführen.

Paulus hatte bisher nicht eine Sekunde darauf verschwendet, solche Behauptungen ernst zu nehmen. Was aber, wenn es sich nicht um nachträgliche Verklärungen handelte, sondern um historische Wahrheit?

Sein Verstand wehrte sich mit aller Macht gegen diese Schlussfolgerung. Es gab keine konkreten Hinweise darauf, dass es so sein könnte.

Keine Hinweise bis auf ein rätselhaftes verschlüsseltes Manuskript, das seiner Großmutter zufolge ein großes Geheimnis enthielt. Ein Geheimnis, das nicht in falsche Hände geraten durfte.

Er betrachtete das kleine Buch mit neuen Augen. Etwas Dunkles, Bösartiges schien plötzlich davon auszugehen. Etwas, das sein Weltbild zerstören konnte.

Er stand auf, ging in die Küche und machte sich einen Kaffee.

Das bittere Getränk holte ihn auf den Boden der Realität zurück. Er hatte sich für einen Moment von Dirks Geschwätz ins Bockshorn jagen lassen. Der Student mochte ein paar populärwissenschaftliche Bücher gelesen haben, aber er war Germanist, kein Physiker. Paulus brauchte bloß mit jemandem zu reden, der wirklich etwas von der Materie verstand, dann würde sich schnell herausstellen, dass diese Theorie Unsinn war!

Er wählte eine Nummer auf seinem Handy, erreichte aber nur die Mailbox. Er sprach eine kurze Nachricht auf. Dann ging er ins Wohnzimmer und machte sich mit neuer Energie an die Arbeit. Von wegen Botschaft aus der Zukunft! Er würde beweisen, dass dieses verdammte Manuskript ein Fake war. Und der beste Weg dazu war, es zu entschlüsseln.

Doch als er die letzten Zeilen noch einmal überflog, wurde ihm klar, dass das nicht so leicht sein würde.

Jene Worte des Engels, die er damals zu mir sprach, verberge ich nun hinter dem Buche, das so geschmückt, eben wie ich seine ersten Worte verbarg hinter der Offenbarung des Johannes. Und die so verborgenen Worte verbarg ich ein zweites Mal, wie der Engel es mir befohlen hat. Ich verbarg sie hinter dem fünfundfünfzigsten der Irrtümer, welche der fromme Papst verdammen wird.

Diese Sätze schienen darauf hinzudeuten, dass der nächste Abschnitt auf andere Art verschlüsselt worden war als der bisherige. Schon die ersten Glyphen auf der nächsten Seite bestätigten seinen Verdacht: Mit der Schlüsselphrase »Apocalypsis Ioannis« ergab sich nur unverständlicher Buchstabensalat.

Wie schon das vorherige Kapitel war auch dieses mit einer Illustration geschmückt. Sie zeigte ein merkwürdiges Tier mit dem gefleckten Körper eines Leoparden und sieben Köpfen. Offensichtlich sollte das ein Hinweis auf den Schlüssel sein: »Das Buch, das so geschmückt«.

Paulus seufzte. Wie sollte er herausfinden, welches Buch mit einem solchen Wesen verziert war? War das Tier auf dem Einband abgebildet? Das war unwahrscheinlich, denn mittelalterliche Handschriften hatten selten bemalte Einbände gehabt. Aber wenn die Illustration irgendwo in einem alten Codex auftauchte, wie sollte Paulus sie finden?

Vielleicht würde Frank ihm helfen können. Er rief seinen Freund an.

»Hallo, Paulus, gibt's was Neues von dem Manuskript? Bist du mit der Entschlüsselung weitergekommen?«

Paulus zögerte kurz, während er überlegte, ob er Frank von dem Überfall auf seine Wohnung und dem Vorfall auf der Domplatte erzählen sollte. Er entschied sich dagegen. »Ja. Die Sache mit den Königen bezog sich tatsächlich auf den Kölner Dom. Aber der Schlüssel war keine Inschrift, sondern der Name des Textes, der durch die Könige in den Glasfenstern des Doms repräsentiert wird: die Offenbarung des Johannes.«

»Der Text war also tatsächlich Viginère-verschlüsselt?«

»Ja.«

»Und? Was steht drin?«

»Ich kann mir noch keinen rechten Reim darauf machen«, wich Paulus aus. »Ich habe nur ein paar Seiten entschlüsseln können, dann hat der Autor offenbar wieder den Schlüssel gewechselt. Deshalb rufe ich dich an. Erinnerst du dich an die Illustration eines Tieres mit sieben Köpfen, die auf einer der Seiten war?«

»Nein, ich glaube nicht. Warum?«

»Ein Teil des Textes lautet: ›Jene Worte des Engels, die er damals zu mir sprach, verberge ich nun hinter dem Buche, das so geschmückt, eben wie ich seine ersten Worte verbarg hinter der Offenbarung des Johannes.‹ Das bedeutet vielleicht, dass dieselbe Illustration in dem Buch ist, das als Schlüssel diente. Ich dachte, vielleicht kannst du mir sagen, ob du so was schon mal irgendwo gesehen hast.«

»Klar. Komm doch einfach nachher vorbei und zeig mir die Illumination. Ich habe später noch ein Meeting, aber ich könnte so gegen acht Uhr zu Hause sein.«

»Das geht nicht. Ich bin immer noch in Köln.«

»In Köln? Wieso? Musst du nicht arbeiten?«

»Ich habe mir ein paar Tage freigenommen. Ich dachte, vielleicht finde ich ja den Schlüssel für den Rest des Dokuments auch hier irgendwo.«

Paulus fühlte sich nicht wohl mit der Notlüge, doch Frank gab sich mit der Erklärung zufrieden. »Dann mach doch ein Foto von der Zeichnung und schick es mir.«

»Okay, das mach ich. Danke.«

»Kein Problem. Bis später!«

»Tschüs, Frank!« Er legte auf, fotografierte die Zeichnung mit dem Handy und schickte sie als MMS an seinen Freund.

Während er auf Franks Rückmeldung wartete, konnte er sich ja schon mal mit dem zweiten Teil des Schlüssels befassen. Denn so, wie der entsprechende Absatz formuliert war, war das Manuskript vermutlich doppelt verschlüsselt worden. Paulus verstand zwar nicht, warum sich der Autor diese Mühe gemacht hatte, aber das war nur eine weitere der vielen Merkwürdigkeiten dieses Buchs.

Vielleicht fand er im Internet Hinweise darauf, was es mit den Irrtümern auf sich hatte, die ein frommer Papst verdammt hatte.

Dirk war immer noch bei Mele. Er hörte drinnen leise Stimmen, konnte jedoch nicht verstehen, was sie sagten.

Er klopfte.

»Komm rein«, sagte Mele. Sie hatte auf dem Bett gelegen und richtete sich jetzt langsam auf. Ihre Augen waren gerötet, so als habe sie geweint.

Dirk saß auf Meles Schreibtischstuhl. Er warf Paulus einen eisigen Blick zu. »Was ist? Hast du was Neues rausgekriegt?«

»Entschuldigt die Störung. Darf ich noch mal ins Internet, Dirk?«

»Wozu? Willst du rausfinden, wie viele Leute es gibt, die die Vornamen von Aposteln tragen?«

»Nein. Ich möchte den Rest des Manuskripts entschlüsseln. Dann wird sich bestimmt herausstellen, dass das Ganze ein Hoax ist, eine Art Schabernack.«

»Und wenn nicht?«, fragte Dirk. Sein Tonfall war anklagend, so als sei es Paulus selbst gewesen, der das Manuskript angefertigt hatte.

»Wenn nicht, ist es wohl umso wichtiger, dass ich den Text entschlüssele«, sagte Paulus genervt.

Dirk stand wortlos auf und verließ den Raum.

Bevor Paulus ihm folgte, fragte er Mele: »Alles okay?«

Sie nickte. »Tut mir leid. Du musst mich für hysterisch halten.«

»Überhaupt nicht. Ist doch klar, dass du ein bisschen durcheinander bist, nach allem, was passiert ist.«

Sie schüttelte den Kopf. »Das ist es nicht. Ich … ich mache mir Sorgen wegen des Manuskripts.«

»Sorgen? Warum?«

»Ich habe Angst davor, was darin steht.« Ihre Augen wurden glasig, dann rollte eine einzelne Träne über ihre Wangen.

Paulus versuchte, aufmunternd zu lächeln. »Ich bin sicher, dass sich alles als ganz harmlos herausstellen wird!«

15.

Köln, Montag 16:35 Uhr

Dirk erschien in Meles Tür. »Kommst du jetzt, oder was?«

Während Paulus ihm folgte, dachte er über Meles Worte nach. Zugegeben, das Manuskript war tatsächlich ein bisschen unheimlich. Aber genau das war wohl auch die Absicht des Autors gewesen. Es wäre wirklich interessant, herauszufinden, wer es geschrieben hatte – und vor allem, warum.

Er tippte »Pius 55 Irrtümer« in die Suchmaschine ein. Als zweiter Treffer erschien ein Link zu einem Wikipedia-Eintrag mit dem Titel »Syllabus Errorum«.

»Na bitte«, sagte Paulus, nachdem er den Eintrag überflogen hatte. »Ich hab es doch gewusst!«

»Was hast du gewusst?«, fragte Dirk.

»Dass das Manuskript im 19. Jahrhundert geschrieben wurde. Offensichtlich bezieht sich der Hinweis mit dem 55. Irrtum, den der fromme Papst verdammen wird, auf genau diesen Syllabus Errorum, eine Liste von 80 Thesen, die Papst Pius IX. als Irrlehren verdammt hat. Veröffentlicht hat er sie am 8. Dezember 1864.«

»Der Texthinweis könnte auch etwas anderes meinen, oder nicht?«

»Vielleicht. Aber wir können das leicht überprüfen.«

»Wie denn das?«

»Der Autor hat hinter diesem Absatz wieder eine astrologische Datumsangabe gemacht. Hier ist sie: Jupiter im Skorpion, Saturn in der Jungfrau, Mars im Stier und der Mond in den Fischen. Jetzt müssen wir nur noch schauen, ob diese Planetenkonstellation zum Datum der Veröffentlichung des Syllabus Errorum passt.«

Er öffnete das Programm zur Berechnung der Planetenkonstellationen und gab das Datum ein. Die Konstellation stimmte exakt.

»Und was beweist das jetzt?«

»Das beweist, dass das Manuskript in der zweiten Hälfte des 19. Jahrhundertes entstanden sein muss. Genau wie ich vermutet hatte: Der Autor war ein Romantiker, der ein mystisches Dokument aus dem Mittelalter nachempfinden wollte. Jemand vom Schlage eines Edgar Allan Poe oder H. P. Lovecraft vielleicht.«

»Poe ist 1849 gestorben, soviel ich weiß, und Lovecraft hat erst Anfang des 20. Jahrhunderts Romane veröffentlicht.«

»Ich sage ja auch nicht, dass es einer der beiden war. Der Autor muss Deutscher gewesen sein. Ich sage nur, es war jemand, der genauso vom Mystischen fasziniert war und außerdem etwas von Kryptologie verstand. Poe hat beispielsweise eine berühmte Kurzgeschichte namens ›Der Goldkäfer‹ veröffentlicht, die jeder Kryptologe kennt. Darin beschreibt er ausführlich die Entzifferung einer Geheimschrift.«

»So wie in Arthur Conan Doyles ›Die tanzenden Männchen‹?«

»Ja, nur dass Poe seine Geschichte viel früher verfasst hat. Es war das erste Mal, dass jemand zu Unterhaltungszwecken über Kryptographie geschrieben hat. Unser Autor hat die Geschichte wahrscheinlich gelesen und war fasziniert davon. Er hat sich mit Kryptographie und mittelalterlicher Mystik beschäftigt und dann diese vermeintlichen Prophezeiungen codiert. Garniert hat er das mit ein paar Taschenspielertricks wie dem ›Namen des Apostels‹, um den Effekt zu vergrößern.«

»Aber das beantwortet noch nicht die Frage, was das alles soll.«

Paulus zuckte mit den Schultern. »Menschen tun Dinge nicht immer aus logischen Gründen. Vielleicht hat der Autor das Manuskript geschrieben, um einen bestimmten Menschen zu beeindrucken, vielleicht nur für sich selbst. Es gibt viele Beispiele von Kunstwerken, die ohne einen bestimmten Zweck entstanden sind. Meiner Ansicht nach gilt das beispielsweise auch für das Voynich-Manuskript.«

»Das was?«

Paulus erklärte ihm seine Theorie. Er zeigte ihm einige Seiten aus dem Buch, die im Internet veröffentlicht worden waren.

»Wenn ich es richtig sehe, dann ist das nur deine Sichtweise«, meinte Dirk. »Es scheint mir, als würden andere deutlich mehr Sinn hinter dem verschlüsselten Text vermuten als du.«

»Natürlich. Die Leute erwarten immer irgendeine geheime Bedeutung hinter Dingen, die sie nicht verstehen. Das ist das Wesen des Aberglaubens. Es ist die Aufgabe von Wissenschaftlern, Spekulation und Interpretation beiseitezuschieben und sich nur auf die Fakten zu konzentrieren. Und die sind für mich eindeutig: Das Voynich-Manuskript ist ein Werk der Fantasie, genau wie das Manuskript dieses angeblichen Mönchs.«

Dirk schwieg eine Weile. Schließlich sagte er: »Deine Theorie hat nur einen kleinen Schönheitsfehler.«

»Und der wäre?«

»Jemand will dieses ›Werk der Fantasie‹ um jeden Preis haben. Wenn du recht hättest, gäbe es dafür keinen Grund.«

»Vermutlich glaubt er, dass das Manuskript tatsächlich eine Prophezeiung enthält.«

»Und deswegen verfolgt er dich?«

»Ich weiß natürlich auch nicht, was dahintersteckt.

Vielleicht hat sich um dieses Buch ein religiöser Kult gebildet. Immerhin beschreibt der Autor darin Engelserscheinungen. Schon möglich, dass es Fanatiker gibt, die das alles ernst nehmen.«

»Wenn das so ist, woher weiß dieser Fanatiker eigentlich, was in dem Buch steht?«

Das hatte Paulus sich auch schon gefragt. »Ich habe keine Ahnung. Das Buch gehörte meiner Großmutter, die es von ihrem Vater, einem evangelischen Priester, bekommen hat. Angeblich ist darin ein Geheimnis verborgen, das nicht in die Hände der Nazis fallen durfte. Kurz vor dem Krieg hat sie es einem Juden gegeben, dem sie geholfen hat, nach Amerika zu emigrieren. Sein Sohn, Aaron Lieberman, hat es auf dem Dachboden gefunden und mir letzte Woche gegeben. Und dann ist dieser Araber bei mir aufgetaucht und wollte, dass ich ihm das Buch gebe. Später ist er in meine Wohnung eingebrochen.«

Dirk musterte ihn eine Weile. Schließlich sagte er: »Für mich klingt das so, als wenn hinter diesem Buch noch wesentlich mehr steckt. Deine Theorie einer Salonspielerei aus dem 19. Jahrhundert erklärt vielleicht den Inhalt, den du bisher entschlüsselt hast, aber keineswegs die Ereignisse, die dich hierher geführt haben. Die Idee, dass es sich um echte Prophezeiungen handelt, mag unwahrscheinlich klingen. Aber das würde jedenfalls erklären, warum jemand ein so großes Interesse an dem Buch hat. Die Ereignisse, die bisher äußerst präzise beschrieben wurden, liegen für uns in der Vergangenheit. Aber du hast auch erst höchstens die Hälfte des Textes entschlüsselt. Was, wenn am Ende unsere Zukunft beschrieben wird? Dieses Wissen hätte einen ungeheuren Wert!«

»Selbst wenn du mit deiner Zeitreise-Theorie recht hättest: Die Kenntnis der Zukunft würde ja die Zukunft verändern. Die Ereignisse, die prophezeit wurden, würden vermutlich so gar nicht eintreten.«

»Eben. Vielleicht hat jemand eine Botschaft an diesen Mönch geschickt und ihm gesagt, er soll sie auf eine Weise verschlüsseln, so dass sie genau zum richtigen Zeitpunkt entschlüsselt wird. Um ein Ereignis zu verhindern, das für uns noch in der Zukunft liegt.«

»Nehmen wir für einen Moment an, das wäre tatsächlich möglich, und das Ereignis, um das es geht, steht uns in den nächsten Jahren bevor. Warum sollte jemand dann ausgerechnet einem Mönch im Mittelalter die Botschaft schicken? Warum nicht uns in der Jetztzeit?«

»Was hätte er denn damit erreicht? Stell dir vor, du bekämst plötzlich eine Botschaft von einem Menschen aus der Zukunft, der dich zum Beispiel vor einer bevorstehenden Katastrophe warnt. Was würde das bewirken? Gar nichts! Niemand würde dir glauben. Wahrscheinlich würde man dich in die Psychiatrie stecken. Damit jemand die Prophezeiungen ernst nimmt, müssen sie sich über einen langen Zeitraum erstrecken und zuverlässig eintreffen. Wenn wir beweisen könnten, dass dieses Manuskript tatsächlich aus dem Mittelalter stammt, dann hätten wir damit auch bewiesen, dass es sich um echte Prophezeiungen handelt. Dann würde man sie ernst nehmen.«

»Also schön. Nehmen wir mal an, rein theoretisch, du hättest recht. Warum dann der ganze Aufwand mit der Verschlüsselung?«

»Weil das Dokument sonst die Geschichte durcheinandergebracht hätte. Stell dir beispielsweise vor, jemand hätte im Mittelalter Luthers 95 Thesen und den Beginn der Reformation vorausgesagt. Die katholische Kirche hätte mit Sicherheit Vorkehrungen gegen eine solche Ketzerei getroffen. Die Ereignisse dürfen erst bekannt werden, nachdem sie geschehen sind. Das erklärt auch, warum der Mönch mehrmals die Verschlüsselungsmethode gewechselt hat: Er hat jeweils Verfahren verwendet, die eine Entschlüsselung vor den beschriebenen Ereignissen unmöglich machten. Vermutlich beschreibt der nächste Abschnitt Ereignisse, die vor 1864 geschehen sind. Sie konnten nicht vorher entschlüsselt werden, weil der Schlüsselsatz erst zu diesem Datum veröffentlicht wurde.«

Paulus dachte einen Moment darüber nach. Dirks Theorie war zweifelsohne konsistent mit den bisherigen Fakten, aber das machte sie noch lange nicht wahr. »Ich gebe zu, was du sagst, wäre theoretisch denkbar – vorausgesetzt, Zeitreisen sind tatsächlich möglich. Aber das heißt nicht, dass es so ist. Der Autor kann sich genau dieselben Gedanken gemacht haben wie wir und das Manuskript absichtlich so gestaltet haben.«

»Jemand, der im 19. Jahrhundert über Zeitreisen spekuliert? Der wäre seiner Zeit aber arg weit voraus gewesen!«

»Hat nicht Orson Welles etwa um diese Zeit ›Die Zeitmaschine‹ veröffentlicht?«

»Herbert George Welles. Ja, stimmt. Trotzdem kommt mir das weit hergeholt vor.«

»Die Idee einer Botschaft aus der Zukunft ist wohl noch weiter hergeholt.«

»Vielleicht. Brauchst du das Internet noch? Ich würde sonst gern ein wenig arbeiten.«

»Einen Moment, ich brauche nur noch den Text der 55. These des Syllabus Errorum.«

Es dauerte nicht lange, ihn zu finden. Paulus notierte sich die lateinische Originalversion und die deutsche Übersetzung:

Ecclesia a statu statusque ab Ecclesia seiungendus est.

Die Kirche ist vom Staat und der Staat von der Kirche zu trennen.

Dieser Satz hätte für einen Mönch aus dem Mittelalter wie schlimmste Ketzerei geklungen. Im 19. Jahrhundert stand er im Zentrum einer heftigen Auseinandersetzung zwischen der Kirche und den neuen politischen Strukturen, die sich in Europa zu bilden begannen und die sich von der jahrhundertelangen Herrschaft der Kirche lösten. Vielleicht hatte der Autor des Manuskripts sein Werk als Religionskritik formuliert? Einige Formulierungen im bisherigen Text deuteten darauf hin, dass der Verfasser der Meinung war, die Kirche sei im Laufe der Geschichte vom rechten Weg abgekommen.

Paulus kam der Gedanke, der Autor selbst könnte der Gründer einer geheimen Religionsgemeinschaft sein. Vielleicht war das Buch eine Art Bibel – so ähnlich wie das Buch Mormon, die Heilige Schrift der Mormonen, die erst Anfang des 19. Jahrhunderts verfasst worden war. Das würde erklären, warum Fanatiker hinter dem Buch her waren, und auch, woher sie den Inhalt kannten. Die Geheimniskrämerei ergab vor diesem Hintergrund ebenfalls Sinn. Man hatte im 19. Jahrhundert in Europa durchaus noch in Schwierigkeiten kommen können, wenn man das Falsche glaubte. Möglicherweise war einer von Paulus' Vorfahren Mitglied dieser geheimen Religionsgemeinschaft gewesen und hatte das Buch an Paulus' Urgroßvater vererbt. Vielleicht hatte die Sekte zur Nazizeit noch existiert und insgeheim gegen das Hitler-Regime agiert – das würde auch die mutigen Taten seiner Großmutter, ihre Verhaftung und vielleicht ihren Tod erklären.

Er bedankte sich noch einmal bei Dirk, setzte sich wieder ins Wohnzimmer und begann, die Glyphen im dritten Teil mit Hilfe des lateinischen Schlüsselsatzes und der Vigenère-Tabelle zu übersetzen. Er experimentierte eine Weile mit verschiedenen Varianten des Pius-Satzes und kombinierte ihn versuchshalber mit dem Schlüssel aus dem vorherigen Abschnitt, doch wie er vermutet hatte, ergab sich jedes Mal nur unverständlicher Buchstabensalat. Er brauchte den zweiten Teil des Schlüssels – das Buch, das mit dem Bild eines siebenköpfigen Tieres geschmückt war.

Während Paulus noch überlegte, was er nun machen sollte, kam Mele ins Wohnzimmer. Ihre Augen waren immer noch leicht gerötet. Sie lächelte verlegen. »Hallo!«

Paulus erwiderte das Lächeln. »Hallo!«

»Bist du weitergekommen?«

»Ja und nein. Ich stecke fest, weil mir der zweite Teil des Schlüssels fehlt. Aber ich habe jetzt eine Theorie, welche Bedeutung das Manuskript haben könnte und warum dieser Unbekannte es unbedingt haben will.« Er erzählte ihr von seinen Gedanken.

»Du siehst also, du musst dir keine Sorgen machen«, schloss Paulus. »An diesem Manuskript ist nichts Mysteriöses oder Übernatürliches. Es ist einfach ein religiöses Werk, das irgendwelche Spinner als heilig betrachten.«

»Du denkst, Leute, die an Gott glauben, sind verrückt?«

»So hab ich das nicht gemeint. Aber Leute, die in Wohnungen einbrechen und mit Waffen herumfuchteln, aus welchen Gründen auch immer, sind definitiv Spinner. Früher mag diese geheime Religionsgemeinschaft einmal hehre Ideale gehabt haben. Vielleicht wurde sie im Laufe der Jahrzehnte radikalisiert und ist inzwischen zu einer Art Terrororganisation mutiert.«

Mele schien nicht überzeugt zu sein, doch sie argumentierte nicht weiter. »Was willst du jetzt machen?«

»Ich muss den zweiten Schlüssel finden. Ich habe ein Bild dieser Zeichnung hier an einen Freund geschickt, der sich mit alten Büchern auskennt. Vielleicht kann er …«

Genau in diesem Moment klingelte Paulus' Handy. Doch es war nicht Frank. Der Anrufer war Olaf Lang, dem er vorhin auf die Mailbox gesprochen hatte.

Olaf war Physiker. Paulus hatte ihn kennengelernt, als sie beide einmal am Hanse-Marathon teilgenommen hatten. Sie hatten danach noch ein paar Mal zusammen trainiert, sich dann aber irgendwann aus den Augen verloren. Soviel Paulus wusste, arbeitete Olaf immer noch an seiner Promotion in theoretischer Physik.

»Hallo, Paulus. Lange nicht mehr gesprochen. Wie geht's dir? Willst du wieder trainieren?«

»Nein, mit dem Laufen hab ich aufgehört, wegen meines Knies, du weißt schon. Ich hab eine Frage an dich als Physiker.«

»Seit wann interessierst du dich für Physik?«

Paulus improvisierte. »Es … es geht um ein Buch. Geschichte. Für Jugendliche.«

»Echt? Ich wusste gar nicht, dass du schreibst.«

»Ist … nur ein Versuch. Ich dachte, man könnte Geschichte für die Kids interessanter machen, wenn man sie mit spannenden Abenteuern verbindet.«

»Und dafür brauchst du mich?«

»Ich hatte die Idee, dass mein jugendlicher Held mit einer Zeitmaschine in die Vergangenheit reist.«

»Und wo ist das Problem?«

»Na ja, ich wollte wissen, ob Zeitreisen in die Vergangenheit möglich sind.«

»Natürlich nicht. Aber das ist doch egal, oder? Es gibt jede Menge Romane, in denen Leute in die Vergangenheit reisen.«

»Ja, schon, aber ich wollte es möglichst realistisch halten. Es soll ja immerhin einen pädagogischen Wert haben. Also, du sagst, Zeitreisen sind ausgeschlossen?«

»Theoretisch nicht unbedingt, aber praktisch schon.«

»Wieso das?«

»Um eine Zeitreise zu machen, müsste man ein Wurmloch groß genug und stabil genug machen, dass ein Mensch sicher hindurchreisen könnte. Allein die Energie, die dafür notwendig wäre, liegt weit außerhalb unserer Möglichkeiten, und ob das überhaupt technisch möglich wäre, weiß niemand.«

»Aber das heißt doch nicht, dass es nicht irgendwann in Zukunft gelingen könnte«, wandte Paulus ein. »Immerhin hatte man vor hundert Jahren auch keine Ahnung, wie man es jemals bewerkstelligen könnte, auf den Mond zu fliegen.«

»Das ist nicht richtig. Man wusste damals schon recht genau, was man machen muss, um einen Menschen zum Mond zu bringen, lies mal Jules Verne. Man hatte nur noch nicht die technischen Möglichkeiten.«

»Genau wie heute in Bezug auf die Zeitmaschine.«

»Glaub mir, das ist eine ganz andere Dimension von Problem. Es ist eher vergleichbar damit, dass die Leute vor hundert Jahren nicht wussten, wie man unsterblich wird. Aber natürlich weiß ich auch nicht, was in hundert oder in zweihundert oder tausend Jahren alles technisch möglich sein wird. Dennoch kann ich dir mit einiger Sicherheit sagen, dass man niemals eine Zeitmaschine bauen wird, mit der man in die Vergangenheit reisen kann.«

»Wieso nicht?«

»Weil wir es sonst schon wüssten. Stell dir mal vor, es wäre tatsächlich möglich, dann müsste es doch hier von Zeitreisenden wimmeln. Wir hätten dauernd Besuch von irgendwelchen Touristen aus der Zukunft. Es gäbe jede Menge unerklärliche Ereignisse in der Vergangenheit, die von solchen Typen verursacht wurden.«

Paulus unterließ es, Olaf darauf hinzuweisen, dass es in der Geschichte genug Ereignisse gab, die noch niemand richtig erklären konnte. »Vielleicht bemerken wir sie nicht. Vielleicht gibt es Regeln, nach denen sie sich so verhalten müssen, dass der Lauf der Geschichte nicht gestört wird.«

»Glaubst du im Ernst, das würde funktionieren? Fahr mal in ein Hotel auf Mallorca, dann siehst du, wie gut sich Touristen an Regeln halten! Wenn Zeitmaschinen möglich wären, dann gäbe es mit Sicherheit Leute, die damit irgendwann in der Zukunft Unfug anstellen, den wir heute spüren würden. Es sei denn ...« Olaf schwieg einen Moment, als müsse er über etwas nachdenken.

»Es sei denn, was?«

»Mir ist gerade ein interessanter Gedanke gekommen. Vielleicht ist es doch irgendwann möglich, eine Zeitmaschine zu bauen, mit der man in die Vergangenheit reisen kann. Aber möglicherweise braucht man dafür einen Empfänger.«

»Wie meinst du das?«

»Nehmen wir an, du willst Materie mit einem Transmitter mit Lichtgeschwindigkeit von A nach B schicken, so wie das Beamen in Star Trek. Dann brauchst du zwei Geräte: einen Sender, der Materie in Information verwandelt und sie als Lichtstrahl losschickt, und einen Empfänger, der aus der Information wieder Materie macht.«

»Aber bei Star Trek beamen sie doch Leute einfach so auf Planeten.«

»Klar, das ist ja auch eine Science-Fiction-Serie. Materietransmitter sind immerhin in der Theorie möglich. Man hat bereits in der Praxis Lichtquanten, oder genauer gesagt die Quantenzustände des Lichts teleportiert. Aber ohne Empfänger geht da gar nichts.«

»Und was hat das mit Zeitreisen zu tun?«

»Wenn man jemals eine Zeitmaschine bauen wird, dann wird sie wahrscheinlich auch so einen Empfänger brauchen. Das würde jedenfalls erklären, warum wir keine Besucher aus der Zukunft sehen. Sie können nicht hier sein, weil wir den Empfänger noch nicht gebaut haben.«

»Du denkst also, man könnte Informationen in die Vergangenheit senden?«

»Das wäre jedenfalls viel einfacher als irgendwelche physischen Gegenstände. Aber auch dafür bräuchte man einen Empfänger. Hey, dann hätte man eine Art Zeit-Telefon, mit dem man in der Zukunft anrufen und sich die Lottozahlen vorhersagen lassen kann! Ich glaube, das lass ich mir mal patentieren!« Er lachte.

»Könnte nicht das menschliche Gehirn als eine Art Empfänger für Botschaften aus der Zukunft fungieren? Nur theoretisch, meine ich.«

»Hm. Wenn du ein paar physikalische Probleme außen vor lässt, theoretisch vielleicht schon. Man müsste ein elektromagnetisches Feld mit einem winzigen Wurmloch in die Vergangenheit schicken und versuchen, damit das Gehirn eines unserer Vorfahren zu beeinflussen, so wie man heute mit elektromagnetischen Feldern bestimmte Gehirnregionen aktivieren oder blockieren kann. Aber das wäre alles andere als einfach, und wahrscheinlich würde das Gehirn des armen Kerls dabei einfach gebraten.«

»Was ist mit dem Zeit-Paradoxon? Ich meine diese Sache, bei der man in die Vergangenheit reist und seinen Großvater umbringt. Solche Phänomene müsste es doch auch mit Informationen geben, oder?«

»Vermutlich schon. Aber das wäre nicht unbedingt ein Problem, wenn man die Viele-Welten-Interpretation der Quantentheorie zugrunde legt.«

»Du meinst, man würde die Vergangenheit beeinflussen, aber die Zukunft würde sich dann nur in einer Parallelwelt verändern, so dass es kein Paradox gibt?«

»Sieh an, du weißt ja schon einiges darüber! Aber es wäre nicht eine Parallelwelt, die man verändert, sondern unendlich viele.«

»Verstehe.« Dirk hatte also recht gehabt – das Zeit-Paradoxon war gar keines, wenn man annahm, dass die Viele-Welten-Interpretation korrekt war.

»Mir ist noch nicht klar, was dir das nützt«, warf Olaf ein. »Was hättest du davon, wenn dein Held Botschaften in die Vergangenheit schicken kann?«

»Ich könnte die Geschichten ja so schreiben, dass der Held nicht physisch in die Vergangenheit reist, sondern sich quasi in den Kopf eines Menschen aus früheren Zeiten versetzt. Das wäre dann vielleicht glaubwürdiger.«

»Ja, vielleicht. Aber ehrlich gesagt würde ich mir darüber nicht so viele Gedanken machen. Schreib ruhig eine Geschichte, in der dein Held mit einer richtigen Zeitmaschine in die Vergangenheit reist. Die Leser werden dir das nicht übelnehmen – sie wissen, dass das nur ein literarisches Hilfsmittel ist. Du solltest lieber darauf achten, dass die historischen Details deiner Geschichte stimmen, aber damit kennst du dich ja aus.«

»Ja, du hast vielleicht recht. Vielen Dank für deine Hilfe!!«

»Keine Ursache. Und schick mir die Geschichte, wenn sie fertig ist, ja?«

»Okay, mach ich.«

Paulus legte mit leicht schlechtem Gewissen auf. Er log nicht gern, selbst wenn es eine so harmlose Notlüge war.

»Wer war das?«, wollte Mele wissen.

»Ein Freund. Er ist Physiker.«

»Und was hat er gesagt?«

»Nichts, was mir wirklich weitergeholfen hätte.«

Ihre hellblauen Augen schienen ihn zu durchdringen. »Er hat gesagt, dass die Prophezeiungen in dem Buch aus der Zukunft stammen könnten, oder?«

»Nein, hat er nicht. Aber selbst wenn, würde das noch lange nicht heißen, dass es so ist!« Paulus merkte, dass seine Stimme gereizt klang, ohne dass er genau wusste, was ihn so ärgerte.

In Meles Gesicht lag so etwas wie Mitleid. »Ich kann verstehen, dass es dir schwerfällt, es zu akzeptieren«, sagte sie.

»Was zu akzeptieren?«, fragte Paulus irritiert.

»Dass du auserwählt wurdest.«

16.

Köln, Montag 19:40 Uhr

Dirk zuckte zusammen, als er Meles Worte hörte. Auserwählt! Die Art, wie sie das Wort betonte, zeigte deutlich, wie sehr sie von dem Hamburger fasziniert war. In ihrer naiven Weltsicht hielt sie Paulus wohl für so etwas wie einen Messias.

Mele war nicht religiös in dem Sinne, dass sie einer bestimmten Glaubensrichtung angehörte, aber sie glaubte auch nicht an Zufälle, das wusste Dirk nur zu gut. Sie hielt es für Vorsehung, dass sie Paulus auf der Domplatte begegnet war. Sie glaubte, eine wichtige Rolle zu spielen, die ihr das Schicksal zugewiesen hatte. Sie hielt es für ihre Bestimmung, an der Seite von Paulus das Rätsel des Buchs zu lösen.

Er, Dirk, spielte dagegen in ihrer Interpretation der Ereignisse höchstens eine Statistenrolle.

Lautlos öffnete er seine Zimmertür einen Spalt weit, um besser hören zu können, was im Wohnzimmer gesprochen wurde.

»So ein Blödsinn!« Paulus schien richtig sauer zu sein, so als hätte ihn Mele irgendeiner unanständigen Handlung bezichtigt. »Ich bin nicht auserwählt! Ich bin bloß zufällig ein Nachfahre von jemandem, dem das Buch einst gehört hat. Ich werde es entschlüsseln, und dann wirst du sehen, dass das alles nur das Werk eines verblendeten religiösen Fanatikers ist!«

»Es gibt keine Zufälle«, sagte Mele ruhig.

»Da ist die moderne Physik aber anderer Ansicht«, erwiderte Paulus.

Dirk spürte Zorn in sich aufwallen. Jetzt tat er auch noch so, als verstünde er etwas von Physik! Dieser Dummkopf war viel zu engstirnig, um zu erkennen, welch ungeheurer Schatz ihm in die Hände gefallen war. Das Buch konnte die Welt verändern! Vielleicht war es sogar der Schlüssel zur Zukunft der Menschheit. Und nun war es ausgerechnet in den Besitz eines zweitklassigen Historikers gelangt, der all die offensichtlichen Hinweise auf den Ursprung des Textes ignorierte und verzweifelt versuchte, eine Erklärung zu konstruieren, die in sein kleinkariertes Weltbild passte. Die Geschichte der Wissenschaft war voll von Leuten wie Paulus – Leuten, die neue, radikale Gedanken energisch bekämpft und alles versucht hatten, um den Fortschritt aufzuhalten.

Zum Glück unterlagen diese rückwärtsgewandten Kräfte am Ende immer. Die Wahrheit ließ sich nun mal nicht auf Dauer unterdrücken.

Dirk beschloss, die Diskussion der beiden zu unterbrechen, und betrat das Wohnzimmer. »Habt ihr Hunger?«, fragte er.

Paulus schien ihm dankbar für die Ablenkung zu sein. »Ja, ich könnte was vertragen. Was haltet ihr davon, wenn ich euch zum Essen einlade?«

»Au ja«, sagte Mele.

Dirk gefiel es nicht, dass ihr Gast sich so gönnerhaft aufführte, aber andererseits war er knapp bei Kasse. Also stimmte er zu.

Sie gingen in ein kleines italienisches Restaurant namens »Mama Antonia«, aßen Pizza, tranken Rotwein und machten in ihren Gesprächen einen Bogen um das Manuskript. Mele lachte viel und schien die Prophezeiung zumindest für den Moment vergessen zu haben.

Als sie das Restaurant verließen, merkte Dirk, dass er

ein bisschen wackelig auf den Beinen war. Kein Wunder, sie hatten zu dritt zwei Flaschen Rotwein geleert, auch wenn Mele den größten Teil davon abbekommen hatte.

»Danke für die Einladung!«, sagte er.

»Keine Ursache«, erwiderte Paulus. »Ihr habt mir wirklich sehr geholfen! Ich weiß nicht, was ich ohne euch gemacht hätte.«

Meles Stimme war schwer vom Alkohol. »Dann wärrssu jetz mausetot!«, sagte sie und schwankte bedenklich. Rasch griff Dirk ihren Arm, um sie zu stützen, während Paulus gleichzeitig einen Schritt zur Seite machte, wie um Dirk den Vortritt zu lassen.

»Hui«, sagte Mele. »Ich glaub, ich bin ein bisschen betrunken!«

»Glaub ich auch«, sagte Dirk. »Halt dich lieber an mir fest!« Er legte ihren Arm um seine Schulter.

Sie machte keine Anstalten, sich zu wehren. Während sie langsam durch die Straße schlurften, rieb sich ihr warmer Körper an seinem.

Als sie die Wohnung betraten, sagte Mele: »Oh oh, ich glaub, mir is schlech!«

Dirk schaffte es gerade noch, sie ins Bad zu bugsieren, wo sie sich ins Klo übergab. Er wischte ihr das Gesicht und die besudelte Kleidung ab, dann brachte er sie in ihr Zimmer.

»Du bis ech nett zu mir«, säuselte Mele, als er sie aufs Bett legte. Dann gab sie ihm einen Kuss auf den Mund.

Dirk erwiderte den Kuss, presste sie an sich und begann, sie zu streicheln, doch sie löste sich von ihm und hielt seine Hand zurück. »Nein, nein, nein, so hab ich das nicht gemeint! Schäm dich, eine betrunkene Frau auszunutzen!« Sie kicherte.

Dirk kämpfte mit all seiner Selbstbeherrschung den

Drang nieder, ihren Widerstand zu brechen und über sie herzufallen. Mühsam löste er sich von ihr und stand auf. »Schlaf gut!«, brachte er heraus, schaltete das Licht aus und ließ sie allein.

Paulus saß im Wohnzimmer, über das Manuskript gebeugt. Dirk trat zu ihm. Auf der Seite, die Paulus anstarrte, war die Illustration eines seltsamen Tieres mit sieben Köpfen zu sehen. »Was ist das?«, wollte Dirk wissen.

»Keine Ahnung. Im Text steht, dass der Schlüssel ein Buch ist, das mit dieser Zeichnung verziert ist.«

Die Köpfe des merkwürdigen Wesens sahen aus wie die einer Raubkatze, hatten jedoch Hörner – fünf Köpfe jeweils eines, einer zwei und einer drei. Hatte das etwas zu bedeuten? Dirk hatte das Gefühl, irgendwo schon einmal so ein Wesen gesehen zu haben. Oder vielleicht hatte er auch darüber gelesen, in irgendeinem literaturwissenschaftlichen Werk. Er versuchte, sich zu erinnern, doch der Rotwein schien den Zugang zu seinem Gedächtnis überschwemmt zu haben.

»Wie auch immer, ich gehe jetzt ins Bett«, sagte er.

»Okay, gute Nacht!«, erwiderte Paulus.

Dirk setzte sich an seinen Schreibtisch und fuhr den Laptop hoch. Er gab »Zehn Hörner sieben Köpfe« bei Google ein und wusste eine Minute später, in welchem Text das merkwürdige Tier auftauchte. Es war die Offenbarung des Johannes – die Apokalypse, die Prophezeiung des Jüngsten Tages.

Er begann, systematisch nach Bildern mittelalterlicher Handschriften zu suchen, in denen die Apokalypse des Johannes wiedergegeben wurde. Es gab davon reichlich, doch die Illuminationen, die er fand, ähnelten der Zeichnung in Paulus' Manuskript nur grob.

Nach etwa zwei Stunden Recherche entdeckte er endlich in der Online-Datenbank einer Bibliothek die Abbildung einer Seite aus einer Armenbibel, die gegen Ende des 15. Jahrhunderts entstanden war. Dort stand es – das Tier mit den sieben Köpfen, zehn Hörnern und dem gefleckten Katzenkörper. Die Haltung des Wesens und selbst die Strichführung stimmten exakt überein.

Dirk wusste jetzt, wo sich das Schlüsselbuch befand.

Er dachte lange nach. Dann fuhr er den Laptop herunter.

17.

Köln, Dienstag 09:11

Paulus erwachte mit dröhnendem Schädel und einem pelzigen Geschmack im Mund. Er brauchte einen Moment, um zu begreifen, wo er war. Er richtete sich langsam auf der unbequemen Couch auf. Der Raum schien leicht zu schwanken, und sein Magen fühlte sich nicht gut an. Hatte er wirklich so viel getrunken?

Sein Blick fiel auf den Wohnzimmertisch, und im nächsten Moment waren Übelkeit und Kopfschmerzen vergessen.

Der Tisch war leer.

Paulus sprang auf und sah sich im Raum um. Von dem Manuskript und seinen Aufzeichnungen fehlte jede Spur.

Dirk! Er lief zum Zimmer des Studenten, klopfte, öffnete, ohne eine Reaktion abzuwarten.

Der Student war nicht da. Der Laptop, der normalerweise auf dem Schreibtisch stand, fehlte ebenfalls.

Verdammt!

Er klopfte an Meles Tür. »Mele? Wach auf!«

»Was'n los?«, klang es von drinnen.

Er öffnete. Mele lag angezogen auf dem Bett und blinzelte ihm entgegen. »Was ist denn?«, fragte sie unwirsch.

»Weißt du, wo das Manuskript ist?«

»Was?« Mele setzte sich auf, versuchte aufzustehen, sank jedoch wieder auf das Bett. »Au verdammt, mein Kopf!«

»Ich kann das Manuskript nicht finden«, rief Paulus. »Und Dirk ist nicht da. Sein Laptop fehlt auch.«

»Der ist bestimmt an der Uni.« Mele wankte an Paulus vorbei ins Badezimmer.

»Er hat das Manuskript und meine Aufzeichnungen weggenommen!«

»So 'n Quatsch!« Sie schloss die Badezimmertür.

»Hast du seine Handynummer?«

»Weiß nich«, erwiderte sie aus dem Bad. »Hängt vielleicht an der Pinnwand in der Küche Gott, mir ist schlecht.«

Paulus rannte in die Küche. An der Pinnwand fand er neben ein paar Postkarten und einer uralten Küchendienst-Liste tatsächlich einen Zettel mit den Handynummern der WG-Bewohner. Meles Name stand nicht darauf.

Er wählte Dirks Nummer. Wie er befürchtet hatte, erreichte er nur die Mailbox. »Hallo, Dirk, hier ist Paulus. Ich gehe davon aus, dass du mein Manuskript bei dir hast. Ich mache dich darauf aufmerksam, dass es Diebstahl ist, wenn du mir das Buch nicht sofort zurückbringst. Ruf mich so schnell wie möglich an!« Er sprach sicherheitshalber seine Handynummer auf die Mailbox, obwohl Dirk diese auch auf seinem Display sehen konnte.

Er hörte die Klospülung. Kurz darauf kam Mele in die Küche geschlurft und durchwühlte die Schränke auf der Suche nach Kopfschmerztabletten.

»Dieser Mistkerl!«, rief Paulus. »Ich hätte ihm niemals vertrauen dürfen. Er war von Anfang an unfreundlich zu mir!«

»Reg dich doch nicht so auf. Und wenn, dann sprich wenigstens nicht so laut!«

»Ich soll mich nicht aufregen? Machst du Witze? Dein sauberer Mitbewohner klaut mir ein wertvolles mittelalterliches Manuskript, das meiner Großmutter gehörte, und ich soll ganz ruhig bleiben, ja?«

»Jetzt bleib mal auf dem Teppich«, sagte Mele, während sie zwei Brausetabletten in einem Glas Wasser löste. »Hast du mir nicht gestern noch erklärt, dass es gar nicht aus dem Mittelalter stammt? Außerdem hat Dirk es bestimmt nicht geklaut. Ich kenne ihn. Er ist ein anständiger Mensch. Er wird es garantiert zurückbringen.«

»Ach ja? Wie naiv bist du eigentlich? Ein anständiger Mensch hätte mich vorher gefragt und nicht einfach das Manuskript weggenommen. Wer weiß, was er damit vorhat. Verdammt, was mache ich jetzt bloß?«

Mele zuckte mit den Schultern. »Abwarten!«

»Abwarten? Das ist doch nicht dein Ernst, oder?«

»Was willst du sonst machen? Dirk ist bestimmt bald wieder da.«

»Und wenn nicht? Was, wenn er das Buch an irgendeinen Antiquitätenhändler verhökert?«

»Blödsinn! So was würde er nie tun!«

»Und warum hat er es dann weggenommen? Und all meine Aufzeichnungen ...« Paulus stockte, als er begriff, was geschehen sein musste. »Ach du Scheiße!«, rief er laut aus.

»Was ist?«

»Dieser Vollidiot denkt, er kann das Manuskript auf eigene Faust entschlüsseln! Er muss etwas rausgefunden haben. Vielleicht hat er einen Hinweis entdeckt, wo das Schlüsselbuch zu finden ist. Anstatt mir etwas zu sagen, klaut er das Buch und meine Aufzeichnungen und macht sich auf den Weg dorthin.«

»Dann ist es doch umso besser!«

»Umso besser? Sag mal, merkst du noch was?«

»Ich bin vielleicht nicht so schlau wie du, aber ist es nicht im Grunde egal, wer von euch das Manuskript entschlüsselt?«

»Nein, ist es nicht, verdammt! Dirk hat doch überhaupt keine Ahnung, was er da tut. Er ist Germanistikstudent, kein Historiker!«

»Anscheinend hat er etwas herausgefunden, was dir entgangen ist. Ist dir mal der Gedanke gekommen, dass das, was gerade passiert, vielleicht notwendig ist? Dass du ohne Dirks Hilfe nicht weiterkommen würdest? Dass das alles Teil des Plans ist?«

»Jetzt fang bloß nicht wieder mit diesem Auserwählten-Scheiß an!« Paulus musste sich zusammennehmen, um sie nicht anzubrüllen. »Ich kenne mich mit mittelalterlicher Kryptologie aus. Ich brauche keine Hilfe von Laien, schon gar nicht von welchen, denen jedes wissenschaftliche Denkvermögen fehlt und die jeden Blödsinn für bare Münze nehmen!«

Mele traten Tränen des Zorns in die Augen. »Ach ja? Ohne diese Hilfe von Laien ohne wissenschaftliches Denkvermögen wärst du jetzt wahrscheinlich in der Leichenhalle, du verdammter bornierter Idiot! Aber mach doch deinen Scheiß alleine, wenn du meinst, auf Hilfe verzichten zu können!« Sie stürmte an ihm vorbei in ihr Zimmer und knallte die Tür hinter sich zu.

Paulus blickte ihr betreten nach. Er wusste, dass er ungerecht zu ihr gewesen war. Aber dass sie diesen Blödian Dirk verteidigte, ging ihm entschieden gegen den Strich. Was der Student getan hatte, war durch nichts zu rechtfertigen! Außerdem brachte er sich und das Manuskript durch sein unüberlegtes Handeln in Gefahr. Der Araber hatte Paulus in Köln vermutlich nur aufgespürt, weil er wusste, was in dem Buch stand und wo die Hinweise verborgen waren, die man für die Entschlüsselung brauchte. Da er Paulus' Spur hier in Köln verloren hatte, war es nur logisch, dass er sich in der Nähe des Schlüsselbuchs auf die Lauer legte. Dirk rannte möglicherweise geradewegs in eine Falle.

Er wählte erneut die Nummer des Studenten und

sprach ihm eine Warnung auf die Mailbox. Dann rief er Frank an.

»Ich bin gerade in einem Meeting«, sagte sein Freund. »Kann ich dich später zurückrufen? Heute Abend vielleicht?«

»Bitte, Frank, es ist dringend. Ich muss unbedingt wissen, ob du etwas über die Zeichnung rausgefunden hast, die ich dir geschickt habe.«

»Also schön. Moment.« Er hörte, wie Frank sich bei jemandem entschuldigte.

»Was ist denn so dringend, dass du mich aus einem Meeting mit meinem Chef rausholst?«, fragte er kurz darauf.

»Ich kann dir das jetzt nicht erklären. Hier überschlagen sich gerade die Ereignisse. Auf jeden Fall muss ich unbedingt wissen, wo das Buch ist, in dem sich die Zeichnung befindet.«

»Wo bist du denn gerade?«

»In Köln. Kannst du mir jetzt bitte sagen, ob du was rausgefunden hast?«

»Ja, habe ich. Die Zeichnung ähnelt stark einem Holzschnitt aus einer Ausgabe der Apokalypse des Johannes, die gegen Ende des 15. Jahrhunderts entstanden sein muss. Es gibt nur noch zwei erhaltene Exemplare davon. Eines befindet sich in der Beinecke Rare Book and Manuscript Library an der Yale University in New Haven, also genau dort, wo auch das Voynich-Manuskript aufbewahrt wird.«

»Und das andere?«

»In der Universitätsbibliothek in Heidelberg, in der Sammlung Codices Palatini germanici, Nummer 34.«

Paulus schrieb die Angaben auf einen Zettel, den er auf einer Anrichte fand. »Danke, Frank! Du hast mir sehr geholfen!«

»Schon okay. Aber ich wüsste wirklich gern, was eigentlich los ist. Du klingst ziemlich aufgeregt.«

»Ich verspreche, ich erzähl dir alles, wenn die Sache vorbei ist. Aber jetzt hab ich keine Zeit. Tschüs, Frank!«

»Tschüs«, sagte sein Freund enttäuscht.

Paulus legte auf. Heidelberg. Mit etwas Glück würde er Dirk dort aufspüren.

Er klopfte an Meles Tür.

»Komm rein.«

Sie lag auf dem Bett. Ihre Augen waren gerötet. Ob sie geweint hatte oder es sich um Nachwirkungen ihres Katers handelte, ließ sich nicht sagen.

»Ich wollte nur tschüs sagen. Und danke.«

Sie setzte sich auf und fixierte ihn mit ihren großen Augen, die immer ein wenig verwundert wirkten. »Das ist alles? Einfach so?«

»Na ja«, erwiderte Paulus verlegen. »Vielleicht sieht man sich ja noch mal ...«

Sie sprang auf. Ihre Stirn legte sich in Falten, und ihre Augenbrauen senkten sich. Sie sah plötzlich so wütend aus, dass er beinahe Angst vor ihr bekam. »Und du denkst, damit ist es erledigt? Du brichst in mein Leben ein, bringst alles durcheinander, und dann gehst du einfach wieder, ja?«

Jetzt war er vollends verwirrt. »Ich ... ich verstehe nicht ...«

Plötzlich glitzerten Tränen in ihren Augen. »Ich ... ich habe immer davon geträumt, einmal etwas wirklich Wichtiges zu tun. Und jetzt willst du einfach verschwinden ...«

»Mele, ich weiß, es fällt dir schwer, das zu glauben. Aber das Manuskript ist einfach bloß ein Buch, das irgendein cleverer Schweinehund geschrieben hat, um leichtgläubige Leute zu leimen. Die Sache mit dem Namen des Apostels ist ein billiger Trick, das habe ich dir doch schon erklärt! Und dieser dämliche Araber ist wahrscheinlich ein verblendeter religiöser Fanatiker. Ich fahre jetzt zu Dirk, hole mir das Manuskript zurück und entschlüssele es, und dann wird sich alles aufklären.«

»Du weißt, wo er ist?«

»Ich vermute es zumindest. Ich habe rausgefunden, wo das Schlüsselbuch ist, mit dem man den Rest des Textes entziffern kann. Wahrscheinlich hat Dirk das irgendwie selbst rausgekriegt und ist jetzt dorthin unterwegs. Mit etwas Glück werde ich ihn dort treffen. Er gibt mir das Buch, und die ganze Sache ist erledigt.«

»Dann komme ich mit!«

»Nicht nötig. Ich komme schon alleine mit Dirk klar. Außerdem ist es gut möglich, dass dieser Araber ebenfalls in Heidelberg ist. Die Sache könnte gefährlich werden.«

»Dann begleite ich dich erst recht. Ich hab dir schon mal den Hintern gerettet!«

»Bitte, Mele, das musst du wirklich nicht.«

Sie zog trotzig die Unterlippe herab. »Dann versuch doch mal, mich abzuschütteln!«

Kurz darauf saßen sie im Intercity Richtung Süden. Paulus hatte zwei Tickets gekauft. Gegen Meles Dickkopf hatte er keine Chance. Und irgendwie war er froh, dass sie bei ihm war, auch wenn die Dinge dadurch nicht gerade weniger kompliziert wurden.

Er betrachtete sie, wie sie ihm gegenüber am Fenster saß und hinaus auf den Rhein blickte, der sich parallel zur Bahnstrecke durch sein Jahrmillionen altes Tal wand. Die zahllosen Burgen und Ruinen, die die Hügel an seinen Ufern krönten, zeugten von der großen Bedeutung, die der Strom seit alters her für die Menschen hatte.

Falls es den Mönch Hermo von Lomersheim wirklich

gegeben hatte und er im fünfzehnten Jahrhundert als Pilger nach Köln gereist war, dann musste er ebenfalls dem Flusslauf gefolgt sein. Damals war die Flussschiffahrt die schnellste und bequemste Art zu reisen gewesen, aber auch die teuerste – man hatte kaum fünf Kilometer auf dem Rhein zurücklegen können, ohne irgendeinem Burgherrn Wegezoll zu entrichten. Ein mittelloser Pilger wäre wohl eher zu Fuß unterwegs gewesen.

Obwohl das Rheintal schon im Mittelalter relativ dicht besiedelt gewesen war und ein Mönch gegen einen Segen und ein paar Fürbitten bei den Heiligen überall auf Unterkunft und eine karge Mahlzeit hoffen konnte, war es eine beschwerliche und nicht ungefährliche Reise gewesen. Wegelagerer, Wölfe und verwilderte Hunde hatten Reisenden das Leben schwergemacht. Wer auf den unebenen Wegen einen Fehltritt machte und sich einen Fuß brach oder sich eine Infektion zuzog, konnte nicht auf medizinische Hilfe hoffen, denn Ärzte gab es nur in den großen Städten. Kein Wunder, dass sich die Menschen damals lieber an die Mächte des Himmels gewandt hatten, wenn sie Hilfe brauchten.

»Es ist schön hier«, sagte Mele.

»Ja.« Paulus wurde einfach nicht schlau aus ihr. Mal erschien sie fast schüchtern, dann wieder wild entschlossen und draufgängerisch, mal kindlich naiv, dann wieder pragmatisch und clever. Eben noch hatte sie ihn zornig angefahren, nun saßen sie hier wie ein Paar auf einer Urlaubsreise. Sie hatte ein ungestümes, launenhaftes Wesen, das ihn auf eine unerklärliche Weise anzog, obwohl sie so ganz anders war als er selbst.

Er ertappte sich bei dem Gedanken, wie es wäre, mit den Fingerspitzen über ihre Wange zu streichen, sanft ihre vollen Lippen zu berühren …

Sie blickte ihn an. »Woran denkst du?«

Rasch wandte er den Blick ab. Er spürte, wie ihm das Blut in den Kopf schoss. Er war nicht mehr rot geworden, seit er ein Teenager gewesen war. Was war bloß mit ihm los?

»Ich … ich habe daran gedacht, wie es früher hier gewesen sein muss«, stotterte er.

Sie lächelte. »Du weißt bestimmt eine Menge darüber.«

Ihm gefiel der bewundernde Klang in ihrer Stimme. »Na ja, das ist schließlich mein Beruf.«

»Was ist mit dir? Wie ist deine eigene Geschichte?«

Paulus zuckte mit den Schultern. »Da gibt es nicht viel zu erzählen. Mein Vater war Bundeswehroffizier. Er ist vor zehn Jahren an Lungenkrebs gestorben. Hat geraucht wie ein Schlot und immer behauptet, das mit dem Krebsrisiko sei übertrieben. Ich glaube, meinen Dickkopf habe ich von ihm. Meine Mutter hat ihn verlassen, als ich acht war, und einen Filmproduzenten geheiratet, ein arrogantes Arschloch. Ich musste mit nach München ziehen, obwohl ich viel lieber bei meinem Vater geblieben wäre. Sobald ich Abi hatte, bin ich ausgezogen und zurück nach Hamburg, aber da war er schon schwer krank.«

»Das tut mir leid.«

»Schon okay. Er war auch schon zweiundsiebzig, als er gestorben ist. Meine Mutter war fast zwanzig Jahre jünger als er. Er hat sie auf einer Friedensdemo kennengelernt.«

»Erzähl mir von deiner Großmutter. Die, der das Buch gehörte.«

»Ich weiß nicht viel über sie. Sie wurde verhaftet, als mein Vater elf Jahre alt war, und starb während des Krieges in einem Arbeitslager. Mein Großvater brachte sich kurz darauf um, vermutlich, um selbst der Verhaftung zu entgehen, und mein Vater wurde in ein Erziehungsheim gebracht. Nach dem Krieg hat mein Vater alles versucht, um herauszufinden, warum sie verhaftet wurde, doch die Nazis hatten alle Unterlagen vernichtet. Erst seit der Begegnung mit Lieberman weiß ich, dass sie Juden geholfen hat, indem sie Ahnenpässe fälschte. Ich wünschte, mein Vater hätte das gewusst. Er wäre sehr stolz gewesen.«

»Du bist bestimmt auch stolz auf sie, oder?«

»Ja. Es bedeutet mir sehr viel, dass Lieberman mir das Buch gegeben hat, das ihr so wichtig war. Deswegen kann ich es Dirk nicht verzeihen, dass er es geklaut hat. Ich weiß nicht, was ich mit ihm mache, wenn er es verliert oder beschädigt!«

»Das wird er nicht«, sagte Mele. »Glaub mir, alles geschieht aus einem Grund.«

Um seinen aufwallenden Zorn einzudämmen und sich nicht wieder auf eine Diskussion über Schicksal und Vorsehung einlassen zu müssen, fragte er: »Was ist mit dir? Du hast erzählt, du bist in einem Waisenhaus aufgewachsen?«

Ihre Miene verdüsterte sich. »Meine Mutter war eine Prostituierte. Sie hat mich in einem Kloster ausgesetzt. Später hat sie sich den goldenen Schuss gesetzt und einen Abschiedsbrief hinterlassen, in dem ich erwähnt wurde. Wer mein Vater ist, weiß ich nicht.«

»Oh …«, sagte Paulus.

Sie lächelte. »Das muss dir nicht unangenehm sein. Meine Kindheit war nicht leicht, aber ich habe viel gelernt. Die ersten Jahre verbrachte ich bei den Nonnen. Die waren eigentlich nett zu mir, im Nachhinein betrachtet, aber ich hatte noch nie viel für Disziplin und Routine übrig. Als ich neun war, hatten sie die Nase voll von mir und haben mich in ein Waisenhaus gesteckt. Das war ein richtiges Dreckloch, kann ich dir sagen. Der Leiter hat sich ständig an kleinen Jungen vergriffen. Ich habe versucht, die anderen Erzieher darauf aufmerksam zu machen, aber entweder haben sie mir nicht geglaubt, oder sie haben einfach weggesehen.« Mele blickte einen Moment ins Leere, als überwältigten sie die Erinnerungen.

»Als ich zwölf war«, fuhr sie fort, »kam ein neuer Junge in das Heim, höchstens sechs, und natürlich wollte sich der Mistkerl auch ihn vornehmen, gleich am ersten Tag. Ich habe mich dazwischengestellt. Als er versucht hat, mich beiseitezustoßen, habe ich ihm in die Eier getreten, dass ihm die Lust für ein paar Tage vergangen ist. Natürlich wurde ich verprügelt und eingesperrt. Als sie mich wieder rausgelassen haben, bin ich getürmt und zur Polizei, aber die Scheißbullen haben mir nicht geglaubt und mich gleich wieder zurück ins Waisenhaus gebracht.«

»Deswegen traust du ihnen nicht.«

»Das kannst du laut sagen. Die Bullen greifen immer erst ein, wenn es zu spät ist. Leute bestrafen, ob schuldig oder nicht, darin sind sie gut. Unheil verhindern, das können die überhaupt nicht.«

»Und dann?«

»Ein halbes Jahr später hab ich den Mistkerl drangekriegt. Ich hab einem der Erzieher eine Kamera geklaut, so eine alte mit einem Film drin. Dann hab ich mich auf die Lauer gelegt und den Leiter fotografiert, wie er da stand mit offener Hose vor einem weinenden Jungen. Dann bin ich abgehauen. Ich hab ein paar Jungs getroffen, bei denen ich unterkommen konnte. Die haben mir Geld gegeben, um den Film zu entwickeln.«

»Und damit bist du zur Polizei gegangen?«

»Quatsch. Damit haben wir den Mistkerl erpresst. Er hat brav gezahlt, jeden Monat, und nie wieder einen der Jungen angerührt. Als ich neunzehn war, hat er sich umgebracht. Anscheinend hat ihn einer der Jungs, die er missbraucht hatte, angezeigt.«

»Das muss schrecklich gewesen sein.«

»Das war es.«

»Und wie bist du dann in der WG gelandet?«

»Ich hab gejobbt, hier und da. Als ich Kellnerin in einem Restaurant war, hab ich Mike kennengelernt. Ich hatte gerade Stress mit den Typen, bei denen ich damals wohnte. Als er mir das Zimmer von Katrin angeboten hat, hab ich ja gesagt. Das war vor einem halben Jahr. Ehrlich gesagt reicht's mir langsam auch schon wieder. Dirk ist ja ganz nett, aber er kann verdammt anstrengend werden. Und Mike ist auch so ein Korinthenkacker.«

»Du meinst, er will, dass du hin und wieder mal mit saubermachst, Miete zahlst, dich an den Essenskosten beteiligst und solche Dinge?«

Sie grinste. »Genau. Ein Korinthenkacker eben.«

Paulus unterdrückte einen Seufzer. Mele war das blanke Chaos. Sie war das Letzte, was er brauchte. Warum, verdammt noch mal, war er bloß so froh, dass sie bei ihm war?

Er starrte aus dem Fenster. Allmählich wich die idyllische Landschaft einer ausgedehnten Industriezone mit dampfenden Kraftwerks-Kühltürmen, chromglänzenden Chemieanlagen und grauen, kastenförmigen Bürobauten. Der Rhein spielte auch heute noch eine wichtige Rolle – als Transportweg und Kühlwasserlieferant.

Hinter Mannheim bog die Zugstrecke Richtung Osten ab. Kurz darauf erreichten sie Heidelberg.

18.

Heidelberg, Dienstag 14:12 Uhr

Der Heidelberger Hauptbahnhof hatte den Charme einer Turnhalle. Paulus sah sich misstrauisch um. Er erblickte eine Gruppe Menschen mit arabischem Aussehen, doch die meisten waren Koffer schleppende Frauen mit langen, schlichten Kleidern und Kopftüchern.

Mele und er gingen rasch zum Ausgang und nahmen ein Taxi zur Universitätsbibliothek, die in der Altstadt zu Füßen eines steilen Berghangs lag.

»Gib mir mal dein Handy«, sagte Mele.

»Warum?«

»Ich will Dirk anrufen.«

Sie wählte seine Nummer, erreichte aber ebenfalls nur die Mailbox. »Hallo, Dirk, hier ist Mele. Wir sind in Heidelberg. Wir würden uns gern so schnell wie möglich mit dir treffen. Ruf mich bitte zurück.«

»Und du glaubst, er meldet sich?«, fragte Paulus.

Mele zuckte mit den Schultern. »Bei Dirk weiß man nie.«

Was dem Hauptbahnhof an architektonischer Eleganz fehlte, besaß das Bibliotheksgebäude im Überfluss. Die Fassade aus rotem Stein mit ihren unzähligen Erkern, Türmen und goldenen Verzierungen hätte einer kurfürstlichen Residenz Genüge getan. Sie unterstrich das Selbstbewusstsein und die Autorität Deutschlands ältester Universität. Auch im Inneren beeindruckte das Gebäude mit einem prachtvollen marmornen Treppenhaus, über dem sich ein buntes Jugendstil-Glasdach wölbte.

Der Lesesaal gegenüber dem Eingang war voller Studenten, die auch in Zeiten von Internet und E-Books auf Bibliotheksbesuche offensichtlich nicht verzichten konnten. An den Wänden reihten sich Hunderte dicke, ledergebundene Bände – das Verzeichnis des Bibliotheksbestands bis 1935, wie Paulus der Rückenaufschrift entnahm. Neben dem Eingang gab es einen Automaten für Ohrstöpsel, der jedoch überflüssig erschien, denn in dem großen Raum war es bis auf das gelegentliche Rascheln einer umgeblätterten Seite absolut still.

Paulus ging zur Information. »Ich möchte gern einen Band aus der Sammlung der Codices Palatini germanici ansehen«, sagte er mit gedämpfter Stimme zu einem jungen Mann asiatischer Abstammung.

»Da müssen Sie sich an die Handschriftenabteilung wenden. Gehen Sie bitte die Treppe hinauf, dann durch den oberen Lesesaal.«

In der Handschriftenabteilung wurden sie von einer etwas mürrisch dreinblickenden Mittvierzigerin empfangen.

»Ich hätte gern Einblick in eine Handschrift, Nummer 34 aus den Codices Palatini germanici.«

»Schon wieder! Ist irgendwas los mit dem Buch?«

»Wieso?«

»Niemand wollte diese Handschrift in den – warten Sie – letzten fünf Jahren sehen. Und heute sind Sie schon der Zweite, der danach fragt!«

»Der andere, war das so ein Typ mit schulterlangen Haaren und Brille, der ein bisschen wie John Lennon aussah?«

»Schon möglich. Ist er ein Kommilitone von Ihnen?«

»Äh, so ähnlich. Wissen Sie zufällig, wo er ist?«

»Nein. Ich habe ihn wieder weggeschickt. Er hatte nicht mal einen Leseausweis.«

»Wann war er hier?«

»So vor zwei Stunden ungefähr.«

Paulus überlegte. Natürlich war es naiv gewesen, zu glauben, dass sie Dirk hier im Lesesaal sitzend finden würden. Wenigstens hatte er keinen Zugang zu dem Schlüsselbuch bekommen. Ohne es würde ihm das Manuskript wenig nützen. Vielleicht war es doch gut gewesen, dass Mele ihm eine Nachricht auf die Mailbox gesprochen hatte, auch wenn Paulus bezweifelte, dass Dirk so schnell zur Vernunft kommen würde.

»Mein Name ist Paulus Brenner vom Institut für mittelalterliche Geschichte der Universität Hamburg«, sagte er und versuchte, all seinen Charme in seine Stimme zu legen. »Es wäre sehr wichtig für mich, Einblick in den Codex zu bekommen.«

Sie warf ihm einen misstrauischen Blick zu. »Sie sind wissenschaftlicher Mitarbeiter der Universität?«

»Ja.«

»Ihnen ist bewusst, dass man üblicherweise vorher anruft und einen Termin macht, oder?«

»Ja, natürlich, ich weiß. Aber ich bin einer wichtigen Entdeckung auf der Spur, und ...«

»Darf ich bitte mal Ihren Mitarbeiterausweis sehen?«

Zum Glück trug Paulus ihn immer bei sich. Er hielt ihr die Plastikkarte hin.

Die Frau wählte eine Nummer auf ihrer altmodischen Telefonanlage. »Dr. Braun? Hier ist jemand von der Uni Hamburg, der sagt, er müsse dringend einen Band der Codices Palatini germanici sehen. ... Ja, ist gut.«

Sie legte auf. »Sie werden gleich abgeholt.« Damit wandte sie sich einer Studentin zu, die eine Frage hatte.

Kurz darauf erschien ein hagerer junger Mann mit Bürstenschnitt, der einen schlecht sitzenden grauen Anzug trug. Er stellte sich als Dr. Joachim Braun vor.

Paulus gab ihm die Hand. »Paulus Brenner.«

»Und wer ist die junge Dame hier?«

»Meine Assistentin. Frau, äh, Kallen.«

»Nennen Sie mich einfach Mele.« Sie gab Braun die Hand.

Er grinste schief. »Folgen Sie mir bitte.«

Braun führte sie in einen kargen Raum ohne Fenster. Ein Tisch und vier Holzstühle waren die einzigen Einrichtungsgegenstände. »Setzen Sie dich doch! Möchten Sie einen Kaffee?«

»Nein, danke«, erwiderte Paulus, während Mele gleichzeitig sagte: »Ja, gern. Schwarz bitte.«

Braun nickte und verschwand aus dem Raum.

Paulus warf einen Blick auf sein Handy. Kein Empfang. Vielleicht gab es hier im Bibliotheksbereich irgendwelche Abschirmungen, die verhinderten, dass dauernd Handys klingelten und die Lesenden störten. Er konnte nur hoffen, dass Dirk nicht ausgerechnet jetzt anrief.

Braun kehrte mit zwei Plastikbechern Kaffee zurück. »Sie arbeiten für Professor Degenhart?«

»Ja«, sagte Paulus, während er innerlich zusammenzuckte. Wenn dieser Dr. Braun Degenhart kannte, ihn anrief und ihm von Paulus' Besuch hier erzählte, konnte das eine Lawine unangenehmer Fragen auslösen.

»Ich habe bei ihm promoviert, als er noch in Mannheim war. Harter Knochen, was?« Er grinste.

Paulus lächelte schwach. »Kann man wohl sagen. Ich hätte gern Einblick in ein Exemplar Ihrer Sammlung mittelalterlicher Handschriften. Codices Palatini germanici, Nummer 34. Wäre das möglich?«

»Die Armenbibel? Was interessiert Sie denn ausgerechnet daran?«

Paulus improvisierte. »Professor Degenhart ist von

einer Versicherung gebeten worden, als Experte das Alter eines Manuskripts zu beurteilen. Er hat mich gebeten, mir ein paar Details der Bindungstechnik anzuschauen, damit ich sie vergleichen kann.«

»Hmm. Hätte nicht gedacht, dass der Alte sich auch mit so was auskennt. Aber dass er die Arbeit an seine Assis überträgt, selbst aber das Honorar dafür kassiert, das passt zu ihm. Na schön, dann hol ich mal das gute Stück.« Er verschwand aus dem Raum.

»Und was machen wir jetzt?«, fragte Mele. »Er wird uns dieses alte Buch doch kaum ausleihen, oder?«

»Nein«, sagte Paulus. »Aber erst mal müssen wir wissen, ob es sich tatsächlich um das Schlüsselbuch handelt.«

Braun kehrte mit einem pergamentgebundenen Buch zurück und legte es vorsichtig auf den Tisch. Er reichte Paulus Einweg-Gummihandschuhe, dann stellte er die halbvollen Kaffeebecher auf ein Sideboard, um ein folgenschweres Missgeschick auszuschließen.

Paulus zog die Handschuhe an und schlug vorsichtig das Buch auf. Die Seiten bestanden aus Papier, das einen brüchigen Eindruck machte. Die Hälfte von ihnen war mit kolorierten Holzschnitten bedruckt, die in lateinischen Inschriften Geschichten aus der Bibel erzählten. Die andere Hälfte enthielt die frühneuhochdeutsche Übersetzung des Textes in einer kaum leserlichen Handschrift.

Das Buch bestand aus drei Teilen, sogenannten Faszikeln, die vermutlich zu unterschiedlichen Zeiten entstanden waren. Der erste Teil enthielt eine Kurzfassung der Lebensgeschichte Jesu Christi. Der zweite Teil gab die Offenbarung des Johannes wieder. Der dritte Teil enthielt eine Variante der »Ars Moriendi« – zu Deutsch »Die Kunst, zu sterben«. Es handelte sich um eine mittelalterliche Erbauungsschrift, die die Menschen auf den Tod vorbereiten und sie den Weg ins Himmelreich lehren sollte.

Ungefähr in der Mitte des Buches entdeckte Paulus einen kolorierten Holzschnitt, der ihn innehalten ließ. Er bestand aus zwei Teilen. In der oberen Hälfte sah man einen siebenköpfigen roten Drachen im Kampf mit einer Gruppe von Kriegern. Darunter schien dasselbe Wesen in eine Art Raubkatze mit sieben Köpfen transformiert worden zu sein. Ein Heiliger mit Bischofsstab stand daneben und schien etwas auf Latein zu ihm zu sagen.

Kein Zweifel, dies war die Illustration, auf die sich das Manuskript bezog.

»Wollten Sie sich nicht die Bindungstechnik ansehen?«, fragte Braun.

»Äh, ja, natürlich. Ich war nur einen Moment überwältigt von der Schönheit dieses Exemplars.«

Braun lächelte. »Ja, das kann ich verstehen. Ich empfinde auch immer Ehrfurcht, wenn ich so ein Buch in der Hand halte. All die Jahrhunderte, die es überdauert hat ...«

Paulus betrachtete das Buch genauer, hob es an, roch daran. Er holte einen Schreibblock und Kugelschreiber aus seiner Tasche und kritzelte etwas Unleserliches auf ein leeres Blatt, um den Schein zu wahren. Braun beobachtete ihn mit gerunzelter Stirn, sagte jedoch nichts.

»Darf ich ein paar Fotos machen?«

Braun nickte.

Paulus holte sein Handy hervor und machte ein paar Aufnahmen von der Bindung und der Seite mit der Illustration. Er hätte gern das ganze Buch von vorn bis hinten fotografiert, aber das hätte seltsam ausgesehen.

»Ich glaube, ich habe jetzt genug gesehen«, sagte er. »Haben Sie das Buch schon digitalisiert?«

»Selbstverständlich«, erwiderte Braun. »Wir haben sogar ein paar Seiten ins Internet gestellt, aber nur die schönsten.«

Das also war die Erklärung dafür, dass Dirk die Handschrift hatte identifizieren können. »Könnte ich eine Kopie der digitalisierten Seiten bekommen?«

»Ich verstehe nicht, wie Ihnen das helfen würde, das Alter eines anderen Dokuments einzuschätzen.«

»Ich denke mal, Professor Degenhart wird auch den Sprachduktus vergleichen wollen. Ich glaube, er hat mich gebeten, speziell dieses Exemplar hier anzusehen, weil das Manuskript, um das es geht, aus derselben Region und Epoche stammt.«

»Tatsächlich? Das wäre wissenschaftlich äußerst interessant! Ich würde gern mehr über dieses Manuskript wissen. Aus welcher Sammlung stammt es?«

»Aus einer Privatsammlung. Es taucht bisher in keinem Katalog auf. Deshalb hat ja die Versicherung Professor Degenhart gebeten, seine Meinung dazu abzugeben.«

»Natürlich. Verstehe. Ich werde ihm eine Mail mit einem Link schicken, dann kann er sich die digitalisierten Seiten direkt von unserem Server herunterladen.«

»Äh, wäre es wohl möglich, dass Sie mir die Seiten auf eine DVD brennen? Dann könnte ich auf dem Rückweg nach Hamburg schon mal einen Blick darauf werfen.«

»Na gut, das lässt sich wohl machen. Warten Sie einen Moment hier.« Er nahm das Buch und verließ damit den Raum. Kurz darauf kam er mit einer DVD in einer Klarsichthülle zurück. Sie war mit einem Logo der Universität Heidelberg bedruckt und in ordentlicher Handschrift mit »Cod. Pal. Ger. 34« beschriftet.

»Ganz herzlichen Dank, Dr. Braun«, sagte Paulus. »Sie haben uns sehr geholfen!«

»Keine Ursache. Und grüßen Sie mir den Chef!« Er grinste verschwörerisch. »Ehrlich gesagt beneide ich Sie nicht. Ich glaube, kaum jemand in Mannheim war traurig, als er den Ruf nach Hamburg angenommen hat.«

Paulus grinste zurück. »Das sage ich ihm besser nicht.«

Braun führte sie zurück zum Lesesaal und verabschiedete sich dort von ihnen.

»Und jetzt?«, fragte Mele, als sie das Bibliotheksgebäude verließen.

»Wir müssen Dirk finden. Vermutlich ist er noch in Heidelberg. Ich werde …«

Er stockte. Gegenüber der Bibliothek befand sich eine Kirche. An einer Mauer davor, nur ein paar Dutzend Meter entfernt, lehnte der Araber und blätterte in einem Stadtplan. Genau in diesem Moment blickte er auf. Als er Paulus erkannte, griff er in seine Jackentasche.

19.

Heidelberg, Dienstag 16:05 Uhr

Paulus warf einen kurzen Blick zurück zur Eingangstür. Sie war verführerisch nah, doch dort drin saßen sie in der Falle. »Weg hier!«, rief er und rannte los, dicht gefolgt von Mele. Er rechnete jeden Moment mit einem Schuss, doch der Araber hatte wohl nicht schnell genug reagiert. Zum Glück lag die Bibliothek an einer Straßenecke, die sie Sekunden später umrundeten.

Ein Stück die Straße herunter erstreckte sich rechts hinter einer Baumreihe ein großer Platz, auf dem ein paar Dutzend junge Menschen in kleinen Gruppen standen und schwatzten oder rauchten. Offenbar war das hier Teil des Universitätsgeländes. Sie rannten im Zickzack mitten zwischen den Studenten hindurch. Mele rempelte einen bärtigen Mann an, der gerade dabei war, einer Frau etwas in einem Buch zu erklären. Das Buch segelte durch die Luft. Der Student rief ihnen eine Verwünschung nach, doch sie beachteten ihn nicht weiter.

Als sie das andere Ende des Platzes erreichten, verlangsamte Paulus das Tempo etwas und warf einen Blick über die Schulter. Er konnte ihren Verfolger zwischen den vielen Studenten nicht erkennen. Trotzdem rannte er weiter. Mele hatte keine Mühe, ihm zu folgen – im Gegenteil lief sie leichtfüßig neben ihm her und schien nicht einmal außer Atem zu sein.

Sie folgten einer Straße, die vom Universitätsgelände direkt auf eine belebte Einkaufsstraße führte. Hier drängten sich Touristen und Einheimische zwischen Modeboutiquen, Restaurants und Läden voller Kitsch. Sie bahnten sich einen Weg durch die Menge, ohne sich um die empörten Rufe der Menschen zu kümmern, die sie beiseitedrängten.

Schließlich erreichten sie ein großes Modekaufhaus. Paulus stürmte durch den Eingang und die Rolltreppe hinauf. Erst in der oberen Etage erlaubte er sich, das Tempo zu verlangsamen. Er stellte sich hinter eine Säule und blickte die Rolltreppe hinab.

Von ihrem Verfolger war keine Spur zu sehen.

»Ich glaube, den haben wir abgehängt«, sagte Paulus.

Mele grinste. »Mit dir erlebt man wirklich aufregende Sachen!«

»Ich könnte gut mit ein bisschen weniger Aufregung auskommen«, erwiderte Paulus. »Ich bin eigentlich eher …«

Sein Handy klingelte. Er warf einen Blick auf das Display und nahm ab. »Dirk! Wo bist …«

»Ihr müsst abhauen!«, unterbrach ihn der Student. »Sie sind hinter euch her! Ein Typ mit Khakihosen, hellblauem Hemd und Sonnenbrille. Er ist gerade in den Laden gegangen!«

»Wo bist du? Woher weißt du, wo wir …« Paulus beendete den Satz nicht. Er sah einen Mann mit grauem Haar und dunkler Hautfarbe auf die Rolltreppe zukommen. Er trug eine schwarze Sonnenbrille und ein hellblaues Hemd, das lose über einer Khakihose hing.

»Weg hier!«, rief Paulus.

Der Mann auf der Rolltreppe hatte ihn gesehen und drängte sich an einer dicken Frau vorbei, die das mit einer empörten Bemerkung quittierte.

Paulus und Mele stürmten die Rolltreppe hinauf in den zweiten Stock. Gehetzt blickte Paulus sich um. Rechts befanden sich Umkleidekabinen, die mit Vorhängen ausgestattet waren.

Mele wollte darauf zulaufen, doch Paulus hielt sie zurück. Er zog sie hinter einen großen Kleiderständer.

Eine Sekunde später kam der Mann im hellblauen Hemd die Rolltreppe heraufgerannt. Er sah sich kurz um und lief dann geradewegs auf die Umkleidekabinen zu.

Paulus entdeckte einen Notausgang, der in ein Treppenhaus führte. Ein Schild wies darauf hin, dass er alarmgesichert sei und nur im Notfall benutzt werden sollte. Während ihr Verfolger die Umkleidekabinen durchsuchte, lief Paulus zum Ausgang und riss die Tür auf. Ein durchdringender Alarmton ertönte. Anstatt jedoch ins Treppenhaus zu fliehen, verbargen sie sich im Sichtschutz der Rolltreppen.

Wie Paulus gehofft hatte, stürmte ihr Verfolger zum Ausgang. Bevor er ihn jedoch erreichte, wurde er von einem Mann in dunklem Anzug aufgehalten, der einen Ausweis zückte. Offenbar ein Ladendetektiv.

Der Mann griff in den hinteren Hosenbund und hatte plötzlich eine Pistole in der Hand, die er auf den Detektiv richtete. Der Mann wurde kreidebleich, hob die Hände und stolperte rückwärts. Der Unbekannte rannte durch den Notausgang die Treppe hinab.

»Bist du noch dran?«, fragte Paulus in sein Handy.

»Ja. Was ist passiert? Ist Mele okay?«

»Alles in Ordnung. Mann, das war knapp. Der Typ hätte uns beinahe erwischt. Danke für die Warnung! Wo bist du jetzt?«

»Wenn ihr aus dem Laden rauskommt, ist rechts ein Stück die Straße runter ein Coffeeshop. Dort warte ich auf euch. Seid vorsichtig. Sie sind mindestens zu dritt – der Araber, der euch verfolgt hat, der Typ im hellblauen Hemd und einer mit Oberlippenbart in einem dunkelbraunen Anzug ohne Krawatte.«

»Woher weißt du das alles? Wie hast du uns gefunden?«

»Später. Seht erst mal zu, dass ihr die endgültig loswerdet, dann können wir plaudern.«

»Okay. Wir sind in ein paar Minuten da.« Paulus legte auf.

»War das Dirk?«, fragte Mele.

»Ja. Wir treffen uns gleich in einem Coffeeshop hier in der Nähe. Aber erst mal müssen wir diese Typen abschütteln. Wenn der Grauhaarige merkt, dass wir entwischt sind, kommt er vielleicht zurück.«

Mele nickte. »Wir sollten uns was anderes anziehen. Dann erkennen sie uns jedenfalls nicht schon von weitem.«

»Gute Idee.«

Paulus kaufte für sich ein graues Sweatshirt, rote Shorts, Turnschuhe und eine Baseball Cap. Mele erhielt ein geblümtes Sommerkleid, Pumps und ein seidenes Kopftuch. Außerdem kaufte er für sie beide Sonnenbrillen. Als Paulus den Rechnungsbetrag auf dem Beleg seiner Kreditkarte sah, zuckte er zusammen. Er gab nur selten Geld für Kleidung aus, und wenn, dann kaufte er in wesentlich billigeren Läden ein.

Sie zogen sich in einer der Umkleidekabinen um und legten ihre alten Kleider in die Einkaufstaschen. Als sie den Laden verließen, sahen sie aus wie ein Touristenpärchen. Um den Eindruck zu vervollständigen, hakte sich Mele bei Paulus unter. Sie schlenderten die Straße entlang, bis sie den Coffeeshop erblickten, den Dirk beschrieben hatte.

Genau in diesem Moment entdeckte Paulus den Mann im hellblauen Hemd, der suchend die Einkaufsstraße auf und ab blickte.

Paulus verzögerte kaum den Schritt. »Sieh nach vorn«, raunte er Mele zu.

Sie passierten ihren Verfolger in kaum drei Metern Entfernung, doch er erkannte sie nicht.

Kurz darauf betraten sie den Coffeeshop. Dirk saß an einem der Tische. Er blickte flüchtig in ihre Richtung und wandte sich dann wieder seinem Latte Macchiato zu.

»Ist hier noch frei?«, fragte Mele.

Dirk blickte überrascht auf. »Mele? Das ... wow! Nicht schlecht! Ich hab euch gar nicht erkannt!«

Sie setzten sich zu ihm.

»Woher wusstest du, wo wir sind?«, fragte Paulus.

»Nachdem mich diese blöde Trine nicht ins Allerheiligste der Bibliothek gelassen hat, hab ich mich in ein Café gesetzt und überlegt, was ich tun kann.« Er grinste schief. »Ich hatte ein ziemlich schlechtes Gewissen. Tut mir wirklich leid, Paulus, dass ich dein Buch weggenommen habe. Es war eine Art Kurzschlusshandlung.«

Paulus brachte es nicht über sich, »schon gut« zu sagen. Er schwieg einfach und wartete darauf, dass Dirk fortfuhr.

»Mir war klar, dass du irgendwann kapieren würdest, was los war, also hab ich auf euch gewartet«, fuhr Dirk nach einer Pause fort. »Ich dachte, wahrscheinlich habt ihr mehr Glück mit der Handschriftenstelle. Ich hab mich oben in den Lesesaal ans Fenster gesetzt, so dass ich den Eingang im Auge behalten konnte. Dann seid ihr gekommen. Ungefähr eine Viertelstunde später hielt ein Wagen vor dem Eingang. Zwei Typen stiegen aus. Einer ist in die Bibliothek gegangen, der andere ist hinter der Häuserecke verschwunden. Kurz darauf kamen sie beide zurück. Sie haben mit dem Fahrer des Wagens geredet, dann ist der weggefahren. Einer der beiden hat sich gegenüber dem Eingang auf die Lauer gelegt. Der andere, der Typ mit dem hellblauen Hemd, ist Richtung Innenstadt verschwunden.«

»Warum hast du nicht angerufen und uns gewarnt?«, rief Mele.

»Nicht so laut«, mahnte Paulus.

»In der Bibliothek sind die Handys irgendwie blockiert. Jedenfalls hatte ich keinen Empfang. Habt ihr denn nun das Schlüsselbuch gesehen?«

»Ja«, sagte Paulus. »Jetzt gib mir das Manuskript und meine Aufzeichnungen, und wir vergessen die ganze Sache!«

»Ich schlage vor, wir entschlüsseln es gemeinsam«, erwiderte Dirk.

»Ich wüsste nicht, warum.«

»Immerhin hab ich als Erster rausgefunden, wo das Schlüsselbuch ist. Und ohne mich wärt ihr diesen Typen ahnungslos in die Falle gelaufen!«

»Also schön, du hast uns geholfen. Damit sind wir quitt, was die Tatsache angeht, dass du mein Buch geklaut hast.«

»Ich habe es nicht geklaut. Ich habe es nur ausgeliehen.«

»Ach ja? Und warum hast du mich dann nicht gefragt, ob du es mal ›ausleihen‹ darfst?«

»Ich hätte es dir schon zurückgegeben. Ich wollte dir bloß dabei helfen, es zu übersetzen.«

Paulus lachte humorlos. »Helfen! Was Besseres fällt dir nicht ein?«

»Du glaubst doch gar nicht wirklich, dass in dem Buch etwas Bedeutendes steht! Du denkst immer noch, dass es sich dabei bloß um ein historisch interessantes Rätsel handelt und diese Leute, die hinter uns her sind, irgendwelche fehlgeleiteten Spinner sind, stimmt's?«

»Ich habe es wohl nicht nötig, dir zu erklären, was ich warum mit *meinem* Buch mache!«

»Das Buch mag deiner Großmutter gehört haben, aber wenn ich das richtig verstanden habe, dann hat sie es von ihrem Vater mit dem klaren Auftrag übergeben bekommen, das Geheimnis darin zu schützen. Sie hat es an diesen Juden weitergegeben, der es mit nach Amerika genommen hat. Sein Sohn hat es dir zurückgegeben. Verstehst du denn nicht? Das Buch ist kein historisch interessantes Erbstück, es ist eine Aufgabe! Und du nimmst das trotz aller offensichtlichen Anzeichen immer noch auf die leichte Schulter! Deshalb habe ich das Buch genommen. Ich hatte das Gefühl, dass du deine Verantwortung nicht ernst nimmst – und dass dieses Buch möglicherweise uns alle angeht, dass vielleicht unsere Zukunft davon abhängt!«

»Jetzt fang bloß nicht wieder mit diesem Schwachsinn von der Prophezeiung an!«, rief Paulus genervt. Doch gleichzeitig fühlte er sich schuldig. Dirk hatte recht: Seine Großmutter hatte das Buch für eine wichtige Aufgabe gehalten, für die sie viel riskiert hatte, und auch Lieberman hatte von einer Pflicht gesprochen.

»Hört auf, euch zu streiten!«, warf Mele ein. »Ohne Dirk wären wir jetzt vielleicht tot. Ob er richtig gehandelt hat oder nicht – auf jeden Fall zeigt das, dass wir zu dritt bessere Chancen haben, dem Geheimnis auf den Grund zu gehen und diese Mistkerle zu entlarven. Wir wissen immer noch nicht, was dieses Buch wirklich bedeutet. Aber wir können gemeinsam daran arbeiten, es zu entschlüsseln!«

Paulus schluckte seinen Ärger herunter. »Na gut. Und was machen wir jetzt?«

»Wir könnten uns hier in Heidelberg ein Zimmer nehmen«, schlug Mele vor. »In irgendeinem Touristenhotel, da fallen wir nicht weiter auf. Wir verschwinden eine Weile von der Bildfläche, bis wir das Buch entschlüsselt haben.«

»Erst mal rufe ich die Polizei in Hamburg an«, sagte Paulus.

»Vergiss es«, meinte Mele. »Selbst wenn die dir glauben, die machen garantiert nichts.«

»Diesmal gibt es immerhin einen weiteren Zeugen: den Kaufhausdetektiv.«

»Und wenn schon. Was sollen sie denn tun? Glaubst du wirklich, die lassen alles stehen und liegen und jagen irgendwelchen Unbekannten nach, bloß weil einer von denen eine Pistole gezogen hat?«

Paulus seufzte. Wahrscheinlich hatte sie recht. Wenn es ihnen gelang, den Rest des Manuskripts zu entschlüsseln, fanden sie vielleicht weitere Hinweise darauf, wer die Unbekannten sein könnten. Dann konnte er immer noch zur Polizei gehen.

Eine Stunde später saßen sie zu dritt in einem der Einzelzimmer, die Paulus in einem etwas heruntergekommenen Touristenhotel unweit der Innenstadt gebucht hatte.

Der Schreibtisch war winzig, und so benutzten sie einen Teil des Bettes als Ablage für die Unterlagen. Paulus begann, zunächst den Code mit Hilfe der 55. These aus dem Syllabus Errorum in einen Zwischencode zu übersetzen und dann den lateinischen Text in dem Holzschnitt als zweiten Schlüssel zu verwenden. Doch dabei kam nur ein unverständlicher Buchstabensalat heraus.

Der Text bestand aus zwei Kästen. Vielleicht war nur der zweite Text relevant, der unmittelbar neben dem Wesen stand? Doch auch dieser Versuch brachte kein sinnvolles Ergebnis.

Mit zunehmender Frustration versuchte Paulus es mit dem frühneuhochdeutschen Text, der auf der linken Seite gegenüber der Illustration mit dem siebenköpfigen Tier zu lesen war – wieder ohne lesbares Resultat.

Inzwischen hatte er fast zwei Stunden mit dem Code gerungen, während Mele und Dirk stumm neben ihm gesessen hatten. »Ich geb's auf«, sagte Paulus genervt. »Entweder haben wir das falsche Schlüsseldokument, oder ich verstehe hier irgendwas nicht richtig. Vielleicht gehe ich auch falsch vor.«

»Lass uns noch mal die Hinweise genau lesen«, schlug Dirk vor. Er holte die entsprechende Seite aus Paulus' Aufzeichnungen hervor. Paulus entging nicht, dass der Student genau wusste, welche Seite er heraussuchen musste – offenbar hatte er die Notizen sehr gründlich studiert.

»Hier steht: *Jene Worte des Engels, die er damals zu mir sprach, verberge ich nun hinter dem Buche, das so geschmückt, eben wie ich seine ersten Worte verbarg hinter der Offenbarung des Johannes. Und die so verborgenen Worte verbarg ich ein zweites Mal, wie der Engel es mir befohlen hat. Ich verbarg sie hinter dem fünfundfünfzigsten der Irrtümer, welche der fromme Papst verdammen wird.*«

»Aber genau das habe ich doch gemacht. ›Eben wie ich seine ersten Worte verbarg hinter der Offenbarung des Johannes‹, das bedeutet doch wohl, dass dieselbe Verschlüsselungsmethode anzuwenden ist. Und das ›Buch, das so geschmückt‹ muss sich auf das Schlüsselbuch beziehen.«

»Vielleicht gibt es noch ein anderes Buch, das auch so eine Zeichnung enthält«, sagte Mele.

»Das ist schon möglich«, sagte Paulus. »Aber ich habe keine Ahnung, wie wir es finden könnten.«

»Ich bin sicher, wir haben das richtige Schlüsselbuch«, widersprach Dirk. »Erstens ist dieser Araber mit seinen Kumpanen hier aufgetaucht, das deutet doch darauf hin, dass wir auf der richtigen Spur sind, oder? Und zweitens sind die Zeichnungen einfach zu ähnlich.« Er stand auf und hielt die Illustration im Manuskript neben die digitalisierte Abbildung der Seite aus der Armenbibel, die auf dem Monitor seines Laptops zu sehen war. »Guckt doch mal, das ist fast wie durchgepaust. Sogar die Anzahl und Position der Flecken auf dem Fell des Tieres stimmt überein. Das kann kein Zufall sein!«

»Schon, aber es handelt sich hier um einen Holzschnitt. Der ist sicher mehrmals abgedruckt worden. Der handschriftliche deutsche Text daneben könnte von Exemplar zu Exemplar variieren.«

»Vielleicht, aber das hätte Hermo von Lomersheim doch gewusst. Er hätte die unveränderliche lateinische Schrift als Schlüssel genommen, die Teil des Holzschnitts ist.«

»Hermo von Lomersheim hat wahrscheinlich nie existiert. Der Autor des Manuskripts muss ein konkretes Exemplar der Armenbibel besessen oder gesehen haben.«

»Das spricht erst recht dafür, dass wir das richtige Schlüsselbuch haben. So viele Exemplare dieser Armenbibel dürften kaum überdauert haben.«

»Nicht bis heute, aber vielleicht bis ins 19. Jahrhundert. Im Zweiten Weltkrieg sind auch viele Handschriften den Brandbomben zum Opfer gefallen.«

Dirk schüttelte den Kopf. »Trotzdem, ich glaube einfach nicht, dass es am Schlüsseldokument liegt. Irgendwie gehen wir die Sache falsch an.«

»Und wie sollen wir es deiner Meinung nach anders machen?«

Dirk zuckte nur mit den Schultern.

Sie schwiegen eine Weile ratlos.

»Seht doch mal, dieses Tier taucht doch auf mehreren Seiten in dem Buch auf«, sagte Mele plötzlich. »Vielleicht ist gar nicht der Text auf dieser einen Seite gemeint.«

Sie hatte recht. Das Tier war tatsächlich auch in anderen Holzschnitten abgebildet. Allerdings stimmte die Darstellung bei weitem nicht so gut mit der Zeichnung im Manuskript überein wie auf der Seite, deren Text Paulus bisher als Schlüssel benutzt hatte.

»Mele hat recht«, sagte Dirk. »Es heißt ja schließlich ›Das Buch, das so geschmückt‹ und nicht ›Die Seite, die so geschmückt‹. Vielleicht müssen wir am Anfang anfangen.«

»Okay, probieren wir's«, sagte Paulus ohne große Hoffnung und holte die Abbildung des ersten Holzschnitts auf den Monitor. Wie er befürchtet hatte, ergab auch dieser Versuch nur Unsinn.

»Verdammt«, sagte er und starrte auf die sinnlose Reihe von Buchstaben.

»Welchen Text hast du denn als Schlüssel genommen?«, fragte Dirk.

»Na, den auf der ersten Seite, wie du gesagt hast«, antwortete Paulus. Er zeigte ihm die digitale Abbildung, die eine der berühmtesten Szenen aus der Bibel zeigte: die Geburt Jesu Christi im Stall zu Bethlehem.

»Was hat denn die Weihnachtsgeschichte mit einem siebenköpfigen Tier zu tun?«, fragte Mele.

»Das ist natürlich ein anderer Teil der Bibel als der mit der Apokalypse«, erklärte Dirk.

»Ich Idiot!«, entfuhr es Paulus.

Die beiden sahen ihn verblüfft an.

»Was ist denn?«, fragte Mele.

»Ich habe den falschen Anfang genommen.«

»Den falschen Anfang? Was meinst du damit? Ein Buch hat doch immer nur einen Anfang, oder?«

»Ja, ein Buch schon. Aber dieser Codex ist aus mehreren Büchern zusammengesetzt. Man nennt sie Faszikel. Das Buch besteht aus drei Teilen, die wahrscheinlich zu unterschiedlichen Zeiten entstanden sind und erst später zu einem Band zusammengefügt wurden. Ich habe einfach nicht daran gedacht. Das Buch, von dem im Manuskript die Rede ist, ist nur ein Teil des Codex, den wir gesehen haben. Und zwar der Teil, der mit dem siebenköpfigen Tier geschmückt ist: die Apokalypse.«

»Schon wieder diese Geschichte vom Ende der Welt«, murmelte Mele. »Das ist mir irgendwie unheimlich.«

»Natürlich ist es unheimlich«, sagte Paulus. »Das ist ja auch die Absicht des Autors.«

Er blätterte in den digitalisierten Seiten des Schlüsselbuchs, bis er den ersten Holzschnitt des zweiten Faszikels sah. Er zeigte Johannes den Täufer in mehreren Szenen. »Dann lasst es uns mal hiermit versuchen: Conusi ab ydolis p predicacione bti johanis drusiana …«

»Was soll denn dieses P da bedeuten?«, fragte Mele. »Und bti, ist das wirklich Latein?«

»Das sind Abkürzungen. P steht für ›per‹, das bedeutet ›für‹, bti vermutlich für ›beati‹ – ›der Glückliche‹. Es war damals durchaus üblich, Wörter in Handschriften abzukürzen, das sparte Zeit und Kosten. Ich denke, wir sollten die Buchstaben so übernehmen, wie sie dort stehen.«

»Okay, versuchen wir es«, sagte Dirk.

Eine Viertelstunde später wussten sie, dass sie auf der richtigen Spur waren. Endlich ergaben die Glyphen aus dem dritten Teil des Manuskripts einen Sinn.

20.

Clover Hill, Maryland, Dienstag 20:50 Uhr

Eddie saß in einem Dienstwagen des FBI neben dem Fahrer, einem Agenten der lokalen Zweigstelle des Büros. Sie standen mit ausgeschalteten Scheinwerfern in einer Seitenstraße der Kleinstadt Clover Hill, in deren Randbezirk sich das Militärgelände von Fort Fredrick befand, und beobachteten den Eingang eines kleinen Restaurants. Gleich daneben befand sich das Internetcafé, von dem aus die E-Mail, die die NSA abgefangen hatte, am Sonntag verschickt worden war.

Eddie hatte nur zufällig von der Mail erfahren. Sie war auf dem Schreibtisch eines anderen Analysten des OIA gelandet, der nichts von Eddies Auftrag gewusst und daher nichts weiter unternommen hatte. Erst als Eddie heute beim Mittagessen in der Kantine zufällig von seinem Besuch in der Hexenküche erzählt hatte, hatte er sich gemeldet und die Mail weitergeleitet. Wieder mal eines dieser Kommunikationsprobleme, für die die Heimatschutzbehörde berüchtigt war.

Eddie war sofort klar gewesen, was der Begriff »Atem Allahs« bedeuten musste. Besser konnte man ein tödliches Virus, das nach Meinung islamistischer Terroristen die Ungläubigen umbringen sollte, kaum umschreiben. Vermutlich glaubten diese Schwachköpfe, dass Allah sie beschützen und das Virus strenggläubige Moslems verschonen würde. Wenn sie ihren Irrtum bemerkten, würde es zu spät sein.

Die Mail war am Tag nach der Entdeckung der Inventurdifferenz abgeschickt worden, vier Tage vor Eddies

Besuch in Fort Fredrick. Es war also gut möglich, dass die »vereinbarte Übergabe« schon längst stattgefunden hatte.

Trotzdem hatte Eddie beschlossen, sich jetzt persönlich um die Überwachung zu kümmern, die das FBI im Auftrag der Heimatschutzbehörde durchführte. Sein Hauptverdächtiger war Crowe selbst – derjenige, der laut eigener Aussage das Verschwinden der zwei Proben bemerkt hatte. Er hatte die Mittel und die Gelegenheit gehabt; was allerdings fehlte, war das Motiv.

Bisher hatten die Überwachungen keine verdächtigen Telefonate, Mails oder Treffen ergeben – weder bei ihm noch bei den sieben anderen Wissenschaftlern, die regelmäßig im Labor arbeiteten und von denen außer Crowe drei zum fraglichen Zeitpunkt dort gewesen waren. Sie verhielten sich so, wie man es von ihnen erwarten würde. Sie arbeiteten oft zwölf Stunden am Tag, so dass ihnen kaum Freizeit blieb. Die verbrachten sie im Fitnessstudio auf dem Militärgelände, beim Joggen oder vor dem Fernseher in ihren kleinen Häusern. Die meisten waren unverheiratet, nur Crowe und ein weiterer Mitarbeiter besaßen Familien. Crowe hatte eine Frau, die zehn Jahre jünger war als er, und zwei Töchter im Alter von fünf und acht Jahren.

Durch das Mikrofon, das das FBI in seinem Wohnzimmer installiert hatte, wusste Eddie, dass Crowes Frau heute bei ihrer wöchentlichen Chorprobe war. Crowe hatte ihr versichert, dass er den Abend über zu Hause bleiben und auf die Kinder aufpassen würde.

Was also machte er hier in dem Restaurant?

Eine junge Frau näherte sich dem Eingang. Sie war höchstens Ende zwanzig, mit langem, dunklem Haar und olivbrauner Haut. Sehr hübsch, soweit Eddie auf die Entfernung erkennen konnte. Sie betrat das Restaurant.

Durch das große Fenster mit dem Aufdruck »Charlies Diner« konnte Eddie erkennen, dass sie zielstrebig auf den Tisch zuging, an dem Crowe saß. Er stand auf, sie küssten sich.

Eddie machte Fotos mit einer Digitalkamera, die an seinen Laptop angeschlossen war. Die Fotos erschienen direkt auf dem Bildschirm. Er wählte eines aus, auf dem ihr Gesicht im Halbprofil zu sehen war, markierte die Konturen mit der Maus und klickte auf »identifizieren«. Ein Fortschrittsbalken füllte sich langsam, dann erschien ein Foto der Frau, das auf einer Party aufgenommen worden sein musste. Wahrscheinlich ein Profilbild in einem sozialen Netzwerk.

»Das ist sie«, sagte Eddie und bestätigte das Bild. Ein Profil erschien. Sie hieß Amina Alizadeh und stammte aus Aserbaidschan, einem Nachbarland des Iran. Sie studierte angeblich Medizin in Baltimore. Im Rahmen eines akademischen Austauschprogramms hatte sie ein Stipendium bekommen und war vor etwas mehr als einem Jahr in die USA gekommen.

Volltreffer.

»Haben Sie ein Richtmikrofon?«, fragte Eddie.

Der FBI-Mann nickte. »Auf die Distanz werden wir kaum etwas verstehen. Aber ich kann es versuchen.« Er holte ein längliches Gerät hervor, das wie eine seltsame Pistole aussah, die durch ein Kabel mit einer Lautsprecherbox verbunden war. Er öffnete das Fenster einen Spalt weit, richtete das Mikrofon auf das Restaurant und schaltete es ein.

Ein Stimmenwirrwarr erklang. Sie hörten die Gespräche im Restaurant alle gleichzeitig, ohne die Möglichkeit, sich räumlich zu orientieren.

Eddie versuchte, in dem Chaos aus Wörtern Crowes

Stimme auszumachen. Er glaubte, einzelne Satzfetzen identifizieren zu können: »… nicht mehr … hat schon einen Verdacht … habe das Gefühl … beobachtet … gefährden …«

Nach ein paar Minuten verließ die junge Frau das Restaurant wieder und ging mit eiligen Schritten die Straße hinunter.

»Schnappen wir sie uns!«, sagte Eddie.

Sie stiegen aus und folgten der Frau mit raschen Schritten. Sie ging zu einem japanischen Kleinwagen, den sie unweit des Restaurants geparkt hatte. Als sie gerade einsteigen wollte, zückte Eddies Begleiter seine Dienstmarke. »FBI. Stellen Sie sich an das Auto, beide Hände aufs Dach.«

»Was? Was soll das?« Auf dem Gesicht der jungen Frau schien sich echte Überraschung zu spiegeln, aber Eddie hatte gelernt, dem Anschein zu misstrauen.

»Tun Sie, was ich sage.«

»Geben Sie mir Ihre Handtasche«, sagte Eddie.

»Was? Sie spinnen wohl! Glauben Sie, ich falle auf die Polizeimasche rein?« Sie sah sich gehetzt um. »Hilfe!«, rief sie. »Hilfe, ich werde überfallen!« Ihr Englisch hatte einen leichten rauen Akzent, war aber erstaunlich flüssig.

»Sie sind vorläufig festgenommen«, sagte der FBI-Mann. Er packte sie routiniert, zerrte ihre Arme auf den Rücken und legte ihr Handschellen an. Während er sie nach Waffen durchsuchte, sagte er: »Ihnen wird vorgeworfen, Mitglied einer terroristischen Vereinigung zu sein und Anschläge auf die Sicherheit der Vereinigten Staaten und ihrer Verbündeten vorzubereiten. Alles, was Sie ab jetzt sagen, kann vor Gericht gegen Sie verwendet werden.«

»Was soll ich sein? Eine Terroristin? Sind Sie nicht ganz dicht?«

Eddie nahm ihr die Handtasche ab und durchwühlte sie. Neben den üblichen Schminkutensilien fand er eine halb volle Flasche Parfüm einer teuren Marke. »Ich nehme an, das haben Sie von Dr. Crowe bekommen?«

»Ja und? Er hat mir Parfüm geschenkt, ist das etwa verboten?«

Eddie zog einen Plastikbeutel aus seiner Jackentasche, legte die Flasche hinein und verschloss ihn luftdicht. Er konnte nur hoffen, dass das Zeug da drin tatsächlich so harmlos war, wie Crowe gesagt hatte.

Sie zerrten die Frau zum Dienstwagen des FBI. Eddie warf einen kurzen Blick in das Restaurant. Der Tisch, an dem Crowe gesessen hatte, war leer. Doch wenn er sich aus dem Staub zu machen versuchte, würde er nicht weit kommen, dafür hatte Eddie gesorgt.

21.

Heidelberg, Mittwoch 01:27 Uhr

Paulus gähnte. Er sah auf die Uhr: halb zwei. »Ich glaube, ich könnte mal eine Pause vertragen.«

Dirk nickte. »Okay, von mir aus können wir morgen weitermachen.«

»Wollen wir uns um neun Uhr zum Frühstück treffen?«, schlug Paulus vor.

Mele und Dirk stimmten zu.

»Dann gute Nacht«, sagte er, als die beiden sich erhoben. »Und danke für eure Hilfe!«

Dirk warf ihm einen missmutigen Blick zu. »Das hier ist unser gemeinsames Projekt!«

»Ja, schon gut. Ich wollte eigentlich sagen, danke, dass ihr mitmacht!«

Nachdem die beiden gegangen waren, setzte sich Paulus wieder an den Schreibtisch und las noch einmal den Text, den sie am Abend übersetzt hatten. Bisher hatten sich keine großen Überraschungen ergeben. Wie erwartet schilderte das Manuskript bedeutende Ereignisse der Geschichte recht exakt in chronologischer Reihenfolge.

Der erste Absatz des dritten Teils bezog sich offensichtlich auf den Dreißigjährigen Krieg:

Ein großes Morden und Schlachten wird kommen, und dreißig Jahre lang werden die Äcker getränkt mit dem Blut der Sünder und der Aufrechten. Jene, die dem Papst treu sind, werden die bekämpfen, die sich auf das göttliche Gewissen berufen. Mit donnernden Rohren werden sie zu Felde ziehen, und kein Land wird verschont bleiben. Wenn aber der große Krieg beendet wird, so wird die Kirche gespalten sein und nie wieder vereinigt.

Hinter diesem Absatz war wieder eine Planetenkonstellation aufgezeichnet, die exakt der Konstellation bei Beendigung des Krieges mit dem Westfälischen Frieden am 24. Oktober 1648 entsprach.

Der nächste Abschnitt bezog sich auf ein Naturereignis:

Die Erde wird erbeben, und Feuer und Rauch und Schwefel werden aus dem Schlund emporgestoßen. Die Wolken werden das Antlitz der Sonne verhüllen, und das Jahr wird keinen Sommer kennen.

Auch hier war eine Planetenkonstellation angegeben. Sie entsprach dem Stand der Planeten am 10. April 1815, als der Vulkan Tambora in Indonesien ausgebrochen war – die schwerste Vulkaneruption in den letzten zwanzigtausend Jahren. Der Vulkan hatte 150 Kubikkilometer Asche und 130 Millionen Tonnen Schwefelverbindungen in die Atmosphäre geschleudert. Diese hatten den Himmel verdunkelt und im darauffolgenden Jahr in Europa und Nordamerika einen extrem kalten Sommer mit Schnee im Juli und schweren Ernteausfällen verursacht – das berühmte »Jahr ohne Sommer«.

Zur Überprüfung der Planetenkonstellation hatte Paulus den entsprechenden Wikipedia-Artikel noch einmal gelesen. Dabei war ihm eine Ungereimtheit aufgefallen: Dem Onlinelexikon zufolge war die Verbindung zwischen dem Jahr ohne Sommer und dem Vulkanausbruch ein Jahr zuvor erst im Jahr 1920 durch den Physiker William Jackson Humphreys hergestellt worden. Demnach hätte ein Autor des 19. Jahrhunderts diese beiden Ereignisse nicht in einen Zusammenhang stellen können.

Doch Paulus maß diesem Widerspruch keine allzu große Bedeutung bei. Erstens war Wikipedia ein von anonymen Laien erstelltes Lexikon, das trotz insgesamt hoher Qualität der Beiträge als wissenschaftliche Quelle ungeeignet war. Zweitens hatten die meisten wissenschaftlichen Entdeckungen eine lange Vorgeschichte. Es war also durchaus möglich, dass die Theorie über den Zusammenhang zwischen Vulkanausbruch und Wetteranomalie schon lange diskutiert worden war, bevor sie Humphreys 1920 veröffentlicht hatte.

Der folgende Abschnitt bezog sich auf die Industrialisierung und die politischen und religiösen Umbrüche des 19. Jahrhunderts:

Doch die Menschen wähnen sich erhaben über die Natur und verstehen nicht die Mahnung, noch verharren sie in Demut. Sie werden Wagen bauen, welche mit dem Feuer der Hölle angetrieben ohne Pferde sich bewegen, und gewaltige Maschinen werden das Land erzittern lassen. Die Kräfte, die jene nach uns entfesseln, werden gewaltig sein und noch gewaltiger eines ums andere Jahr, und sie werden sich Göttern gleich gebärden. Die Kirche aber wird getrennt werden von der weltlichen Macht, und kein Herrscher wird sich Gottes Wort mehr unterordnen. So streben die Menschen ihrem Niedergang zu.

Dieses war die fünfte Offenbarung, und wieder befiel mich die bange Sorge um jene, die in solch schrecklichen Tagen ihr Dasein fristen müssen. Doch kannte ich noch nicht die nächsten Offenbarungen, und die Frevel gegen Gott, die der Engel mir nannte, waren noch schlimmer.

Nachdenklich betrachtete Paulus das Manuskript. Sie hatten erst etwas mehr als die Hälfte des Textes übersetzt, doch die Prophezeiungen waren bereits in der Epoche angekommen, in der er die Entstehung des Textes vermutete. Dass weitere Prophezeiungen folgten, darauf deuteten die astrologischen Symbole hin, die auch auf den folgenden Seiten hin und wieder auftauchten. Bald also mussten die Vorhersagen in der Zukunft des Autors angesiedelt sein. Dann würde sich zeigen, dass es sich um ein Werk der Fantasie handelte. Aber würden sie auch Hinweise darauf finden, wer es geschrieben hatte und warum es ihre Verfolger so dringend haben wollten?

Paulus war müde, er fühlte sich aber viel zu aufgekratzt, um schlafen zu gehen. Dennoch widerstand er der Versuchung, sich allein an die weitere Entschlüsselung zu machen. Sie hatten sich zuletzt die Arbeit recht effektiv aufgeteilt, indem Paulus den Text mit Hilfe des Syllabus Errorum in den Zwischencode übersetzt und Mele und Dirk dann den zweiten Entzifferungsschritt vorgenommen hatten. Ohne die Hilfe der beiden würde es deutlich langsamer vorangehen.

Er stand auf und streckte sich, als es an der Tür klopfte. Überrascht öffnete er.

Es war Mele. Sie hatte gerötete Augen. War es die Müdigkeit, oder hatte sie geweint?

»Ich kann nicht schlafen«, sagte sie. »Darf ich reinkommen?«

»Ja, okay. Ich bin auch irgendwie ziemlich aufgekratzt.«

Ohne zu fragen, ging Mele an die Minibar und holte einen Wodka heraus. Sie trank einen Schluck aus der winzigen Flasche und hielt sie Paulus hin. »Hier, ist gut für die Nerven.«

»Nein danke!« Paulus machte sich nicht allzu viel aus

Alkohol. Der Rotwein gestern Abend in der Pizzeria hatte ihm fürs Erste gereicht.

Mele zuckte mit den Schultern und trank den Rest des Wodkas aus. Sie räumte die Unterlagen beiseite und streckte sich auf dem Bett aus. Sie sagte nichts, starrte nur an die Zimmerdecke, als könne sie dort eine Erklärung für all die merkwürdigen Ereignisse der letzten Tage finden.

Paulus wusste nicht so recht, wie er sich verhalten sollte. Meles Anwesenheit machte ihn nervös. Er wäre gern ins Bett gegangen, um seine Kräfte zu schonen, doch seine Müdigkeit war einer inneren Anspannung gewichen.

Er strich mit der Hand über das Manuskript. Es war wie eine Granate in sein beschauliches Dasein eingeschlagen. Verfolgt von skrupellosen bewaffneten Männern, saß er nun hier in diesem Hotelzimmer, während es sich eine hübsche Studentin auf seinem Bett gemütlich machte. Seltsamerweise fühlte er sich lebendig wie schon lange nicht mehr. Ihm wurde auf einmal bewusst, wie langweilig sein Leben bisher gewesen war.

Ihm fiel ein, dass Lieberman immer noch nicht zurückgerufen hatte. Jetzt war es in den Staaten Nachmittag oder früher Abend.

Er wählte die Nummer des Amerikaners, erreichte jedoch wieder nur den Anrufbeantworter. Er sprach erneut eine kurze Nachricht auf und bat Lieberman, zurückzurufen, auch wenn es in Europa Nacht sein sollte.

Als er auflegte, merkte er, dass Mele ihn ansah. Ihre Augen glänzten. »Komm bitte her«, sagte sie.

Zögernd setzte er sich neben sie auf das Bett.

Mele griff nach seinem Arm. Er leistete halbherzigen Widerstand, ließ es dann aber doch zu, dass sie ihre Arme um seinen Nacken legte und ihn zu sich herabzog. »Halt mich bitte fest«, flüsterte sie. Ihre hellen, großen Augen füllten sich mit Tränen.

Er legte seine Arme um sie, und sie presste sich an ihn. Ein Zittern durchlief ihren Körper, und er spürte, wie ihre Tränen sein neues Sweatshirt durchtränkten. Er küsste sie sanft auf die Stirn. »Schon gut«, raunte er. »Mach dir keine Sorgen. Diese Mistkerle finden uns nicht.«

Mele antwortete nicht. Sie schmiegte sich noch enger an ihn. Das Zittern ließ nach. Er strich sanft durch ihr kurzes Haar, halb, um sie zu beruhigen, halb aus Zärtlichkeit. Er wusste selbst nicht so genau, was er für Mele empfand, aber um keinen Preis der Welt wollte er sie jetzt loslassen.

So lagen sie lange, ohne sich zu bewegen. Paulus' Arm begann zu schmerzen, doch er wagte es nicht, ihn in eine andere Lage zu bringen, aus Angst, Mele zu verschrecken.

Irgendwann merkte er, dass sich ihre Brust regelmäßig hob und senkte. Sie war eingeschlafen.

Vorsichtig löste er sich von ihr, löschte das Licht und legte sich neben sie. Es dauerte lange, bis auch ihn der Schlaf übermannte.

Mitten in der Nacht wachte er auf. Er hatte düstere Träume gehabt von dunklen Wolken, die sich über die Welt legten, während es immer kälter wurde und schwarzes Eis langsam über Straßen und Häuser kroch wie ein alles verzehrender Schatten.

Er tastete neben sich, doch Mele war verschwunden. Halb erleichtert, halb enttäuscht zog er sich aus und kuschelte sich unter die Bettdecke.

22.

Heidelberg, Mittwoch 04:40 Uhr

Dirk lag auf dem Rücken und starrte in die Dunkelheit. Bilder eines seltsamen Traums zogen durch sein noch im Halbschlaf befindliches Gehirn.

Im Traum war er durch Köln gewandert. Es war heller Tag, doch weder Menschen noch Autos waren auf den Straßen zu sehen, nicht einmal Vögel flatterten am Himmel. Er wusste, dass Menschen da waren – er konnte ihre Blicke hinter zugezogenen Vorhängen spüren –, doch niemand zeigte sich. Sie mieden ihn.

»Mele?«, rief er, zuerst leise, fast flüsternd, dann immer lauter. »Mele?« Sein Schrei hallte von den Betonfassaden zurück.

Plötzlich hörte er ein leises Kichern hinter sich. Er fuhr herum. Dort stand eine junge Frau, die er nur allzu gut kannte. Sie ähnelte Mele – dieselben Rehaugen, dieselbe etwas zu markante Nase, dieselbe schlanke Figur –, und doch war sie es nicht. Ihre Haut war unnatürlich hell, ihr Haar kupferfarben, die Augen waren smaragdgrün. Er war ihr noch nie begegnet, doch er wusste, wer sie war: Alba Frey, die Hauptperson in dem Roman, an dem er seit Jahren schrieb, Arbeitstitel *Happy End*. Sie war eine geistesgestörte Mörderin, die versuchte, Menschen im glücklichsten Augenblick ihres Lebens umzubringen, weil sie glaubte, damit diesen Moment ihres Glücks für die Ewigkeit zu bewahren.

Dirk empfand keine Angst. Er wusste in diesem Moment, dass er träumte. Außerdem hätte er von ihr nichts zu befürchten gehabt – er war vom glücklichsten Moment seines Lebens so weit entfernt wie Köln-Nippes von Sydney.

»Ich träume«, sagte Dirk.

»Tun wir das nicht alle?«, antwortete sie.

»Was willst du?«

»Ich will dich warnen.«

»Wovor?«

»Das Buch. Es ist gefährlich.«

»Erzähl mir was Neues.«

»Mele«, sagte Alba Frey mit einem traurigen Lächeln.

Dann wachte Dirk auf.

Er wälzte sich nervös hin und her, unfähig, wieder einzuschlafen. Was hatte der Traum zu bedeuten? Was wollte ihm sein Unterbewusstsein mitteilen?

Er hörte nebenan Türklappern. Er sprang auf und sah durch den Spion. Wie eine Diebin schlich Mele aus Paulus' Zimmer über den Flur. Ihr Haar war zerzaust, das Kleid, das Paulus ihr heute gekauft hatte, zerknittert.

Sie hatte es also getan. Nachdem sie die Arbeit am Manuskript beendet hatten, war sie noch einmal zu Paulus zurückgeschlichen. Sie hatte mit ihm geschlafen. Sie mussten sich Mühe gegeben haben, leise zu sein, damit er nichts mitbekam.

Ungebeten drängten sich Bilder in seinen Kopf: Mele und Paulus nackt, innig einander umschlungen, ihre Münder gierig aufeinandergepresst, seine Hand …

Dirk versuchte, die Gedanken zu verdrängen. Was hatte er erwartet? Sie war Mele und Paulus bloß ein Mann.

Trotzdem tat es weh. Es war nicht nur die Tatsache, dass sie mit Paulus ins Bett gegangen war. Es war vor allem diese Heimlichtuerei. Er hatte den beiden das Leben gerettet, doch er war nicht Teil des Teams. Er würde es nie sein.

Das Buch, es ist gefährlich. Mele. Die Wörter aus seinem Traum schrillten wie eine Alarmanlage in seinem Kopf. Er presste die Hände an die Ohren, als könne er seine innere Stimme dadurch dämpfen.

23.

Heidelberg, Mittwoch 09:06 Uhr

»Guten Morgen«, sagte Paulus, als er Dirk um kurz nach neun im Frühstücksraum antraf.

Der Student blickte kurz von seinem Müsli auf. Er hatte Ränder unter den Augen. »Morgen«, murmelte er mit vollem Mund.

Paulus legte seine Schlüsselkarte auf den Tisch und holte sich eine Schale frischen Obstsalat mit Joghurt vom Buffet. Er schenkte sich einen Kaffee ein, der erfreulicherweise recht stark war. »Gut geschlafen?«, fragte er.

»Geht so«, meinte Dirk.

»Ich hab auch noch lange wach gelegen«, sagte Paulus. »Dieses verdammte Manuskript macht mich noch ganz kirre!«

»Ja.«

Sie aßen schweigend.

»Hast du Mele schon gesehen?«, fragte Paulus nach einer Weile.

»Nein.«

Paulus zuckte mit den Schultern und holte sich eine Portion Rührei mit Speck. Als er an den Tisch zurückkehrte, kam Mele in den Frühstücksraum. Im Unterschied zu ihrem Mitbewohner wirkte sie gut gelaunt. »Morgen, Jungs!«

»Guten Morgen«, sagte Paulus.

Dirk grunzte etwas.

Mele lud sich einen großen Teller mit zwei Brötchen, Rührei, Käse, Salami, Nutella und Marmelade voll und machte sich mit großem Appetit darüber her.

Dirk starrte angewidert auf ihren Teller. »Ich gehe schon mal rauf«, sagte er und stand auf.

Mele sah ihm überrascht nach. »Was hat er denn?«

»Schlecht geschlafen«, sagte Paulus.

Sie lächelte ihn an. »Und du?«

Er lächelte zurück. »Eigentlich ganz gut. Zu Anfang jedenfalls.«

Ihr Lächeln wurde breiter, doch sie sagte nichts mehr.

Als sie ihr Frühstück beendet hatten, gingen sie gemeinsam nach oben. »Wir treffen uns in zehn Minuten bei mir«, sagte er.

»Okay.« Mele verschwand in ihrem Zimmer.

Als Paulus die Schlüsselkarte durch den Schlitz an seiner Zimmertür zog, leuchtete statt des erwarteten grünen Lämpchens ein rotes auf.

Er blickte auf die Zimmernummer. Das war eindeutig sein Zimmer. Er versuchte es erneut, wieder ohne Erfolg. Merkwürdig.

Er fuhr mit dem Lift herunter zur Rezeption und berichtete von dem Problem.

»Einen Moment«, sagte die junge Empfangsdame und zog die Karte durch ein Lesegerät. »Wie war ihre Zimmernummer?«

»413.«

»Diese Karte ist auf Zimmer 415 programmiert. Kann es sein, dass Sie Ihre Karte mit der eines anderen Gasts vertauscht haben?«

Paulus stutzte. Mele konnte es nicht sein, denn die war in ihrem Zimmer verschwunden. Also Dirk. Vielleicht hatte er versehentlich die falsche Karte genommen. Doch warum war er dann nicht zum Frühstücksraum zurückgekehrt, nachdem er seinen Irrtum bemerkt hatte?

Oder war es gar kein Irrtum gewesen?

»Können Sie mir bitte eine neue Karte für 413 geben?«

»Wie ist ihr Name?«

»Paulus Brenner. Ich habe drei Zimmer gebucht, eines für mich und zwei für meine beiden Begleiter. Möglicherweise hat einer von ihnen versehentlich meine Karte genommen.«

»Können Sie dann nicht die Karte wieder mit ihm tauschen?«

»Er ist in einem Termin«, log Paulus.

»Haben Sie vielleicht einen Personalausweis bei sich? Nur zur Sicherheit, Sie verstehen.«

Er zeigte ihr seinen Ausweis.

»Okay, Herr Brenner, ich mache Ihnen eine neue Karte. Einen Moment.«

Er hastete mit der neuen Karte zu seinem Zimmer. Als er sie durch den Schlitz zog, ließ sich die Tür sofort öffnen.

Wie er befürchtet hatte, waren Dirks Laptop, alle Aufzeichnungen und das Manuskript verschwunden. Stattdessen lag dort ein Zettel mit einigen Zeilen in Dirks enger Handschrift:

Paulus,
ich werde versuchen, das Manuskript auf eigene Faust zu entschlüsseln. Ich weiß ja jetzt, wie es geht. Sobald ich fertig bin, veröffentliche ich die Ergebnisse im Internet und bringe Dir das Buch zurück.

Mir ist klar geworden, dass dies die einzige Möglichkeit ist. Das Buch ist viel zu wichtig. Die Gefahr, dass unsere Verfolger Euch aufspüren und es in ihre Hände fällt, ist zu groß. Sie wissen, wer Du bist und haben sicher Fotos von Mele, aber sie kennen mich nicht, und sie werden mich nicht finden. Deshalb darfst auch Du nicht wissen, wo ich bin.

Glaub mir, es ist besser so. Du wirst es wahrscheinlich

nicht verstehen, deshalb habe ich die Schlüsselkarten vertauscht und das Buch an mich genommen, ohne Dich zu fragen. Bitte nimm es mir nicht übel und vertrau mir, auch wenn es Dir schwerfällt.

Dirk

Paulus stieß einen lauten Fluch aus. Nicht schon wieder! Er rannte zu Meles Zimmer und klopfte laut an die Tür. »Mele, mach auf!«

Sie öffnete verdattert. »Was ist denn los?«

»Dirk ist weg. Er hat das Manuskript und die Aufzeichnungen mitgenommen. Ich bin ja so ein verdammter Idiot! Wieso war ich nur so blöd und hab ihm vertraut!«

Mele wurde blass. »Das ... das kann doch nicht sein!«

Er zeigte ihr den Zettel. »So ein verdammter Mist! Er bildet sich ein, dass er das Manuskript allein entschlüsseln kann.«

»Vielleicht ... hat er ja recht«, sagte Mele.

Paulus starrte sie entgeistert an. »Schwachsinn! Er hat es schon mal alleine versucht und ist nicht mal in die Nähe des Schlüsselbuchs gekommen. Was, wenn es noch einen weiteren Schlüssel gibt? Ohne das Wissen eines Historikers hat er keine Chance. Und außerdem ...«

»Außerdem was?«

»Ich glaube ihm nicht, was er geschrieben hat. Ich bezweifle, dass es ihm nur darum geht, das Manuskript vor unseren Verfolgern zu retten und es zu entschlüsseln.«

»Worum denn dann?«

»Ich glaube, es geht ihm um dich.«

»Um mich? Wie meinst du das?«

»Er ist in dich verliebt und denkt wahrscheinlich, wenn er das Manuskript entschlüsselt, ist er der Held und wird dich für sich gewinnen.«

Mele zog eine Augenbraue hoch. »Glaubst du etwa, ich bin so leicht rumzukriegen?«

»Ich habe nicht gesagt, dass ich das denke. Aber es wäre eine Erklärung für Dirks Handeln. Wahrscheinlich ist das auch der Grund dafür, dass er mir das Buch das erste Mal weggenommen hat. So oder so hat er kein Recht dazu!«

»Männer!« Mele schüttelte den Kopf. »Gib mir mal dein Handy!« Sie wählte Dirks Nummer, erreichte aber nur den Anrufbeantworter. »Hallo, Dirk, hier ist Mele. Lass diesen Blödsinn und ruf mich so schnell wie möglich zurück, dann können wir über alles reden!«

»Wo könnte er hin sein? Meinst du, er ist zurück nach Köln gefahren?«

»Keine Ahnung.«

»Vielleicht erwischen wir ihn noch. Wenn er mit dem Zug fährt, könnte er noch am Bahnhof sein.«

Sie packten rasch ihre Sachen zusammen und machten sich auf den Weg. Paulus nahm sich nicht die Zeit, auszuchecken – er hatte ja bei der Anmeldung seine Kreditkartendaten hinterlassen. Zum Glück gab es in der Nähe des Hotels einen Taxistand, so dass sie schon eine Viertelstunde später am Bahnhof waren. Dirk konnte nicht mehr als zwanzig Minuten Vorsprung haben.

Paulus rannte zu einem Plakat, das die Abfahrtzeiten auflistete, und sah auf die Uhr. Der letzte Zug in Richtung Mannheim war vor zehn Minuten abgefahren. Gut möglich, dass Dirk ihn genommen hatte, um dort in den ICE nach Norden umzusteigen.

»Verdammt!«, rief er. »Verdammt, verdammt, verdammt!«

»Wir können doch den nächsten Zug nach Köln nehmen«, sagte Mele.

»Und dann? Du hast ja nicht mal einen Schlüssel zu der

WG, in der du wohnst! Außerdem bezweifle ich, dass er dort ist.«

»Hast du vielleicht einen besseren Vorschlag?«

»Nein. Entschuldige, aber ich ärgere mich einfach so sehr. Vor allem über mich selbst, weil ich diesem Mistkerl vertraut habe.«

Sie lächelte schief. »Das solltest du nicht. Wer weiß, vielleicht ist es ja am Ende auch richtig, was er getan hat. Was er in dem Brief geschrieben hat …« Sie schwieg, als sie merkte, dass er seine Wut nur mit Mühe im Zaum halten konnte.

Er wollte gerade etwas erwidern, als er aus den Augenwinkeln einen Mann wahrnahm, der sich ihnen langsam näherte.

Er fuhr herum. Der Araber war nur ein Dutzend Meter von ihnen entfernt. Er schlenderte gemächlich durch die Bahnhofshalle wie ein gewöhnlicher Reisender. Als er sah, dass Paulus ihn erkannt hatte, beschleunigte er seine Schritte.

»Komm!«, rief Paulus, zog Mele am Arm und rannte los. Sie folgte ihm, ohne zu fragen.

Er stürmte quer durch die Bahnhofshalle hinaus auf den Vorplatz, wo eine Reihe von Taxis wartete. Ein Mann mit dunklem Anzug schickte sich gerade an, das vorderste zu nehmen. Paulus drängte ihn beiseite. »Entschuldigung, bin spät dran«, rief er, riss die Tür auf und sprang in den Fond, gefolgt von Mele. Der Mann beschwerte sich lautstark.

»He, ihr beide habt's aber eilig!«, sagte der Taxifahrer, wahrscheinlich ein Student, grinsend. »Wo soll's denn hingehen?«

»Fahren Sie einfach los!«, sagte Paulus.

In diesem Moment erreichte der Araber das Taxi. Mele

schaffte es gerade noch, die Türverriegelung zu betätigen, bevor er daran rüttelte.

»He, was soll das? Was ist hier los?«, fragte der Taxifahrer. »Habt ihr den Typen beklaut oder was?«

»Das ist mein Mann!«, sagte Mele.

»Nun fahren Sie schon!«, rief Paulus.

»Okay, okay!« Der Taxifahrer gab Gas. Der Wagen machte einen Satz und raste los.

Paulus drehte sich um und sah durch das Rückfenster, wie der Araber zu einem schwarzen Mercedes lief. Leider konnte er das Nummernschild nicht erkennen. Im nächsten Moment bog das Taxi um eine Ecke.

»Und jetzt?«, fragte der Fahrer. »Wohin soll ich euch zwei Turteltäubchen denn nun bringen?«

»Fahren Sie nach Mannheim, zum Hauptbahnhof«, sagte Paulus. »Aber sehen Sie bitte zu, dass wir diesen Mistkerl abhängen. Der ist ziemlich jähzornig. Er ist gerade in einen schwarzen Mercedes gestiegen und folgt uns wahrscheinlich.«

Paulus sah das breite Grinsen des Fahrers im Rückspiegel. »Okay, Leute. Festhalten!«

Sie fuhren kreuz und quer durch die Heidelberger Innenstadt, bis Paulus nicht mehr wusste, in welcher Richtung sie eigentlich unterwegs waren. Der Fahrer schien großen Spaß an dieser Verfolgungsjagd zu haben. Er schlängelte sich geschickt durch den Verkehr und kümmerte sich nicht weiter um Geschwindigkeitsbegrenzungen. Nur einmal trat er abrupt auf die Bremse und wies sie auf ein Blitzgerät hin. Kaum hatten sie es passiert, gab er wieder Gas.

Paulus starrte aus dem Rückfenster, aber der Mercedes war nicht zu sehen. Wenn ihre Verfolger nicht mit mehreren Wagen unterwegs waren und sich per Handy verständigten, dann waren sie wahrscheinlich wieder mal knapp entkommen.

So langsam hatte Paulus die Nase voll von diesem Katz-und-Maus-Spiel. Er wählte Liebermans Nummer und pfiff auf die Uhrzeit in Amerika. Doch der Amerikaner hatte immer noch die Mailbox aktiviert.

In Mannheim war der Zug nach Köln eine Viertelstunde zuvor abgefahren, der nächste ging erst in einer Dreiviertelstunde. Von Dirk war keine Spur zu sehen. Auch ihre Verfolger ließen sich nicht blicken.

Knapp drei Stunden später standen sie vor der Wohnung. Sie klingelten Sturm und klopften an die Tür, doch wenn Dirk hier war, öffnete er nicht.

»Hattest du nicht noch einen Mitbewohner?«, fragte Paulus.

»Ja, Mike. Aber der ist diese Woche bei seinen Eltern in Stuttgart.«

»Ruf ihn an. Vielleicht hat sich Dirk ja bei ihm gemeldet.«

Mele befolgte den Rat. Mike sagte ihr, dass er seit letzter Woche nicht mehr mit Dirk gesprochen habe. Als Mele ihm erzählte, dass Dirk sie nach einem Streit ausgesperrt habe, verriet er ihr, dass der Hausmeister einen Zweitschlüssel zu der Wohnung besaß. Er gab Mele die Nummer und versprach ihr, den Hausmeister anzurufen und ihn zu bitten, den beiden zu öffnen.

Eine halbe Stunde später stand ein mürrisches Männchen vor ihnen, das jedes Klischee eines Hausmeisters erfüllte, von der Halbglatze bis zum zerknitterten grauen Kittel. Er beschwerte sich lautstark, dass er gerade bei einer wichtigen Reparatur gewesen sei und diese Unterbrechungen seiner Arbeit überhaupt nicht gebrauchen könne. Auch als Paulus ihm fünf Euro Trinkgeld in die Hand drückte, besserte sich seine Laune kaum.

Wie erwartet war Dirk nicht da. Es deutete auch nichts darauf hin, dass jemand heute hier gewesen war.

»Hast du eine Idee, wo er sein könnte?«, fragte Paulus.

Mele zuckte mit den Schultern. Sie blickte ihn mit sorgenvoller Miene an. »Paulus, vielleicht hat Dirk ja recht. Diese Leute wissen nicht, wer er ist und wo er ist. Vielleicht ist es besser, wenn wir einfach abwarten.«

Paulus schüttelte den Kopf. »Das ist es nicht! Diese Typen haben irgendwie rausgefunden, dass Lieberman mir das Manuskript gegeben hat. Sie haben uns zusammen gesehen, das heißt, sie wissen vielleicht auch schon, wer du bist und dass du hier mit Dirk zusammengewohnt hast.«

»Woher sollen sie das wissen? Ich bin ja nicht mal hier gemeldet.« Doch sie wirkte verunsichert.

»Keine Ahnung, wie diese Typen vorgehen. Aber wir können uns nicht darauf verlassen, dass wir hier in Sicherheit sind. Bisher haben wir verdammt viel Glück gehabt, aber das wird nicht immer so bleiben. Falls sie doch irgendwie dahinterkommen, dass Dirk das Manuskript hat, werden sie auch ihn jagen. Diese Leute haben ganz andere Möglichkeiten, ihn aufzuspüren, als wir. Unser einziger Vorteil ist, dass wir einen Zeitvorsprung haben. Den müssen wir nutzen!«

Mele kaute nervös auf ihrer Unterlippe. Schließlich nickte sie. »Na gut. Aber ich weiß wirklich nicht, wo er sein könnte.«

»Was ist mit seinen Eltern?«

»Ich glaube, sein Vater ist Konditor oder so.«

»Und wo wohnt er?«

»Keine Ahnung.« Mele rief noch einmal Mike an. Sie erfuhren, dass Dirks Vater eine Konditorei in Hagen besaß. Die Telefonauskunft teilte ihnen die Nummer mit.

Mele übernahm die Aufgabe, dort anzurufen. »Guten

Tag, Herr Mauser. Mein Name ist Mele Kallen. Ich bin eine Kommilitonin von Dirk. Sie wissen nicht zu fällig, wo er ist? … Haben Sie vielleicht eine Idee, wo er sein könnte? … Nein, wir … wir haben uns gestritten. Und ehrlich gesagt, ich mache mir ein bisschen Sorgen … Na ja, sie kennen ja Dirk. Er reagiert manchmal etwas heftig, und ich befürchte … Ja, ist gut. Wir kommen zu Ihnen. Vielen Dank, Herr Mauser.«

»Was hat er gesagt?«

»Er hat gesagt, sie haben eine Ferienwohnung im Sauerland. Aber er wollte mir die Adresse am Telefon nicht verraten. Wir sollen nach Hagen kommen und ihm erzählen, worum es eigentlich geht.«

»Und was willst du ihm sagen? Dass Dirk uns ein Manuskript mit angeblichen Prophezeiungen aus dem Mittelalter geklaut hat?«

»Überlass das mir!«

24.

Hagen, Mittwoch 15:49 Uhr

Die Konditorei Mauser lag in der Elberfelder Straße nahe dem Stadtzentrum von Hagen, einer grauen Industriestadt am Rand des Ruhrgebiets. Paulus parkte den Mietwagen, den sie sich in Köln genommen hatten, in einer Seitenstraße. Eine junge Verkäuferin holte Herrn Mauser aus der Backstube. Er war ein rundlicher, kahlköpfiger Mann mit einem freundlichen Lächeln und einem festen Händedruck, der auf den ersten Blick kaum Ähnlichkeit mit Dirk hatte.

Mele stellte Paulus als Dirks Kommilitonen vor. »Vielen Dank, dass Sie sich die Zeit nehmen, Herr Mauser. Aber wir machen uns ernsthafte Sorgen.«

Mausers Gesicht wurde ernst. »Kommen Sie!« Er führte sie hinter der Theke durch die Backstube in einen kleinen Nebenraum mit einem Tisch und vier Stühlen, in dem es nach kaltem Zigarettenrauch stank. »Darf ich Ihnen etwas anbieten?«

»Nein, danke«, sagte Mele. »Wir wollen auch nicht lange bleiben. Sie sprachen von einer Ferienwohnung. Wo genau ist die?«

»In Bruchhausen, einem Ortsteil von Olsberg im Sauerland. Dirk hat einen Schlüssel. Aber normalerweise sagt er vorher Bescheid, wenn er dorthin fährt.«

»Wir haben Grund zu der Annahme, dass er dort ist«, sagte Paulus. »Er hat …«

»Es ist nämlich so«, fiel ihm Mele ins Wort. »Wir haben uns gestritten. Und jetzt befürchte ich, dass er sich etwas antun könnte!«

Der Konditor wurde bleich. Auch Paulus zuckte bei dieser unverfrorenen Behauptung zusammen.

»Aber … wieso?«

Mele hatte plötzlich Tränen in den Augen. »Ich … ich habe mit ihm Schluss gemacht.«

Paulus wusste nicht so genau, ob er von ihrer Schauspielkunst beeindruckt oder angewidert sein sollte.

»Mein Gott! Ich … meine Frau …«

»Machen Sie sich keine Sorgen«, sagte Paulus, der fand, dass Mele entschieden zu weit gegangen war. »So schlimm ist es bestimmt nicht. Mele möchte sich bei ihm entschuldigen. Wir haben versucht, ihn anzurufen, aber er geht nicht ans Telefon. Ich denke, er will, dass wir nach ihm suchen, mehr nicht.«

Mauser nickte. »Ja, das passt zu ihm. Er war immer ein ziemlich eigensinniges Kind. Nicht so wie seine Schwester.«

»Er hat eine Schwester?«, fragte Mele. »Davon hat er mir nie etwas erzählt!«

»Sie haben sie gerade kennengelernt, sie steht vorn an der Theke. Ich hatte mir immer gewünscht, dass Dirk den Laden hier übernimmt. Ist nichts Tolles so eine Konditorei, ich weiß, aber es ist ein anständiger Beruf, und man kann davon leben. Aber Dirk wollte immer mehr als das. Er hält sich wohl für einen Künstler oder so was.« Mauser schnaubte verächtlich. »Soll er machen, ist ja sein Leben. Nur schade, dass er uns so selten besucht. Meiner Frau bricht es das Herz, dass er sich nie meldet. Aber so sind sie, die jungen Leute.«

»Haben Sie noch einen zweiten Schlüssel zu der Ferienwohnung?«, fragte Mele.

Mauser nickte. »Natürlich.« Er holte seinen Schlüsselbund heraus und zog einen Schlüssel vom Ring. »Hier.

Wenn etwas mit ihm sein sollte, sagen Sie mir bitte Bescheid. Ich würde ja mitkommen, aber ich kann den Laden hier jetzt nicht gut allein lassen.«

»Das ist nicht nötig, Herr Mauser«, sagte Paulus. »Machen Sie sich keine Sorgen. Dirk geht es bestimmt gut.«

Mauser nickte. »Ja. Er war immer ziemlich wehleidig. Der tut sich nichts an. Dafür hat er nicht den Mumm.«

Paulus wusste nicht, was er von dieser Aussage halten sollte. Der Mann schien seinen Sohn für einen Feigling zu halten, war aber gleichzeitig damit unzufrieden, dass Dirk sein eigenes Leben leben wollte, statt diese armselige Konditorei in einer Nebenstraße einer hässlichen Großstadt zu übernehmen.

»Vielen Dank, Herr Mauser.«

»Ist okay. Bringen Sie mir den Schlüssel bitte zurück, wenn Sie mit Dirk gesprochen haben.«

»Machen wir.«

»Wenn Sie vielleicht noch ein Stück Kuchen möchten ... Ich habe gerade Schwarzwälder Kirschtorte gemacht.«

»Nein, danke. Wir machen uns besser gleich auf den Weg.«

Sie verabschiedeten sich und verließen den Laden.

»Sag mal, findest du nicht, du bist gerade ein bisschen zu weit gegangen?«, fragte Paulus, während er den Mietwagen in Richtung der Autobahn lenkte. »Wie kannst du einem Vater kaltblütig sagen, sein Sohn könnte sich etwas antun?«

»Wir haben doch den Schlüssel, oder?«

Paulus unterdrückte mühsam den Zorn in seiner Stimme. »Du denkst wohl, der Zweck heiligt die Mittel, was?«

Überrascht stellte er fest, dass sie Tränen in den Augen

hatte. Diesmal schienen sie echt zu sein. »Du glaubst immer noch, das ist alles ein Spiel, oder?«, schluchzte Mele. »Du hältst die Männer, die hinter dem Buch her sind, für irgendwelche durchgeknallten Fanatiker. Du denkst, das alles ist so eine Art riesiges Missverständnis.«

»Richtig. Genau das denke ich. Die Geschichte ist voll von solchen Irrtümern. Etliche Kriege wurden aufgrund einer Verkettung von Fehlinterpretationen und Missverständnissen vom Zaun gebrochen.«

»Aber du irrst dich! Diese Sache ist viel größer, als wir beide ahnen. Dieses Buch ist wichtig, spürst du das denn nicht? Du hältst mich für skrupellos, aber das bin ich nicht. Ich bin nur bereit, zu tun, was getan werden muss, wenn die Zukunft der Menschen auf dem Spiel steht!«

»Nun hör aber auf! Die Zukunft der Menschheit hängt bestimmt nicht von einem Stapel mit Glyphen bekritzelter Pergamente ab, ganz egal, wer sie geschrieben hat und warum.«

Mele verschränkte die Arme vor der Brust. »Du willst es nicht wahrhaben, weil es nicht in dein Weltbild passt! Du bist genauso borniert wie die Leute, die Galilei auf den Scheiterhaufen gebracht haben!«

»Galileo Galilei endete nicht auf dem Scheiterhaufen. Er wurde unter Hausarrest gestellt und starb zehn Jahre nach seinem berühmten Prozess eines natürlichen Todes.«

»Von mir aus. Du weißt genau, was ich meine!«

»Ja, ich weiß, was du meinst. Aber nur, weil etwas nicht in mein naturwissenschaftliches Weltbild passt, ist es noch lange nicht wahr. Es gibt im Internet genügend Spinner, die allen möglichen Unfug behaupten. Und immer tun sie jede Kritik an ihren absurden Behauptungen mit der Begründung ab, diese sei einseitig, weil ihre Ideen nicht in das Weltbild der Schulwissenschaft passten. Und dann kommen sie mit Galilei oder Einstein und stellen sich auf eine Stufe mit denen. Dabei waren das Wissenschaftler, die eben genau das nicht getan haben – einfach irgendwelchen Unsinn behauptet. Sie haben Fakten beobachtet und aus diesen Fakten Schlüsse gezogen. Diese Schlüsse haben sie als Theorie dargestellt, nicht als unumstößliche Wahrheit. Sie haben die Kritik ihrer Zeitgenossen geradezu eingefordert und gemeinsam daran gearbeitet, eine noch bessere Theorie zu entwickeln. So funktioniert Wissenschaft. Alles andere ist Scharlatanerie!«

»Okay, kann sein, ich verstehe nicht so viel von Wissenschaft wie du. Aber nimm doch mal die Fakten: Es gibt ein rätselhaftes, verschlüsseltes Manuskript. Dein Freund, ein Experte für mittelalterliche Bücher, glaubt, dass es Jahrhunderte alt ist. In dem Buch wird die Zukunft vorhergesagt, und zwar äußerst präzise und korrekt. Und es gibt Leute, die dieses Buch mit aller Gewalt haben wollen. Welche Schlüsse würden Einstein oder Galilei aus diesen Fakten ziehen?«

»Keine Ahnung. Ich jedenfalls folgere daraus nicht, dass das Buch tatsächlich die Zukunft prophezeit.«

»Aber du kannst es nicht ausschließen, oder?«

»Nein, ausschließen kann ich es nicht. Ich kann auch nicht ausschließen, dass irgendwo zwischen Erde und Mars eine chinesische Porzellanteekanne die Sonne umkreist.«

»Eine was?«

»Das ist ein Gedankenexperiment des Philosophen Bertrand Russell. Er wollte damit sagen, dass etwas noch lange nicht wahr ist, nur weil man das Gegenteil nicht beweisen kann. Er hat das auf die Existenz Gottes bezogen, aber du kannst es genauso gut auf die angeblichen Prophezeiungen im Manuskript anwenden.«

Mele schien darauf keine Antwort einzufallen.

Sie fuhren schweigend über die Autobahn, jeder in seine Gedanken vertieft. Das Navigationssystem führte sie über mehrere Autobahnkreuze, bis sie schließlich auf einer relativ schwach befahrenen Autobahn durch bewaldete Hügel Richtung Südosten fuhren. Die Namen auf den Schildern der Ausfahrten hatte Paulus noch nie gehört: Arnsberg, Freienohl, Wennemen, Enste, Meschede. Schließlich endete die Autobahn abrupt in einem Ort namens Bestwig. Sie folgten einer Bundesstraße, die sich durch schmucke Dörfer voller schiefergedeckter Fachwerkhäuser wand. Paulus war noch nie im Sauerland gewesen. Er stellte fest, dass die Gegend sehr reizvoll war.

Sie durchquerten die Kleinstadt Olsberg und erreichten kurz darauf den Ortsteil Bruchhausen. Das Panorama, das sich ihnen bot, war eindrucksvoll: Das kleine Dorf lag zu Füßen einer flachen Bergkuppe. Vier gewaltige Felsblöcke erhoben sich darauf, die seltsam deplatziert wirkten, so als habe ein Riesenkind dort seine Bauklötze vergessen. Sie verliehen dem Ort eine mystische, fast übernatürliche Aura.

Paulus hatte schon von den Bruchhauser Steinen gehört. Sie hatten bereits lange vor der Ankunft der Römer als Kultstätte eine weit über die Region hinausreichende Bedeutung gehabt. Soweit er sich erinnerte, hatte man dort Reste einer eisenzeitlichen Fluchtburg gefunden. Manche Historiker vermuteten hier gar den Ort des germanischen Heiligtums Tamfana, das in den Schriften des römischen Geschichtsschreibers Tacitus erwähnt wurde. Es war kein Wunder, dass die eindrucksvollen Felsformationen die Menschen schon seit Urzeiten in ihren Bann zogen und auch heute noch Touristen anlockten.

Das Haus, in dem die Ferienwohnung der Mausers untergebracht war, lag am Ortsrand an einem Berghang genau unterhalb der Felsen. Als sie aus dem Mietwagen ausstiegen, glaubte Paulus hinter einem der Fenster im ersten Stock eine Bewegung wahrzunehmen.

25.

Olsberg-Bruchhausen, Mittwoch 17:38 Uhr

Dirk hob den Blick von dem Manuskript, mit dem er sich seit Stunden herumquälte. Die Entschlüsselung war deutlich mühsamer, als er gedacht hatte. Ohne Paulus' geübte Anwendung der Tabellen war jeder Buchstabe ein umständliches mehrstufiges Heraussuchen, bei dem ihm immer wieder Fehler unterliefen. Der altertümliche Dialekt des Schreibers tat ein Übriges, um ihn zu verwirren. Er hatte erst ein paar Wörter entziffert und ins Hochdeutsche übertragen, seit er hier war:

Einer wird kommen, gelehrt im Glauben, doch wird er diesen verraten. Mit dem Schiff …

Sein Blick fiel zufällig aus dem Fenster auf die kleine Dorfstraße. Ein dunkler BMW mit Münchner Kennzeichen parkte gerade vor dem gegenüberliegenden Haus ein. Touristen? Unwahrscheinlich – die Leute, die hier Urlaub machten, kamen in der Regel aus dem Ruhrgebiet oder aus Holland. Vermutlich handelte es sich um einen Mietwagen.

Ein Schreck durchfuhr ihn. Seine Befürchtung wurde zur Gewissheit, als er Mele aus der Beifahrertür klettern sah.

Wie hatten sie ihn so schnell gefunden?

Sein Vater musste ihnen von der Wohnung erzählt haben. Wer wusste, was Mele dem naiven Trottel für ein Märchen aufgetischt hatte. Möglicherweise hatte er ihnen sogar einen Schlüssel gegeben.

Dirk überlegte fieberhaft, was er tun sollte. Er hatte als Kind oft in den Wäldern hinter dem Haus gespielt und wusste, dass es dort unzählige Versteckmöglichkeiten gab. Wenn er sich beeilte …

Er begann, hastig die Unterlagen zusammenzuraffen und in die Laptoptasche zu stopfen. Gerade, als er das Manuskript dazulegen wollte, hörte er, wie die Haustür klappte.

Zu spät.

Er breitete die Unterlagen wieder auf dem Tisch aus, um einen möglichst unverfänglichen Eindruck zu erwecken. Kalter Schweiß trat auf seine Stirn, und sein Herz raste. Er fühlte sich wie ein Dieb, den die Polizei auf frischer Tat erwischte.

Schritte auf der Treppe, Schlüsselklirren an der Wohnungstür. Dirk starrte auf den Bildschirm des Laptops, als könne er dort die Lösung für seine Probleme finden.

Die Tür öffnete sich, und Paulus und Mele betraten den etwa dreißig Quadratmeter großen Raum, in dem eine offene Küche, ein Schlafsofa, eine Sitzgruppe, eine altmodische Schrankwand und der Esstisch untergebracht waren, an dem Dirk saß.

Er wandte sich zu ihnen um und tat überrascht. »Mele! Paulus! Wieso seid ihr hier? Ich hatte euch doch geschrieben, dass es besser ist, wenn …«

»Gib mir mein Buch!« Paulus' Gesicht war zornverzerrt.

»Hey, beruhig dich! Ich wollte euch und das Buch nur vor diesen Typen schützen! Wenn ihr nicht hergekommen wärt, hätten die mich nie gefunden. Ich kann nur hoffen, dass sie euch nicht verfolgt haben!«

»Schwachsinn! Wir haben dich gefunden, also können sie es auch. Du kannst von Glück sagen, dass sie nicht vor uns hier waren. Und jetzt gib mir das Buch!«

Dirk stand auf und hob abwehrend die Hände. »Ich wollte doch bloß helfen!«, sagte er und wusste im selben Moment, wie jämmerlich das klang. Ohne nachzudenken, nahm er das Buch vom Tisch und presste es an seine Brust wie einen kostbaren Schatz.

Paulus baute sich drohend vor ihm auf. »Her damit!«

Dirk wich unwillkürlich an die Wand zurück. Er warf einen flehenden Blick zu Mele. »Okay, okay, es tut mir leid, ich hätte dir vorher Bescheid sagen sollen! Aber jetzt seid ihr ja hier, also können wir gemeinsam …«

»Einen Scheiß können wir!«, rief Paulus. »Du verarschst mich nicht noch ein drittes Mal! Gib mir das Buch, oder du kannst was erleben!«

»Beruhige dich, Paulus«, mischte sich Mele ein. »Er hat es nicht böse gemeint. Er wollte uns doch bloß schützen.«

»Uns schützen?« Paulus drehte sich zu ihr um. »Das meinst du doch nicht ernst, oder? Dein sauberer Mitbewohner hat gedacht, er kann dich beeindrucken, wenn er den Helden spielt. Er ist in dich verknallt und glaubt wahrscheinlich, wenn er derjenige ist, der das Buch übersetzt, dann hältst du ihn für den Auserwählten!«

Dirk spürte, wie das Blut in sein Gesicht schoss. Noch nie in seinem Leben war er derartig bloßgestellt und gedemütigt worden. Sein Magen krampfte sich vor Wut zusammen.

Paulus wandte sich wieder ihm zu und streckte die Hand aus. »Jetzt gib mir endlich das Buch, sonst …«

Dirk verlor die Beherrschung. Er senkte den Kopf und machte einen Satz nach vorn, so dass sein Schädel Paulus an der Brust unter dem Kinn traf. Der Hamburger taumelte zurück, stolperte über einen Stuhl und schlug hin.

Dirk sprang an ihm vorbei und rannte in Richtung der Wohnungstür, das Buch immer noch an seine Brust gepresst. Er dachte nicht nach. Er wollte bloß weg von hier, weg von Meles mitleidigen Blicken und Paulus' Aggressivität. Und auf keinen Fall wollte er diesem ignoranten Mistkerl das Buch überlassen.

»Dirk, nicht!« Mele setzte ihm nach.

Er schaffte es, die Tür hinter sich zuzuschlagen, bevor sie ihn erreichte. Er sprang die Treppe hinab, durch den kleinen Flur und zum Hinterausgang hinaus, der in einen spießigen Garten mit Grillplatz und Goldfischteich führte. Auf der anderen Seite befand sich eine Holztür, die direkt zum Waldrand führte. Wenn er es bis dahin schaffte ...

Er hörte Meles Schritte hinter sich. Sie war schnell und geschmeidig wie eine Raubkatze. Bevor er auch nur die Hand auf die Klinke der Gartentür legen konnte, hatte sie ihn erreicht.

Er spürte ihre Hand auf seiner Schulter. »Dirk, bitte! Mach es nicht noch schlimmer!«

Er drehte sich um. In ihrem Blick lag kein Zorn, sondern nur Bedauern. Er begriff, dass er jeglichen Respekt verspielt hatte, den sie vielleicht jemals für ihn empfunden hatte. Tränen stiegen ihm in die Augen. Verzweifelt versuchte er, sie beiseitezublinzeln. Nicht auch noch vor ihr heulen!

»Gib mir das Buch«, sagte sie, sanft, wie man mit einem verängstigten Kind spricht.

Mit zitternden Händen reichte er es ihr.

Paulus war inzwischen am Hintereingang erschienen, die Aufzeichnungen unter den Arm geklemmt. »Komm, lass uns gehen«, rief er Mele zu, ohne Dirk auch nur eines Blickes zu würdigen.

Zum ersten Mal in seinem Leben wusste Dirk, was das Wort Hass wirklich bedeutete.

26.

Olsberg-Bruchhausen, Mittwoch 17:53 Uhr

»Diesmal warst du es, der zu weit gegangen ist«, behauptete Mele, als sie in den Mietwagen stiegen.

»Ich? Was hab ich denn bitte gemacht?«

»Du hast Dirk gedemütigt und bis auf die Knochen blamiert! Ich kenne ihn. Er wird das so schnell nicht vergessen.«

Paulus schüttelte den Kopf vor Unverständnis. »Er hat mir mein Manuskript geklaut, schon zum zweiten Mal! Und dann hat er mich auch noch angegriffen und versucht abzuhauen. Was hätte ich denn machen sollen? Eine Tasse Erdbeertee mit ihm trinken und alles in Ruhe diskutieren?« Es überraschte ihn, wie sehr ihn Meles Tadel traf. Das war einfach ungerecht!

Sie schwieg.

Paulus steuerte den Wagen die Straße entlang, die sie gekommen waren.

»Was ist mit dem Schlüssel?«, fragte Mele nach einer Weile.

»Den hab ich in der Wohnung gelassen. Dirk kann ihn seinem Vater selbst zurückgeben.«

»Und wo fahren wir jetzt hin?«

Er wusste es selbst nicht so genau. Er hatte, ohne nachzudenken, den Weg zurück Richtung Köln eingeschlagen. Aber es war natürlich ausgeschlossen, zu Meles WG zurückzukehren. Nach Hamburg konnte er auch nicht, ohne eine Konfrontation mit seinen Verfolgern zu riskieren.

»Am besten nehmen wir uns irgendwo ein Hotelzimmer und arbeiten weiter an dem Manuskript.«

»Die Gegend hier sieht schön aus. Hier gibt es bestimmt Pensionen, die nicht so teuer sind.«

Paulus schüttelte den Kopf. Er wollte nicht in der Nähe der Ferienwohnung der Mausers bleiben. Am besten suchten sie sich irgendwo ein anonymes Hotel nahe der Autobahn.

Kurz hinter der Ausfahrt Remscheid fanden sie eine Autobahnraststätte mit Motel. Paulus versicherte sich an der Rezeption, dass für die Gäste ein öffentlicher Computer zur Verfügung stand, und buchte zwei Einzelzimmer.

Der Computer stand in einer Ecke der Lobby und verfügte über einen angeschlossenen Laserdrucker. Paulus fühlte sich nicht wohl dabei, hier in aller Öffentlichkeit an dem Manuskript zu arbeiten. Also schob er nur die CD mit den Fotos der Armenbibel ins Laufwerk und druckte die Offenbarung des Johannes aus.

Als er sein Zimmer betrat, stellte er überrascht fest, dass das Fenster einen idyllischen Blick auf einen kleinen Stausee gleich neben der Autobahn freigab. Er hielt sich jedoch nicht lange mit der Aussicht auf, sondern ging mit Mele gleich an die Arbeit.

Zwei Stunden später machten sie eine Pause. Paulus überflog noch einmal den Text, den sie bisher entschlüsselt hatten:

Einer wird kommen, gelehrt im Glauben, doch wird er diesen verraten. Mit dem Schiff wird er über die Meere fahren, um zu suchen, was ihn in seinen Irrungen bestärkt. Denn wer den Irrglauben sucht, der wird ihn finden, und wer falsche Zeichen sucht, der wird sie finden, und wer nach falschem Wissen trachtet, der wird seine Augen vor der wahren Erkenntnis verschließen. Gottes Schöpfung selbst wird jener verleugnen mit kunstvollen Worten. Den Menschen wird er dem Tiere gleich machen, auf dass die Menschen sich gebärden wie die Tiere. Seinen Frevel wird er kundtun in einem Buche, und viele werden den falschen Worten glauben, denn lange schon trachten sie danach, sich über Gott selbst zu erheben. Und jene Irrung wird die Wahnsinnigen dazu verleiten, den größten aller Frevel zu begehen und Leben zu erschaffen. Doch Gott wird sie dafür strafen. Dieses war die sechste Offenbarung.

An dieser Stelle waren wieder astronomische Zeichen eingefügt.

»Wir sollten noch mal an den Computer und das Datum checken«, sagte er. »Dann können wir was essen, wenn du willst.«

Mele nickte. »Gute Idee.«

Im Internet fanden sie Bestätigung für Paulus' Vermutung: Die Planetenkonstellation stimmte exakt mit dem Datum der Veröffentlichung von Charles Darwins »Die Entstehung der Arten« am 24. November 1859 überein.

Sie gingen in die Hotelbar, wo Paulus für sich ein Käsesandwich und einen Kaffee und für Mele einen Thunfischsalat und eine Cola bestellte.

»Meinst du, das hat was zu bedeuten?«, fragte Mele, während sie auf das Essen warteten.

»Was?«

»Dieser letzte Absatz. Das mit dem Frevel und dem Leben-Erschaffen und der Strafe Gottes.«

»Natürlich hat das was zu bedeuten. Der Autor war offensichtlich kein Fan Darwins. Damals lief die Kirche Sturm gegen die Veröffentlichung seines Buchs. Die Bischöfe und Priester jener Zeit haben von ihren Kanzeln dagegen gewettert und vermutlich allen, die das Buch lasen, ewige Verdammnis angedroht. Die Vorstellung, von affenähnlichen Vorfahren abzustammen, empörte aber auch viele weltlich eingestellte Menschen. Es gab Karikaturen in den Zeitungen, die Darwin als Affen zeigten.«

»Aber der Hinweis darauf, dass Menschen Leben erschaffen … die moderne Genetik … ist nicht erst vor kurzem ein künstliches Bakterium erschaffen worden, das sich selbstständig vermehren konnte? Wie hätte das jemand vor über hundert Jahren wissen können?«

»Er konnte es nicht wissen, aber er konnte darüber spekulieren. Mitte des 19. Jahrhunderts schrieb Jules Verne seinen Roman ›Von der Erde zum Mond‹, über hundert Jahre bevor die ersten Astronauten tatsächlich dort landeten. Und der Traum, künstliches Leben zu erzeugen, ist noch viel älter – schon im Mittelalter haben sich Alchimisten an der Erschaffung von Homunculi versucht. Es ist also naheliegender, als du denkst.«

»Trotzdem – könnte es nicht sein, dass … dass das Manuskript so was wie eine Warnung enthält? Dass dies ein Hinweis darauf ist, welche Gefahr uns droht?«

Paulus seufzte. »Lass uns nicht schon wieder darüber streiten. Wenn wir das Manuskript zu Ende übersetzt haben, werden wir hoffentlich klarer sehen.«

Der Kellner bewahrte Paulus davor, die Diskussion weiterführen zu müssen. Sie aßen schweigend und in Gedanken versunken. Mele schien nur wenig Appetit zu haben. Paulus dagegen vertilgte sein Sandwich mit Heißhunger.

Nach dem Essen setzten sie die Arbeit fort.

Entsetzt von diesen Freveln, fragte ich den Engel: Wie können die Sünden unterbunden und jene, die sich von Gottes Weg abwenden, zurück zu seinem Licht geführt werden? Der Engel aber sprach zu mir: Was geschrieben ist, ist geschrieben. Dies, was ich dir verkünde, ist nicht für jene be-

stimmt, die schändliche Taten begeben werden, noch für jene, die darunter leiden. Erst dann sollen die Menschen von deinem Wissen erfahren, wenn diese Dinge bereits geschehen sind.

Jetzt, wo ich dieses niederschreibe und hinter den Worten des heiligen Johannes verberge, verstehe ich Zweck und Weisheit. Denn du, der du dieses liest, wirst wissen, was geschehen ist, und du wirst die Wahrhaftigkeit der Worte des Engels erkennen. So wirst du der Barmherzigkeit und Größe Gottes gewahr werden. Und es wird in deinen Händen liegen, ob das Ende der Zeiten kommt, noch während du auf Erden wandelst, oder ob Gottes Gnade den Menschen Frieden schenkt. Denn Gott der Herr hat seinen Sohn geschickt, um uns zu erretten, wir aber haben seine Worte missachtet. Und so treffe uns die gerechte Strafe, wenn wir vor ihn treten. Um aber der Sünde Einhalt zu gebieten, müssen wir sie ausrotten wie das Unkraut mit Stumpf und Stiele.

Paulus gähnte und streckte sich. Der kurze Text hatte sie schon wieder mehr als zwei Stunden gekostet. So langsam hatte er keine Lust mehr auf die mühselige Tüftelei. Außerdem waren ihm in der letzten halben Stunde immer häufiger Fehler unterlaufen. Immerhin schien der letzte Absatz die Motive des Autors deutlich zu machen.

»So langsam wird mir klar, was wir hier vor uns haben«, sagte er.

Mele, die in den letzten zweieinhalb Stunden kein Wort gesprochen hatte, sah ihn an. Erst jetzt fiel ihm auf, wie müde und bedrückt sie wirkte. »Was meinst du damit?«

»Offensichtlich ist der Text religiös motiviert. Der Autor hat sich gegen die Säkularisierung gewandt, durch die die Kirche im 19. Jahrhundert immer mehr an Einfluss verlor. Ich verstehe jetzt, glaube ich, was er sich dabei gedacht hat. Indem er den Text einem mittelalterlichen Mönch zuschrieb und tatsächliche Ereignisse angeblich vorhersagte, machte er aus dem Manuskript eine Prophezeiung, die auf seine Zeitgenossen sehr eindrucksvoll gewirkt haben muss. Das verleiht dem Buch eine enorme Autorität. Er hat vielleicht gehofft, dass er damit viele Menschen beeindrucken und eine religiös-fundamentalistische Gegenbewegung zum Liberalismus aufbauen könnte. Er droht denjenigen, die sich von der Kirche abwenden, nicht weniger als den Weltuntergang an.«

»Aber warum hat er den Text dann verschlüsselt?«

»Das erklärt er doch selbst. Wenn der Text nicht verschlüsselt gewesen wäre, dann hätte man annehmen müssen, dass seine prophetische Kraft schon viel früher erkannt worden wäre. Der Lauf der Geschichte hätte dann eigentlich verändert werden müssen. Also hätte niemand dem Autor geglaubt, dass das Manuskript tatsächlich Jahrhunderte alt ist. Erst die Verschlüsselung macht die Sache glaubwürdig.«

Er deutete auf die Übersetzung des letzten Absatzes. »So langsam nähern wir uns dem Kern der Sache. Er fordert hier, dass die Sünde mit Stumpf und Stiel ausgerottet werden muss. Das liest sich für mich wie eine Aufforderung zu einem religiösen Staatsstreich.«

»Du meinst, das Manuskript ist Kern einer Verschwörung?«

»Das ergibt einen Sinn, oder? Nehmen wir mal an, der Text ist in den Siebzigerjahren des 19. Jahrhunderts entstanden. Es war die Zeit des Kulturkampfes. Otto von Bismarck, der erste Kanzler des neu gegründeten Deutschen Reichs, war in eine heftige Auseinandersetzung mit der katholischen Kirche verwickelt, die zu jener Zeit von Papst Pius IX. geführt wurde – genau jenem Pius, dessen

Syllabus Errorum der Schlüssel zu dieser Textpassage ist. Es muss damals zahlreiche einflussreiche Leute gegeben haben, denen Bismarcks Politik ein Dorn im Auge war – Provinzfürsten zum Beispiel, denen er ihre regionale Macht entzogen hatte. Nehmen wir mal an, einer von denen hat das Manuskript geschrieben, um die anderen hinter sich zu bringen und einen Aufstand gegen Bismarck anzuzetteln.«

Paulus kam in den Sinn, dass dieser Provinzfürst ein direkter Vorfahr von ihm gewesen sein könnte. Er nahm sich vor, seine Familiengeschichte genauer zu studieren, sobald er die Zeit dazu hatte.

»Er könnte so etwas Ähnliches vorgehabt haben wie die islamische Revolution des Ajatollahs Khomeini, der 1979 den Schah von Persien stürzte und den Iran in einen fundamental-religiösen Staat verwandelte«, fuhr er fort. »Wenn der Verfasser unseres Textes Erfolg gehabt hätte, dann würden bei uns heute wahrscheinlich ganz andere Sitten herrschen.«

»Wer weiß, vielleicht hätte er damit zwei Weltkriege verhindert«, sagte Mele.

Paulus schüttelte den Kopf. »Unwahrscheinlich. Ein streng katholisches Deutschland hätte vielleicht nicht unter der Art von Größenwahn gelitten, die den Kaiser verleitete, den Ersten Weltkrieg vom Zaun zu brechen. Aber es hätte so oder so einen großen europäischen Krieg gegeben – die Spannungen zwischen den Nationen waren damals einfach zu groß. Wie auch immer, der Autor ist mit seiner Idee gescheitert. Wer weiß, vielleicht ist ihm Bismarcks Geheimdienst auf die Spur gekommen und hat die Verschwörung vereitelt.«

»Aber wieso sind dann diese Männer hinter dem Buch her? Und wieso ausgerechnet Araber?«

Paulus gähnte noch einmal. »Ich glaube, heute Abend werden wir das Rätsel nicht mehr lösen. Ich denke, wir sollten ins Bett gehen. Morgen früh, wenn wir ausgeruht sind, kommen wir sicher viel schneller voran.«

Paulus begleitete Mele bis zu seiner Zimmertür. Dort drehte sie sich noch einmal um. Für einen Moment standen sie beide nur da und sahen sich an. Paulus wusste nicht, was er sagen oder tun sollte. Ein Teil von ihm wollte nicht, dass Mele ging. Ein anderer sagte ihm, dass er die Art von Komplikation nicht gebrauchen konnte, die unweigerlich daraus resultieren würde, wenn sie blieb.

Der Moment verging. »Gute Nacht«, sagte Mele und drehte sich um.

»Gute Nacht«, rief er ihr nach, schloss die Tür und kam sich vor wie ein Idiot.

27.

Hanover, Massachusetts, Mittwoch 20:55 Uhr

Detective Joe Markson vom Hanover Police Department beugte sich über die Leiche. Der Regen milderte den schalen Geruch nach verbranntem Fleisch, der Markson auf unangenehme Weise an das Barbecue vom letzten Wochenende erinnerte.

Das Gesicht war kaum noch zu erkennen, die Augen waren nur leere Höhlen. An einigen Stellen schimmerte grauer Knochen durch die verkohlten Fleischreste, die darüber abblätterten wie verbranntes Papier. Die Zähne waren zu einem letzten Grinsen gebleckt. Anhand der Schuhe und der Statur stufte Markson die Leiche als Mann ein.

Der Tote lag auf dem Rücken auf einem schmalen Kiesstreifen am Ufer des Indian Head River, wo er von einem Farmer vor einer halben Stunde entdeckt worden war. Markson schien es, als sei der Mann schon vorher tot gewesen, hier abgelegt und dann mit Benzin übergossen und angezündet worden. Wie ein typischer Raubüberfall sah das nicht aus.

Markson seufzte. Er konnte sich nicht erinnern, dass in Plymouth County in den letzten Jahren eine verbrannte Leiche gefunden worden war, die nicht im Zusammenhang mit einem Hausbrand gestanden hatte. Das hier war eine ruhige Gegend, auch wenn hin und wieder mal ein paar Kriminelle aus Boston herunterkamen und in Farmen einbrachen. Der letzte Mordfall lag fast ein halbes Jahr zurück – ein Eifersuchtsdrama.

Er sah auf. »Wie weit bist du, Frank?«

»Gleich fertig«, antwortete sein Kollege, während er die letzten Tatortfotos machte. »Gehst du noch mal von der Leiche weg? Ich will noch ein Panorama des Tatorts und der weiteren Umgebung schießen.«

Markson trat ein paar Schritte zurück.

»Okay. Kannst ihn jetzt anfassen.«

Markson zog Gummihandschuhe an, überwand seinen Ekel und näherte sich dem Körper erneut. Die wichtigste Aufgabe war jetzt, herauszufinden, wer der arme Kerl war.

Er hatte Glück. Unter den zerfallenen Resten einer Stoffjacke fand er auf der Brust des Toten eine Brieftasche aus Leder, die das Feuer vergleichsweise gut überstanden hatte. Vorsichtig fischte er sie heraus und klappte sie auf. Die Kreditkarten darin waren nur noch geschmolzenes Plastik, aber in einer Seitentasche fand er einen Führerschein, auf dem noch der Name erkennbar war.

Er betrachtete nachdenklich die Leiche. Er hatte bisher angenommen, sie sei angezündet worden, um die Identifizierung des Toten zu erschweren. Aber dann hätte ihm der Mörder sicher die Brieftasche abgenommen.

Handelte es sich um einen Ritualmord? Einen Racheakt? Vielleicht einen Konflikt zwischen zwei Bostoner Gangs, die ihre Streitigkeiten bis hierher, zwanzig Kilometer südlich der Stadtgrenze, getragen hatten? Oder hatte sich der Mann selbst mit Benzin übergossen und angezündet?

»Wo bleibt denn der Coroner?«, fragte er. Der Rechtsmediziner aus Brockton hätte eigentlich längst hier sein sollen.

Frank zuckte mit den Schultern. »Was hast du gefunden? Hast du einen Namen?«

Markson nickte. »Aaron Lieberman. Sagt dir das was?«

Frank schüttelte den Kopf. »Hier aus der Gegend ist der

nicht. Klingt jüdisch, würde ich sagen. Vielleicht kommt er aus der Stadt.«

Markson ging zu seinem Dienstwagen und tippte den Namen in den Laptop, doch der Polizeicomputer konnte damit nichts anfangen. Weder war Lieberman Einwohner von Plymouth County, noch wurde er mit einem bundesweiten Haftbefehl gesucht, und niemand hatte ihn bisher als vermisst gemeldet.

Er rief Ellis an, der im Büro Wachdienst hatte, und bat ihn, das FBI und das Boston Police Department zu informieren. Vielleicht hatten die eine Idee, wer Aaron Lieberman war und warum ihn jemand umgebracht haben könnte.

28.

Remscheid, Donnerstag 09:34 Uhr

Es klopfte an die Zimmertür.

Paulus blinzelte und setzte sich im Bett auf. Draußen war es längst hell. Er hatte Durst und leichte Kopfschmerzen. Er sah auf die Armbanduhr, die er auf den Nachttisch gelegt hatte. Schon halb zehn. Die Anstrengungen der letzten Tage hatten ihn länger schlafen lassen, als er eigentlich gewollt hatte.

Erneut klopfte es an die Tür. »Paulus?«

»Moment!« Er zog sich rasch an und öffnete.

»Hast du schon gefrühstückt?«, fragte Mele.

»Nein. Bin gerade erst aufgewacht.«

»Tut mir leid, wenn ich dich geweckt habe.«

»War besser so. Hab ziemlich wirres Zeug geträumt. Ich bin Bismarck begegnet, der mich als Verräter hat verhaften lassen. Wahrscheinlich hätten sie mich hingerichtet, wenn du mich nicht gerettet hättest.« Er grinste.

Ihr Gesicht blieb ernst. »Ich hatte auch einen Alptraum. Ich war in einer Stadt voller Hochhäuser, New York oder so. Plötzlich verfinsterte sich der Himmel, und überall waren schwarze Vögel, die über die Stadt hinweggeflogen sind, Milliarden von ihnen, wie ein riesiger Heuschreckenschwarm. Die Menschen auf den Straßen sind einfach tot umgefallen, als wenn sie alle einem Giftgasanschlag zum Opfer gefallen wären. Ich war die Einzige, die stehen geblieben ist. Ich wusste, dass ich träumte, und habe versucht, aufzuwachen, aber es ging nicht. Ich konnte nur durch diese tote Stadt laufen. Ich dachte, ich finde da nie wieder raus. Ich habe nach dir gerufen, aber du warst nicht da. Irgendwann bin ich dann doch aufgewacht.«

»Kein Wunder, dass wir Alpträume haben nach dem ganzen Stress. Aber hier sind wir in Sicherheit.«

Nach dem Frühstück machten sie sich erneut an die Arbeit. Doch gegen Mittag stießen sie auf das nächste Hindernis.

»Nicht schon wieder!«, stöhnte Paulus.

»Was, meinst du, bedeutet das?«, fragte Mele.

»Es bedeutet, dass wir einen neuen Schlüssel brauchen«, erwiderte er. »Und ehrlich gesagt hab ich keine Ahnung, wo wir ihn suchen sollen.«

Der Text, den sie heute Morgen entschlüsselt hatten, lautete:

So folge denn meinen Worten und vernimm, was der Engel mir offenbarte, als er mir ein drittes Mal erschien. Dieses liegt erst einen Monat zurück und geschah, als ich im Fieber auf meinem Bette lag, im November des Jahres 1451. Das Licht erschien mir aufs Neue, und der Engel trat an meine Seite. Ich freute mich, denn ich glaubte, er wolle mich in den Himmel geleiten, da mein Leben sich dem Ende neigt.

Der Engel aber sprach: Bevor du vor deinen Schöpfer treten kannst, musst du die Aufgabe beenden, die ich dir auftrug.

Der Engel nannte mir den dritten Schlüssel, und es waren hundertsechzig Ziffern. Und immer zwei davon waren ein Zeichen, und hinter diesen achtzig Zeichen verberge ich nun die Worte der letzten Offenbarungen. Denn der Engel sprach:

Diese Ziffern wird erkennen, wer berufen ist, die Worte zu lesen, denn sie sind vor dem menschlichen Verstande verborgen, und nur die rechnenden Mühlen können das Korn mahlen. Er wird die Zahl im Brunnen finden wie im Napf bei der Kirche des Bischofs. Denn es ist die Zahl des Rades. Und jenes Rad, das sich endlos dreht, mahlt die Zahl zu Staub, jedes Korn nur ein Zehntel des vorigen. Die Körner aber sind zahlreicher als die Sterne des Himmels und mehr als die Sandkörner in der Wüste.

Von diesen muss er das Richtige benennen, denn es ist der Anfang, und die Folgenden sind Zahl in der Zahl, und sie sind Chaos und sind doch wohlgeordnet, so wie die Welt scheinbar Chaos ist und doch von göttlicher Hand gestaltet. Jenes Korn aber liegt in dem Rechteck, das Länge und Breite der Kirche bilden, im Maße Roms.

Auch wenn ich die Worte des Engels nicht verstehe, so zweifle ich nicht. Denn wahrhaftig, der Herr machte mich gesund, auf dass ich die Offenbarung bewahren konnte. Doch was der Engel mir sagte, beschwert meine letzten Tage, denn das Ende wird grausam sein, wenn nicht dereinst ein Mann treuen Glaubens diese meine Worte vernimmt und ein Tapferer den Drachen erschlägt, der sich jenseits von Jerusalem erhebt.

Die folgende Seite war wieder mit einer einfachen Zeichnung geschmückt, die den Beginn eines neuen Abschnitts markierte:

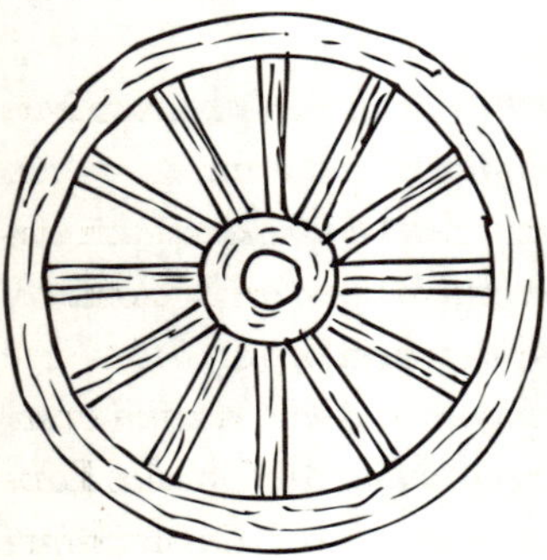

Die Glyphen auf dieser Seite ließen sich nicht mehr mit den bisherigen Schlüsseln in lesbaren Text verwandeln. Erneut standen sie vor einem Rätsel, und Paulus hatte das Gefühl, dass dieses noch schwieriger zu lösen sein würde als die bisherigen.

»Ehrlich gesagt verstehe ich überhaupt nichts von dem, was da steht«, sagte Mele. »Was ist das für eine Zahl, von der er da schreibt? Wie kann eine Zahl überhaupt der Schlüssel zu diesem Text sein? Bisher waren es doch immer Wörter.«

»Ich glaube, den Teil habe ich verstanden«, sagte Paulus. »Auch wenn es mir ein bisschen seltsam vorkommt. *Und immer zwei davon waren ein Zeichen* steht hier. Zwei Ziffern bilden die Zahlen von 0 bis 99. Jetzt kann man jeder dieser Zahlen einen Buchstaben zuordnen. Die 0 würde dann zum Beispiel für ein A stehen. Weil das von dem Autor verwendete Alphabet 25 Buchstaben hat, geht es danach wieder von vorn los. Solche Zifferncodes waren im Spätmittelalter durchaus gebräuchlich. Auf diese Weise kann man aus 160 Ziffern eine Folge von 80 Buchstaben erzeugen und dann den Text mit derselben Methode verschlüsseln wie bisher.«

»Das heißt, wir brauchen 160 Ziffern. Aber wo kriegen wir die her?«

»Er schreibt hier etwas von einem Brunnen und einer Kirche. Vielleicht ... Moment mal! Hermo von Lomersheim hat doch angeblich im Kloster Maulbronn gelebt, das damals noch Mulenbrunn hieß. Mulenbrunn leitet sich von ›Brunnen des Maultiers‹ ab. Vielleicht ist mit dem Brunnen in dem Text das Kloster gemeint.«

»Aber was bedeutet das mit dem Korn, das zu Staub zermahlen wird? Und was sind rechnende Mühlen?«

»Keine Ahnung«, sagte Paulus. »Möglich, dass sich das auf eine primitive Form von Rechenmaschine bezieht.«

»Gab es die im Mittelalter denn schon?«

»Nein. Aber bereits im 17. Jahrhundert wurden erste mechanische Rechenmaschinen entwickelt. Charles Babbage entwarf Anfang des 19. Jahrhunderts seine berühmte

Differenzmaschine, die als Vorläufer des Computers gilt, allerdings nie fertiggestellt wurde. Babbage war übrigens auch der Erste, der eine Viginère-Chiffre entschlüsselte. Er muss unseren unbekannten Autor stark beeinflusst haben.«

»Und dieser letzte Absatz? Ich kriege eine Gänsehaut, wenn ich das lese. Der Drache, der sich jenseits von Jerusalem erhebt. Was könnte damit gemeint sein?«

»Keine Ahnung, aber schon seit Dschingis Khan wurde mit dem Osten in Europa immer wieder Gefahr verbunden, und der Drache ist in der christlichen Mythologie ein Symbol für Satan. Das kann also alles Mögliche bedeuten.«

»Und was machen wir jetzt?«

Paulus seufzte. »Ich fürchte, wir müssen uns wieder aus der Deckung wagen. Wir müssen nach Maulbronn.«

»Was meinst du mit ›aus der Deckung wagen‹?«

»Die Leute, die hinter dem Manuskript her sind, haben keine Ahnung, wo wir sind. Aber sie kennen den Inhalt des Manuskripts und wissen, dass wir den Schlüssel brauchen. Möglicherweise werden sie uns dort auflauern.«

»Und du willst trotzdem hinfahren?«

»Wir müssen eben vorsichtig sein.«

Sie erreichten die Kleinstadt Maulbronn am Nordrand des Schwarzwalds am späten Nachmittag. Die Klosteranlage im Kern des Ortes war eine von hohen Mauern umfasste Ansammlung von Fachwerkhäusern sowie gotischen und romanischen Klosterbauten aus gelblichem Stein, die sich seit dem Mittelalter kaum verändert zu haben schienen.

Das Kloster war größer, als Paulus es erwartet hatte. Es musste ein bedeutendes religiöses, kulturelles und auch wirtschaftliches und politisches Zentrum gewesen sein – jedenfalls bis zur Reformation. Danach war es säkularisiert worden.

Paulus war beeindruckt von der romantischen Schönheit der Anlage. Wenn er sich die Touristen wegdachte, die schwatzend über den großen Hof schlenderten, konnte er sich beinahe vorstellen, dass sich im nächsten Moment das mit Leder und Eisen beschlagene Eingangsportal der Klausur öffnen und eine Gruppe von Laienbrüdern hinaustreten würde, um sich nach einem nahrhaften Mittagessen der harten Tagesarbeit zu widmen.

Das Klosterleben der Zisterzienser war streng geregelt gewesen. Unter den Mönchen hatte es eine klare Hierarchie gegeben, die zwischen Chor- und Laienbrüdern unterschied. Beide Gruppen schliefen und aßen in getrennten Bereichen und kamen nur zu Gottesdiensten zusammen oder wenn es etwas Wichtiges zu besprechen gab. Während sich die Chorbrüder ausschließlich geistiger Arbeit widmeten und die Mauern der Klausur, des inneren Klosterbereichs, nur selten verließen, mussten sich die Laienbrüder um die Klosterwirtschaft kümmern – um die Felder, Weinberge, das Vieh und den Handel mit den Bauern der Umgebung. Sie hielten das Kloster mit seiner ausgeklügelten Wasserversorgung instand und sorgten dafür, dass die Chorbrüder ausreichend zu essen hatten.

Das war harte körperliche Arbeit. Dennoch wäre Paulus lieber ein Laienbruder als ein Chorbruder gewesen, wenn er vor der Wahl gestanden hätte. Die Chorbrüder lebten in einer Welt der Stille, denn sie durften nur an wenigen Orten und zu festgelegten Zeiten sprechen. Ihr Tagesablauf war von Gebeten, Bibellesungen und Gottesdiensten geprägt, die auch nachts stattfanden. Komfort gab es hinter den Mauern der Klausur so gut wie keinen.

Die Laienbrüder hatten zwar praktisch keine Rechte, aber sie durften wenigstens miteinander reden und bekamen aufgrund ihrer körperlichen Arbeit meist ausreichend zu essen. In der von Armut und Hunger geprägten Welt des Mittelalters hatten sie es vergleichsweise gut gehabt.

Paulus fühlte sich hier auf dem Hof wie auf dem Präsentierteller. Zwar war von dem Araber und seinen Komplizen nichts zu sehen, aber das bedeutete nicht, dass sie nicht hier waren.

Er kaufte für Mele und sich selbst Eintrittskarten für die Klausur. Sie schlossen sich einer geführten Gruppe an. In der Menschenansammlung waren sie besser vor neugierigen Blicken geschützt.

»Das Kloster Maulbronn, ursprünglich Mulenbrunn, wurde 1147 gegründet«, leierte der Führer in gelangweilt-monotoner Stimme herunter. »Das Gelände war eine Schenkung des Bischofs von Speyer an die Zisterzienser. 1178 wurde die Klosterkirche geweiht, das älteste noch erhaltene Gebäude und die erste Station dieser Führung.«

Paulus und Mele folgten der Gruppe durch die aus gelbem Sandstein erbauten Gebäude. Man konnte die Zeitepoche, in der sie entstanden waren, an den beiden unterschiedlichen Baustilen erkennen, die hier aufeinandertrafen: Während die ersten Klostergebäude aus dem 12. Jahrhundert noch im romanischen Stil mit seinen runden Fenstern und dicken Mauern erbaut worden waren, wiesen die im Lauf des 13. und 14. Jahrhunderts hinzugekommenen Gebäudeteile die schlanken, spitz zulaufenden und reich ornamentierten Formen der Gotik auf.

Die Kühle im Inneren war wohltuend. Obwohl das Kloster schon im 16. Jahrhundert säkularisiert und in eine Schule umgewandelt worden war, strahlte es immer noch eine strenge Würde aus. Lediglich die hin und wieder in den Sandstein geritzten Namen früherer Schüler, die mit Jahreszahlen des 18. und 19. Jahrhunderts versehen waren, wiesen darauf hin, dass es hier nicht immer ernst zugegangen war. Heute wurde das Kloster als evangelisches Internat genutzt, und in den ehemaligen Schlafsälen und Studierstuben der Mönche quälten sich Gymnasiasten mit Latein und Altgriechisch.

Immer wieder sah sich Paulus verstohlen nach etwaigen Verfolgern um, entdeckte jedoch niemanden.

Sie erreichten den Kreuzgang, der einen rechteckigen Innenhof umrundete. Das Glas der hohen gotischen Fenster fehlte. In einem runden Erker erhob sich ein großer Brunnen mit drei terrassenförmig übereinander angeordneten Schalen. Ihr Führer erklärte, dass der untere Teil aus der Entstehungszeit der Brunnenkapelle im 14. Jahrhundert stammte, während die oberen Schalen erst später hinzugefügt worden waren.

Paulus betrachtete den Brunnen genauer. Die kreisrunde untere Schale hatte einen Durchmesser von etwa fünf Metern. Dies musste der Napf sein, der in dem Manuskript erwähnt wurde. Doch nirgends waren hier Zahlen eingraviert.

Ihr Führer wies auf die Bemalung der Decke über dem Brunnen hin, auf der ein Maultier neben einer sprudelnden Quelle zu sehen war. Dies illustriere die Legende der Klostergründung, erklärte er. Demnach hätten die Mönche auf der Suche nach einem geeigneten Standort ein Maultier mit den Klosterschätzen beladen und es laufen gelassen. Es sei an einer Stelle stehengeblieben und habe mit den Hufen gescharrt, woraufhin eine Quelle aus dem Boden hervorgesprudelt sei. Angeblich markierte der Brunnen genau diesen Ort.

»Entschuldigung, ich hätte da eine Frage«, meldete sich Mele.

Der junge Führer warf ihr einen interessierten Blick zu. Offenbar freute er sich, dass zur Abwechslung auch mal jemand unter vierzig an seiner Führung teilnahm – noch dazu eine hübsche junge Frau.

»Ja?«

»Ich habe gehört, dass es hier in diesem Brunnen eine Inschrift geben soll. Aber ich kann sie nicht finden.«

Der Führer runzelte die Stirn. »Eine Inschrift? Hier gibt es keine Inschrift. Woher haben Sie denn diese Information?«

»Aus dem Internet.«

Der Führer lachte. »Ist da zufällig auch von einem verborgenen Schatz die Rede?«

Mele warf ihm einen finsteren Blick zu, sagte jedoch nichts.

Gemurmel erhob sich unter den übrigen Gruppenmitgliedern. »Was denn für ein Schatz?«, fragte eine ältere Frau.

Während der Führer sich bemühte, zu erklären, dass es hier im Kloster weder verborgene Inschriften noch Schätze gäbe, raunte Paulus Mele zu: »Ich glaube, wir sind hier auf dem Holzweg.«

»Aber du hast doch gesagt, dass dieser Hermo von Lomersheim hier gelebt hat.«

»Ich habe gesagt, dass er *angeblich* Mönch im Kloster Maulbronn war. Ich hatte angenommen, dass der Autor des Manuskripts hier war und irgendeinen hier versteckten Hinweis als Schlüssel für seinen Code benutzt hat. Aber das scheint nicht der Fall zu sein.«

»Vielleicht interpretieren wir ja den Text falsch. Zeig mir noch mal den Zettel.«

Er reichte ihn ihr.

»Hm. Hier steht etwas von einem Brunnen bei der Kirche des Bischofs. Vielleicht ist damit ja gar nicht die Klosterkirche gemeint.«

Paulus sah sie verblüfft an. »Ich Idiot!« Er wandte sich an ihren Führer. »Entschuldigung, ich hätte auch noch eine Frage. Wer, sagten Sie vorhin, hat das Kloster gestiftet?«

»Das war Günther von Henneberg. Er war ein Jahr zuvor Bischof von Speyer geworden und hatte dort den Heiligen Bernhard von Clairvaux kennengelernt, einen der Gründungsväter des Zisterzienserordens, der zu der Zeit überall in Europa seine berühmten Predigten hielt. Er muss so beeindruckt gewesen sein, dass er sich persönlich um das nächstgelegene Zisterzienserkloster gekümmert hat. Ursprünglich war das Kloster nämlich an einer anderen Stelle gegründet worden, und zwar als Schenkung eines Landadligen, der ebenfalls von Bernhards Leidenschaft angesteckt worden war, einem gewissen Walter von Lomersheim.«

Paulus zuckte zusammen. »Wer?«

»Walter von Lomersheim. Im Jahr 1138 schenkte er den Zisterziensern sein Erbgut Eckenweiher, ein paar Kilometer von hier entfernt, und trat selbst als Laienbruder in den Orden ein. Doch Eckenweiher, das heutige Mühlacker, erwies sich als ungeeignet, weil es dort zu wenig Wasser gab, um Landwirtschaft zu betreiben. Also schenkte der Bischof den Mönchen Maulbronn und sie zogen hierher um. Wenn Sie mir jetzt bitte zum Kapitelsaal folgen wollen ...«

Paulus wartete, bis die Reisegruppe die Kapelle verlassen hatte. »Walter von Lomersheim!«, sagte er. »Das ist bestimmt kein Zufall. Entweder hat unser Autor sich vom Namen des Klosterstifters inspirieren lassen, oder es gab tatsächlich einen Mönch, der Hermo von Lomersheim hieß, ein Nachfahre jenes Walter. Es war im Mittelalter durchaus üblich, dass die Kinder von Adligen ins Kloster gingen, vor allem zweit- oder drittgeborene Söhne, die nicht als Erben die Herrschaft über den Familienbesitz übernehmen konnten.«

»Das heißt, das Manuskript ist doch keine Erfindung?«, fragte Mele.

»Das heißt es nicht. Bloß weil Hermo von Lomersheim möglicherweise tatsächlich gelebt hat, bedeutet das noch lange nicht, dass er der Autor ist. Wie sollte er auch? Das Buch kann unmöglich im Mittelalter geschrieben worden sein!«

Mele ersparte es sich, ihm zu widersprechen. Sie hatten ihre Argumente oft genug ausgetauscht. »Also auf nach Speyer!«, sagte sie stattdessen. »Dort finden wir doch bestimmt die Kirche dieses Bischofs, oder?«

»Allerdings«, bestätigte Paulus. »Und es ist nicht irgendeine Kirche. Der Dom zu Speyer ist die größte noch erhaltene romanische Kirche der Welt und war im Mittelalter mindestens so bedeutend wie der Kölner Dom. Es ist eigentlich viel logischer, dass der Schlüssel dort versteckt ist als hier in diesem abgelegenen Kloster.«

Sie verließen das Klostergelände und machten sich auf den Weg nach Speyer, das etwa siebzig Kilometer entfernt lag – heutzutage eine Stunde Fahrt mit dem Auto, im Mittelalter ein mindestens drei Tage dauernder Fußmarsch.

29.

Washington D. C., Maryland, Donnerstag 11:07 Uhr

Jason Butlers Büro befand sich im obersten Stock des Bürogebäudes. Die Fenster hinter seinem Schreibtisch gaben einen großartigen Blick über die Stadt frei. In der Ferne ragte die gewaltige Kuppel des Kapitols auf.

Eddie hatte keinen Blick für das Panorama. Nervös blickte er auf den Mann, der äußerlich gelassen hinter dem Schreibtisch saß. Der wandte sich jedoch nicht an Eddie, sondern an dessen Chef. »Ist Ihnen eigentlich klar, was Sie angerichtet haben, Bob?«, fragte er mit ruhiger Stimme.

»Tut mir leid, Sir«, erwiderte Bob. »Officer Wheeler musste nach Lage der Dinge davon ausgehen, dass Gefahr im Verzuge war.«

Butler schwieg einen Moment. Er war jung, mindestens zehn Jahre jünger als Eddie und Bob Collins. Ein typischer Überflieger, der in Washington eine Blitzkarriere gemacht hatte, auf eine herbe Art gut aussehend mit seinem kurzgeschnittenen schwarzen Haar, den buschigen Augenbrauen und den kantigen Wangen. Eddie war sicher, dass er eines nicht allzu fernen Tages als Abgeordneter der Republikaner im Kapitol sitzen würde. Patzer wie diesen konnte er auf dem Weg dorthin allerdings nicht gebrauchen.

»Ja, das habe ich dem Verteidigungsminister auch gesagt«, meinte Butler schließlich. »Und wissen Sie, was er mir geantwortet hat?« Er schüttelte den Kopf. »Das wollen Sie gar nicht wissen!«

»Sir«, meldete sich Eddie zu Wort. Er ignorierte Bobs warnendes Kopfschütteln. »Auch wenn die Parfümflasche keine DNA enthielt und wir weder in Crowes Haus noch in der Wohnung der Frau Spuren der Proben gefunden haben, bedeutet das nicht, dass sie nicht die Kontaktperson ist. Es ist immerhin möglich, sogar wahrscheinlich, dass die Übergabe schon früher stattgefunden hat.«

Butlers Augen verengten sich. »Ach ja? Und können Sie mir bitte erklären, warum die beiden sich dann noch einmal getroffen haben? Wenn die Frau eine Terroristin wäre, dann wäre sie doch wohl mit dem Zeug in der Handtasche in ihr Heimatland ausgereist, oder?«

»Absolut, Sir«, stimmte Bob zu. »Ich halte es ebenfalls für unwahrscheinlich, dass …«

»Nicht unbedingt«, unterbrach Eddie. »Es wäre denkbar, dass sie die Probe an eine Kontaktperson weitergegeben hat. Die Terrorgruppe hat vielleicht damit gerechnet, dass wir die Verbindung zwischen ihr und Crowe aufdecken. Je mehr Zwischenglieder es in der Kette gibt, desto schwieriger ist es, den Weg der Proben zu verfolgen.«

»Officer Wheeler«, sagte Butler scharf. »Ist Ihnen bewusst, dass wir nicht den geringsten Beweis dafür haben, dass überhaupt Substanzen aus dem Labor verschwunden sind? Die ganze Terrorverschwörung existiert bisher nur in Ihrem Kopf! Offenbar hat Dr. Crowe ein Techtelmechtel mit dieser Studentin gehabt, die er bei einer Gastvorlesung an der University of Baltimore kennengelernt hat. Sie haben sich ein paar Mal getroffen, das ist alles. Seine Frau war allerdings nicht begeistert, als sie von der Sache erfahren hat. Sie ist mit den Kindern ausgezogen, soweit ich weiß. Ist das wirklich nötig gewesen?«

»Sir, bei allem Respekt, wir reden hier von einem möglichen Bioterroranschlag«, verteidigte sich Eddie. »Da können wir auf die privaten Lebensumstände von Verdächtigen …«

»Dr. Crowe ist ein respektierter Wissenschaftler, der sich bereits große Verdienste in der Einschätzung möglicher Gefahren durch Bioterrorismus erworben hat«, unterbrach Butler. »Er ist ein international anerkannter Experte auf diesem Gebiet. Haben Sie sich eigentlich mal gefragt, warum ausgerechnet jemand wie er einen Killervirus aus einem Hochsicherheitslabor stehlen sollte? Das ist doch absurd! Noch dazu hat der Mann eine Familie und Kinder! Glauben Sie im Ernst, er würde zulassen, dass jemand einen Virus freisetzt, der sie möglicherweise umbringt?«

Eddie wusste, dass er auf verlorenem Posten kämpfte, aber er gab nicht auf. »Sir, auch wenn wir noch nicht alle Hintergründe kennen und Dr. Crowes Motiv im Unklaren bleibt, sprechen doch die Fakten ...«

»Officer Wheeler, ich habe keine Zeit und Lust, mit Ihnen herumzudiskutieren«, unterbrach ihn Butler erneut. »Es gibt zwei Möglichkeiten: Entweder sind keine Proben verschwunden, und das Ganze ist ein harmloser Fehler. Dann haben Sie grundlos den Ruf eines angesehenen Wissenschaftlers beschädigt und seine Ehe ruiniert. Oder es wurde tatsächlich etwas entwendet, aber Crowe ist unschuldig. Dann ist der wirkliche Übeltäter jetzt gewarnt, und wir haben kaum noch eine Chance, eine Katastrophe zu verhindern. Beten wir, dass es die erste Möglichkeit ist! Und außerdem: Der Anwalt des Mädchens fragt sich, wie wir ihre Identität ermittelt haben, ohne sie nach ihrem Namen zu fragen. Ihnen ist ja wohl bewusst, dass sich das Programm zur Gesichtserkennung, das Sie unautorisiert verwendet haben, noch im Teststadium befindet und nicht offiziell zugelassen ist?«

Bevor Eddie antworten konnte, fuhr Butler fort: »Wie auch immer, Sie haben es gründlich vermasselt! Dank Ihres unprofessionellen Eingriffs sind wir wieder mal unserem Ruf gerecht geworden, eine ineffektive Behörde zu sein, die bloß die anderen bei ihrer Arbeit behindert. Die nächste Budgetkürzungsrunde wird uns wohl wieder hart treffen.« Er machte eine kurze dramatische Pause. »Trotzdem werde ich von einem Disziplinarverfahren gegen Sie absehen, da ich davon ausgehen muss, dass Sie es nicht besser wussten und glaubten, im Interesse der nationalen Sicherheit zu handeln.«

»Danke, Sir«, sagte Bob schnell, als befürchte er, dass es sich Butler noch anders überlegen könnte. »Das wissen wir sehr zu schätzen!«

»Ich erwarte keine Dankbarkeit«, erwiderte Butler. »Ich erwarte nur, dass Sie Ihren Job machen und die nächste Aktion vorher mit mir absprechen. Ich hatte Sie ermächtigt, sich ein Bild von der Lage vor Ort zu machen, gegebenenfalls Verdächtige zu überwachen und ungewöhnliche Vorkommnisse zu melden, mehr nicht. Von Verhaftungen und Hausdurchsuchungen war nicht die Rede! Eigenmächtiges Handeln kann und will ich in meiner Abteilung nicht dulden! In Zukunft halten Sie sich aus der Sache mit Fort Fredrick raus. Der Militärische Sicherheitsdienst kümmert sich darum, den Vorfall aufzuklären, und wird Maßnahmen ergreifen, damit ein solcher Fehler nicht wieder vorkommt.«

Eddie wollte protestieren, doch Bob brachte ihn mit einer energischen Handbewegung zum Schweigen. »Vielen Dank, Sir! Ich verbürge mich persönlich dafür, dass eine solche unabgestimmte Aktion nicht wieder vorkommt! Wenn das alles ist, gehen wir jetzt wieder an unsere Arbeit.«

»Das ist alles, Bob.«

Auf dem Weg zum Fahrstuhl musste Bob sich sichtlich

beherrschen, um nicht loszubrüllen. »Wir hatten doch ausgemacht, dass ich das Gespräch führe!«

»Bob, ich bin immer noch der Meinung …«

»Deine gottverdammte Meinung interessiert niemanden, Eddie! Du hast doch wohl gehört, was Butler gesagt hat, oder? Also halt dich gefälligst da raus! Ich will den Namen Crowe oder Fort Fredrick nie wieder aus deinem Munde hören, kapiert? Und sollte ich dich dabei erwischen, dass du weiter Arbeitszeit in die Sache investierst, bekommst du doch noch ein Disziplinarverfahren an den Hals! Haben wir uns verstanden?«

»Jawohl, Sir«, sagte Eddie mit unverhohlenem Sarkasmus.

30.

Speyer, Donnerstag 18:38 Uhr

Paulus und Mele saßen in der Gaststätte »Zum Domnapf« am Rande des Domplatzes in Speyer und blickten immer wieder nervös aus dem Fenster. Etwa 20 Meter vor dem Hauptportal des Doms stand eine Schale aus Stein, die mit einer umlaufenden Inschrift versehen war.

Ohne Zweifel war dies der Napf, auf den sich der Manuskripttext bezog, auch wenn es sich dabei nicht um eine Brunnenschale handelte. Eine Broschüre, die in dem Restaurant auslag, erklärte in mehreren Sprachen, er habe im Mittelalter die Grenze zwischen dem Hoheitsbereich der Kirche und der weltlichen Macht markiert. Verurteilte Verbrecher, die es bis hierher schafften, seien vor der Verfolgung durch die weltliche Gerichtsbarkeit geschützt gewesen. Außerdem habe jeder neu geweihte Bischof den Napf für die Bevölkerung mit Wein füllen müssen.

Ein leichter Regen hatte eingesetzt, und der Platz vor der riesigen Kirche war fast menschenleer. Paulus und Mele hatten keinen Regenschirm und keine passende Kleidung dabei. Wenn sie jetzt hinausgingen und den Napf unter die Lupe nahmen, würden sie sofort die Aufmerksamkeit ihrer Verfolger erregen, falls diese hier irgendwo lauerten.

Zwar hatte Paulus noch keine Anzeichen von ihnen entdeckt. Aber das Gefühl der Bedrohung war so stark, dass er sich zwingen musste, sich nicht dauernd im Restaurant umzusehen.

Endlich klarte es auf. Nach und nach füllte sich der Platz

mit Menschen. Paulus bezahlte zwei Cappuccinos. Kurz darauf beugten sie sich über den regennassen Napf.

Das Innere des Beckens bestand aus rauem Stein, dem man die Jahrhunderte, die es hier schon stand, ansah. Um den äußeren Rand des Beckens lief ein Band aus Metall, auf dem in erhabenen Buchstaben ein lateinischer Text stand:

Quid velit haec, relegas, ut lanx cavus ille catinus; Dum novus antistes procerum comitante caterva – Urbem hanc intrat eques, huc Bacchi munera fundit; Virginis a templo cleri simul ecclesiarum – Terminus et limes, stat libertatis asylum; Et fit confugium, portus et ara reis. 1490

Eine Metallplatte im Boden vor dem Brunnen lieferte die grob in deutsche Reime übertragene Übersetzung:

Hier leset männiglich, ihr lieben Leute,
was dieser Napf, die Schüssel hohl, bedeute:
So oft ein Bischof, hoch zu Ross,
begleitet von fürnehmem Tross,
erstmals in diese Stadt sich wendet,
er seinen Willkommtrunk hier spendet.
Vorm Münster Unsrer Lieben Frau
im Napfe Mark und Grenzmal schau.
Von geistlicher Immunität
als ein Asyl der Freiheit steht.

Das Messingband sah kaum verwittert aus. Es erschien unwahrscheinlich, dass es tatsächlich aus dem Jahr 1490 stammte. Andererseits mochte es sein, dass es im Laufe der Zeit erneuert worden war, vielleicht mehrfach. Der Text jedenfalls deutete auf eine Zeit hin, in der sich die

Kirche noch über die weltliche Gerichtsbarkeit hatte stellen können.

War die Inschrift der Schlüssel, den sie suchten?

Paulus sah sich nervös um. Immer noch war von ihren Verfolgern nichts zu erkennen. Trotzdem wagte er es nicht, Zettel und Stift aus der Tasche zu holen und den Text einfach abzuschreiben.

»Stell dich mal da neben den Brunnen«, sagte er und holte sein Handy hervor. »Ich will ein Foto von dir machen.«

Mele sah ihn verwirrt an. »Jetzt?« Dann begriff sie und lächelte. »Klar!«

Er drückte auf den Auslöser. »Und jetzt mit dem Dom im Hintergrund, ja?«

Mele platzierte sich an einer anderen Stelle. Paulus wechselte die Position und fotografierte erneut Mele und den Brunnen. Für einen Beobachter aus der Distanz waren sie bloß ein Pärchen, das Urlaubsfotos machte.

Ein paar Schnappschüsse später hatte er den Brunnen von allen Seiten fotografiert. Er kontrollierte die Qualität der Bilder. Man konnte die Inschrift problemlos lesen.

»Lass uns den Dom ansehen«, sagte er.

Die gewaltige Tür aus schwarzem Eisen war mit Reliefs bedeckt, die biblische Szenen zeigten. Über dem Eingang stand der lateinische Spruch UT UNUM SINT – damit sie eins seien.

Angenehme Kühle empfing sie im Inneren der Kathedrale. Als sich die Tür hinter ihnen schloss, hatte Paulus das Gefühl, die Anspannung und Gefahr der letzten Tage draußen zurückzulassen.

Im Vergleich zum Kölner Dom mit seiner einschüchternden Strenge wirkte die Kathedrale wesentlich heller und freundlicher, aber nicht weniger eindrucksvoll. Es gab keine Glasmalerei, dafür zeigten Fresken an den Wänden zwischen den gewaltigen Säulen biblische Szenen in leuchtenden Farben.

Die Kathedrale war menschenleer bis auf einen Pastor in dunkler Robe, der auf sie zukam. »Wir schließen in fünf Minuten«, sagte er.

Paulus nickte. Er holte sein Handy hervor und machte ein paar Bilder, um den Anschein eines Touristen zu wahren. Sie gingen das rechte Seitenschiff entlang und stiegen eine Treppe hinauf bis zu dem schmucklosen Altar, der auf einem leicht erhöhten quadratischen Podest stand und von allen Seiten zugänglich war.

Paulus holte den Zettel hervor und überflog die entscheidende Passage:

Er wird die Zahl im Brunnen finden wie im Napf bei der Kirche des Bischofs. Denn es ist die Zahl des Rades. Und jenes Rad, das sich endlos dreht, mahlt die Zahl zu Staub, jedes Korn nur ein Zehntel des vorigen. Die Körner aber sind zahlreicher als die Sterne des Himmels und mehr als die Sandkörner in der Wüste.

Von diesen muss er das Richtige benennen, denn es ist der Anfang, und die Folgenden sind Zahl in der Zahl, und sie sind Chaos und sind doch wohlgeordnet, so wie die Welt scheinbar Chaos ist und doch von göttlicher Hand gestaltet. Jenes Korn aber liegt in dem Rechteck, das Länge und Breite der Kirche bilden, im Maße Roms.

Was mochte das bedeuten? Der letzte Satz jedenfalls schien sich auf dieses Quadrat zu beziehen, auf dem der Altar stand – genau im Kreuz aus Längs- und Querschiff. Aber welches Korn lag hier? War damit der Altar selbst gemeint? War das Korn vielleicht nur ein Symbol für Jesus

Christus, aus dem das Christentum hervorgesprossen war? Aber für welche Zahl stand es dann, und welche Zahlen folgten ihm? Bezogen sich die »Folgenden« auf Jesus' Jünger, auf die Apostel, auf die Christenheit? Und was hatte das »Maß Roms« damit zu tun?

Paulus fiel ein, dass der Dom Grabstätte zahlreicher Kaiser und Könige war. Es gab hier eine Krypta, die vermutlich genau unter dem Altar lag. Vielleicht fanden sie dort einen Hinweis.

Der Pastor kam zu ihnen. »Ich muss Sie jetzt leider bitten zu gehen«, sagte er und wies auf seine Uhr.

»Bitte, dürfen wir noch einen kurzen Blick in die Krypta werfen?«, bat Paulus.

Der Pastor schüttelte den Kopf. »Tut mir leid, aber die Öffnungszeit ist leider vorbei. Ich muss Sie bitten, morgen wiederzukommen. Wir öffnen um neun Uhr.«

»Es wäre mir sehr wichtig, sie heute noch zu sehen«, sagte Paulus. Er holte sein Portemonnaie hervor und zog alles Bargeld heraus, das er noch besaß – vierzig Euro. »Ich würde im Gegenzug gern etwas für den Erhalt des Doms spenden, wenn Sie einverstanden sind.«

Der Pastor nahm das Geld. »Also schön, folgen Sie mir.«

Er führte sie zu einer Seitentür und eine steile Steintreppe hinab in ein in mehrere Räume unterteiltes Gewölbe, dessen Decke überraschend hoch war.

Der Pastor fühlte sich offensichtlich bemüßigt, für Paulus' Spende ein wenig Information zu bieten. Unaufgefordert erzählte er ihnen, die Krypta sei die größte romanische Säulenhalle Europas und eine architektonische und technische Meisterleistung des frühen Hochmittelalters. Er zeigte auf eine Treppe, die hinter einem Ausgang auf einer Seite der zentralen Halle lag. »Dort geht es zu den Kaisergräbern.«

Paulus wusste, dass hier bedeutende Kaiser und Könige bestattet worden waren, darunter Philip von Schwaben, der Sohn Friedrich Barbarossas, und Rudolf von Habsburg. Doch er interessierte sich nicht für die Gräber der Herrscher. Stattdessen wies er auf eine rechteckige leere Fläche zwischen vier Säulen. »Liegt diese Fläche hier genau unter dem Altar?«

Der Pastor sah ihn mit hochgezogenen Augenbrauen an. »Ja, warum?«

»Ich interessiere mich für die Architektur mittelalterlicher Sakralgebäude«, log Paulus.

»Dann kommen Sie doch am besten morgen wieder«, schlug der Pastor vor. »Ich kann Ihnen noch viel mehr über die Geschichte und Architektur des Doms erzählen. Jetzt allerdings habe ich nicht die Zeit dazu.« Er deutete mit einem Blick auf seine Uhr an, dass auch die großzügige Spende nicht für einen längeren Aufenthalt hier unten reichte.

»Einen Moment noch«, bat Paulus. Er betrachtete den Steinfußboden, der aus unregelmäßig großen Steinquadern geformt war. Genau unter dem Altar, zwischen vier Säulen, war ein großes Quadrat zu erkennen, das aus etwas dunkleren Steinen bestand.

Er ignorierte die fragenden Blicke des Pastors und skizzierte die Form der Steine auf einem Zettel. Man konnte sieben Reihen von Steinen erkennen. Jede bestand aus einer unterschiedlichen Anzahl von Quadern: 6, 8, 6, 8, 7, 7, 8. Umfasst wurde das Quadrat von zwei Steinreihen aus hellerem Stein zwischen den Säulen. Auch hier zählte Paulus die Steine, beginnend jeweils mit der äußeren Reihe: 6 und 7 auf einer Seite, 8 und 7 auf der zweiten, 7 und 8 auf der dritten und 8 und 8 auf der vierten.

Waren das die Zahlen, die sie suchten, das Korn, mit dem alles begann? Jedenfalls war es einen Versuch wert.

»Falls Sie hoffen, hier noch Hinweise auf das verlorene Grab eines Kaisers finden zu können, muss ich Sie enttäuschen«, sagte der Pastor mit hörbarer Ungeduld. »Vor über hundert Jahren wurde hier alles von Archäologen aufgegraben. Man fand die erhaltenen Gräber von acht deutschen Kaisern und Königen sowie einige ihrer Gemahlinnen. Sie wurden dort in die neue Krypta umgebettet.«

Paulus kam ein Gedanke. War es möglich, dass sich die Zahl in Wahrheit auf einen Menschen bezog, auf einen Kaiser vielleicht? War die mathematisch klingende Formulierung in Wahrheit ein Code im Code? »Welche Kaiser und Könige liegen denn hier genau?«, fragte er.

»Tut mir leid, aber ich muss Sie jetzt wirklich bitten zu gehen. Kommen Sie morgen wieder, wenn Sie wollen. Bis dahin muss ich Sie aufs Internet verweisen, dort finden Sie eine Menge Informationen über die Geschichte des Doms.«

»Ja, natürlich. Vielen Dank für Ihre Geduld, Pastor!«

Der Geistliche geleitete sie die Treppe hinauf und zum Hauptportal.

Sie traten hinaus in den warmen Sommerabend. Es hatte aufgeklart; zwischen den Wolken warf die Abendsonne warmes Licht auf den Domplatz. Eine Gruppe Jugendlicher stand in der Nähe des Domnapfes beisammen, Bierdosen in der Hand. Auf der gegenüberliegenden Seite des Platzes führte eine breite, von schmuckvollen alten Häusern gesäumte Einkaufsstraße zu dem Parkhaus, in dem sie ihren Mietwagen abgestellt hatten.

An der Ecke, an der die Straße auf den Platz einmündete, stand ein Mann mit hellblauem Hemd und Khakihosen. Es war eindeutig derselbe, der sie vorgestern in Heidelberg verfolgt hatte. Er hielt ein Handy am Ohr. Da er eine dunkle Sonnenbrille trug, konnte Paulus nicht sehen, in welche Richtung er blickte.

Paulus erstarrte. Erst nach einer Sekunde wurde ihm bewusst, dass er nicht zögern durfte, wenn er seine Tarnung nicht gefährden wollte. Er wandte sich nach rechts und zog Mele mit sich.

»Was ist?«, fragte sie. »Wollen wir nicht zurück zum Auto?«

»Dreh dich nicht um«, sagte Paulus. »Sie sind hier.«

Als sie die Ecke des Doms umrundet hatten, presste er sich an die Wand und spähte auf den Platz.

Der Mann hatte sich in Bewegung gesetzt und kam mit zügigen Schritten auf sie zu.

»Lauf!«, rief Paulus und sprintete los.

Sie rannten die Nordflanke der gewaltigen Kathedrale entlang Richtung Osten. Hinter dem Dom erstreckte sich ein weitläufiger Park. Vielleicht konnten sie ihren Verfolger dort abschütteln.

Sie hetzten über eine Wiese und durch ein Tor in einer Steinmauer, die der Rest einer mittelalterlichen Umfriedung des Doms zu sein schien. Direkt hinter dem Tor befand sich eine Mauer, die gut vier Meter senkrecht abfiel. Paulus überlegte kurz, ob sie dort herunterspringen sollten, doch die Gefahr, sich dabei einen Fuß zu verstauchen oder gar ein Bein zu brechen, war zu groß.

Stattdessen wandten sie sich nach links. Mele hechtete in ein dichtes Gebüsch am Rand des Weges. Paulus erschien das nicht gerade wie ein sicheres Versteck, doch es blieb keine Zeit zu diskutieren. Er kauerte sich zu ihr in den dürftigen Sichtschutz der Büsche.

Sekunden später erschien ihr Verfolger. Er rannte durch das Tor, blieb an der Mauer stehen und blickte über den terrassenartig angelegten Park. Immer noch hielt er das

Handy am Ohr und sprach hinein. Paulus hörte Worte in einer kehligen Sprache, die er nicht verstand. War das Arabisch? Hebräisch? Oder etwas ganz anderes?

Der Mann sah sich suchend um. Paulus hielt den Atem an. Er war sich sicher, dass sie in dem Gebüsch leicht zu erkennen waren. Doch der Blick des Mannes traf sie nicht. Er rannte nach rechts.

Als er außer Sichtweite war, wollte Paulus aufstehen und zurück auf den Domplatz eilen, in Richtung ihres Autos. Mele hielt ihn jedoch zurück. »Warte noch«, flüsterte sie.

Paulus war sich nicht sicher, ob es weibliche Intuition war oder einfach nur Glück, aber nach etwa zwei Minuten erschien der Araber. Er blieb vor dem Tor stehen und rief etwas. Kurz darauf kam der Mann im hellblauen Hemd zurück. Sie standen dort, keine zehn Meter von Paulus und Mele entfernt, und unterhielten sich gestikulierend. Ihrem Tonfall nach zu urteilen stritten sie darüber, was jetzt zu tun sei. Schließlich verschwanden sie gemeinsam in Richtung Domplatz.

»Komm«, sagte Paulus, nachdem er weitere zwei Minuten abgewartet hatte. Sie durchquerten den Park Richtung Osten, wobei sie sich bemühten, im Sichtschutz von Bäumen und Büschen zu bleiben.

Nach ein paar hundert Metern erreichten sie das Rheinufer.

»Und jetzt?«, fragte Mele.

Paulus sah sich um. Nicht weit entfernt entdeckte er einen Biergarten. »Hast du Hunger?«

»Du willst jetzt was essen gehen?«

»Warum nicht? Je mehr Zeit wir verstreichen lassen, bevor wir zu unserem Wagen zurückkehren, umso besser.«

»Na gut, vielleicht hast du recht. Hunger hab ich schon.«

Wegen des durchwachsenen Wetters war der Biergarten nur mäßig besucht. Sie setzten sich in den Schutz einer alten Kastanie. Paulus bestellte ein Mineralwasser und einen Wurstsalat, Mele einen Salatteller und ein Glas Rotwein. Sie blickten hinaus auf den Rhein, der träge vor ihnen dahinfloss, als ginge ihn all die Aufregung an seinen Ufern nichts an.

Allmählich löste sich Paulus' Anspannung. Sie waren ihren Verfolgern wieder einmal entwischt. Aber wie lange würde das noch so weitergehen? Und was würde geschehen, wenn diese Leute ihnen doch noch auf die Spur kamen? Er dachte lieber nicht darüber nach.

»Es ist schön hier«, stellte Mele fest.

»Ja.«

»Wir können ja noch mal wiederkommen, wenn all das vorbei ist.«

Paulus warf ihr einen Blick zu. Wie meinte sie das? Doch ihr Gesicht blieb undurchsichtig. Nur ein leichtes, fast spöttisches Lächeln lag auf ihren Lippen. Spielte sie nur mit ihm?

Ihm wurde bewusst, dass er etwas antworten sollte. Er zögerte einen Moment, dann sagte er: »Ja, das wäre schön.«

Ihr Lächeln wurde breiter.

»Was, meinst du, macht Dirk jetzt?«, fragte Paulus, ohne genau zu wissen, warum er plötzlich die Sprache auf Meles Mitbewohner brachte.

Sie wurde ernst. »Keine Ahnung. Er ist sicher immer noch ziemlich sauer auf dich. So was kann bei ihm länger anhalten.«

»Meinst du, er macht dir Ärger, wenn du wieder zurück in eure WG kommst?«

Mele schwieg einen Moment. Paulus fragte sich, ob er etwas Falsches gesagt hatte.

»Ich werde schon mit ihm fertig«, antwortete sie schließlich. »Er kann ziemlich anstrengend sein, aber im Grunde ist er ein netter Kerl.«

»Und Mike? Wie ist der so?«

»Ganz okay, aber ein bisschen langweilig. Er lernt immer nur und macht seinen Kraftsport. Und du? Was machst du so in Hamburg?«

Paulus zuckte mit den Schultern. »Das Leben eines Historikers ist nicht besonders aufregend, fürchte ich.« Er begann, ihr von seiner Arbeit zu erzählen, wie er anhand von alten Dokumenten die Wirtschaftsverflechtungen der Hanse nachzeichnete, deren Handelsbeziehungen bis nach Asien gereicht hatten. Mele war eine gute Zuhörerin. Sie stellte an den richtigen Stellen Fragen, die von einem wachen Verstand zeugten. Es machte Spaß, hier mit ihr zu sitzen, und er vergaß völlig, in welcher lebensbedrohlichen Situation sie eben noch gewesen waren.

Irgendwann merkte er, dass es dunkel geworden war. Er winkte die Kellnerin heran, um zu bezahlen. Erst in diesem Moment fiel ihm ein, dass er kein Bargeld mehr hatte. Zum Glück akzeptierte das Restaurant seine Kreditkarte.

Er bestellte ein Taxi für den Weg zurück zum Parkhaus, in dem der Mietwagen stand. Unterwegs hielten sie an einem Geldautomaten an. Paulus dachte mit einigem Schrecken daran, wie viel ihn dieses Abenteuer bisher gekostet hatte. Andererseits: Wenn es ihm gelang, mit Hilfe des Manuskripts eine religiös motivierte Verschwörung gegen Bismarck nachzuweisen, würde er sich in der Historikergemeinschaft einen Namen machen – und vielleicht mehr über die Geschichte seiner Familie erfahren.

31.

Worms, Freitag 00:11 Uhr

Sie übernachteten in einem einfachen Hotel am Stadtrand von Worms nahe der A 61. Als sie im Aufzug in die dritte Etage fuhren, durchzuckte Paulus der Gedanke, dass er Mele fragen könnte, ob sie zum Abschluss eines aufregenden Tages nicht noch zusammen die Minibar in seinem Zimmer plündern sollten.

Er verwarf den Gedanken. Er wollte nicht so enden wie Dirk: unglücklich verliebt in ein Mädchen, das nicht bindungsfähig zu sein schien. Doch es kostete ihn einige Überwindung, einfach nur »gute Nacht« zu sagen und die Tür hinter sich zu schließen, ohne sich noch einmal umzudrehen.

Am nächsten Morgen wachte er früh auf und machte sich an die Arbeit, ohne Mele zu wecken. Er hatte die wichtigsten Punkte aus der Entschlüsselungsanleitung auf einem Zettel aufgelistet:

- *Hundertsechzig Ziffern, immer zwei davon ein Buchstabe*
- *Rechnende Mühlen*
- *Zahl im Napf des Bischofs*
- *Zahl des Rades, das sich endlos dreht*
- *Jedes Korn nur ein Zehntel des vorigen*
- *Zahl in der Zahl*
- *(Das Korn, das der Anfang ist) liegt in dem Rechteck, das Länge und Breite bilden, im Maße Roms*

Er betrachtete die Zahlen, die er gestern in der Krypta notiert hatte. Die Reihen der Steine im Inneren des Quadrats: 6, 8, 6, 8, 7, 7, 8. Dann die äußeren Steinreihen: 6, 7, 8, 7, 7, 8, 8, 8, wobei die Reihenfolge dieser Ziffern recht willkürlich war, je nachdem, wo man anfing zu zählen. Dies waren bei weitem nicht 160 Ziffern, aber sie konnten durchaus den Anfang einer Zahlenreihe bilden, hinter der sich der Code verbarg. Dafür sprach auch der Hinweis auf die rechnenden Mühlen: Mit einer simplen Rechenmaschine waren solche Zahlenreihen schneller zu erstellen als mit der Hand. Auch »das Rad, das sich endlos dreht« konnte auf eine endlose Zahlenfolge hindeuten.

Das Ganze erinnerte ihn ein wenig an Rätselaufgaben, wie man sie manchmal in Zeitschriften fand. Setzen Sie die folgenden Zahlenreihen fort: 1, 2, 3, 5, 7, 11, 13 … oder 31, 28, 31, 30, 31 …

Es ging dabei darum, die Gesetzmäßigkeit zu finden, die hinter der Zahlenreihe lag. Im ersten Beispiel handelte es sich einfach um alle Primzahlen. Für die zweite Aufgabe hatte Paulus etwas länger gebraucht, bis er begriffen hatte, dass es sich um die Zahl der Tage in den Monaten gehandelt hatte und die nächste gesuchte Zahl somit 30 war. Hatte man das Bildungsgesetz einmal entdeckt, konnte man meist eine beliebig lange Zahlenreihe ableiten.

Welches Bildungsgesetz aber mochte hinter den Zahlen stecken, die er notiert hatte?

Er versuchte es, indem er die Abstände zwischen den Zahlen betrachtete: +2, –2, +2, –1, 0, +1. Er konnte die Folge fortsetzen, indem er die Zahlenreihe mit denselben Abständen weiterführte. 8 + 2 war 10, –2 wieder 8, dann folgte 10, 9, 9, 10, 12, 10, 12, 11, 11, 12, 14 usw. Nun musste er nur noch die sich so ergebenden Ziffern jeweils zu zweit gruppieren. Er erhielt 68, 68, 77, 81, 08, 10, 99, 10 … Diese Ziffern musste er nun noch in Buchstaben verwandeln, indem er sie durch die Länge des verwendeten

Alphabets – 25 – teilte und den sich ergebenden Rest als Position innerhalb des Alphabets verwendete. 68 geteilt durch 25 war 2 Rest 18, der erste Buchstabe des Schlüsselcodes wäre demnach ein R.

Doch die Buchstaben, die er auf diese Weise als Schlüssel erhielt, führten nicht zu einem lesbaren Text. So einfach war es also nicht.

Paulus gab nicht auf. Er versuchte es mit der umgekehrten Reihenfolge der Ziffern, stellte jedoch fest, dass dann die Zahlenfolge absteigend statt aufsteigend war und rasch negativ wurde. Er versuchte es trotzdem, indem er das Vorzeichen einfach ignorierte, erhielt jedoch kein brauchbares Resultat.

Er fügte verschiedene Kombinationen der Ziffern der Umrandung hinzu, doch auch das brachte ihn nicht weiter. Schließlich begriff er, dass die Lösung aller Wahrscheinlichkeit nach nicht allein in der Anzahl der Steinquader in dem Quadrat unterhalb des Altars lag.

Als er die Liste der Hinweise noch einmal durchging, fiel ihm auf, dass er zwei Dinge noch nicht berücksichtigt hatte: Die Zahlen, mit denen er bisher herumexperimentiert hatte, hatten noch nichts mit dem Napf des Bischofs zu tun. Und was »im Maße Roms« bedeuten sollte, war ihm ebenfalls noch völlig unklar. Musste er vielleicht irgendwie das Maß des Napfes in die Reihe einrechnen? Das würde bedeuten, dass sie noch einmal nach Speyer zurückkehren mussten, um den Napf zu vermessen, und zwar in den »Maßen Roms« – was nur logisch erschien, da Zentimeter im Mittelalter noch nicht bekannt gewesen waren.

Die Römer hatten als äußerst exakt planende Baumeister ihre Maße sehr präzise definiert. Basis war der römische Fuß, der knapp 30 Zentimeter gemessen hatte. Ein »Passus« – Doppelschritt – entsprach 5 Fuß; ein »Mille passus« – tausend Schritte – war 5000 Fuß oder etwa 1,5 Kilometer lang und bildete die Basis für die heute immer noch gebräuchliche Meile. Paulus kannte diese Maße, weil sie auch innerhalb der Hanse verwendet worden waren – neben unzähligen weiteren, oft regional unterschiedlich genormten Maßen.

Ihm fiel etwas ein, das er gestern gelesen, aber zunächst für unwichtig gehalten hatte. Er holte die Broschüre hervor, die sie in dem Café gefunden hatten. Darin stand, dass der Domnapf von jedem neu geweihten Bischof mit Wein gefüllt worden war – und dass der Napf 1580 Liter fasste. Das gebräuchliche römische Maß für Flüssigkeiten waren Congius – eine Kanne, etwa 3,2 Liter – und Sextarius, im Mittelalter auch Sester genannt – eine Sechstelkanne, etwas mehr als ein halber Liter.

Ermutigt von diesen Erkenntnissen, begann Paulus, verschiedene Rechenoperationen auszuführen. Er multiplizierte das Napfvolumen in Sester und Kannen mit den Ziffern, die er bisher erhalten hatte, und berechnete aus den so entstehenden Ziffernreihen neue Schlüsselcodes. Doch was er auch versuchte, es ergab sich kein sinnvoller Text.

Allmählich wurde ihm klar, dass die Zahl der möglichen mathematischen Kombinationen, die sich aus den Hinweisen ergaben, sehr groß war. Entweder waren die Hinweise nicht besonders präzise, oder er hatte sie noch nicht richtig verstanden. Vielleicht brauchte er nicht das Volumen des Napfes, sondern Durchmesser oder Umfang? Etwas regte sich in seinem Hinterkopf bei diesem Gedanken, doch er kam nicht darauf, was es war.

Er überlegte, ob er aus dem bekannten Volumen des Napfes dessen Durchmesser erschließen konnte. Das war jedoch nur möglich, wenn der Napf exakt die Form einer

Hohlkugel hatte. Dies erschien Paulus nach seiner Erinnerung nicht der Fall zu sein – der Napf war dafür deutlich zu flach gewesen.

Während er noch darüber grübelte, klopfte es leise an der Tür. Er sprang auf und öffnete.

»Sorry, wenn ich dich geweckt habe«, sagte Mele.

»Guten Morgen«, erwiderte er. »Keine Sorge, ich bin schon eine Weile wach. Lass uns frühstücken gehen.«

Bei Müsli und Brötchen mit Rührei und Speck erzählte er ihr, was er bisher herausgefunden hatte. »Das Problem ist, dass es einfach zu viele Interpretationsmöglichkeiten gibt«, schloss er. »Vielleicht würde ein Mathematiker besser begreifen, was der Autor des Manuskripts meint. Ich habe jedenfalls das Gefühl, im Nebel zu stochern.«

Mele runzelte die Stirn. »Ich glaube, ich kenne jemanden, der uns helfen kann«, sagte sie.

»Wen denn?«

Ein merkwürdiger Ausdruck lag auf ihrem Gesicht, den er nicht deuten konnte. War das Verunsicherung? »Er lebt in Düsseldorf«, sagte sie. »Am besten, wir fahren hin. Dort können wir vielleicht auch für eine Weile unterkommen, bis wir den Rest des Textes entschlüsselt haben.«

»Ein Freund von dir?«

Mele senkte den Blick. »So ähnlich.«

»Können wir ihm trauen?« Paulus wollte nicht noch einmal etwas erleben wie die Auseinandersetzung mit Dirk.

Sie nickte. »Ja. Es gibt niemanden, dem ich mehr vertraue als ihm.«

Paulus wusste nicht, ob das viel wert war, aber er beschloss, nicht weiter in sie zu dringen. Er war sich durchaus nicht sicher, ob es eine gute Idee war, noch jemanden mit in die Sache hineinzuziehen. Andererseits konnte er

Hilfe gut gebrauchen. Er würde sich ein Urteil bilden müssen, wenn er Meles Bekanntem gegenübertrat, und dann entscheiden, wie offen er sein konnte.

Kurz darauf fuhren sie die A 61 entlang Richtung Norden. Mele hatte die Adresse auswendig in das Navigationssystem eingegeben. Es führte sie um Köln herum weiter nach Norden.

Als das Navi schließlich verkündete, sie hätten ihr Ziel erreicht, war Paulus überrascht. Sie standen vor einem großzügigen, modernen Einfamilienhaus im noblen Düsseldorfer Vorort Niederkassel.

»Hier ist es?«, fragte Paulus.

Mele nickte. Sie wirkte, als sei ihr die ganze Sache unangenehm.

»Wollen wir nicht aussteigen?«, fragte er.

Sie seufzte und öffnete die Beifahrertür.

Sie durchschritten einen gepflegten Vorgarten mit sauber geschnittenem Rasen, blühenden Rhododendren und Rosenstöcken. Bevor sie die Haustür erreichten, öffnete sich diese, und ein hochgewachsener, schlanker Mann mit graumeliertem Haar, mindestens zwanzig Jahre älter als Paulus, trat heraus. Er wirkte überrascht, aber auch erfreut. »Mele!«

Sie zögerte, warf einen kurzen Blick zu Paulus. Dann umarmten sie sich. »Hallo, Papa!«

32.
Hagen, Freitag 09:15 Uhr

Der vertraute Geruch von frischem Gebäck weckte Kindheitserinnerungen, als Dirk die Konditorei seines Vaters betrat. Er verdrängte sie. Jetzt bloß nicht sentimental werden.

»Hallo, Dirk!«, rief seine Schwester Frederike erfreut. »Schön, dass du mal wieder vorbeikommst!« Sie wandte sich wieder der Kundin zu, die sie gerade bediente. »Das macht zwei neunzig, bitte.«

Dirk wartete, bis die Kundin den Laden verlassen hatte. Nur drei der Tische des Cafés waren besetzt – das Geschäft mit dem Frühstück lief offenbar nicht mehr so gut wie früher. Kein Wunder bei all den Coffeeshops, die inzwischen das Straßenbild der Innenstädte prägten.

»Ist Papa da?« Es war eine rhetorische Frage – wenn er nicht gerade krank war oder im Großmarkt einkaufte, stand sein Vater immer in der Backstube.

»Ist irgendwas?«, fragte Frederike. Sie hatte stets ein gutes Gespür für Dirks Stimmungen gehabt.

»Ich wollte ihm nur den Schlüssel zurückgeben, den er meinen beiden *Freunden* geliehen hat.« Es gelang ihm nicht, den Sarkasmus aus seiner Stimme herauszuhalten.

Er hatte den ganzen Tag gestern in der Ferienwohnung herumgesessen und vergeblich versucht, seine Wut und sein Schamgefühl zu bändigen. Irgendwann hatte er eingesehen, dass er sich nicht ewig im Sauerland verstecken konnte, und beschlossen, mit der Bahn nach Köln zurückzukehren – aber nicht, ohne seinem Vater noch ein paar deutliche Worte zu sagen.

»Ich hole ihn«, sagte Frederike und verschwand durch die Hintertür.

Kurz darauf kam sie mit seinem Vater in fleckiger weißer Konditorkleidung zurück. Er grinste breit, als er Dirk sah, und breitete die Arme aus. »Hallo, mein Junge!«

Dirk legte den Schlüssel auf den Tisch, machte jedoch keine Anstalten, seinen Vater zu umarmen. »Besten Dank auch, dass du irgendwelchen Fremden den Schlüssel zu unserer Ferienwohnung gegeben hast!«

»Stimmt was nicht? Ich dachte, das wären Kommilitonen von dir. Sie haben gesagt, ihr hättet euch gestritten und sie wollten sich bei dir entschuldigen.«

»Entschuldigen! Dass ich nicht lache!«

»Tut mir leid, mein Sohn. Ich dachte wirklich …«

»Schon gut. Denken war ja noch nie deine Stärke.«

»Dirk!«, rief Frederike scharf. »Papa, kannst du mal einen Moment die Theke machen?« Ohne eine Antwort abzuwarten, kam sie hinter der Glastheke hervor wie eine Furie, ergriff Dirks Hand und zerrte ihn mit sich durch die Backstube, wo ein Geselle gerade Vanillecreme anrührte, in den engen Aufenthaltsraum.

»Sag mal, was soll das?«, fuhr sie ihn an. »Papa hat sich so gewünscht, dass du mal vorbeikommst und uns besuchst, und was machst du? Du beleidigst ihn!«

Dirk sah seine zwei Jahre ältere Schwester schuldbewusst an. Sie war vielleicht nicht die Klügere, aber definitiv die Willensstärkere von ihnen.

»Ist doch wahr«, verteidigte er sich. »Wie kommt er dazu, irgendwelchen Typen, die er gar nicht kennt, von unserer Ferienwohnung zu erzählen und ihnen auch noch gleich den Schlüssel zu geben?«

»Was ist denn eigentlich los?«

»Nichts ist los! Ich wollte bloß einfach meine Ruhe haben vor diesen Spinnern. Aber daraus ist nichts geworden.«

»Erzähl mir keinen Quatsch, Dirk. Ich kenne dich gut genug. Jemand hat dich verletzt. War sie es?«

»Wer?«

»Dieses schlanke Mädchen mit den kurzen Haaren und den Rehaugen.«

Dirk senkte den Blick. »Quatsch!«

Frederike legte sanft ihre Hand auf seine. »Was ist passiert?«

»Gar nichts!«

»Ist sie mit diesem Typen zusammen, mit dem sie hier war? So ein Gutaussehender mit grauen Schläfen?«

Dirk warf ihr einen empörten Blick zu. Gutaussehend? Paulus? »Keine Ahnung. Interessiert mich auch nicht.«

Frederike seufzte. »Ich weiß ja nicht, was vorgefallen ist. Aber vielleicht solltest du noch mal mit ihr sprechen. Sie war hier und hat nach dir gesucht. Das beweist doch, dass ihr etwas an dir liegt, oder?«

»Du hast überhaupt keine Ahnung!«, sagte Dirk. Doch gleichzeitig spürte er Hoffnung in sich aufkeimen. Vielleicht hatte seine Schwester recht – vielleicht war es Mele doch nicht bloß um das verdammte Manuskript gegangen.

»Dann erzähl mir, was los ist.«

»Also gut.« Während Dirk die Ereignisse der letzten Tage schilderte, hörte Frederike in ihrer stillen, ernsten Art zu.

»Wow!«, sagte sie, nachdem er geendet hatte. »Das klingt ja wie ein Thriller! Dir ist schon klar, dass du dich benommen hast wie ein Vollidiot, oder? Diesem Paulus das Manuskript zu klauen, das seiner Großmutter gehörte!«

Dirk wollte widersprechen, doch ihm fiel nichts Überzeugendes ein, das er zu seiner Verteidigung vorbringen konnte.

Frederike lächelte. »Es gibt verschiedene Arten von Vollidioten, weißt du. Manche sind Idioten aus Gier und Selbstsucht, andere machen Unsinn, weil sie es gut meinen. Wieder andere können nicht mehr klar denken, weil ihnen jemand den Kopf verdreht hat. Bei dir scheinen mir alle drei Kategorien zuzutreffen.«

Er musste grinsen. »Da hast du wohl recht.« Es tat gut, jemandem sein Herz ausgeschüttet zu haben. Jemandem wie Frederike, die schon als Kind bedingungslos zu ihm gehalten hatte, ganz egal, welchen Unsinn er verzapft hatte.

»Dir ist klar, was du jetzt zu tun hast?«

Er tat unwissend. »Was denn?«

»Du musst dich bei den beiden entschuldigen! Vor allem bei diesem Paulus!«

Dirks Magen verknotete sich bei der Vorstellung. »Das geht nicht«, sagte er.

»Wieso nicht?«

»Ich habe keine Ahnung, wo die beiden sind.«

»Dann ruf sie an!«

»Mele hat kein Handy.«

»Aber Paulus, oder?«

»Ja, schon, aber …«

»Du traust dich nicht.«

Dirk antwortete nicht.

»Ich kenne dich, Bruderherz. Du wirst das jahrelang mit dir herumschleppen, wenn du nicht reinen Tisch machst. Ruf ihn an, triff dich mit den beiden, entschuldige dich, dann ist die Sache erledigt.«

Dirk wurde plötzlich wütend. »Und du denkst, dann ist

alles wieder gut?«, fuhr er sie an. »Du glaubst, sie lässt dann diesen Blödmann stehen und kommt zu mir zurück? Sie hält ihn für den Auserwählten, schon vergessen?«

Frederike sah ihn mitleidvoll an. »Ich weiß, dass es weh tut, aber du musst sie loslassen. Vielleicht kommt sie zu dir zurück, wenn sich die ganze Sache als Humbug herausstellt, vielleicht nicht. Wichtig ist nur, dass du dich nicht jahrelang mit Selbstvorwürfen quälst!«

»Und wenn es kein Humbug ist?«

33.

Düsseldorf, Freitag 11:57 Uhr

Paulus stand da wie vom Donner gerührt. Das Haus, der Garten, die Umgebung kündeten von beträchtlichem Wohlstand. Mele stammte aus einem vornehmen Elternhaus. Warum hatte sie ihm dann eine abenteuerliche Geschichte von ihrer Jugend im Waisenhaus erzählt?

Aus dem gleichen Grund, aus dem sie Touristen Lügenmärchen von den gesprengten Türmen des Kölner Doms erzählte – einfach, weil es ihr Spaß machte. Er hätte nicht überrascht sein sollen.

Er hätte sich auch nicht so verletzt fühlen sollen.

Meles Vater löste sich von ihr. »Robert Kallen«, stellte er sich vor.

Paulus gab ihm die Hand. »Paulus Brenner.«

»Kommen Sie doch herein!«

Er führte sie in ein geschmackvoll modern eingerichtetes Wohnzimmer. Sie nahmen auf schlichten Ledersesseln Platz, von denen jeder einzelne vermutlich mehr gekostet hatte als Paulus' gesamte Wohnungseinrichtung. Meles Vater stellte ungefragt eine Flasche gekühltes Mineralwasser und ein paar Gläser auf den Tisch.

»Schön, dass du dich mal wieder blicken lässt«, sagte er mit leicht vorwurfsvollem Tonfall. »Wo hast du in den letzten Monaten gesteckt?«

»Hier und da«, antwortete Mele.

»Was macht dein Studium?«

Sie zuckte mit den Schultern. »Geht so.«

Er wandte sich an Paulus. »Und Sie? Studieren Sie auch Psychologie?«

Psychologie! Das passte. Paulus warf einen kurzen Blick zu Mele, den sie mit ihren unschuldigen großen Augen erwiderte. Wahrscheinlich betrachtete sie die Menschen in ihrer Umgebung mit ähnlichem Interesse wie ein Pharmazeut seine Versuchstiere.

»Ich bin wissenschaftlicher Mitarbeiter am Institut für mittelalterliche Geschichte der Universität Hamburg«, erklärte er und merkte, dass es ein bisschen förmlich klang, fast, als müsse er sich dafür entschuldigen.

»Wir brauchen deine Hilfe, Papa«, sagte Mele. »Paulus hat ein Manuskript aus dem Mittelalter bekommen, das seiner Großmutter gehörte. Es ist verschlüsselt. Wir haben schon einen Großteil des Textes entziffert, aber jetzt kommen wir nicht weiter. Vielleicht kannst du uns helfen.«

»Das klingt aufregend. Aber ich bin Architekt, kein Historiker. Und erst recht kein Kryptologe.«

»Du verstehst doch was von Mathematik. Ein Teil des Schlüssels scheint auf mathematischen Prinzipien zu beruhen. Vielleicht kannst du dir das mal ansehen.«

»Einverstanden. Aber danach will ich ein bisschen mehr darüber wissen, was meine Tochter so treibt.« Zu Paulus sagte er: »Als Meles Mutter noch lebte, wusste sie immer viel besser als ich zu deuten, was im Kopf meiner Tochter vorging. Für mich ist sie immer ein großes Rätsel geblieben.« Er lächelte.

Paulus merkte, dass ihm Meles Vater sympathisch war. Und auch Meles Verhalten erschien plötzlich in einem anderen Licht. Vielleicht hatten ihre Neigung, Scheinwelten aufzubauen, und ihre Bindungsängste etwas mit dem Verlust ihrer Mutter zu tun.

Gerade, als er das Manuskript hervorholen wollte, klingelte sein Handy. Er warf einen Blick auf das Display. Es war nicht Lieberman, wie er gehofft hatte. Stattdessen erkannte er Dirks Nummer. Was wollte der jetzt von ihm? Wie auch immer, Paulus hatte weder Zeit noch Lust, sich irgendwelche Tiraden anzuhören. Er drückte auf den Knopf, der das Gespräch ablehnte. Dann reichte er dem Architekten das Buch.

Der blätterte vorsichtig durch die Seiten. »Das ist wirklich bemerkenswert. Es wirkt sehr alt.«

»Ich vermute, dass es aus dem 19. Jahrhundert stammt«, sagte Paulus. Er erzählte, was sie bisher herausgefunden hatten. Die Verfolgung durch die mysteriösen Männer erwähnte er jedoch ebenso wenig wie die Auseinandersetzung mit Dirk. Er wollte Meles Vater nicht beunruhigen oder gar verärgern.

»Jetzt sind wir an einer Stelle, an der wir einfach nicht weiterkommen«, schloss er. Er zeigte Meles Vater den Zettel mit der Übersetzung.

Der Architekt las die Zeilen schweigend. »Pi«, sagte er nach einem Moment.

Paulus zuckte zusammen. »Was?«

»Diese Hinweise hier: Die Zahl, die sowohl in einem Brunnen als auch in einem Napf und in einem Rad zu finden ist, das klingt mir nach Pi, dem Verhältnis zwischen Umfang und Durchmesser eines Kreises. Diese Zahl hat die Mathematiker schon in der Antike fasziniert. Für uns Architekten ist sie eine wichtige Konstante. Ich kann sogar die ersten zehn Stellen immer noch auswendig: 3,1415926535. Es gibt Leute, die noch wesentlich mehr Ziffern aufsagen können. Der Rekord liegt bei über 100 000 Stellen, glaube ich.«

Paulus spürte ein merkwürdiges Gefühl im Nacken, wie von einem eisigen Hauch. Er nahm dem Architekten den Zettel aus der Hand und las noch einmal die betreffende Textpassage.

Er wird die Zahl im Brunnen finden wie im Napf bei der Kirche des Bischofs. Denn es ist die Zahl des Rades. Und jenes Rad, das sich endlos dreht, mahlt die Zahl zu Staub, jedes Korn nur ein Zehntel des vorigen. Die Körner aber sind zahlreicher als die Sterne des Himmels und mehr als die Sandkörner in der Wüste.

Es war so offensichtlich, dass er sich ziemlich dumm vorkam. Es passte alles: Das Rad, das sich endlos drehte und die Zahl zu Staub mahlte, so dass jedes Korn nur ein Zehntel des vorigen war – das wies eindeutig auf die Nachkommastellen hin, die man erhielt, wenn man Pi immer genauer berechnete. Da es sich um eine unendliche, nichtperiodische Dezimalzahl handelte, hatte sie natürlich auch mehr Nachkommastellen, als es Sterne am Himmel oder Sandkörner in der Wüste gab.

Doch wenn es wirklich die Zahl Pi war, auf die das Manuskript Bezug nahm, dann führte das zu abenteuerlichen, ja beängstigenden Schlussfolgerungen – vor allem, wenn man den nächsten Teil des Textes betrachtete, der Anweisungen enthielt, wie mit der Zahl zu verfahren war:

Von diesen muss er das Richtige benennen, denn es ist der Anfang, und die Folgenden sind Zahl in der Zahl, und sie sind Chaos und sind doch wohl geordnet, so wie die Welt scheinbar Chaos ist und doch von göttlicher Hand gestaltet. Jenes Korn aber liegt in dem Rechteck, das Länge und Breite der Kirche bilden, im Maße Roms.

Wenn Meles Vater recht hatte, dann bezog sich dieser Hinweis auf eine ganz bestimmte Nachkommastelle, die den Anfang einer Ziffernfolge bildete – einer scheinbar chaotischen Zufallsfolge, die jedoch »wohlgeordnet« war, weil sie sich aus einem strengen mathematischen Zusammenhang ergab. Der Text beschrieb auch genau, welche Ziffer die erste der Folge war: die Nachkommastelle nämlich, die sich aus dem Rechteck, also dem Produkt aus Länge und Breite des Speyerer Doms, gemessen in römischen Fuß, ergab.

»Darf ich den Zettel noch mal haben?«, bat Meles Vater.

Paulus reichte ihn ihm.

Er las mit gerunzelter Stirn. »Das ist allerdings merkwürdig«, sagte er.

»Was ist merkwürdig, Papa?«

»Wenn ich das hier richtig interpretiere, dann bezieht sich der Text auf eine Ziffernfolge, die in den Nachkommastellen von Pi verborgen ist.«

»Das ergibt doch einen Sinn«, behauptete Mele. »Diese Sache mit den Körnern, die ein Zehntel des vorigen sind …«

»Ja, schon. Allerdings … Ich weiß ja nicht genau, wie groß die Kirche ist, von der hier die Rede ist, aber wenn man Länge mal Breite nimmt, dann ergibt sich vermutlich eine Zahl in den Tausendern. Die Ziffernfolge müsste also bei der x-tausendsten Nachkommastelle von Pi beginnen.«

»Ja, und?«

»Herr Brenner hat gerade gesagt, dass das Manuskript vermutlich aus dem 19. Jahrhundert stammt. Damals war Pi nur auf ein paar hundert Stellen genau bekannt. Erst in den Sechzigerjahren hat man Pi auf mehrere tausend Stellen genau berechnen können – das war nur mit den damals leistungsfähigsten Computern möglich.«

Meles Augen leuchteten. »Dann ist das der Beweis!«, rief sie.

»Was für ein Beweis?«, fragte ihr Vater.

»Dass dieses Manuskript eine Botschaft aus der Zukunft enthält!«

Meles Vater betrachtete sie mit gerunzelter Stirn. »Wieso denkst du, dass das Buch eine Botschaft aus der Zukunft enthält?« Paulus fiel auf, dass die Frage keine Kritik und auch kein Urteil über die Wahrscheinlichkeit dieser Behauptung enthielt. Ihr Vater gab Mele die Möglichkeit, ihre Sicht darzulegen, und war bereit, sie sich zumindest anzuhören.

»Hier steht es doch«, sagte seine Tochter und zeigte auf eine Stelle der Übersetzung. *»Diese Ziffern wird erkennen, wer berufen ist, die Worte zu lesen, denn sie sind vor dem menschlichen Verstande verborgen, und nur die rechnenden Mühlen können das Korn mahlen.* Paulus hatte schon vermutet, dass sich dieser Satz auf irgendeine Form von früher Rechenmaschine beziehen könnte. Aber jetzt ist klar, was mit den ›rechnenden Mühlen‹ tatsächlich gemeint ist: Computer!« Sie warf einen kurzen Blick zu Paulus, bevor sie fortfuhr: »Ich habe nicht alles genau verstanden, aber Paulus hat mit einem Freund gesprochen, einem Physiker, und der meinte, es sei prinzipiell möglich, Informationen aus der Zukunft in die Vergangenheit zu übermitteln, auch wenn man dadurch die Zukunft verändert. Irgendwie hat das mit Quantenphysik und Parallelwelten zu tun.«

»Mir scheint, ihr habt bisher noch keinen schlagenden Beweis dafür, dass das Buch tatsächlich Botschaften aus der Zukunft enthält«, erklärte ihr Vater.

Paulus war froh, dass er seine eigene skeptische Sichtweise teilte. Doch der Architekt relativierte gleich darauf seine Aussage: »Andererseits können wir zum jetzigen Zeitpunkt nichts ausschließen. Es wäre nicht das erste Mal, dass durch eine zufällige Entdeckung unser Weltbild auf den Kopf gestellt wird. Ich kann nicht behaupten, dass ich die moderne Physik verstehe. Aber ich weiß, dass das Universum voller Ungereimtheiten und Merkwürdigkeiten steckt, die sich unserem sogenannten gesunden Menschenverstand entgegenstellen. Daran hat sich durch die neueren Erkenntnisse der Physiker nichts geändert – im Gegenteil. Mir scheint, je mehr wir über die Eigenschaften des Universums erfahren, desto weniger verstehen wir es.«

»Bisher haben wir nichts als Vermutungen«, sagte Paulus.

»Dann sollten Sie sich daranmachen, die Hypothese zu testen – so unwahrscheinlich sie auch erscheinen mag. Kommen Sie, Sie können meinen Laptop benutzen.«

Er führte sie in ein modern eingerichtetes Arbeitszimmer. An den Wänden hingen Fotos von Bürobauten und Mehrfamilienhäusern, die Meles Vater offensichtlich entworfen hatte, sowie einige gerahmte Auszeichnungen.

Mele und ihr Vater sahen ihm über die Schulter, während Paulus den Wikipedia-Eintrag über den Dom zu Speyer aufrief. Dort stand, dass der Dom mit einer Länge von 444 und einer Breite von 111 römischen Fuß bei seiner Errichtung eines der größten Bauwerke der Welt gewesen war.

Paulus fand eine Website, auf der die ersten 100 000 Nachkommastellen von Pi veröffentlicht waren. Er kopierte die Ziffern ab der 49 284. Nachkommastelle, dem Produkt aus 111 und 444, in ein Tabellenkalkulationsprogramm. Aus jeweils zwei Ziffern bildete er eine Zahl: 40, 73, 33, 24, 87, 57, 54, 48 … Es war ein Leichtes, daraus mit einer einfachen Tabellenfunktion die passenden Buchstaben für den Schlüsseltext zu erzeugen. Der Rest war wieder manuelle Tätigkeit: eine Glyphe aus dem Manuskript in einen Buchstaben umwandeln, zusammen mit dem Buchstaben aus dem Schlüssel die richtige Zeile und Spalte in der Vigenère-Tabelle ermitteln und das Ergebnis abschreiben, Buchstabe für Buchstabe.

Paulus hatte insgeheim gehofft, dass sich auch dieser Versuch als Sackgasse herausstellen würde. Doch schon nach wenigen Wörtern wusste er, dass Meles Vater ins Schwarze getroffen hatte:

BEVOR FVENFF HVNDERT JAR SINT VERGANGEN

Die Ungeheuerlichkeit verschlug ihm den Atem. Seine Großmutter hatte das Buch Liebermans Vater vor dem Krieg gegeben. Niemand auf der Welt hatte zu jener Zeit die 49 284. Nachkommastelle von Pi gekannt.

Meles Hand legte sich sanft auf seine Schulter. Sie schien seine Erschütterung zu spüren. »Vielleicht sollten wir uns jetzt nicht allzu viele Gedanken darüber machen, wie das alles sein kann, und uns erst mal darauf konzentrieren, den Text zu entschlüsseln«, schlug sie vor.

Paulus schluckte. Seine Hände zitterten, als er nach dem Kugelschreiber griff. Er bemühte sich, nicht über den Inhalt des Textes nachzudenken, den er übersetzte, sich stattdessen auf die einzelnen Buchstaben zu fokussieren. Das half ihm, sich zu beruhigen.

Sie arbeiteten zu zweit, mittlerweile ein eingespieltes Team. Meles Vater ließ sie allein.

Irgendwann ließ Paulus den Stift fallen. Ihm war übel, und er fühlte sich ausgelaugt, obwohl sie kaum mehr als eine Stunde gearbeitet hatten. Er starrte auf den Text, der sich auf dem Papier ausbreitete wie eine bösartige Krankheit:

Bevor fünfhundert Jahre vergangen sind, wird das Blut in Strömen fließen, dass die Straßen und Flüsse rot sind davon.

Es wird zwei Kriege geben, jeder von ihnen größer als alle vorhergegangenen. Wenn auch mancher Kriegsherr sich auf das Wort Gottes beruft, so wird die Gottlosigkeit das Zepter führen. Einer wird aufstehen, der große Schlächter, und man wird ihn einen Führer nennen. Sein Zorn wird das Volk Judas treffen, und großes Leid wird über es kommen, und die ganze Welt wird brennen. Feuer wird vom Himmel regnen, und die Sonne wird herabfallen und zwei Städte verbrennen, welche im fernen Reiche Cipangu liegen.

An dieser Stelle waren wieder astrologische Zeichen eingefügt.

»Was bedeutet denn Cipangu?«, fragte Mele. Sie wirkte blass und aufgewühlt. Ihr war offensichtlich ebenso klar wie ihm, welche Ereignisse hier beschrieben wurden.

Er schluckte. »Das ist das mittelalterliche Wort für Japan. Ich fürchte, ich weiß schon, welches Datum diese astrologischen Zeichen hier symbolisieren: den 6. August 1945, den Tag des Abwurfs der Atombombe auf Hiroshima.«

Eine kurze Internetrecherche bestätigte die Vermutung. Wenn es noch eines Beweises bedurft hatte, dass das Dokument tatsächlich eine Botschaft aus der Zukunft enthielt, dann hatten sie ihn jetzt.

Paulus versuchte, nicht über die Konsequenzen dieser Erkenntnis nachzudenken und sich stattdessen auf die Übersetzung zu konzentrieren.

Wenn das große Morden endet, wird eine Zeit des Friedens kommen, und die Länder Europas werden sich vereinigen im Bunde. Die Macht der Kirche aber wird schwinden, denn diese hat schwere Schuld auf sich geladen, und Gottes Wort wird nicht mehr gehört. Türme werden wachsen über-

all auf der Welt, und sie werden die größten Kirchen überragen. Doch sind sie nicht Gott geweiht, sondern der Gier. Die Alchimisten aber werden sich über die Vernunft erheben, und aus ihren Gläsern werden hässliche Geschöpfe kriechen, welche geschaffen wurden wider die Natur. Darauf erhebt sich der Drache, und auf den Propheten wird er sich berufen. Nur wenige sind seine Krieger, doch groß ist ihr Zorn, und ihre Macht ist schrecklich. Zwei Türme werden fallen in der Stadt des Geldes.

Wieder waren astrologische Zeichen angegeben, und wieder wusste er, welches Datum sie symbolisierten, bevor er im Internet die Bestätigung erhielt: den 11. September 2001.

Paulus fühlte sich wie in einem Alptraum gefangen, aus dem er nicht aufwachen konnte. Die Prophezeiungen näherten sich immer mehr der Gegenwart, und bis jetzt war keine von ihnen unklar oder falsch gewesen. Doch der Text war noch mehrere Seiten lang.

34.

Düsseldorf, Freitag 15:51 Uhr

Meles Vater kam ins Esszimmer und stellte einen großen Teller mit Sandwiches auf den Tisch. Er setzte sich zu ihnen. »Seid ihr weitergekommen?«

Mele nickte. Sie hatte Tränen in den Augen. »Es … es ist schrecklich. Da steht alles genau drin … der zweite Weltkrieg, Hitler, die Atombombe, der 11. September …«

Der Architekt nahm den Zettel mit der Übersetzung und las sie schweigend. »Mein Gott«, sagte er. »Ist euch klar, dass dieses Buch die Welt verändern wird? Es ist eine Entdeckung, die so bedeutend ist wie …« Ihm schien kein Beispiel einzufallen.

»Ich habe dir noch nicht alles erzählt«, sagte Mele.

Er blickte sie alarmiert an. »Ihr seid nicht die Einzigen, die von diesem Dokument wissen, nicht wahr?«

»Nein.« Sie erzählte ihm von den Unbekannten, die sie verfolgten.

»Wir müssen die Behörden informieren«, sagte ihr Vater. »Diese Sache ist eindeutig ein paar Nummern zu groß für uns.«

Mele wies auf das Buch. »Es sind nur noch ein paar Seiten. Wir sollten sie zu Ende übersetzen. Dann können wir immer noch zur Polizei gehen.«

Der Architekt nickte. Er wies auf den Teller mit den Sandwiches. »Vielleicht solltet ihr mal eine Pause machen.«

Doch Paulus hatte keinen Hunger. Er wollte unbedingt wissen, was das Manuskript über die Zukunft aussagte.

Gleichzeitig fürchtete er sich vor dem, was der Text offenbaren mochte.

Mele ging es offenbar ähnlich. »Später, Papa.«

Sie setzten die Entschlüsselung fort, während Meles Vater ihnen schweigend zusah.

Schon der nächste Satz ließ Paulus erschauern.

Dieses ist der Beginn des letzten Krieges, doch wird dieser im Verborgenen geführt.

Der letzte Krieg. Ein Krieg, der im Verborgenen geführt wurde. Der Krieg weniger fanatischer Männer gegen die freie Menschheit. Das Manuskript beschrieb eindeutig den modernen Terrorismus. War das die zentrale Botschaft? Eine Warnung vor einem fürchterlichen Terroranschlag?

Paulus musste sich überwinden, die nächsten Buchstaben zu entziffern.

So sprach der Engel, und die achte Offenbarung ward mir enthüllt. Nun aber weinte er, und mein Herz füllte sich mit Entsetzen.

Und der Engel sagte: Die letzte Prophezeiung will ich dir geben, und diese ist es, die jener wissen muss, der deine Zeichen versteht. Denn er wird wissen, dass alles wahr geworden ist, was du aufgeschrieben hast. Die letzte Offenbarung aber wird vor ihm liegen, und seine Hand wird es sein, die das Schicksal der Welt führt. So übermittle ihm diese meine Worte.

Paulus hatte das unheimliche Gefühl, dass es nicht irgendein Autor war, der durch das Manuskript zu ihm sprach, nicht einmal jener Mönch aus dem Mittelalter, sondern der Engel selbst.

Er warf einen Blick zu Mele. Sie war blass und wirkte tief beunruhigt. Auch ihr Vater, der sie die ganze Zeit stumm beobachtet hatte, machte einen angespannten Eindruck.

Mechanisch fuhren sie mit der Übersetzung fort:

Ein großes Sterben wird über die Welt kommen, und die Zeichen des Todes werden schwarz sein. Die Pestilenz wird aus dem Glase kommen, das im persischen Reich steht, und jene, die dem falschen Propheten folgen, werden sie in die Welt tragen. Männer und Frauen, Greise und Kinder werden dahinsiechen, und alle werden sterben, gleich ob sie gesündigt haben oder reinen Gewissens sind. Nur eine kleine Schar der Weisen wird leben unter der Erde und das Wissen bewahren, doch werden sie keine Kinder haben, und der letzte Tag wird nah sein.

Paulus legte den Stift beiseite.

»Mein Gott«, sagte Mele. »Oh, mein Gott!« Sie hatte Tränen in den Augen.

Ihr Vater legte ihr eine Hand auf die Schulter. »Beruhige dich. Noch ist es nicht passiert.«

»Aber … aber was sollen wir denn tun? Wenn … wenn das wirklich eine Botschaft aus der Zukunft ist, dann … dann werden wir alle sterben!«

Paulus wusste nicht, wie er sie beruhigen sollte. Was dort stand, war wirklich erschütternd. Und das Szenario eines verheerenden Bioterroranschlags war erschreckend realistisch. Doch gegen jede Vernunft spürte er auch Hoffnung in sich aufkeimen. Meles Vater hatte recht: Noch war es nicht geschehen. Vielleicht gab es eine Möglichkeit, die Katastrophe aufzuhalten.

»Lass uns weitermachen!«, sagte er.

Mele nickte langsam. »Okay.«

»Ich mache uns einen Kaffee«, sagte ihr Vater.

Die großen Gedankenmaschinen werden die Geheimnisse offenbaren, und eines ist die Zeit. Denn was geschah und was geschehen wird, ist verbunden, so wie die kleinsten Mengen verbunden sind. Und so züchten sie den Keim der Hoffnung, wo es keine Hoffnung mehr gibt. Sie finden den Weg, die Jahre zu kreuzen mit Visionen. Und ich bin die Vision, und meine Worte sind die Hoffnung. Denn die Gelehrten sagen: Die Zeit fließt in vielen Welten, und was in manchen schon geschehen ist, kann in anderen ungeschehen bleiben.

»Das klingt ja fast wie das, was dein Freund uns erklärt hat«, sagte Mele. »Diese Vielweltentheorie.«

»Die Viele-Welten-Interpretation der Quantenmechanik«, korrigierte ihr Vater. »Ja, das ergibt einen Sinn. Lange Zeit haben die Physiker diese Interpretation für blanken Unfug gehalten, nach der es unendlich viele Parallelwelten gibt, die sich zum Teil nur geringfügig von unserer unterscheiden. Aber inzwischen sind immer mehr von ihnen der Auffassung, dass es vielleicht doch die Wahrheit ist. Ich habe allerdings immer geglaubt, dass es ausgeschlossen ist, zwischen diesen Welten zu kommunizieren.«

»Wie meinst du das?«

»Wenn das, was dort steht, stimmt – wenn dies tatsächlich eine Botschaft aus der Zukunft ist – dann muss sie aus einer Art Paralleluniversum stammen. Andererseits enthält der Text auch einen Hinweis darauf, wie das funktionieren könnte. Hier, dieser Satz mit den verbundenen kleinsten Mengen, das scheint mir auf die Quantenverschränkung hinzudeuten.«

»Die was?«

»Es ist eine der vielen Merkwürdigkeiten der Quantentheorie. Ich kann dir das nicht in allen Einzelheiten erklären. Aber es ist so, dass zwei Teilchen unter bestimmten Umständen auf seltsame Weise miteinander verbunden sind. Wenn man den Zustand eines der Teilchen misst, dann legt man damit quasi auch den Zustand des anderen fest, und zwar im selben Moment – egal, wie weit beide voneinander entfernt sind. Ich habe nie ganz verstanden, wie das funktioniert. Auf jeden Fall macht man es sich heutzutage in der Kryptographie zunutze, um absolut abhörsichere Verbindungen zu schaffen. Diesem Text hier zufolge gibt es eine solche Verschränkung auch zwischen vergangenen und zukünftigen Ereignissen, so dass man durch bestimmte physikalische Prozesse die Vergangenheit verändern kann. Wie auch immer, das Manuskript wurde offenbar von jemandem geschrieben, der sich mit moderner Physik auskannte.«

»Besser gesagt von jemandem, der nicht wusste, was er da aufschrieb, dem es aber von einem Physiker diktiert wurde«, erwiderte Mele.

Paulus wusste nicht mehr, was er denken sollte. Ihm war diese ganze Quantentheorie zu hoch. Sein Historikerwissen schien in diesem Zusammenhang völlig nutzlos zu sein. So konzentrierte er sich auf das Unmittelbare – die weitere Entschlüsselung des Textes.

Du, der du diese Worte liest, hältst die Zukunft in deiner Hand. Es liegt bei dir, ob der Atem des Drachen die Welt verpestet oder ob das Übel ausgerottet wird, bevor es sich erhebt. So flehe ich dich an: Nutze dein Wissen und teile es jenen mit, die zu handeln imstande sind, auf dass die Welt errettet werden möge. Dann aber erinnert euch der Worte Gottes und befolgt die Gebote und errichtet sein Reich auf Erden, denn nur jene, die Gott dienen, haben eine Zukunft.

Das Manuskript schien tatsächlich Paulus persönlich anzusprechen und ihm die Verantwortung für das Schicksal der Menschheit aufzubürden. Er war es, der die Verantwortlichen warnen musste. Aber wie sollte er das tun? Wen sollte er warnen? Wer würde ihm glauben?

Er sah auf die Uhr. Es war bereits fast Mitternacht. Er war müde, doch es fehlten nur noch anderthalb Manuskriptseiten.

»Eins verstehe ich nicht«, meldete sich Meles Vater zu Wort. »Ich bin kein Philosoph, aber für mich sind die Viele-Welten-Theorie und die Vorstellung eines Schöpfergottes miteinander unvereinbar. Denn wenn es jede denkbare Welt tatsächlich gibt, dann wäre die Schöpfung völlig beliebig. Dennoch spricht das Manuskript davon, dass man Gott dienen soll.«

»Wer weiß, vielleicht hat der Mönch diesen Satz einfach hinzugefügt«, mutmaßte Mele.

»Das wäre wohl möglich«, stimmte ihr Vater zu.

Paulus allerdings hielt diese Erklärung für unwahrscheinlich. Hermo von Lomersheim war überzeugt gewesen, die Botschaft eines Engels zu empfangen. Er hätte es nicht gewagt, etwas zu verfälschen oder hinzuzufügen. Vielleicht hatte der Botschafter aus der Zukunft gewollt, dass die Menschen im Glauben an Gott lebten und sich an die Gebote der Bibel hielten, um überleben zu können, auch wenn er wusste, dass es keinen Gott geben konnte. Wie auch immer, Paulus war zu erschöpft und aufgewühlt, um darüber zu diskutieren. Er wollte die Sache endlich zu Ende bringen.

Dieses war die letzte Offenbarung. Du wurdest auserkoren, den Willen Gottes und die Worte des Engels zu kennen. Ich aber kann endlich die Last ablegen, die der Engel mir aufgebürdet hat. Seine Worte schreibe ich nieder und lege sie in deine Hände, auf dass ich ruhigen Gewissens vor meinen Schöpfer treten und sein Urteil empfangen kann. Doch ist es deine heilige Pflicht, zu handeln, wie es dir dein Gewissen gebietet.

Wenn der Drache den Ort der Heilung schändet und das Blut der Gläubigen die Grotte der Heiligen Jungfrau besudelt, muss binnen sieben Tagen das Himmelsfeuer die Stadt verbrennen, die ihren König verjagte. Geschieht dies aber nicht, so ist alle Hoffnung verloren und der letzte Tag ist nah.

An dieser Stelle waren wieder astrologische Symbole angegeben. Paulus ignorierte sie jedoch zunächst, da es nur noch wenige Zeilen zu entziffern gab. Die allerdings enthielten nichts Erhellendes mehr:

Möge die Barmherzigkeit Gottes, unseres allmächtigen Herrn, dich geleiten. Möge die Liebe Jesu Christi dein Herz erfüllen und die Weisheit des Heiligen Geistes deinen Verstand. Möge die Jungfrau Maria für dich beten und die Gemeinschaft der Heiligen dir den Weg weisen. Mögen die Engel des Herrn dich vor jenen beschützen, die des Satans sind. Denn Gottes Reich wird kommen, und Sein Wille wird geschehen in Ewigkeit.

»Was soll denn das mit der Grotte der Heiligen Jungfrau bedeuten?«, fragte Mele.

Paulus zuckte mit den Schultern. »Keine Ahnung.« Er hatte insgeheim gehofft, zum Schluss noch etwas zu finden, das diesen ganzen Alptraum beendete, das Manuskript als Scherz oder Fälschung entlarvte. Stattdessen war da dieser rätselhafte Hinweis. Offenbar bezog er sich auf ein Ereignis, das noch nicht geschehen war.

»Lourdes«, sagte Meles Vater.

»Was?« Mele blickte ihn überrascht an.

»Mir scheint das ein Hinweis auf Lourdes zu sein. Ihr wisst schon, der Wallfahrtsort in Frankreich. Dort soll in einer Grotte die Jungfrau Maria erschienen sein. Der Quelle, die in der Grotte entspringt, werden Heilkräfte zugesprochen. Angeblich sollen dort schon etliche Todkranke auf wundersame Weise genesen sein. Lourdes ist einer der meistbesuchten Orte in Europa. Ein ideales Ziel für Terroristen.«

»Aber es gab doch keinen Terroranschlag in Lourdes, oder?«, fragte Mele.

Ihr Vater schüttelte den Kopf. »Noch nicht.«

»Da ist wieder ein Datum angegeben«, sagte Mele und wies auf die astrologischen Symbole.

»Das nützt uns nicht viel«, sagte Paulus. »Wir können zwar überprüfen, ob die Sternkonstellation zu einem bestimmten Datum passt, aber umgekehrt ist es ziemlich schwierig, aus einer Konstellation das Datum herauszurechnen. Jedenfalls weiß ich nicht, wie das geht.«

»Wir könnten doch zumindest die nächsten Wochen und Monate überprüfen, indem wir notfalls jeden einzelnen Tag eingeben«, sagte Mele.

Paulus stimmte ihr zu. Er öffnete die Internetseite, auf der man die Sternkonstellation für jedes beliebige Datum ablesen konnte.

Als sich die Seite aufbaute, erstarrte er.

»Was ist?«, fragte Mele. »Was hast du?«

Er wies auf die Symbole, die am oberen Bildschirmrand

angegeben waren – die Planetenkonstellationen des jeweiligen Tags. Obwohl er noch kein Datum eingegeben hatte, stimmte die Konstellation exakt mit der im Manuskript überein.

»Der Tag, der im Text angegeben ist«, sagte er mit zitternder Stimme, »ist heute.«

35.

Lourdes, Samstag 00:15 Uhr

Umringt von Hunderten von Gläubigen, kam sich Jimmy Farrell vor wie jemand, der sich auf eine Party eingeschlichen hatte, ohne eingeladen zu sein.

Die Atmosphäre war feierlich. Die Grotte von Massabielle glänzte im Licht Hunderter Kerzen. In ihrem flackernden Licht wirkte die Statue der Maria fast lebendig – die Falten ihres Gewandes schienen sich sanft im Wind zu bewegen, und ihr Mund schien sich zu einem milden Lächeln zu verziehen. Auf dem Felsen über der Grotte thronte die Kathedrale, die im Licht der Scheinwerfer den Eindruck machte, als würde sie schweben. Selbst die Worte des Priesters, die durch die Felsen zurückgeworfen wurden, hatten an diesem Ort eine ungewöhnliche Kraft.

Er sah sich verstohlen um. Da Grandma in einem dieser merkwürdigen dreirädrigen Rollstühle saß, die man hier ausleihen konnte, hatte man sie weit vorgelassen bis nah an den Eingang der Grotte. Die Augen der Menschen um ihn herum glänzten. Man konnte die Hoffnung darin sehen, die Sehnsucht, die Entrückung, den Trost. Er hätte gern ebenso empfunden wie sie.

Jimmy stellte überrascht fest, dass er Gott vermisste. Er erinnerte sich daran, wie es gewesen war, an einen gütigen Schöpfer zu glauben: das angenehme Gefühl, dass da jemand war, der einen beschützte, einem zuhörte, am Ende irgendwie für Gerechtigkeit sorgte. Das Universum hatte einen Sinn gehabt, auch wenn Jimmy ihn nicht verstand.

Dann war Mom gestorben, und die Illusion war zerplatzt wie ein bunter Luftballon, den man an eine Kerze hält.

Sie war in der Küche zusammengesackt, während sie Kartoffeln geschält hatte, einfach so. In einer Sekunde war sie noch die launische Mom gewesen, die nervende Mom, die alberne Mom, die mit ihren 45 Jahren immer noch nicht erwachsen zu sein schien. In der nächsten war sie nur noch ein lebloser Körper. Gehirnschlag, hatten die Ärzte diagnostiziert. Ein Blutgerinnsel, das sich unbemerkt gebildet hatte. So etwas kam vor – in einer Welt, in der kein Allmächtiger auf einen aufpasste.

Zuerst hatte er Grandma dafür verabscheut, dass sie an ihrem Glauben festhielt, Moms Tod sogar mit Gottes Willen zu begründen versuchte. Doch irgendwann hatte er begriffen, dass der Schmerz für sie, die ihre Tochter verloren hatte, ebenso groß war wie für ihn. Und er hatte gesehen, dass der Glaube allemal ein besseres Antidepressivum war als der Alkohol, der seinen stolzen, klugen Vater in ein jämmerliches arbeitsloses Wrack verwandelt hatte.

Religion sei Opium für das Volk, hatte Karl Marx behauptet. Er hatte recht gehabt. Und manchmal war es okay, ein Schmerzmittel zu nehmen. Nur wirkte die Droge leider nicht bei jedem.

Jetzt waren sie hier, und Jimmy sehnte sich nach dem guten, warmen Gefühl zurück, das der Glaube ihm einst gegeben hatte. Doch sosehr er es sich auch wünschte, es war ihm unmöglich, zu Gott zurückzufinden – ebenso wenig, wie er sich dazu hätte bringen können, wieder an den Weihnachtsmann zu glauben.

Der Glaube seiner Großmutter dagegen war unerschütterlich. Sie hatte sich zu ihrem 75. Geburtstag von Jimmy gewünscht, dass sie beide diese Wallfahrt gemeinsam machten. Jimmy hatte kurz zuvor von seiner Tante erfahren, dass Grandma Krebs im fortgeschrittenen Stadium hatte, und so hatte er sofort zugestimmt. Natürlich glaubte er nicht an Wunderheilungen, aber er wusste, dass die Psychologie bei Krankheiten wie Krebs eine wichtige Rolle spielte.

Doch schon auf dem Hinflug von Heathrow nach Toulouse hatte ihm Grandma offenbart, dass sie nicht wegen ihrer Krankheit hier war. Sie habe sich immer vorgenommen, den Ort der berühmten Marienerscheinungen einmal zu besuchen, und wolle das nun erledigen, bevor es zu spät war. Sie rechne nicht mit ihrer Heilung, sie hoffe nicht einmal darauf. Sie habe keine Angst vor dem Tod, behauptete sie.

Was für eine wunderbare Droge die Religion doch war!

Der Priester fuhr mit seinem Sermon fort, und Jimmy wurde von einer seltsamen Stimmung der Erwartung ergriffen, so als müsse im nächsten Moment etwas Wunderbares geschehen.

Plötzlich hörte er Rufe hinter sich, einen lauten Knall, dann noch einen. Der Priester stockte in seiner Predigt. Seine Augen weiteten sich, als er über die Köpfe der Menge hinwegblickte. Jimmy drehte sich verwirrt um wie die meisten Menschen in seiner Nähe, konnte jedoch nichts sehen. Ein seltsames, zischendes Geräusch erklang. Über sich sah er einen leuchtenden Streifen wie von einer Silvesterrakete, dann explodierte etwas direkt neben ihm. Er wurde zu Boden geschleudert.

Einen Moment lang war er blind und taub. Erst allmählich kehrten seine Sinne zurück. Um ihn herum Schreie, Schluchzen, dann wieder mehrfach ein dumpfer Knall.

Endlich begriff er. Jemand griff die Versammlung der Gläubigen an! Terroristen!

Er rappelte sich auf. Seine linke Hand fühlte sich feucht an, aber er achtete nicht darauf. Sein einziger Gedanke war, dass er Grandma hier herausbringen musste.

Um ihn herum herrschte Chaos. Aus den ordentlich aufgereihten Kerzen war eine brennende, qualmende Masse geworden. Der kleine Altar stand in Flammen. Von der berühmten Marienstatue über dem Eingang der Grotte war nur noch der Unterleib vorhanden. Der Priester, der eben noch den Frieden auf Erden heraufbeschworen hatte, lag zu ihren Füßen auf dem Rücken. Sein weißes Gewand war voller dunkler Flecken. Viele Rollstühle waren umgefallen. Ihre Insassen humpelten oder krochen herum. Einige lagen reglos da.

Jimmy packte Grandmas Rollstuhl, der noch stand, und schob ihn so schnell er konnte hinter der Menschenmenge her, die auf den großen Platz vor der Kathedrale flüchtete.

Wieder krachten Schüsse. Er blieb abrupt stehen. Fast hätte er sich hinter den Rollstuhl geduckt, bevor ihm klar wurde, dass er dann seine eigene Großmutter als lebendigen Schutzschild benutzt hätte.

Er blickte in die Richtung, aus der die Geräusche kamen. An der Mauer, die den Platz vor der Grotte von dem kleinen Fluss Gave de Pau trennte, erkannte er undeutlich eine Gestalt. Sie trug einen hautengen dunklen Anzug, der im schwachen Licht zu glänzen schien. In der Hand hielt sie ein Maschinengewehr, mit dem sie wiederholt Schüsse in die Luft feuerte.

Offenbar ging es den Terroristen mehr darum, Angst und Schrecken zu verbreiten, als tatsächlich Menschen zu töten. Trotzdem lagen überall reglose Körper herum.

Die Gestalt senkte das Gewehr. Jimmy merkte, dass er direkt in ihrem Schussfeld stand. Einen Moment lang war er sicher, dass der Terrorist auf ihn anlegen und sein Leben in diesem Moment beenden würde. Doch stattdessen sprang er mit einem Satz über die Mauer.

Verblüfft starrte Jimmy eine Sekunde auf die Stelle, an der der Mann eben noch gestanden hatte. Dann begriff er, was er gesehen hatte: Der enge schwarze Anzug war aus Neopren. Der oder die Terroristen waren durch den Fluss gekommen.

Allmählich klangen die Schreie ab und wurden durch Schluchzen und klagende Stimmen ersetzt. Jimmy beugte sich über den Rollstuhl. »Es ist vorbei, Grandma!«, sagte er. »Sie sind weg!«

Grandma antwortete nicht. Ihre Augen waren geschlossen, ihre Gesichtszüge entspannt. Wie hatte sie bei dem unglaublichen Krach schlafen können?

Er rüttelte sanft ihre Schulter. »Grandma?«

Keine Reaktion.

Eine eisige Klammer legte sich um sein Herz. Er suchte ihren Körper ab, doch da waren keine Anzeichen einer Verletzung.

Er tastete ohne große Hoffnung nach ihrem Puls. Dabei bemerkte er, dass seine Hand voller Blut war. War es sein eigenes? Er spürte einen leichten Schmerz in der linken Seite und entdeckte, dass ein Splitter sein Hemd zerfetzt und einen tiefen Schnitt in seine Hüfte gerissen hatte. Egal, das war nur ein Kratzer.

Immer noch suchte er Grandmas Puls.

Nichts.

Verzweifelt blickte er sich nach einem Arzt um. Dann wurde ihm klar, dass es hier jede Menge Menschen gab, die die verfügbare Hilfe dringender brauchten als Grandma. Der Schock musste ihr geschwächtes Herz überlastet haben. Sie hatte ja ohnehin nur noch wenige Monate zu leben gehabt.

Jimmy betrachtete den entspannten Ausdruck ihres Gesichts. Vielleicht war sie ja friedlich eingeschlafen, bevor die Terroristen angegriffen hatten. Er klammerte sich an diesen Gedanken, als er den Rollstuhl langsam in die Richtung schob, in der die Blaulichter blinkten.

36.

Düsseldorf, Samstag 04:27 Uhr

Paulus schreckte aus dem Schlaf hoch. Um ihn herum war es stockdunkel. Er brauchte einen Moment, bis ihm wieder einfiel, wo er sich befand: im Gästezimmer von Meles Elternhaus. Die Fensterläden waren heruntergelassen, so dass kaum ein Lichtspalt hereindrang.

Er hörte leise Stimmen, dann etwas, das wie ein Schluchzen klang. War es das, was ihn geweckt hatte?

Er tastete nach dem Schalter der Nachttischlampe. Das grelle Licht blendete ihn. Er blinzelte ein paar Mal, bevor er in der Lage war, auf seiner Armbanduhr die Zeit abzulesen: halb fünf. Er hatte kaum mehr als eine Stunde geschlafen.

Er zog sich rasch an und verließ das Zimmer.

Mele und ihr Vater saßen in der Küche. Er hatte seinen Arm um sie gelegt. Mele barg das Gesicht in den Händen. Das Radio spielte leise einen Popsong, dessen Fröhlichkeit irgendwie unpassend wirkte.

»Was ist los?«, fragte Paulus.

Mele nahm die Hände vom Gesicht und sah ihn an. Sie war kreidebleich, ihre Augen gerötet. Sie öffnete den Mund, schien aber nicht die Kraft zu haben, etwas zu sagen. Stattdessen sagte ihr Vater mit seltsam ruhiger Stimme: »Lourdes. Es gab heute Nacht einen Anschlag. Siebzehn Tote.«

Paulus hatte das Gefühl, als schwanke der Boden unter ihm. Er musste sich am Türrahmen abstützen.

»Ich … ich konnte nicht schlafen«, sagte Mele mit zitternder Stimme. »Ich hatte so ein schreckliches Gefühl.

Da habe ich das Radio angemacht und ... Nachrichten gehört ...«

Ein Gedanke machte sich in Paulus' Kopf breit, überlagerte noch die Verwirrung und den Schrecken: Er hätte es verhindern können! Wenn er ein bisschen schneller mit der Entzifferung gewesen wäre ... wenn er das Manuskript sofort der Polizei übergeben hätte ... Siebzehn Tote! Siebzehn Menschen, die gestorben waren, weil er die Behörden nicht rechzeitig gewarnt hatte, obwohl der Anschlag im Manuskript präzise vorhergesagt worden war.

Er setzte sich an den Küchentisch. Sein Kopf fühlte sich ausgehöhlt an, unbrauchbar für klare Gedanken.

Eine Zeitlang saßen sie einfach nur stumm da und versuchten, das unfassbare Geschehen zu verarbeiten. Schließlich sagte Mele: »Und was machen wir jetzt?«

Damit begann eine intensive Diskussion. Während draußen die Sonne aufging und ein ganz normaler Samstag anbrach, tauschten sie zu dritt Argumente aus, entwickelten Ideen und verwarfen sie wieder. Das Gespräch verlief in einer seltsam sachlichen Atmosphäre, fast als sei dies ein rein theoretisches Problem. Vielleicht war das eine natürliche Reaktion auf den Schock – der Schmerz, die Angst würden später kommen.

Das Manuskript ließ keinen Zweifel daran, was getan werden musste, um die Katastrophe zu verhindern:

Wenn der Drache den Ort der Heilung schändet und das Blut der Gläubigen die Grotte der Heiligen Jungfrau besudelt, muss binnen sieben Tagen das Himmelsfeuer die Stadt verbrennen, die ihren König verjagte. Geschieht dies aber nicht, so ist alle Hoffnung verloren, und der letzte Tag ist nah.

Ihnen blieben sieben Tage, um irgendjemanden mit ausreichenden Entscheidungsbefugnissen davon zu überzeugen, im Besitz eines Manuskripts aus dem Mittelalter zu sein, das die Zukunft vorhersagte. Sieben Tage, um ihn dazu zu bringen, eine Entscheidung mit verheerenden Konsequenzen zu treffen.

Der Text beschrieb offenbar als einzige Lösung einen Nuklearangriff auf Teheran, die Stadt, die ihren »König« Schah Reza Pahlavi im Jahr 1979 verjagt hatte. Auch eine andere Textstelle wies darauf hin: *Die Pestilenz wird aus dem Glase kommen, das im persischen Reich steht.*

Aber war das wirklich notwendig? Ein Nuklearangriff auf Teheran würde den ganzen Mittleren Osten ins Chaos stürzen, wahrscheinlich einen verheerenden Krieg auslösen. Millionen Unschuldige würden sterben. Konnte man einen solchen Präventivschlag verantworten, nur weil er in einer Prophezeiung als Lösung empfohlen wurde?

Paulus, Mele und ihr Vater waren sich schließlich einig, dass sie selbst eine Entscheidung von solcher Tragweite nicht treffen konnten. Sie mussten dafür sorgen, dass die richtigen Leute von dem Manuskript erfuhren und es ernst nahmen – und zwar so schnell wie möglich.

Ein Einschalten der deutschen Polizei erschien wenig aussichtsreich. Die Behörden würden die Sache erst mal gründlich prüfen. Auf dem Weg durch die bürokratischen Instanzen waren sieben Tage gar nichts. Bis endlich ein ranghoher Entscheider das Manuskript in die Hände bekam und die Tragweite begriff, wäre es längst zu spät.

»Wir sollten nach Berlin fahren, zur US-Botschaft«, schlug Mele vor. »Dort gibt es sicher jemanden, der für Terrorwarnungen zuständig ist. Wenn wir ihnen sagen, dass wir Hinweise auf einen bevorstehenden Terroranschlag haben, dann werden sie uns zumindest zuhören.

Außerdem sind die Amerikaner wahrscheinlich sowieso die Einzigen, die die Katastrophe noch verhindern können.«

»Du hast recht«, stimmte ihr Vater zu. »Aber auch bei denen gibt es einen bürokratischen Weg. Sie werden euch nicht einfach so glauben.«

»Wir haben immerhin das Manuskript«, meinte Paulus. »Sie können leicht nachprüfen, dass da drin der Anschlag von Lourdes vorhergesagt wird. Immerhin haben sie mit der National Security Agency die größte und leistungsfähigste Behörde für Kryptologie der Welt. Es scheint mir auf jeden Fall unsere einzige Chance zu sein. Wenn es uns nicht gelingt, sie zu überzeugen, dann ...«

Es klingelte an der Haustür.

Paulus zuckte zusammen. Er sah auf die Uhr: schon kurz nach neun.

»Erwartest du Besuch, Papa?«, fragte Mele.

Der Architekt schüttelte den Kopf. »Wahrscheinlich bloß der Paketdienst. Wartet hier, ich sehe mal nach.«

Paulus und Mele sahen sich an. Es erschien unwahrscheinlich, dass die Araber sie hier aufgespürt hatten. Andererseits, wenn sie irgendwie Meles Namen herausbekommen hatten ...

Paulus blickte sich um. Die Küche hatte einen direkten Ausgang zu einem gepflegten Garten. Über einen Zaun konnten sie auf das Nachbargrundstück gelangen und von dort aus zu Fuß durch das Wohngebiet fliehen.

»Ja, bitte?«, hörte er Meles Vater vom Eingang her sagen.

»Ist Mele hier?«, erklang eine vertraute Stimme.

Dirk! Was machte der denn hier? Paulus warf Mele einen warnenden Blick zu und schüttelte langsam den Kopf.

»Bitte, ich muss dringend mit ihr sprechen«, sagte Dirk.

»Tut mir leid, aber meine Tochter ist schon länger nicht mehr hier gewesen«, erwiderte ihr Vater.

Doch in diesem Moment stand Mele auf und ging zum Hauseingang. »Ist schon okay, Papa. Ich kenne ihn. Er ist ein Kommilitone.«

»Mele! Ich … ich wollte bloß …«

»Komm rein.«

Die drei kamen in die Küche. »Hallo«, sagte Dirk.

»Was willst du hier?«, fragte Paulus, ohne den Gruß zu erwidern. Er hatte ein ungutes Gefühl. Gerade jetzt konnten sie weitere Komplikationen ganz und gar nicht gebrauchen.

Dirk senkte den Blick. »Ich … ich wollte mich bloß entschuldigen. Es tut mir unendlich leid, dass ich das Buch genommen habe. Ich … ich war verblendet.« Er wandte sich an Mele. »Kannst du mir noch mal verzeihen?«

Mele nickte. »Schon okay. Mach bloß so einen Quatsch nicht noch mal!«

»Woher wusstest du, wo wir sind?«, fragte Paulus, der immer noch misstrauisch war.

Dirk lächelte schief. »Du hast ihr doch die Geschichte mit dem Waisenhaus nicht etwa geglaubt, oder?«

Meles Vater zog eine Augenbraue hoch und warf Mele einen Blick zu, sagte jedoch nichts.

»Also schön«, erwiderte Paulus. »Jetzt hast du dich entschuldigt, damit ist die Sache ja wohl erledigt. Wir … sind gerade ziemlich beschäftigt.«

»Seid ihr mit dem Manuskript weitergekommen?«

Bevor Paulus es verhindern konnte, sagte Mele: »Wir sind fertig.«

»Echt? Ihr seid ja wirklich schnell. Was steht denn drin?«

»Hast … hast du von dem Anschlag heute Nacht gehört?«

»Die Sache in Lourdes? Ja, warum?«

»Dieser Anschlag ist in dem Manuskript erwähnt. Mit präzisem Datum.«

Dirk blickte sie mit großen Augen an. »Du verarschst mich doch schon wieder!«

Mele schüttelte traurig den Kopf. »Ich wünschte, es wäre so. Und das ist noch nicht alles. Das Buch warnt vor einem schrecklichen Terroranschlag. Wir müssen die Behörden alarmieren. Paulus und ich werden …«

»Ich glaube, das reicht jetzt«, mischte sich Paulus ein. »Ihr könnt ja über die ganze Sache reden, wenn Mele wieder in Köln ist.«

Dirk ignorierte ihn. »Darf ich mal lesen?« Ohne eine Antwort abzuwarten, griff er nach den Zetteln mit der Übersetzung.

»O Mann!«, sagte er sichtlich erschüttert, als er die Zettel wieder auf den Tisch legte. »O Mann!« Er setzte sich unaufgefordert. »Was … was wollt ihr jetzt tun?«

Paulus wurde immer nervöser. Der Student erschien ihm unberechenbar. Er wollte ihn unbedingt loswerden, wusste aber nicht, wie. Schließlich war er hier nicht der Hausherr. Er warf einen Blick zu Meles Vater, der schweigend an der Wand lehnte.

»Wir wollen zur amerikanischen Botschaft in Berlin«, erklärte Mele.

»Ihr wollt das Buch den Amerikanern geben? Seid ihr verrückt?«, rief Dirk.

Mele verschränkte die Arme. »Hast du vielleicht eine bessere Idee? Uns bleiben nur noch sieben Tage Zeit, um eine Katastrophe zu verhindern. Die Amerikaner sind die Einzigen, die dazu in der Lage sind!«

Dirk schüttelte energisch den Kopf. »Das ist Wahnsinn! Die Amerikaner werden es gründlich vermasseln, soviel steht fest! Ich sage euch, was ihr machen müsst: Fotografiert das Buch und ladet die Bilder ins Internet hoch!«

»Ins Internet?«, warf Paulus ein, dem Dirks rechthaberisches Gehabe zunehmend auf die Nerven ging. »Was soll das denn bringen?«

»Die ganze Sache ist viel zu groß für uns. Sie ist zu groß für eine einzige Regierung. Eine Botschaft aus der Zukunft, Mann! Das geht die gesamte Menschheit etwas an!«

»Ach ja? Und du denkst, wenn wir das hochladen, wird die ganze Welt den Atem anhalten, und diese Terroristen werden sich vor Schreck in ihren Unterschlupf verkriechen? Hast du eigentlich eine Ahnung, wie viele schwachsinnige Verschwörungstheorien im Internet verbreitet werden? Dass die Amerikaner nie auf dem Mond gelandet sind, ist da noch eine der realistischsten!«

»Dieses Manuskript ist ja wohl keine Verschwörungstheorie!«

»Es gibt genau vier Menschen, die das wissen, plus ein paar Verrückte, die uns deswegen umbringen wollen. Kein Mensch außerhalb dieses Raums wird uns auch nur ein Wort glauben!«

»Und wieso sollten euch die Amis dann ernst nehmen?«

»Weil wir das Buch haben. Fotos kann man faken, fünfhundert Jahre altes Pergament nicht. Außerdem: Wenn wir uns beeilen, dann ist offensichtlich, dass wir das Manuskript nicht gefälscht haben können, denn der Anschlag, der darin vorhergesagt wird, ist gerade erst passiert. So ein Buch voller Glyphen macht auch der geschickteste Fälscher nicht in ein paar Stunden. Wenn wir die Sache dagegen im Internet veröffentlichen, wird sie sofort wie ein Fake aussehen. Dann haben wir jegliche Glaubwürdigkeit verloren. Ebenso gut könnten wir das Buch verbrennen.«

»Ist dir klar, was die Amis machen werden, wenn sie das

Buch ernst nehmen? Die werden es als Vorwand benutzen, um einen Krieg vom Zaun zu brechen!«

»Vielleicht ist das ja die einzige Möglichkeit«, schaltete sich Mele ein. »Immerhin steht in dem Manuskript, dass Teheran vernichtet werden muss, um den Virus zu stoppen.«

»Ihr wollt allen Ernstes zulassen, dass die Amis Teheran bombardieren? Habt ihr eine Ahnung, was dann passiert? Der ganze Nahe Osten wird explodieren wie ein Pulverfass! Wer weiß, vielleicht mischen sich die Chinesen ein, und wir haben den Dritten Weltkrieg! So oder so werden Millionen Unschuldige sterben!«

»Aber wenn es nicht getan wird, sterben doch noch viel mehr Menschen!«, sagte Mele mit Tränen in den Augen.

»Das wissen wir doch gar nicht!«, rief Dirk. Sein Gesicht war vor Aufregung rot angelaufen. »Vielleicht gibt es ja noch eine andere Lösung. Diese Leute aus der Zukunft wissen, was in ihrer Vergangenheit passiert ist. Aber sie leben offensichtlich in einer Art Paralleluniversum, sonst hätten sie uns die Botschaft nicht schicken können. Unsere eigene Zukunft kann sich völlig anders entwickeln. Wenn der Text im Internet veröffentlicht wird, werden die Terroristen wissen, was passiert, wenn sie tatsächlich den Virus freisetzen. Dann lassen sie es wahrscheinlich.«

»Schwachsinn!«, widersprach Paulus. »Die Terroristen kennen den Text des Manuskripts bereits, sonst hätten sie uns nicht auflauern können. Wahrscheinlich glauben sie, dass Allah sie vor dem Virus verschonen wird oder so. Wie auch immer, wir haben keine Zeit, hier herumzudiskutieren. Mele und ich haben entschieden, dass wir das Buch zur amerikanischen Botschaft nach Berlin bringen, und das werden wir auch tun! Immerhin gehört das Manuskript mir!«

Dirk sprang auf. Seine Augen blitzten. »Sag mal, spinnst du? Das Buch ist eine Botschaft an die ganze Menschheit! Bloß, weil es mal im Besitz deiner Großmutter war, hast du noch lange nicht das Recht, allein zu entscheiden, was damit passieren soll!«

Paulus erhob sich ebenfalls. »Du hast schon genug Chaos angerichtet! Halt dich gefälligst aus der Sache raus und verschwinde!«

»Du hast mir gar nichts zu befehlen!«

»Dirk, es ist wirklich besser, wenn du uns jetzt allein lässt«, sagte Mele.

Dirk drehte sich langsam zu ihr um. Einen Moment sah er sie sprachlos an, als könne er nicht glauben, was sie gerade gesagt hatte. Dann verzerrte sich sein Gesicht wie von starken Schmerzen. »Ihr dämlichen bornierten Idioten!«, schrie er. »Ich werde nicht zulassen, dass ihr die Sache vermasselt!«

Er griff in die Hosentasche und hielt etwas vor Paulus' Gesicht. Im nächsten Moment ertönte ein leises Zischen, dann spürte Paulus ein schreckliches Brennen in den Augen.

»Verdammt! Was …«

Er konnte nichts mehr sehen. Er tastete nach dem Manuskript, doch es war nicht mehr da, wo es eben noch gelegen hatte. Er hörte Mele aufschreien, dann einen dumpfen Schlag, ein Stöhnen, vermutlich von Meles Vater. Die Küchentür wurde zugeschlagen.

»Dirk! Du verdammtes Arschloch! Bleib hier!«, schrie Mele. Dann klappte die Haustür.

Paulus musste dieses verdammte Brennen loswerden! Er versuchte sich an den Grundriss der Küche zu erinnern. Er stolperte über einen Stuhl, schaffte es jedoch, sich zur Spüle zu tasten, wo er seine Augen mit Wasser ausspülte.

Sie brannten immer noch, aber wenigstens konnte er jetzt wieder etwas sehen.

Er stürmte zur Haustür. Mele stand auf der Straße und warf verzweifelt die Arme in die Luft. Er sah einen silberfarbenen Golf die Straße entlangrasen und hinter einer Biegung verschwinden.

Ohne nachzudenken, rannte er zu ihrem Mietwagen, der auf der anderen Straßenseite parkte. »Los, komm! Wir müssen ihn erwischen!«

Mele sprang auf den Beifahrersitz. Sie mussten den Wagen erst wenden, was sie wertvolle Sekunden kostete. Dirk war längst außer Sichtweite.

»Er fährt bestimmt zur Autobahn«, sagte Mele. »Ich kenne eine Abkürzung.« Sie dirigierte Paulus durch mehrere kleine Seitenstraßen. Paulus raste durch das Wohngebiet und hoffte, dass ihm nicht irgendwelche Kinder in den Weg sprangen. Durch seine immer noch tränenden Augen konnte er kaum etwas erkennen.

»Dieser verdammte Mistkerl!«, fluchte Mele. »Ich bin ja so blöd gewesen!« Plötzlich schluchzte sie. »Wenn ... wenn wir das Buch nicht zurückbekommen ... wenn ich schuld bin, dass ...«

»Beruhige dich«, sagte Paulus. »Wir kriegen ihn schon noch!« Er gab Gas.

»Da vorne links«, wies ihn Mele an.

Paulus folgte der Abbiegung und erreichte kurz darauf die Einmündung in eine Schnellstraße, die zur Autobahn führte. Der silbergraue Golf raste genau in diesem Moment an ihnen vorbei.

»Da ist er!«, rief Mele. »Gib Gas!«

Paulus achtete nicht auf den Verkehr. Er nahm einem LKW die Vorfahrt, der dies mit einem dröhnenden, langgezogenen Hupen quittierte, und jagte hinter Dirk her.

Der Golf bog auf die Autobahn Richtung Osten ein. Paulus blieb dicht hinter ihm.

Kurz darauf überquerten sie den Rhein. Dirk bog auf die A 52 Richtung Norden ab.

Paulus blickte auf das Armaturenbrett. Er konnte Dirk nicht stoppen. Die einzige Möglichkeit war es, an ihm dranzubleiben, bis er irgendwann anhielt. Und das würde er vermutlich erst tun, wenn es nicht mehr anders ging.

Es kam jetzt darauf an, wessen Auto die größere Reichweite hatte. Leider war der Tank ihres Mietwagens nicht einmal mehr halb voll.

37.

Autobahn 44 nahe Unna, Samstag 10:06 Uhr

Dirks Herz schlug bis zum Hals. Er blickte in den Rückspiegel. Paulus fuhr dicht hinter ihm. Immer wieder betätigte er die Lichthupe.

Dirk war klar, dass er die beiden mit dem klapprigen Golf, den Frederike ihm geliehen hatte, kaum abhängen konnte. Aber er war auch nicht bereit, einfach aufzugeben.

Mele war natürlich nicht in der WG gewesen, als er gestern dort ankam. Er hatte immer wieder versucht, sie zu erreichen, doch Paulus war nicht an sein Handy gegangen und hatte auch auf die Nachricht auf der Mailbox nicht reagiert. Frustriert und voller Selbstvorwürfe war er irgendwann zu Bett gegangen.

Mitten in der Nacht schreckte er aus dem Schlaf. Plötzlich hatte er die Idee, wo er Mele möglicherweise finden würde. Es war nur eine winzige Chance, aber einen Versuch wert. Und selbst wenn sie nicht dort war, konnte ihr Vater ihm vielleicht weitere Hinweise geben.

Die Adresse von Meles Elternhaus kannte Dirk schon lange. Nachdem Mele in ihre WG gezogen war, hatte er ein bisschen über sie gegoogelt. Ihm war ziemlich schnell klar geworden, dass sie eine verwöhnte Göre aus einem reichen Elternhaus war, der das Spießerdasein zu langweilig geworden war und die deshalb ein abenteuerliches Leben für sich erfand. Er hatte im Internet die Schulen ausfindig gemacht, auf die sie gegangen war. Danach war es ein Leichtes gewesen, unter den vielen Kallens, die es in Deutschland gab, ihren Vater zu identifizieren. Er hatte auch die Todesanzeigen für ihre Mutter gefunden und danach besser zu verstehen geglaubt, was in Meles Innerem vorging.

Er versuchte vergeblich, wieder einzuschlafen. Schließlich gab er es auf und machte sich auf den Weg nach Düsseldorf. Meles Elternhaus erreichte er gegen halb sieben morgens. Sofort erkannte er den Mietwagen wieder, der auf der gegenüberliegenden Straßenseite parkte. Er hatte sie gefunden!

Doch was nun? Es war noch viel zu früh, um jetzt einfach an der Haustür zu klingeln und sich zu entschuldigen. Er überlegte, ob er irgendwo Blumen kaufen sollte, entschied sich jedoch dagegen – etwas so Spießiges passte einfach nicht zu ihm. Also blieb er im Auto sitzen und wartete. Er hatte einen schlechten Geschmack im Mund und suchte im Handschuhfach nach einer Packung des zuckerfreien Kaugummis, das seine Schwester immer kaute. Dabei fand er eine kleine Spraydose mit Reizgas, die sie offenbar aus Furcht vor einem Überfall dort deponiert hatte. Einem Impuls folgend, steckte er sie ein.

Im Radio brachten sie einen Bericht über einen Terroranschlag in Lourdes, dem Dirk jedoch nicht allzu viel Bedeutung beimaß. Terror war inzwischen so alltäglich, dass man die Nachrichten darüber kaum noch zur Kenntnis nahm, wenn der Anschlag nicht in unmittelbarer Nachbarschaft geschah.

Um kurz nach neun stieg er aus. Er wusste immer noch nicht genau, was er Mele sagen sollte – er hatte sich hundert Eröffnungssätze ausgedacht und sie alle wieder verworfen –, aber er musste sie wenigstens sehen, und wenn es nur kurz war.

Als Mele ihren Vater anwies, ihn hereinzulassen, fühlte er eine Welle der Erleichterung. Sie war sogar bereit, ihm zu verzeihen! Am liebsten hätte er sie vor Dankbarkeit umarmt. Doch dann mischte sich Paulus ein.

Als Mele ihn aufforderte zu gehen, zerbrach etwas in Dirk. Er wusste in diesem Moment, dass es nicht mehr darum ging, sein Verhältnis zu Mele zu reparieren. Dazu war es längst zu spät. Es ging nur noch darum, das Unheil zu verhindern, das von diesem verdammten Manuskript ausging.

Was als Nächstes geschah, erlebte Dirk beinahe wie einen Kinofilm. Es war, als sei es nicht er selbst, der die kleine Sprühflasche mit dem Reizgas aus der Tasche zog und Paulus ins Gesicht drückte. Als lenke ihn eine fremde Macht, sah er sich dabei zu, wie er nach dem Manuskript griff, Mele beiseitestieß, ihren protestierenden Vater ignorierte und aus dem Haus stürmte.

Erst als er mit Frederikes Golf um die nächste Ecke bog, wurde er wieder Herr seiner Sinne. Er war gleichzeitig erschrocken und stolz auf sich. Zwar hatte er Mele nun endgültig verloren, aber wenigstens hatte er das Manuskript. Und er hatte den beiden gezeigt, dass sie ihn nicht einfach herumschubsen konnten!

Vielleicht würde ihn die Veröffentlichung im Internet berühmt machen. Vielleicht …

Die Illusion war zerstoben, als der dunkle BMW plötzlich dicht hinter ihm aus einer Seitenstraße schoss. Sie mussten irgendeine Abkürzung genommen haben, während Dirk einfach den Schildern zur Autobahn gefolgt war.

Nun klebten sie an seiner Stoßstange, und er hatte keine Ahnung, wie er sie wieder loswerden sollte.

38.

Autobahn 44 nahe Soest, Samstag 10:15 Uhr

Paulus fuhr so dicht hinter Dirk, dass er dessen Augen im Rückspiegel des Golf erkennen konnte. Sie waren starr geradeaus gerichtet.

Zum hundertsten Mal betätigte er die Lichthupe – ohne Effekt. Mele versuchte es mit Gestikulieren, aber auch das brachte natürlich nichts. Sein Handy hatte der Student vermutlich stumm geschaltet.

Sie näherten sich einer Ausfahrt: Soest. Dirk fuhr mit Vollgas weiter, doch plötzlich, im allerletzten Moment, machte er einen scharfen Schlenker und fuhr rechts ab.

Paulus hatte mit einem solchen Manöver gerechnet, das man in jedem amerikanischen Krimi zu sehen bekam, und war bis jetzt bei jeder Ausfahrt auf der Hut gewesen. Trotzdem reagierte er einen Sekundenbruchteil zu spät. Er riss das Steuer herum und schaffte es gerade noch, den BMW auf den Abbiegestreifen zu lenken, streifte jedoch dabei die Leitplanke, die die Abbiegespur von der Hauptspur trennte. Paulus ignorierte das schreckliche Knirschen des Kotflügels und fuhr weiter, froh, dass er am Mietwagenschalter den Vollkasko-Versicherungsschutz mit geringer Selbstbeteiligung gewählt hatte.

Durch den Aufprall hatte er an Geschwindigkeit verloren. Dirk war hinter der Biegung der Abfahrt aus seinem Blickfeld verschwunden.

Als Paulus das Ende der Abbiegespur erreichte, die in eine Hauptstraße einmündete, konnte er den Golf nicht mehr sehen. Er fluchte leise. Rechts nahm ihm die Wölbung der Brücke über die Autobahn die Sicht, während sich von links ein großer LKW näherte, der den Blick auf den weiteren Streckenverlauf versperrte. Schilder zeigten nach rechts in Richtung der Stadt Soest, links Richtung Arnsberg.

Paulus entschied sich intuitiv für links. Er gab Gas und jagte dicht vor dem LKW und einem von rechts kommenden Kleinbus über die Straße. Wildes Hupen erklang, und Bremsen quietschten, doch er wurde für sein riskantes Manöver mit dem Anblick von Dirks Golf belohnt, der etwa hundert Meter vor ihm fuhr. Zum Glück verlief die Straße hier schnurgerade.

Im Rückspiegel sah Paulus, wie ein Geländemotorrad hinter dem Kleinbus auf die Straße einbog. Der Fahrer trug schwarze Lederkleidung und einen getönten Helm. War der nicht auch schon auf der Autobahn hinter ihnen gewesen?

Paulus hatte keine Zeit, darüber nachzudenken, wenn er Dirk erwischen wollte. Er holte die maximale Leistung aus dem Motor des BMW heraus, der zum Glück wesentlich stärker war als der des Golfs. In waghalsigen Manövern überholte er trotz Gegenverkehrs zwei Autos, dann hing er wieder hinter Dirks Stoßstange.

Im Seitenspiegel sah er den Motorradfahrer, der gerade zum Überholmanöver ausscherte, obwohl Paulus wesentlich schneller fuhr als die erlaubten 100 Stundenkilometer. Wieso war der eigentlich immer noch so dicht hinter ihnen?

Als es sich neben dem Golf befand, verlangsamte das Motorrad seine Geschwindigkeit etwas, so dass es auf gleicher Höhe blieb. Der Fahrer holte etwas aus der Innentasche seiner Lederjacke.

Einen Moment lang dachte Paulus, dass es sich um einen Polizisten in Zivil handeln könnte, der Dirk wegen zu schnellen Fahrens anhalten wollte. Doch der Motorradfahrer hatte plötzlich eine Pistole in der Hand, richtete sie auf Dirks Seitenfenster und schoss.

Mele schrie auf.

Der Golf geriet ins Schlingern, dann brach er nach rechts aus und schoss über die Böschung auf einen Acker, wo er nach ein paar Dutzend Metern zum Stehen kam.

Paulus trat auf die Bremse.

Der Motorradfahrer bremste ebenfalls hart, lenkte die Maschine auf den Acker und fuhr zu Dirks Golf, wobei die Geländereifen Dreck nach hinten spritzten.

»O mein Gott!«, rief Mele.

Paulus brachte den BMW mit quietschenden Reifen ein gutes Stück hinter der Stelle, an der Dirk von der Straße abgekommen war, zum Stehen. Bevor er es verhindern konnte, sprang Mele aus dem Wagen.

»Mele! Nicht! Der Typ hat eine Pistole!«, rief er ihr nach. Sie achtete nicht darauf.

Er holte sein Handy hervor, wählte die 110 und stieg ebenfalls aus. Während sich die Verbindung aufbaute, sah er, wie der Motorradfahrer die Beifahrertür des Golfs öffnete und etwas herausholte. Das Manuskript! Der Mann reckte den ausgestreckten Arm mit dem Buch triumphierend in den Himmel, dann steckte er es in seine Jacke und sprang auf sein Motorrad.

Mele stieß einen Wutschrei aus und sprintete zu dem Golf. Paulus hielt den Atem an – er rechnete jeden Moment damit, dass der Motorradfahrer auf sie schießen würde. Doch stattdessen gab er Gas, fuhr schlingernd an und jagte quer über den Acker auf einen Feldweg. Kurz darauf verschwand er hinter einer Baumgruppe.

Endlich meldete sich die Notrufzentrale. »Wir brauchen einen Krankenwagen!«, rief Paulus atemlos, während er zu

Mele und Dirk rannte. »Jemand ist angeschossen worden!«

»Wie ist Ihr Name?«, fragte eine ruhige Männerstimme am anderen Ende.

»Paulus Brenner. Hören Sie, wir brauchen einen Krankenwagen, schnell! Wir sind in der Nähe von Soest, ich weiß nicht genau …«

»Bitte beruhigen Sie sich. Wir können Ihren Standort über das Handysignal ungefähr feststellen. Befinden Sie sich noch auf der Bundesstraße 229?«

»Ja, ich glaube schon. Das heißt, genau genommen auf einem Acker daneben.«

»Was genau ist passiert?«

Paulus schilderte in knappen Worten die Ereignisse.

Der Mann in der Notrufzentrale blieb unbeeindruckt. »Welche Verletzungen hat das Opfer?«

Paulus erreichte den Golf. Mele hatte die Fahrertür geöffnet und sich über Dirk gebeugt. Paulus schob sie sanft zur Seite. Dirks Schulter und Brust waren voller Blut.

»Ich weiß nicht genau. Er hat eine Schussverletzung am Oberkörper.«

»Bleiben Sie bei dem Verletzten. Leisten Sie Erste Hilfe, so gut Sie können. Ein Krankenwagen und eine Polizeistreife sind unterwegs.«

»Okay.« Paulus legte auf.

»Diese Scheißkerle!«, schluchzte Mele. »Dirk, mein Gott!«

Der Student stöhnte vor Schmerzen. Sein Atem ging rasselnd, sein Gesicht war unnatürlich bleich. Wahrscheinlich hatte er einen Schock. Paulus versuchte, sich an den Erste-Hilfe-Kurs zu erinnern, der schon einige Jahre zurücklag. War es besser, den Verletzten aus dem Auto zu holen und ihn in die stabile Seitenlage zu bringen, oder würde das die Verletzungen nur verschlimmern? Er entschied sich, den Studenten nicht zu bewegen, drehte jedoch die Rücklehne des Sitzes in die flachste Stellung.

»Wir müssen die Blutung stoppen«, sagte er. »Ist hier irgendwo ein Verbandskasten?«

»Aber das Buch!«, erwiderte Mele. »Du musst den Araber einholen! Ich kümmere mich schon um Dirk.«

»Der ist längst weg. Mit dem BMW hätte ich in dieser Gegend gegen ein Geländemotorrad ohnehin keine Chance.« Paulus wollte nicht darüber nachdenken, was das bedeutete. Stattdessen konzentrierte er sich auf das Naheliegende: Dirks Leben retten.

Er lief zum Heck des Wagens und durchsuchte den Kofferraum. Unter einer Abdeckmatte fand er ein Fach, in dem ein alter Verbandskasten untergebracht war.

»Dirk, kannst du mich hören?«, fragte er.

Der Student drehte den Kopf leicht in Paulus' Richtung, doch die Bewegung schien ihm Schmerzen zu bereiten. »Es … es tut mir leid …«, röchelte er.

»Sag jetzt nichts. Ein Krankenwagen ist unterwegs.«

Mit einer Schere aus dem Verbandskasten schnitt Paulus das blutige Hemd des Studenten auf. Die Kugel hatte den Oberarm gestreift, dabei eine hässliche, aber vergleichsweise harmlose Fleischwunde aufgerissen und war dann seitlich in die Brust eingedrungen. Möglicherweise hatte sie einen Lungenflügel verletzt, aber zum Glück das Herz verfehlt. Ein dicker, pulsierender Blutstrom quoll aus der Wunde.

So gut er konnte, versuchte Paulus den Blutfluss mit einem Verbandspäckchen einzudämmen, das er auf die Wunde presste, doch er hatte das Gefühl, nur wenig auszurichten. Zum Glück hörte er in diesem Moment die Sirene eines Krankenwagens. Zwei Männer sprangen heraus und rannten mit einer Trage über den Acker.

»Was ist passiert?«, fragte einer der beiden.

»Jemand hat auf ihn geschossen«, erwiderte Paulus. Erleichtert sah er zu, wie die Nothelfer Dirk aus dem Auto zogen und auf die Trage legten. Einer der beiden legte eine Infusion, während der andere die Blutung mit einem Druckverband eindämmte. Dann schleppten sie die Trage zurück zum Krankenwagen.

Paulus und Mele begleiteten sie zum Krankenwagen.

»Wird er durchkommen?«, fragte Mele ängstlich.

»Das können wir noch nicht sicher sagen, es kommt darauf an, wie tief die Kugel eingedrungen ist und wie schwer seine inneren Verletzungen sind. Aber dem ersten Eindruck nach würde ich sagen, er hat noch mal Glück gehabt. Möchten Sie mit ins Krankenhaus kommen?«

»Geh ruhig mit ihm, wenn du möchtest«, sagte Paulus. »Ich mache das mit der Polizei allein.«

Mele schüttelte den Kopf. »Nein. Dirk können wir jetzt nicht helfen. Wir müssen uns um das Buch kümmern!«

Paulus wusste nicht, was sie in Bezug auf das Buch noch unternehmen sollten, aber er nickte.

Inzwischen war auch eine Polizeistreife eingetroffen. Eine junge Beamtin und ein älterer Polizist mit grauem Haar nahmen ihre Personalien auf und befragten sie, was geschehen war.

Als Paulus den Ablauf schilderte, sahen sich die beiden an. »Sie kennen das Opfer?«

»Ja. Er heißt Dirk Mauser und studiert in Köln.«

»Und wissen Sie, wer der Täter ist?«

»Nein. Hören Sie, Sie müssen diesen Kerl schnappen. Er hat ein Buch gestohlen, das … sehr wichtig für mich ist.«

»Ein Buch? Was für ein Buch?«, fragte der ältere Polizist.

»Ein sehr wertvolles Manuskript aus dem Mittelalter.«

»Also handelt es sich um einen Raubüberfall?«

Paulus seufzte. Wie sollte er zwei Provinzpolizisten erklären, dass das Schicksal der Menschheit von diesem Buch abhing? »Ja.«

»Haben Sie das Kennzeichen des Motorrads?«

»Leider nicht.« Paulus beschrieb den Fahrer, so gut er konnte.

»Gut. Wir geben eine Fahndung raus. Warten Sie bitte einen Moment hier.« Der Polizist ging zum Einsatzwagen, während die Frau Dirks Wagen näher untersuchte.

»Was machen wir jetzt?«, fragte Mele.

»Ich ... ich weiß es nicht. Ich fürchte, wir können nichts mehr tun. Die einzige Chance besteht darin, dass die Polizei den Araber rechtzeitig schnappt, das Buch sicherstellt und die Brisanz darin erkennt.« Paulus schüttelte den Kopf. »Wenn ich diese beiden da drüben sehe, kann ich mir allerdings nicht vorstellen, dass das passieren wird.«

»Und wenn wir trotzdem zu den Amerikanern gehen? Vielleicht glauben sie uns ja auch ohne das Buch.«

»Warum sollten sie? Die ganze Geschichte klingt doch viel zu absurd! Ohne das Manuskript wird jeder glauben, wir hätten uns das alles ausgedacht.«

»Ausgedacht? Und was ist mit dem Schuss auf Dirk? Außerdem können Dirk und mein Vater bezeugen, dass es das Manuskript gibt und dass darin der Anschlag von Lourdes vorhergesagt wurde!«

Paulus überlegte. »Du hast recht. Trotzdem bräuchten wir zumindest Fotos von ... Moment mal!« Er holte sein Handy hervor und durchsuchte den Fotospeicher. Tatsächlich, da waren sie: die Aufnahmen der Manuskriptseiten, die Paulus vor einer Woche gemacht hatte, bevor er zu Frank gefahren war. Er hatte sie auf seinen mittlerweile gestohlenen Laptop überspielt, doch die Originale waren dabei nicht gelöscht worden.

Er hielt Mele das Handy hin.

»Wir müssen sie den Amerikanern zeigen!«, sagte sie. »Das ist unsere einzige Chance! Lass uns zusehen, dass wir hier so schnell wie möglich wegkommen, und nach Berlin fahren!«

»Okay.«

Der Polizist stieg aus dem Einsatzwagen und kam auf sie zu. Er zog einen Notizblock hervor. »Sie sagten, der Täter hätte ein Buch gestohlen. Können Sie mir bitte sagen, worum es sich dabei handelt?«

»Es ist eine Handschrift aus dem Mittelalter, spätes 15. Jahrhundert. Geschrieben von einem Mönch aus Maulbronn namens Hermo von Lomersheim.«

Der Polizist notierte sich den Namen. »Woher hatte dieser Dirk Mauser das Buch?«

»Es ist ein Familienerbstück.«

»Es gehört ihm?«

»Nein, es gehört mir. Ich ... habe es ihm geliehen.«

»Haben Sie irgendwelche Dokumente über das Buch? Eine Besitzurkunde oder so?«

»Nein. Ich habe es von meiner Großmutter bekommen.«

»Was, glauben Sie, ist das Buch wert?«

»Das lässt sich schwer sagen. Handschriften aus dem Mittelalter erreichen auf Auktionen manchmal Preise von mehreren hunderttausend Euro.«

»Und woher wusste der Täter davon?«

Paulus runzelte die Stirn. Diese Frage war immer noch ungeklärt. Seltsam war auch, dass das Motorrad so plötzlich aufgetaucht war. Sie mussten Dirk beschattet haben. »Ich weiß es nicht.«

»Würden Sie bitte noch einmal den exakten Ablauf schildern?«

Paulus beschrieb die Ereignisse.

»Wohin wollten Sie eigentlich?«

»Ins Sauerland. Nach Bruchhausen. Die Mausers haben dort eine Ferienwohnung.«

»Warum sind Sie dann nicht weiter auf der Autobahn geblieben?«

Paulus zuckte mit den Schultern. »Dirk kannte den Weg. Ich bin ihm einfach nachgefahren.«

»Und die Schramme an Ihrem Mietwagen? Woher kommt die?«

Paulus stockte. Bisher hatte er bewusst vermieden, die Verfolgungsjagd zu erwähnen. An den zerbeulten Kotflügel hatte er gar nicht mehr gedacht.

»Das war ich«, schaltete sich Mele ein. »Beim Einparken. Da war ein Blumenkübel …« Sie lächelte schief.

»Das muss ein ziemlich großer Blumenkübel gewesen sein«, sagte der Polizist skeptisch.

Mele nickte. »Ja, so ein runder aus Beton.«

Paulus fühlte sich zunehmend unwohl. Sie waren im Begriff, sich in ein Lügengebilde zu verstricken. Wenn der Polizist das merkte und sie verdächtigte, auf Dirk geschossen zu haben, würde er sie vorläufig festnehmen. Bis sich dann herausstellte, dass sie unschuldig waren, würden sie mindestens 24 Stunden verlieren.

Paulus sah auf die Uhr. »Brauchen Sie uns noch? Ich … müsste noch etwas erledigen.«

Der Polizist zog eine Augenbraue hoch. »In Bruchhausen?«

»In Berlin.« Paulus improvisierte. »Es gibt dort eine Registrierungsstelle für mittelalterliche Schriften. Möglich, dass im Archiv dort weitere Informationen über die verschwundene Handschrift vorhanden sind. Außerdem kann man dort gestohlene Handschriften melden, so dass sie auf dem legalen Markt unverkäuflich werden.«

»Können Sie dort nicht anrufen?«

»Ja, schon, aber ich möchte lieber hinfahren. Die haben dort auch eine Bilddatenbank, die nicht über das Internet zugänglich ist.«

Der Polizist musterte Paulus skeptisch, doch dann nickte er. »Gut. Wenn wir noch Fragen haben, melden wir uns.«

39.

Berlin, Samstag 15:44 Uhr

Sie erreichten Berlin nach gut vier Stunden Fahrt. Die US-Botschaft befand sich am Pariser Platz direkt neben dem Brandenburger Tor. Sie fuhren in ein Parkhaus in der Friedrichstraße und gingen das kurze Stück zu Fuß.

Das Wetter war angenehm mild, der Platz war voller Touristen. Paulus erschauderte bei dem Gedanken, dass es hier vielleicht schon in einer Woche völlig anders aussehen würde, wenn es ihnen nicht gelang, jemanden von der drohenden Gefahr zu überzeugen.

Der Eingang zum Botschaftsgebäude wurde von zwei bewaffneten deutschen Polizisten bewacht. Sie beobachteten argwöhnisch, wie sich Paulus und Mele zielstrebig näherten.

»Lass mich das machen«, raunte sie.

»Wohin möchten Sie?«, fragte einer der Polizisten nicht besonders freundlich.

»We've got an appointment with Mr. Aaron Lieberman«, sagte Mele in perfektem Englisch mit leichtem britischen Akzent. Paulus unterdrückte ein Grinsen. Eine Verabredung mit Lieberman! Mele war wirklich gut darin, sich Geschichten auszudenken.

»Okay«, erwiderte der Polizist und ließ sie passieren.

Im Inneren der Botschaft fanden sie eine offene Empfangstheke, hinter der ein junger Mann saß. Zwei bewaffnete Wachen, diesmal in amerikanischen Uniformen, standen neben einer Absperrung vor den Aufzügen. Der einzige Zugang führte durch einen Metalldetektor, wie sie an Flughäfen standen. Wenn sie jemanden suchten, der sich um die Sicherheit Sorgen machte, waren sie hier definitiv richtig.

»Guten Tag«, sagte der Mann am Empfang mit amerikanischem Akzent. »Was kann ich für Sie tun?«

»My name is Catherine Lieberman. This is my brother Thomas. We've got urgent information concerning national security.«

Der Mann musterte sie aufmerksam. »May I see your passport please, Mrs. Lieberman?«

Mele schüttelte den Kopf. »I've lost it.«

»If you are an American citizen and lost your passport, we can issue you a new one. But you need to make an appointment with the American Citizen Services Office at Clayallee.« Er reichte ihr ein Faltblatt, das den Weg zu der zuständigen Behörde für amerikanische Staatsbürger wies, die ihren Pass verloren hatten.

»Didn't you listen? I said we've got urgent information concerning national security!«

»What kind of information?« Der skeptische Gesichtsausdruck des Mannes zeigte, dass er hier schon öfter irgendwelche Spinner abgewimmelt hatte, die behaupteten, wichtige Informationen in Bezug auf die Sicherheit der Vereinigten Staaten zu haben.

»We know of a planned terrorist attack!«

Der Mann seufzte. »Mrs. Lieberman, oder wie immer Sie wirklich heißen, ich kann Ihnen leider nicht helfen. Bitte wenden Sie sich an die deutsche Polizei, wenn Sie Hinweise auf eine bevorstehende Straftat haben.«

Paulus erschrak. Für ihn hatte Meles Englisch absolut perfekt geklungen, aber für einen Muttersprachler war ihre deutsche Herkunft wohl doch erkennbar.

Mele blickte ihn hilflos an. Sie war offensichtlich mit ihrem Latein am Ende. Sollten sie all die Strapazen auf sich genommen haben, um hier an der Empfangstheke der US-Botschaft zu scheitern?

»Hören Sie bitte, Sir«, sagte Paulus. Er legte seine rechte Hand mit der Handfläche nach oben auf die Theke. »Sehen sie diesen dunklen Fleck dort unterhalb des Daumens? Das ist Blut. Das Blut eines guten Freundes von uns. Er wurde vor ein paar Stunden von einem Terroristen angeschossen und liegt jetzt in einem Krankenhaus in Soest. Diese Terroristen wollen nicht, dass irgendwer von ihren Plänen erfährt. Sie gehören vermutlich zu der Organisation, die gestern Nacht die heilige Grotte in Lourdes angegriffen hat. Wir wissen, dass wir eigentlich die deutschen Behörden informieren sollten, aber die Zeit ist sehr knapp. Es bleiben nur noch sechs Tage, um einen Terroranschlag zu verhindern, der eine globale Katastrophe auslösen kann. Ich weiß, das klingt alles sehr unglaubwürdig. Trotzdem bitte ich Sie: Lassen Sie uns mit jemandem sprechen, der für die nationale Sicherheit der USA zuständig ist. Bitte!«

Der junge Mann blickte jetzt sehr ernst. »Ich mache Sie darauf aufmerksam, dass es nach deutschem und internationalem Recht eine Straftat ist, sich mit falschen Informationen Zugang zu einer diplomatischen Vertretung zu verschaffen.«

»Diese Informationen sind wahr«, sagte Paulus. »Das schwöre ich!«

»Wie ist Ihr Name?«

»Paulus Brenner.« Er legte seinen Personalausweis auf die Theke.

Der Mann nahm den Ausweis und legte ihn auf einen Scanner, bevor er ihn Paulus zurückgab. Dann wandte er sich an Mele. »Und Sie?«

»Mele Kallen.« Sie lächelte peinlich berührt. »Es tut mir leid, dass ich vorhin die Unwahrheit gesagt habe.«

»Ihren Ausweis bitte.«

»Den … den habe ich leider nicht bei mir.«

Der Mann nickte nur. »Einen Moment.«

Paulus wartete darauf, dass er einen Hörer abnahm oder einen Knopf drückte, doch er tat nichts dergleichen, sondern blickte sie nur ruhig an.

»Wollen Sie nicht jemanden …«, begann Paulus, doch in diesem Moment öffnete sich eine Tür, und ein junger Mann mit Bürstenschnitt und dunklem Anzug kam auf sie zu.

»Herr Brenner, Frau Kallen, wenn Sie mir bitte folgen wollen«, sagte er.

Paulus begriff, dass die gesamte Unterhaltung durch Kameras beobachtet und aufgezeichnet worden war. Falls sich die US-Botschaft entschloss, ihnen wegen Meles falscher Angaben Ärger zu machen, hatte sie genügend Beweise. Wahrscheinlich hatten die unsichtbaren Beobachter irgendwie mit dem Mann am Empfang kommuniziert, ihm möglicherweise Anweisungen gegeben, obwohl Paulus keinen »Knopf im Ohr« gesehen hatte. Die Technik war da wohl heute schon etwas subtiler.

Plötzlich war ihm auch klar, warum Mele mit ihrer Geschichte von der amerikanischen Staatsbürgerschaft aufgeflogen war. Er hatte genug darüber gelesen, dass Computer heutzutage in der Lage waren, Gesichter zu erkennen. Wahrscheinlich hatte das System überprüft, ob es eine Catherine Lieberman gab, die wie Mele aussah. Vielleicht hatte es die Person am Empfang auch sofort als Mele Kallen identifiziert. Unmöglich war das nicht.

Jetzt kam es darauf an, ob es ihnen gelingen würde, die Amerikaner von der drohenden Gefahr zu überzeugen.

Der junge Mann führte sie in einen fensterlosen Konferenzraum neben dem Empfang, noch außerhalb der Sicherheitszone. Er bat sie, Platz zu nehmen.

»Mein Name ist John Ferry. Ich bin Mitarbeiter der Central Intelligence Agency, des Auslandsnachrichtendienstes der USA«, erklärte er. »Also, welche Informationen haben Sie für uns?«

»Was ich Ihnen jetzt sage, wird sehr schwer zu glauben sein«, begann Paulus. »Aber Sie können es überprüfen. Ich bitte Sie nur, mir bis zu Ende zuzuhören.«

Ferry erlaubte sich ein dünnes Lächeln. »Glauben Sie mir, Herr Brenner, im Zuhören bin ich wirklich gut.«

Zwei Stunden später hatte Paulus die gesamte Geschichte erzählt. Ferry hatte tatsächlich aufmerksam zugehört und nur selten nachgefragt, wenn er etwas nicht genau verstanden hatte. Paulus hatte ihm die Fotos auf dem Handy gezeigt. Ferrys Miene war dabei unbewegt geblieben, so dass Paulus nicht deuten konnte, ob er die Botschaft ernst nahm oder seine ungewöhnlichen Besucher für durchgeknallte Verschwörungstheoretiker hielt.

»Und?«, fragte Mele. »Glauben Sie uns?«

»Es ist nicht meine Aufgabe, irgendetwas zu glauben«, sagte Ferry, ohne zu lächeln. »Ich bin hier, um Informationen zu sammeln. Die Interpretation übernehmen andere. Ich möchte Sie bitten, noch einen Moment hier zu warten. Ich bin gleich zurück.« Er streckte die Hand aus. »Darf ich Sie um Ihr Mobiltelefon bitten?«

Paulus reichte es ihm, unsicher, ob er es je wiedersehen würde.

»Danke.« Ferry erhob sich und verließ den Raum.

»Meinst du, er hat uns geglaubt?«, fragte Mele.

Paulus zuckte mit den Schultern. »Keine Ahnung. Was würdest du denn denken, wenn du Mitarbeiter der US-Botschaft bist und eines Tages kommen zwei Deutsche rein und erzählen dir was von einem Buch aus dem Mittelalter, in dem der Weltuntergang prophezeit wird? Ich kann es ja selbst immer noch kaum glauben!«

»Wer weiß, vielleicht kennen sie ja die Prophezeiung. Vielleicht wissen sie schon längst, dass man Botschaften durch die Zeit schicken kann.«

»Wie kommst du darauf?«

»Diese Araber kannten doch den Inhalt schließlich auch, sonst hätten sie uns nicht immer wieder aufspüren können und wären gar nicht erst hinter dem Buch hergewesen. Es muss zumindest noch eine zweite Kopie des Textes geben.«

Paulus sah sie nachdenklich an. »Du hast recht, es muss eine Kopie geben. Vielleicht ist sie schon im Mittelalter gemacht worden. Irgendwie müssen die Araber davon Wind bekommen und sie in ihren Besitz gebracht ...« Er stockte.

»Was ist? Was hast du?«

»Mir ist nur gerade ein unheimlicher Gedanke gekommen.«

»Was denn für ein Gedanke?«

»Stell dir ... stell dir mal vor, diese Terroristen sind durch das Buch überhaupt erst auf die Idee gekommen, den Anschlag durchzuführen, vor dem wir gewarnt werden sollen!«

Mele lachte trocken. »Das wäre aber peinlich für die Leute in der Zukunft!« Sie wurde ernst. »Ehrlich gesagt kann ich mir das nicht so recht vorstellen. Ich bin ja nicht gerade eine Expertin für Zeitreisen, aber wäre das nicht ein Paradoxon? Wieso sollte jemand in der Zukunft eine Botschaft in die Vergangenheit schicken und vor etwas warnen, was gar nicht passiert ist? Wenn ich die Sache mit den Parallelwelten richtig verstanden habe, kann man seine eigene Vergangenheit nicht verändern. Dieser Zukunftsmensch könnte also nicht in einer Welt leben, in der der Anschlag schon passiert ist, wenn seine Botschaft erst der Auslöser dafür wäre.«

»Du hast recht.«

Sie schwiegen eine Weile.

»Hältst du es für möglich, dass es noch andere Botschaften gibt?«, fragte Mele unvermittelt. »Wenn diese Leute aus der Zukunft den Lauf der Geschichte verändern wollten, dann hätten sie sich doch bestimmt nicht nur auf einen einzelnen Mönch verlassen, oder?«

»Schon möglich. Andererseits habe ich noch nie ein derartiges Buch gesehen. Wenn so etwas häufig wäre, dann wäre es der Gemeinschaft der Historiker sicher nicht verborgen geblieben.«

»Du hast mir doch von diesem Manuskript erzählt, mit dem du dich immer beschäftigt hast, Wojtyla oder wie das hieß.«

»Wenn das Voynich-Manuskript eine Botschaft aus der Zukunft ist, dann jedenfalls eine ziemlich abgedrehte«, sagte Paulus, doch im selben Moment fragte er sich, ob sie nicht vielleicht recht hatte. »Wie auch immer, ich kann mir nicht vorstellen, dass die US-Regierung schon längst Bescheid weiß. Wenn das so wäre, dann hätten sie ja wohl den Anschlag in Lourdes verhindert.«

Mele nickte. »Was denkst du wird jetzt passieren?«

»Wer weiß. Ich hoffe, dieser Ferry gibt die Sache an die richtigen Leute weiter.« Er äffte die neutrale Stimme des CIA-Manns nach: *»Ich bin dazu da, Informationen zu sammeln. Die Interpretation übernehmen andere.* Typisch Behörde!«

»Wie auch immer, wir haben getan, was wir konnten. Es liegt jetzt nicht mehr in unserer Hand, das Schicksal zu verändern.«

Mele wirkte für einen Moment erleichtert, doch im nächsten Moment legte sich Trauer wie ein Schleier über ihr Gesicht. »Der arme Dirk! Diese verdammten Mistkerle! Was immer passiert, ich hoffe, dass sie die Typen kriegen!«

Paulus nickte. Er blickte auf die Uhr: kurz nach sechs. »Ich frage mich, wie lange wir hier noch rumsitzen müssen.«

»Je länger es dauert, desto besser«, meinte Mele. »Es bedeutet, dass sie über uns diskutieren.«

Während Paulus noch über ihre Antwort nachdachte, ging die Tür auf. Doch es war nicht Ferry, der hereinkam, sondern ein untersetzter Mann in den Fünfzigern mit Halbglatze. »Mrs. Kallen, may I ask you to follow me«, sagte er in unfreundlichem Tonfall.

Als sie sich beide erhoben, zeigte der Mann auf Paulus und schüttelte den Kopf. »Not you. Please wait here for another moment!«

Mele warf Paulus einen erschrockenen Blick zu. Er versuchte, beruhigend zu lächeln. »Schon okay. Sie vernehmen uns einzeln, um zu überprüfen, ob es Widersprüche in unserer Geschichte gibt. Ich denke, das bedeutet, sie nehmen uns ernst. Bis später!« Er lächelte aufmunternd.

»Bis später!« Mele folgte dem dicken CIA-Mann.

Paulus musste nicht lange warten, bis Ferry in den Raum zurückkehrte, gefolgt von einer zierlichen Frau in mittlerem Alter. Sie trug eine Brille, ein graues Kostüm und streng zurückgekämmtes schwarzes Haar, das bereits einige graue Strähnen aufwies. Sie stellte sich auf Englisch vor: »My name is Grace Torcello. I have a few questions, if you don't mind.«

»Das ist Mrs. Torcello, eine Kollegin von mir«, übersetzte Ferry. »Sie hat noch ein paar Fragen an Sie. Ich werde als Dolmetscher fungieren.«

»That's not necessary«, antwortete Paulus. »My English is good enough, I hope.«

»Very well«, sagte Torcello und lächelte dünn.

Der Rest der Unterhaltung verlief in Englisch. Torcello stellte Paulus Fragen, während Ferry schweigend zuhörte. Sie wollte Details wissen, die Paulus auf den ersten Blick irrelevant erschienen: Welche Kleidung Lieberman getragen hatte, als er Paulus zum ersten Mal begegnet war, was sie an jenem Tag in Heidelberg zu Abend gegessen hatten, wer noch mit ihnen in dem Zugabteil gesessen hatte, als Mele und er dorthin unterwegs waren. Paulus begriff, dass sie mit solchen Details, die Mele und er unmöglich abgestimmt haben konnten, überprüfen wollte, ob sie sich die Geschichte nur ausgedacht hatten.

Dann stellte sie Fragen, die erkennbar nicht dazu dienten, die Geschichte zu überprüfen: Ob er jemals in die USA gereist sei, welcher Religion er angehöre und lächerlicherweise auch, ob er Mitglied einer terroristischen Vereinigung sei. Sie wollte sogar wissen, ob sein Vater streng zu ihm gewesen war und welches Spielzeug er als Kind bevorzugt hatte.

Irgendwann platzte Paulus der Kragen. »Hören Sie, Mrs. Torcello, ich kann verstehen, dass Sie meine Glaubwürdigkeit überprüfen müssen. Aber uns bleiben nur noch wenige Tage, und wir vertrödeln hier unsere Zeit! Sorgen Sie bitte endlich dafür, dass jemand die Fotos auf dem Handy analysiert! Ich habe Mr. Ferry erklärt, wie man den Text entschlüsselt.«

Die Frau, höchstwahrscheinlich eine CIA-Psychologin, blieb ungerührt. »Beruhigen Sie sich, Mr. Brenner! Während wir hier sitzen, sind meine Kollegen bereits dabei, Ihre Angaben zu überprüfen. Beantworten Sie einfach meine Fragen, den Rest überlassen Sie uns!«

Sie setzte die Befragung fort. Eine halbe Stunde später schien sie zufrieden zu sein. Paulus fühlte sich ausgelaugt. Doch wenn er gedacht hatte, die Sache sei damit vorbei, hatte er sich getäuscht. »Bitte warten Sie noch einen Moment hier«, sagte Torcello. »Ein Kollege von mir wird Ihnen gleich noch ein paar Fragen stellen.« Sie verließ mit Ferry den Raum.

Der Kollege, der ein paar Minuten später hereinkam, war der dicke CIA-Mann. Er stellte sich nicht mit Namen vor. Stattdessen fragte er Paulus in aggressivem Tonfall auf Englisch: »In wessen Auftrag sind Sie hier?«

»In niemandes Auftrag«, antwortete Paulus ruhig. »Wir sind hergekommen, weil wir Sie warnen wollen.« Er begann zu ahnen, dass das Verhör mit Torcello der angenehme Teil gewesen war.

»Was bezwecken Sie mit dieser sogenannten Warnung?«

»Wenn das Manuskript recht hat und Sie es nicht verhindern, wird es in wenigen Tagen einen Terroranschlag mit verheerenden Folgen geben. Milliarden Menschen werden sterben.«

»Und diesen Mist soll ich Ihnen tatsächlich glauben?«

Paulus seufzte. »Ich verstehe, dass Ihnen das schwerfällt. Ich kann es selbst kaum glauben. Aber alles, was ich Ihnen und Ihren Kollegen erzählt habe, ist wahr.«

»Also noch mal: Für wen arbeiten Sie?«

Weitere zwei Stunden später war Paulus völlig erschöpft. Er fühlte sich, als hätte jemand seinen Kopf unablässig gegen die Wand des kleinen Konferenzraums gerammt, in dem es mittlerweile kaum noch Sauerstoff gab. Seine Kehle war staubtrocken, und er hatte Hunger.

»Kann ich bitte ein Glas Wasser haben, Sir?«, fragte er mit fast unterwürfigem Tonfall.

Er hatte mit einer barschen Abfuhr gerechnet, doch der Dicke sagte: »Ich habe keine weiteren Fragen. Danke für Ihre Kooperation. Warten Sie bitte noch einen Moment hier.« Damit erhob er sich und verließ den Raum.

Paulus sah ihm zweifelnd nach. War es endlich vorbei? Oder würde er jetzt von jemand anderem in die Mangel genommen?

Kurz darauf betrat Ferry mit Mele den Raum. Sie wirkte ebenfalls völlig erschöpft, aber sie lächelte, als sie Paulus sah.

»Danke, dass Sie zu uns gekommen sind«, sagte Ferry mit echtem Mitgefühl in der Stimme. »Sie können jetzt gehen.«

»Was … was geschieht jetzt?«, wollte Mele wissen.

»Ich kann Ihnen dazu nichts Genaues sagen. Wir werden Ihren Hinweisen nachgehen. Wenn wir noch Fragen haben, melden wir uns bei Ihnen.«

Er führte sie zur Empfangshalle und verabschiedete sich von ihnen.

»Es … es ist vorbei«, sagte Mele, als sie vor dem Botschaftsgebäude standen und die kühle Nachtluft genossen.

»Ja«, stimmte Paulus zu. Doch er wusste, dass das nicht stimmte. Die entscheidende Auseinandersetzung stand noch bevor. Die Amerikaner mussten davon überzeugt sein, dass die Botschaft aus dem Manuskript echt war. Dann mussten sie einen Weg finden, den geplanten Bioterroranschlag zu verhindern. Paulus hoffte, dass es noch eine andere Möglichkeit gab als die, die im Manuskript beschrieben wurde. Aber der unbekannte Autor aus der Zukunft hatte sich in dieser Hinsicht unmissverständlich ausgedrückt. Und wahrscheinlich hatte er recht: Wenn man nicht wusste, wo genau sich das Labor mit den tödlichen Keimen befand und keine Zeit blieb, es zu suchen, dann war es womöglich tatsächlich die einzige Möglichkeit, eine ganze Stadt auf einen Schlag zu zerstören.

Paulus hatte einmal eine Fernsehdokumentation über die Schrecken der Atombombenabwürfe über Hiroshima und Nagasaki gesehen. Er dachte an die Hunderttausende Menschen – Männer und Frauen, Kinder und Greise, Soldaten und Krankenschwestern –, die in Teheran ihr Leben verlieren würden. Er spürte Übelkeit in sich aufsteigen.

»Was machen wir jetzt?«

»Schlafen«, sagte Paulus. Die Anstrengungen der letzten Tage lasteten jetzt, wo der permanente Druck der Rätsel und Verfolgungsjagden verschwunden war, wie ein Mantel aus Blei auf ihm.

Sie fanden ein günstiges Hotel unweit des Potsdamer Platzes. Er verabschiedete sich im Fahrstuhl knapp von Mele, die ein Zimmer auf einer anderen Etage bekommen hatte, und fiel kurz darauf in einen erschöpften, traumlosen Schlaf.

40.

Berlin, Sonntag 11:27 Uhr

Als Paulus erwachte, fühlte sich sein Kopf an wie nach einer durchzechten Nacht. Das Zimmer war taghell erleuchtet – er war gestern Abend so müde gewesen, dass er vergessen hatte, die Vorhänge zuzuziehen. Er duschte ausgiebig, zog sich an und klopfte an Meles Tür.

Sie öffnete fast augenblicklich, so als habe sie schon auf ihn gewartet. Sie wirkte blass und hatte dunkle Ringe unter den Augen, begrüßte ihn jedoch mit einem Lächeln. »Wollen wir etwas frühstücken gehen? Ich habe einen Mordshunger!«

Er stimmte zu. Kurz darauf saßen sie in einem Café am Potsdamer Platz. Ein starker Kaffee vertrieb allmählich Paulus' Katergefühl. Er fragte sich, was jetzt in der amerikanischen Botschaft vorgehen mochte. Wenn es gut gelaufen war, hatte längst eine Behörde in Washington den Fall übernommen.

»Ich habe meinen Vater angerufen, er kommt mich abholen«, unterbrach Mele seine Gedanken. »Er müsste so gegen zwei hier sein. Wir wollen dann unterwegs Dirk im Krankenhaus besuchen.« Sie blickte ihn über den Rand ihres großen Kaffeebechers hinweg an. »Hast du Lust mitzukommen?«

Paulus zögerte einen Moment. Er war sich über seine Gefühle für Mele nicht so recht im Klaren. Sie hatten gemeinsam Todesgefahren durchgestanden. Das hatte eine Nähe zwischen ihnen geschaffen, die mehr war als Freundschaft. Aber würde diese Nähe Bestand haben, wenn die Welt allmählich wieder zur Normalität zurückkehrte?

Würde er auf Dauer mit einem Menschen klarkommen, der so unzuverlässig und launisch war?

Vielleicht war es besser, zunächst etwas Abstand zu gewinnen und sich die Zeit zu nehmen, das unfassbare Geschehen zu verarbeiten. »Ich muss erst mal nach Hamburg, mich um ein paar Dinge kümmern. Wir können ja telefonieren.«

»Ja, natürlich.« Mele senkte den Blick.

Sie frühstückten schweigend, jeder in seine Gedanken versunken.

»Glaubst du, wir haben das Richtige getan?«, fragte Mele unvermittelt.

»Was meinst du?«

»Dass wir zu den Amerikanern gegangen sind. War das richtig?«

»Was hätten wir denn sonst tun sollen?«

»Dirk wollte das Manuskript im Internet veröffentlichen. Ich habe heute Nacht lange wach gelegen und mich gefragt, ob er nicht vielleicht doch recht hatte. Was, wenn die Amerikaner es vermasseln?«

»Diese CIA-Leute machten mir einen kompetenten Eindruck«, versuchte Paulus sie zu beruhigen. »Und die Amerikaner sind die Einzigen, die überhaupt etwas tun können. Außerdem bleibe ich dabei: Im Internet hätte sich kein Mensch für die Geschichte interessiert, außer ein paar Paranoiden vielleicht.«

Mele nickte. »Wahrscheinlich hast du recht. Trotzdem werde ich das Gefühl nicht los, dass wir einen Fehler gemacht haben.« Plötzlich glitzerten Tränen in ihren Augen. »Wenn … wenn es wirklich einen Krieg gibt … wenn Millionen Menschen sterben, und wir … wir sind schuld …«

Paulus legte seine Hand auf ihre. »Wir haben getan, was wir konnten. Wir haben die Botschaft aus der Zukunft entschlüsselt und weitergegeben. Andere müssen jetzt entscheiden, was geschehen soll. Dass diese Typen, die auf Dirk geschossen haben, ihr Ziel am Ende nicht erreicht haben, ist doch schon mal was, oder?«

Sie nickte und lächelte schief, während Tränen über ihre Wangen liefen.

Sie beendeten das Frühstück. Um sich die Zeit zu vertreiben, bis Meles Vater eintraf, gingen sie im Tiergarten spazieren. Das Wetter war herrlich, es war warm, und der ausgedehnte Park war voller Menschen, die lachten, spielten, stritten, sich in den Armen hielten. Leute, die nicht wussten, welche Wendungen das Schicksal für sie bereithielt.

Paulus beneidete sie darum.

Um kurz vor zwei meldete sich Meles Vater über Paulus' Handy. Sie trafen sich im Sony-Center am Potsdamer Platz unter dem futuristischen Segeltuch-Dach. Mele umarmte ihren Vater lange. Dann gab dieser auch Paulus die Hand. »Wenn Sie möchten, sind Sie herzlich eingeladen, mit nach Düsseldorf zu kommen und bei uns zu wohnen, so lange Sie wollen.«

»Vielen Dank«, erwiderte Paulus, »aber ich war jetzt eine Woche lang nicht zu Hause und muss mich um ein paar Dinge kümmern.«

»Wie Sie meinen. Vielleicht kommen Sie uns ja bald mal besuchen.«

»Das werde ich!«

Mele umarmte Paulus zum Abschied. Als sie sich von ihm löste, hatte sie wieder Tränen in den Augen. »Melde dich bitte, ja? Ich ... ich weiß nicht, wie ich das alles ohne dich überstanden hätte.«

Paulus lächelte schief. »Ohne mich würdest du jetzt friedlich mit Dirk in der WG sitzen oder Touristen irgendeinen Quatsch über den Kölner Dom erzählen.«

Sie erwiderte sein Lächeln. »Ich … ich bin trotzdem froh, dass ich dich getroffen habe!«

Er küsste sie auf den Mund, nur leicht, aber es war doch mehr als ein Kuss unter Freunden. Dann löste er sich von ihr, bevor ihn seine Gefühle überwältigen konnten. »Ich melde mich. Und … danke, dass du mir geholfen hast!«

Sie lächelte nicht mehr. »Hatte ich denn eine Wahl?«

»Man hat immer eine Wahl«, erwiderte Paulus und fragte sich in diesem Moment, ob es nicht ein Fehler gewesen war, ihre Einladung abzulehnen. Doch jetzt war es zu spät.

»Bis bald«, sagte Mele und ging mit ihrem Vater in Richtung Parkhaus, ohne sich noch einmal umzudrehen.

Paulus ging zu Fuß in Richtung des Parkhauses in der Friedrichstraße, in dem immer noch der zerbeulte Mietwagen stand. Dabei kam er am Holocaust-Mahnmal vorbei. Einem Impuls folgend, wanderte er zwischen den Stelen hindurch. Die engen Gänge zwischen den unterschiedlich hohen, grauen Blöcken erzeugten ein seltsames Gefühl der Desorientierung und Beklemmung. Meles Worte gingen ihm nicht aus dem Kopf: Wenn Millionen Menschen sterben und wir sind schuld …

Auf der Fahrt nach Hamburg sagte er sich immer wieder, dass er keine Wahl gehabt hatte, dass es nicht an ihm lag, zu entscheiden, was getan werden musste, dass er das einzig Richtige getan hatte, indem er die Anweisungen des Manuskripts befolgt hatte. Doch die Beklemmung wollte nicht weichen.

Wenn er doch mit Mele nach Düsseldorf gefahren wäre! Dann wäre er mit seinen Zweifeln und Sorgen wenigstens nicht allein gewesen. Er hatte ihr gegenüber behauptet, sich um einige Dinge kümmern zu müssen, aber morgen wieder ganz normal ins Institut zu gehen und mit gelangweilten Studenten Seminare abzuhalten oder an irgendeinem Artikel für seinen Chef zu schreiben, erschien ihm angesichts der Ereignisse absurd. Wie sollte er den beschaulichen Institutsroutinen folgen, während in den Konferenzräumen des Pentagons Militärstrategen planten, eine Millionenstadt zu vernichten?

Und wenn ich wüsste, dass morgen die Welt untergeht, ich würde noch heute ein Apfelbäumchen pflanzen, hatte angeblich Martin Luther gesagt. Paulus wusste, dass das Zitat falsch war, aber der Reformator hatte wohl tatsächlich diese Art Gottvertrauen besessen. Paulus allerdings hatte es nicht. Er hatte das Gefühl, die letzten Tage einer vergleichsweise friedlichen Periode der Menschheit zu erleben. So oder so würde im Laufe der nächsten Woche etwas Schreckliches geschehen.

Immerhin gab es einen Lichtblick: Die Menschen der Zukunft würden einen Weg finden, um mit der Vergangenheit in Kontakt zu treten. Sie würden die Grenzen der Zeit überwinden. Was für eine atemberaubende Vorstellung!

Er fasste den Entschluss, alles über die Theorie von Zeitreisen zusammentragen, was er finden konnte. Vielleicht entdeckte er einen Hinweis darauf, auf welche Weise die Überlebenden die Botschaft in die Vergangenheit schicken würden. Er wusste jetzt immerhin, dass es möglich war, auch wenn er keine Ahnung hatte, wie. Er würde Olaf anrufen und ihn um Hilfe bitten.

Er gab den Mietwagen am Hauptbahnhof ab. Mit gelangweilter Professionalität füllte ein Mitarbeiter der Mietwagenstation einen Schadensbericht aus, den Paulus unterschrieb. Der Mann schien sich nicht einmal ernsthaft dafür zu interessieren, wie genau die Beulen entstanden waren, und notierte lediglich »Schaden beim Einparken«.

Als Paulus seine Wohnung betrat, kam sie ihm seltsam fremd vor. War es erst eine Woche her, dass er zuletzt hier gewesen war?

Er rief Olaf an, doch der war nicht zu erreichen. Also ging er in ein Internetcafé und begann, selbst zu recherchieren. Es gab Dutzende Foren und Blogs, in denen über Zeitreisen diskutiert wurde – meistens waren es Science-Fiction-Fans, die sich über die Konsequenzen von Zeitparadoxa austauschten, oder esoterische Spinner, die überzeugt waren, schon die alten Ägypter, Mayas oder die Bewohner Atlantis' hätten Besuch aus der Zukunft gehabt. Seriöse Wissenschaftler schienen sich dagegen kaum ernsthaft mit dem Thema auseinanderzusetzen. Immerhin fand er bei einem Onlineversand ein Buch des renommierten Physikers Paul Davies mit dem Titel »How to Build a Time Machine«. Er bestellte es, ohne jedoch zu erwarten, dass darin tatsächlich eine praktisch umsetzbare Anleitung beschrieben wurde.

Gegen acht Uhr abends kehrte er in seine Wohnung zurück und aß vertrocknetes Vollkornbrot mit Scheibenkäse zum Abendbrot. Danach wählte er die Handynummer von Meles Vater, der ihn an Mele weiterreichte. Sie erzählte, dass Dirk operiert worden war und dass es ihm relativ gut ging. Die Polizei hatte ihn inzwischen befragt und eine Großfahndung nach dem Mann auf dem Motorrad eingeleitet, natürlich ohne Ergebnis. Dirk hatte Mele aufgetragen, sich in seinem Namen bei Paulus noch einmal zu entschuldigen und ihm für die Hilfe zu danken. Paulus fühlte sich ein wenig unwohl dabei, dass er Dirk nicht ebenfalls besucht hatte.

»Es ist schade, dass du nicht hier bist«, sagte Mele unvermittelt. »Ich weiß nicht, wie ich es die nächsten Tage aushalten soll. Dieses Warten ...«

»Geht mir genauso.«

»Willst du nicht doch herkommen?«

»Ich ... ich muss erst mal zur Uni. Ich rufe dich morgen an.« Er merkte, dass es wie eine Ausflucht klang.

»Okay«, sagte Mele. »Bis dann!« Sie legte auf, ehe er Gelegenheit hatte, den Eindruck zu korrigieren.

Als das Radio ihn am nächsten Morgen mit plärrender Popmusik weckte, hatte er für einen Moment das Gefühl, die ganze Geschichte mit dem Manuskript nur geträumt zu haben. Dann kamen die Nachrichten. Man ging nach ersten Erkenntnissen davon aus, dass der Anschlag in Lourdes von islamistischen Terroristen begangen worden war, obwohl sich bisher keine Organisation dazu bekannt hatte. Für den heutigen Montag war vor Ort ein großer Trauergottesdienst angesetzt, zu dem sogar der Papst erwartet wurde.

Unter der Dusche ließ Paulus die Ereignisse der letzten Tage Revue passieren. Er wurde immer noch nicht recht schlau aus dem Verhalten der mysteriösen Fremden. Sie hatten sich einige Male seltsam unbeholfen verhalten und sich abhängen lassen wie Amateure, um dann unvermittelt wieder auf der Bildfläche zu erscheinen. Doch es erschien müßig, darüber zu grübeln. Anders als im Kino waren echte Terroristen eben auch nur Menschen, die sich hin und wieder ungeschickt anstellten.

Nach einem kargen Frühstück ging er ins Büro. Es kam ihm seltsam vor.

Daisy begrüßte ihn mit sorgenvoller Miene. »Wie geht es dir?«

»Okay«, sagte er verwirrt. Sie konnte doch nichts von den Strapazen der letzten Tage wissen! Dann erst fiel ihm ein, dass er ihr gegenüber von einer dringenden Familienangelegenheit gesprochen hatte, die er angeblich hatte regeln müssen. »So eine Beerdigung ist nie schön, aber Onkel Edgar war schon fast neunzig.« Er war überrascht, wie leicht ihm die Lüge über die Lippen ging. Fast, als hätte Meles Talent auf ihn abgefärbt.

»Das tut mir leid«, erwiderte Daisy. »Übrigens will Degenhart dich sprechen. Er hat gesagt, du sollst direkt zu ihm gehen, wenn du wieder da bist.«

Paulus zuckte zusammen. Hatte etwa dieser Dr. Braun von der Universitätsbibliothek in Heidelberg Degenhart angerufen? Wenn herauskam, dass Paulus sich mit einer falschen Begründung freigenommen und historische Nachforschungen angestellt hatte, ohne seinem Chef etwas davon zu sagen, konnte das eine Menge Ärger geben.

Doch Degenhart empfing ihn ungewohnt freundlich. Er müsse für zwei Wochen in die USA, erklärte er, und brauche jemanden, der ihn bei seinen Vorlesungen vertrete. Ob Paulus sich das zutraue? Er sei der Meinung, dass auch er endlich die Chance verdiene, sich im Lehrbetrieb zu bewähren.

Paulus verkniff sich die Bemerkung, dass er bereits Dutzende von Seminaren gehalten und sich seiner eigenen Einschätzung nach längst »im Lehrbetrieb bewährt« hatte. Am liebsten hätte er abgelehnt und sich noch ein paar Tage freigenommen, um gemeinsam mit Mele auf die schrecklichen Ereignisse zu warten, die bald kommen mussten. Doch ihm fiel keine plausible Begründung dafür ein. Also tat er, als fühle er sich geehrt.

Er verbrachte den Rest des Vormittags damit, sich in den aktuellen Vorlesungsstoff einzuarbeiten. Es fiel ihm ungeheuer schwer, sich auf das Thema – die Entwicklung des Kreditwesens im 15. Jahrhundert – zu konzentrieren. Immer wieder schweiften seine Gedanken ab. Er stellte sich vor, wie die Terroristen gerade jetzt dabei waren, den

Anschlag vorzubereiten, wie sie in ihrem Labor in Teheran die tödlichen Keime züchteten, wie sie die beste Strategie zur Freisetzung des Virus diskutierten. Dann dachte er daran, dass vielleicht irgendwo in Amerika bereits die Vorbereitungen für den Abschuss einer Atomrakete getroffen wurden. Und immer wieder musste er an Mele denken, an ihre glasigen Augen, als sie sich von ihm verabschiedet hatte, an ihre enttäuschte Stimme gestern am Telefon.

Er ging wie immer mit den Kollegen in der Uni-Mensa essen, doch er hatte keinen Appetit. Über ihre lahmen Historiker-Scherze konnte er nicht lachen.

»Du siehst blass aus«, meinte Ralf, ein Doktorand, der sich auf die Geschichte Hamburgs spezialisiert hatte. »Bist du okay? Nicht, dass du uns noch einen Virus ins Institut schleppst!«

Bei dem Wort Virus verkrampfte sich Paulus innerlich. »Mir geht es gut«, sagte er.

Am Nachmittag ertappte er sich gerade dabei, dass er denselben Satz in Degenharts Vorlesungsskript zum vierten Mal las, als das Telefon klingelte. »Du hast Besuch«, verkündete Daisy.

Milde verwundert ging Paulus zum Vorzimmer des Instituts. Wahrscheinlich war es einer der Diplomanden, die er betreute, mit einer Frage.

In der Tür zum Vorzimmer blieb er wie angewurzelt stehen. »Mele!«

Sie blickte ihn fast ein wenig schüchtern an. »Ich hoffe, ich störe nicht.«

Mit zwei Schritten war er bei ihr und drückte sie an sich.

»Ich hab es nicht ausgehalten ohne dich«, flüsterte sie.

»Ich bin froh, dass du gekommen bist«, erwiderte er. Dann küsste er sie lange, ohne sich darum zu kümmern, was Degenharts Assistentin von dieser Begrüßung halten mochte.

Er wandte sich an Daisy. »Ich gehe nach Hause und arbeite dort weiter. Wenn was ist, ruf mich bitte auf dem Handy an.«

Daisy warf ihm einen Blick zu, in dem ein stummer Vorwurf lag, aber sie nickte. »Okay.«

Sie schlenderten zu Paulus' Wohnung. Ein leichter Nieselregen benetzte ihre Gesichter, doch Paulus bemerkte es kaum. Er fühlte sich seltsam leicht und hatte den Eindruck, bei jedem Schritt ein wenig abzuheben wie ein Astronaut auf dem Mond. Mele war gekommen! Er wusste jetzt, dass es albern von ihm gewesen war, sich zurückzuhalten. Er hatte sich über beide Ohren in sie verliebt. Und sie schien ähnlich für ihn zu empfinden.

Oder war sie nur hier, weil sie Trost suchte und ihre Angst vor den bevorstehenden Ereignissen mit niemandem sonst teilen konnte? Der Gedanke versetzte ihn beinahe in Panik.

»Ich mache mir Sorgen«, sagte sie, wie um seine Befürchtungen zu bestätigen. »Ich muss immerzu daran denken, was geschehen wird, wenn die Amerikaner uns glauben. Denkst du, sie werden tatsächlich eine Atombombe einsetzen?«

»Ich weiß es nicht. Ich hoffe, dass sie einen anderen Weg finden werden.«

»Aber du glaubst nicht wirklich daran, oder?«

Er schüttelte den Kopf. »Das Manuskript war in dieser Hinsicht ziemlich eindeutig. Wir müssen annehmen, dass die Leute aus der Zukunft einen guten Grund haben werden, vom ›Himmelsfeuer‹ zu sprechen, das die Stadt verbrennen muss.«

Als Paulus die Haustür aufschloss, kam ihm die alte

Frau Zacharias entgegen. Sie trug ein dunkelblaues Kostüm, hatte einen Hut in derselben Farbe auf und einen kleinen Koffer in der Hand.

Paulus seufzte. Er hatte anderes vorgehabt, als sich ausgerechnet jetzt um die alte Dame zu kümmern.

»Hallo, Herr Brenner«, sagte Frau Zacharias. »Wer ist denn die hübsche junge Dame an Ihrer Seite?« Sie zwinkerte.

Paulus war die Situation ein bisschen peinlich, aber Mele lächelte nur. Sie ging auf seine Nachbarin zu und gab ihr die Hand. »Ich bin Mele.«

»Einen sehr charmanten jungen Freund haben Sie da. Wissen Sie, früher, als ich meinen Franz kennengelernt habe, da war ich auch mal so hübsch wie Sie. Fast jedenfalls. Ich glaube, der Herr Brenner hätte mir damals auch gefallen.« Sie grinste verschwörerisch. »Passen Sie mir gut auf ihn auf, ja?«

Mele nickte ernst. »Das werde ich.«

»Jetzt gehen wir aber wieder in Ihre Wohnung zurück, Frau Zacharias«, sagte Paulus.

Die alte Dame schüttelte den Kopf. »Aber nein, wo denken Sie hin? Ich fahre mit meiner Tochter für ein paar Tage nach Sylt. Das Taxi muss gleich da sein.«

»Frau Zacharias, ich fürchte …«, begann Paulus, doch in diesem Moment hörte er Schritte auf der Treppe. Die Tochter erschien, beladen mit zwei Reisetaschen. Paulus half ihr, das Gepäck vor die Haustür zu tragen, und wünschte den beiden eine gute Reise.

»Wer war denn das?«, fragte Mele.

»Bloß eine Nachbarin.«

»Sie ist nett. Ich hoffe, wenn ich mal alt bin, werde ich auch so.«

In Paulus' Wohnung sah sich Mele neugierig um. »Ist

das da aus dem Buch, von dem du mir erzählt hast?« Sie deutete auf die Seiten aus dem Voynich-Manuskript über seinem Bett.

»Ja. Kommt mir inzwischen fast albern vor, dass ich mich so lange damit beschäftigt habe. Verglichen mit Hermo von Lomersheims Handschrift wirkt es wie ein Comicheft.«

Anstelle einer Antwort machte sie einen Schritt auf ihn zu, legte ihre Arme um seinen Hals und küsste ihn leidenschaftlich.

Nach einer Weile löste sie sich von ihm und blickte ihn an. »Du willst es lieber langsam angehen lassen, oder?«

Paulus war eigentlich gerade drauf und dran gewesen, all seine Vorsätze über Bord zu werfen, aber er nickte. »Ich hab die ganze Zeit nur daran gedacht, dass es blöd von mir war, nicht mit nach Düsseldorf zu kommen. Aber ich hatte einfach Sorge, dass du … dass unsere Gefühle füreinander …«

»… nur durch den Druck der Ereignisse entstanden sein könnten«, ergänzte Mele seinen Satz. »Ich verstehe das. Andererseits …« Sie stockte. Plötzlich hatte sie Tränen in den Augen. »Andererseits bleibt uns vielleicht nicht mehr viel Zeit!«

Er drückte sie an sich und küsste sie sanft. »Mach dir keine Sorgen. Wir haben getan, was wir konnten. Die Amerikaner werden schon wissen, was zu tun ist, um die Katastrophe zu verhindern.«

Sie erwiderte seinen Kuss, und all seine Zurückhaltung war endgültig vergessen.

41.

Washington D. C., Maryland, Montag 11:37 Uhr

Eddie nahm einen Schluck Kaffee – dünn und lauwarm wie immer – und scrollte durch die Nachrichten des internen Mitteilungssystems. Er wusste nicht genau, wonach er suchte, aber er hatte das Gefühl, irgendetwas unternehmen zu müssen.

Nicht, dass er nichts anderes zu tun gehabt hätte – im Gegenteil. Bob schien zu ahnen, dass der Fall Fort Fredrick nicht so schnell aus Eddies Gedanken verschwinden würde, und hatte ihm deshalb eine ganze Reihe angeblich zeitkritischer Überprüfungen aufgetragen.

Eddie ignorierte die Aufgaben einfach. Er wusste, dass diese Beschäftigungstherapie nur dazu dienen sollte, ihm weiteren Ärger mit Jason Butler zu ersparen. Bob hätte sich keine Sorgen machen müssen – Eddie hatte nicht vor, sich noch einmal in die Nesseln zu setzen. Trotzdem konnte er die Sache nicht einfach auf sich beruhen lassen.

Er hatte letzte Nacht schlecht geschlafen, genau wie die Nächte davor. Eine seltsame Nervosität hatte ihn erfasst, seit er von Jason Butler abgekanzelt worden war.

Es war nicht seine Karriere, um die er sich Sorgen machte. Die steckte ohnehin in einer Sackgasse, da kam es auf einen Patzer mehr oder weniger kaum an. Aber da war dieses Gefühl, dass eine Katastrophe heraufzog, die er vielleicht hätte verhindern können. Möglicherweise hatte Butler recht: Indem er sich auf Crowe als Verdächtigen konzentriert und andere Möglichkeiten ausgeblendet hatte, war er vielleicht daran schuld, dass der wahre Täter unerkannt bleiben konnte. Es war eine schreckliche Vorstellung.

Aber was konnte er schon tun? Er war ohnehin nie etwas anderes gewesen als ein kleines Rad in dem gewaltigen Getriebe, das für die Sicherheit seines Heimatlandes sorgen sollte. Er musste darauf vertrauen, dass Kompetentere als er ihren Job machen würden. Immerhin wussten sie jetzt, wonach sie suchen mussten.

Trotzdem war es ihm unmöglich, einfach untätig herumzusitzen. Er hatte keinerlei Befugnisse mehr, was den Fall betraf, aber er konnte immer noch nach Indizien suchen, nach Zusammenhängen, die vielleicht ein neues Licht auf die Vorkommnisse warfen. Er war immer gut darin gewesen, kleine Details zu erkennen, jedes für sich genommen scheinbar unbedeutend, und sie wie Puzzlesteine zu einem Gesamtbild zu formen, das es ermöglichte, einen Täter zu überführen. Leider hatte er weder eine Ahnung, wie dieses Gesamtbild aussah, noch, woher er die Puzzlesteine nehmen sollte.

Er scrollte durch die internen Mitteilungen, von denen die CIA befand, dass sie den anderen Sicherheitsbehörden zugänglich gemacht werden sollten. Es waren die üblichen Sicherheitseinstufungen, Berichte über bekannte Aktivitäten von Terrororganisationen, Hinweise auf Verdächtige, die beabsichtigen könnten, in die USA oder ein verbündetes Land einzureisen. Genauso spannend wie der Wetterbericht.

Eine kurze Meldung ließ ihn stutzen. In der Botschaft in Berlin waren zwei Zeugen aufgetaucht, die behaupteten, Informationen über einen bevorstehenden Terroranschlag zu haben. Die Meldung an sich unterschied sich kaum von Hunderten anderen, wenn man davon absah, dass solche Vorkommnisse in Deutschland eher selten waren. Was Eddie irritierte, war ein offensichtlicher Widerspruch: In der Meldung hieß es, die Angaben hätten sich nach Überprüfung als »nicht stichhaltig« erwiesen. Doch das Vernehmungsprotokoll war als »Top Secret RA« gekennzeichnet. Eddie besaß eine Freigabe für Dokumente der Kategorie »Top Secret«, der höchsten offiziellen Geheimhaltungsstufe. Doch das Kürzel RA für »Restricted Access« bedeutete, dass innerhalb dieser Kategorie nur ein genau definierter Personenkreis Zugang zu dem Dokument hatte.

Als Eddie versuchte, das Dokument zu öffnen, erhielt er den Hinweis, dass er sich an das Verteidigungsministerium wenden solle, falls er eine Top-Secret-Freigabe und ein fachlich begründetes Interesse am Inhalt vorweisen könne.

Was für Informationen konnten diese Zeugen gehabt haben, die nicht stichhaltig, aber dennoch so geheim waren, dass die Heimatschutzbehörde nichts davon wissen durfte?

Eine mögliche Erklärung war, dass es sich bei den beiden Zeugen um Industriespione handelte, die Geheimnisse deutscher Rüstungsfirmen auskundschafteten. Offiziell gab es so was natürlich nicht, und die diplomatischen Verwicklungen, die aus einer Aufdeckung solcher Aktivitäten resultieren konnten, waren beträchtlich. In solch einem Fall hätte das Protokoll möglicherweise zu ihrer Enttarnung führen können. Nach den Erfahrungen mit Wikileaks war es verständlich, dass die CIA das Protokoll geheimhielt. Aber warum war dann dieses Ereignis überhaupt in der Liste aufgetaucht, wenn doch der Nutzwert der Information nahezu null war? Handelte es sich um ein Versehen?

Vielleicht war die Vertraulichkeit des Dokuments erst im Nachhinein angehoben worden, nachdem die Meldung bereits im internen Nachrichtensystem abgesetzt worden war. Das kam hin und wieder vor. Möglicherweise hatte derjenige, der die Meldung ursprünglich verfasst hatte, nicht gewusst, dass es sich um Spione handelte.

Wie auch immer, höchstwahrscheinlich hatte der Vorfall nichts mit seinen Befürchtungen zu tun. Falls tatsächlich Proben aus Fort Fredrick verschwunden waren, dann waren sie jetzt bestimmt nicht in Deutschland.

Er scrollte weiter durch die Liste, fand jedoch nichts, was ihm irgendwie relevant erschien.

Irgendwann gab er es auf. Das hatte keinen Sinn. Er würde nichts finden.

42.

Hamburg, Montag 17:19 Uhr

Paulus legte seinen Arm um Meles Schulter. Ihr nackter, erhitzter Körper schmiegte sich an seinen, während ihre Finger sanft über seine Brust strichen.

Er wollte irgendetwas sagen, aber er wusste nicht, was. Irgendwie hätte alles klischeehaft und billig geklungen. Ein alter Depeche-Mode-Song kam ihm in den Sinn: Words are very … unnecessary … enjoy the silence …

Er genoss es, schweigend neben ihr zu liegen, die düsteren Gedanken für einen Augenblick aus seinem Bewusstsein zu drängen. Es erschien ihm in diesem Moment, als seien sie von Anfang an füreinander bestimmt gewesen. Vielleicht gab es ja doch so etwas wie eine Vorsehung.

»Woher haben sie es eigentlich gewusst?«, fragte Mele unvermittelt.

»Woher hat wer was gewusst?«

»Die Leute aus der Zukunft. Ich frage mich die ganze Zeit, woher sie wussten, dass du es sein würdest, der das Manuskript entschlüsselt.«

»Wie kommst du darauf, dass sie es wussten? Oder besser gesagt wissen werden?«

»Nur der, der den Namen des Apostels trägt, soll die Weisheit erlangen, wenn die Zeit kommt«, zitierte Mele aus dem Gedächtnis. »Das stand doch dort, oder?«

Paulus setzte sich ruckartig auf. »Ich hab dir doch schon erklärt, dass das Zufall ist«, sagte er. Doch im selben Moment kamen ihm Zweifel. Ein Scharlatan aus dem 19. Jahrhundert hätte diesen Trick womöglich angewandt, um seiner angeblichen Prophezeiung mehr Gewicht zu verleihen. Aber warum hätten das Wissenschaftler aus der Zukunft tun sollen, die eine Botschaft in die Vergangenheit schickten? Mele hatte recht: Sie konnten nicht wissen, dass er es war, der ihre Botschaft empfangen würde, denn sie lebten in einem Paralleluniversum, in dem die Botschaft nicht in die Vergangenheit geschickt und daher die Katastrophe nicht verhindert worden war.

War es denkbar, dass sie trotzdem seinen Namen kannten, vielleicht aus einer seiner Veröffentlichungen? Hatten sie vorausgesehen, auf welchem Weg das Manuskript in seine Hände gelangen würde? Nein, das war ausgeschlossen. Viel zu viele Unwägbarkeiten lagen auf dem Weg des Manuskripts durch die Jahrhunderte.

Aber wenn sie nicht hatten wissen können, dass jemand mit dem Vornamen eines Apostels das Manuskript entschlüsseln würde, warum hatten sie dann diesen merkwürdigen Hinweis in ihre Botschaft eingefügt? Das ergab keinen Sinn!

Es sei denn …

Übelkeit stieg in ihm auf, und kalter Schweiß brach aus allen Poren. »O mein Gott!«, entfuhr es ihm.

»Was ist?«, fragte Mele. »Was hast du?«

Er barg das Gesicht in den Händen, als könne er damit die Wahrheit aussperren, die unbarmherzig in sein Bewusstsein drängte. Er stöhnte unwillkürlich, wie vor Schmerzen. »Wir … wir haben einen schrecklichen Fehler gemacht!«

Mele war jetzt alarmiert. »Was denn für einen Fehler? Meinst du … meinst du etwa, dass wir miteinander …«

Er sah sie an. »Nein, natürlich nicht. Aber das Manuskript …«

»Was ist damit?«

Es kostete ihn Überwindung, es auszusprechen. »Es … es ist eine Fälschung!«

»Eine Fälschung? Wie kommst du denn darauf?«

Jetzt, wo er die Wahrheit über die Lippen gebracht hatte, drängten die Wörter geradezu aus ihm heraus. »Du hast es gerade selber gesagt: Wenn das Manuskript tatsächlich aus der Zukunft stammte – aus einer parallelen Zukunft –, dann hätte dieser Satz dort nicht dringestanden. Sie hätten nicht wissen können, wer die Botschaft empfängt oder ob sie überhaupt rechtzeitig entschlüsselt wird.«

»Aber … aber alles, was in den Buch stand, stimmte doch! Sogar der Anschlag in Lourdes. Den hätte doch niemand voraussehen können!«

»Es sei denn, derjenige, der das Manuskript geschrieben hat, wusste vorher, dass der Anschlag stattfinden würde.«

»Du meinst, diese Terroristen haben das Buch selbst geschrieben? Die haben den Anschlag durchgeführt, nur damit wir denken, das Manuskript ist echt?«

»Sie haben uns benutzt wie Marionetten. Und wir sind ihnen auf den Leim gegangen!« Paulus stand auf und begann, sich anzuziehen. Der Boden schien unter seinen Füßen leicht zu schwanken.

Mele folgte seinem Beispiel. »Aber warum? Was soll das alles?«

»Ich weiß es nicht. Aber es gibt sicher genug Hardliner in Amerika, die es gut fänden, wenn Teheran dem Erdboden gleichgemacht wird.« Er stockte, als er sich die erste Begegnung mit Lieberman ins Gedächtnis rief, dann das Gespräch beim Abendessen im Atlantic. »Dieser Lieberman muss einer von ihnen gewesen sein. Er hat mich gezielt angesprochen. Die wussten, dass ich das Manuskript entziffern konnte. Sie haben es extra so verschlüsselt, dass meine Kenntnisse genau richtig dafür waren. Deshalb haben sie den Text auch in Frühneuhochdeutsch verfasst. Und diese

Geschichte von meiner Großmutter …« Ihm wurde übel, als ihm das ganze Ausmaß und die Niedertracht des Lügengebildes bewusst wurden. »Die müssen lange gesucht haben, bis sie einen geeigneten Trottel gefunden haben, der die nötigen Kenntnisse hatte und eine Familiengeschichte, die man ausnutzen konnte.« Paulus lachte bitter. »Du hattest von Anfang an recht: Ich bin der Auserwählte!«

»Du meinst, all diese Rätsel, die Orte, die wir aufsuchen mussten, das war alles von denen so geplant? Nur, damit wir denken, das Manuskript sei echt?«

»Exakt. Auch die Verfolgung durch die Terroristen war bloß inszeniert. Im Nachhinein betrachtet ergibt das alles einen Sinn. Wir sind denen ein paar Mal ziemlich knapp entkommen – weil sie uns entkommen lassen wollten!«

»Aber warum? Hätte es nicht gereicht, dir einfach nur das Manuskript in die Hände zu spielen?«

»Nein. Sie mussten die Bedrohung inszenieren, damit wir rasch handeln – und keine Zeit zum Nachdenken haben. Sie haben uns kreuz und quer durch Deutschland gehetzt, so dass wir am Ende gezwungen waren, genau das zu tun, was sie wollten: das Manuskript in der US-Botschaft abliefern – auf eine Weise, die keinerlei Verdacht einer Fälschung weckt. Wir waren dafür genau die richtigen Boten: zwei unbescholtene deutsche Bürger, die zufällig in eine Sache gestolpert sind, die ihnen ein paar Hutnummern zu groß ist.«

»Und die Sache mit dem Namen des Apostels? Was sollte das?«

»Ich denke, damit wollten sie den Druck erhöhen. Aber sie haben nicht bedacht, dass das ein logischer Fehler in der Story ist. Oder vielleicht haben sie gedacht, wir merken es nicht. Ich hätte es ja tatsächlich auch übersehen, wenn du mich nicht darauf gestoßen hättest.« Es fiel ihm schwer, weiterzureden. Er fühlte sich, als versinke er langsam in einem schwarzen, stinkenden Morast. »Jetzt ist mir auch klar, wieso plötzlich dieser Typ auf dem Motorrad aufgetaucht ist«, fuhr er fort. »Dass Dirk das Manuskript im Internet veröffentlichen wollte, passte nicht in ihre Pläne. Sie müssen uns die ganze Zeit beobachtet haben! Sie wussten genau …«

Er stockte. Er blickte sich in seiner Wohnung um, als sehe er sie zum ersten Mal. Er erinnerte sich an das Chaos, das hier geherrscht hatte, als er vor einer Woche von seinem Besuch bei Frank zurückgekommen war.

Sie waren hier gewesen. Aber nicht, um das Manuskript zu suchen.

»O verdammt!«, rief er. »Wir müssen hier weg! Sofort!« Er stürzte zum Ausgang.

»Was?«, rief Mele. »Wieso?«

Anstatt zu antworten, rannte er das Treppenhaus hinab, zwei Stufen auf einmal nehmend. Mele folgte ihm.

Unten blickte er durch die Glasfenster der Eingangstür. Es war niemand zu sehen. Vorsichtig öffnete er die Tür. Hatte er überreagiert?

Er wandte sich nach links, in Richtung der U-Bahn-Station Hoheluftbrücke. Immer wieder blickte er nervös über die Schulter, doch niemand schien ihnen zu folgen.

»Denkst du etwa, sie verfolgen uns immer noch?«, fragte Mele.

»Ich weiß es nicht. Aber sie müssen Wanzen in meiner Wohnung installiert haben. Wenn ich sie wäre, würde ich die Überwachung fortsetzen, bis der Plan Erfolg hatte. Immerhin sind wir jetzt die Einzigen, die ihnen noch in die Quere kommen können.«

»Aber was willst du denn machen? Noch mal zur US-Botschaft?«

Er zuckte mit den Schultern. »Hast du eine bessere Idee?«

»Nein, aber …«

Er hätte den Wagen beinahe übersehen, der sich ihnen von vorn näherte. Ein schwarzer Mercedes. Er bremste ab, kurz bevor er sie erreichte.

Paulus riss Mele zu Boden. Im selben Moment zersplitterte eine Fensterscheibe im Haus hinter ihnen. Ein gedämpftes Plock erklang, als eine zweite Kugeln in die Mauer einschlug. Sie benutzten Schalldämpfer.

»Lauf!«, brüllte Paulus und sprang auf. Er blickte sich um. Der Mercedes hielt etwa fünfzig Meter hinter ihnen mitten auf der Straße an, ohne sich um die hupenden Autofahrer zu kümmern. Die Beifahrertür öffnete sich, und ein Mann sprang heraus – der Araber.

In diesem Moment erreichten sie die Einmündung der Helene-Lange-Straße. Paulus bog nach links ab. Für ein paar Sekunden waren sie außerhalb des Sichtfeldes ihres Verfolgers.

Im Laufen suchte Paulus nach einer Möglichkeit, sich in Sicherheit zu bringen. Links Wohnhäuser, die Eingangstüren sicher fest verschlossen. Rechts lag eine Wohnanlage mit einer Durchfahrt. Paulus rannte quer über die Straße, direkt vor einen Lieferwagen, der zum Glück langsam genug fuhr, um rechtzeitig abbremsen zu können. Sie hasteten durch die Toreinfahrt.

Dahinter befand sich ein kleiner Innenhof mit einigen Parkplätzen, der von einer zwei Meter hohen Mauer umfasst war. Zwei Müllcontainer standen in einer Ecke.

Ohne abzuwarten, ob der vermeintliche Araber ihnen noch auf den Fersen war, sprang Paulus auf einen der Container und setzte über die Mauer. Mele folgte ihm.

Sie landeten mitten im Garten eines Wohnhauses zwischen spielenden Kindern mit bunten Papphüten auf den Köpfen, die offenbar gerade eine Geburtstagsparty feierten. Die Kinder erschraken und liefen schreiend zu ihren Eltern, die mit Bierflaschen in den Händen auf ein paar Gartenstühlen um einen Grill herum saßen. Ein Mann mit einer grünen Schürze schüttelte drohend eine Fleischgabel. »He! Was fällt Ihnen ein?«

»Rufen Sie die Polizei!«, brüllte Paulus. »Jemand verfolgt uns. Er hat eine Waffe!«

Er setzte über einen niedrigen Zaun in den Nachbargarten und sah sich um. Mele war dicht hinter ihm. Ihr Verfolger war nicht zu sehen. Vielleicht hatte er nicht gesehen, dass sie in der Durchfahrt verschwunden waren, oder er wollte ihnen nicht durch die Gärten folgen, um weiteres Aufsehen zu vermeiden. Dennoch gab es keinen Grund, das Tempo zu verlangsamen. Die Verfolger wussten, wo Paulus und Mele ungefähr waren, und er hatte keine Ahnung, wie viele Leute sie hier im Einsatz hatten. Es war durchaus denkbar, dass sie Verstärkung heranschaffen konnten. Je eher Mele und er aus der Gegend verschwanden, desto besser.

Links befanden sich weitere Wohnblocks. Eine der Hintertüren stand offen. Paulus rannte hinein, schloss die Tür hinter Mele und trat auf der anderen Seite aus dem Haus. Sie befanden sich jetzt in der Gustav-Falke-Straße, einer Parallelstraße zum Grindelberg. Links mündete die Helene-Lange-Straße ein. Nach rechts führte die Straße auf die Schlankreye. Wenn sie ihr folgten, würden sie in ein paar hundert Metern den U-Bahnhof Hoheluftbrücke erreichen. Doch das erschien Paulus zu riskant – gut möglich, dass ihre Verfolger dort jemanden postiert hatten. Also überquerten sie die Straße und rannten über einen Schulhof auf der anderen Seite.

Als er einigermaßen sicher war, die Verfolger vorerst abgeschüttelt zu haben, blieb Paulus stehen. Er blickte an sich herab. Er trug Jeans und ein Polohemd, die er heute Morgen frisch aus dem Schrank genommen hatte, dazu braune Slipper. War es denkbar, dass die Unbekannten irgendwie Peilsender in seiner Kleidung versteckt hatten? Das erschien ihm unwahrscheinlich. »Hast du ein Handy dabei?«, fragte er Mele.

Sie nickte. »Mein Vater hat mir seins gegeben.«

»Nimm die SIM-Karte heraus.«

»Warum das denn?«

»Wir wissen nicht, mit wem wir es hier zu tun haben. Vielleicht ist der amerikanische Geheimdienst selber in die Sache verwickelt. Es ist denkbar, dass sie dich über das Mobilfunknetz orten können.«

Nachdem Mele seine Anweisung befolgt hatte, liefen sie weiter durch das Wohngebiet, bis sie eine kleine Bäckerei mit einem angeschlossenen Café erreichten.

»Was kann ich für Sie tun?«, fragte die junge Verkäuferin.

»Rufen Sie uns bitte ein Taxi«, bat Paulus.

Das Taxi kam wenige Minuten später, ohne dass Paulus Anzeichen ihrer Verfolger ausmachen konnte.

»Wohin möchten Sie?«, fragte der Fahrer.

Paulus überlegte einen Moment. »Zum Bahnhof nach Harburg, bitte.«

43.

Hamburg-Harburg, Montag 18:41 Uhr

Paulus bezahlte das Taxi und betrat mit Mele das Bahnhofsgebäude. Vor den Anzeigetafeln blieben sie unschlüssig stehen.

»Und jetzt?«, fragte Mele.

»Wir müssen unbedingt noch mal mit diesem Mr. Ferry sprechen. Es ist wohl am besten, wenn wir nach Berlin fahren. Möglicherweise rechnen sie damit und lauern uns am Hauptbahnhof auf, deshalb fand ich es besser, den Umweg über Harburg zu nehmen.«

»Meinst du etwa, die haben hier auch jemanden postiert?« Sie sah sich erschrocken um. »Die können doch nicht jeden Bahnhof überwachen, oder?«

Paulus zuckte mit den Schultern. »Wahrscheinlich nicht. Aber ich fürchte, sie werden auf jeden Fall Leute in Berlin postieren. Falls sie uns erwischen, bevor wir die Botschaft erreichen, werden sie es so aussehen lassen, als hätten uns die Islamisten als Rache für unseren Verrat umgebracht.«

»Können wir Ferry nicht einfach anrufen?«

Paulus zuckte mit den Schultern. »Ich habe auch schon daran gedacht. Allerdings dürfte es nicht so einfach sein, ihn ans Telefon zu bekommen.« Er sah auf die Uhr. »Schon gar nicht jetzt, um kurz vor sieben.«

»Wollen wir es nicht wenigstens probieren?«

»Okay. Aber das Handy sollten wir lieber nicht benutzen.« Unweit des Bahnhofs fanden sie einen schmuddeligen Call Shop, von dem aus man billige Auslandstelefonate führen konnte. Paulus rief die Auskunft an und bat darum, ihn direkt mit der US-Botschaft in Berlin zu verbinden.

»Botschaft der Vereinigten Staaten von Amerika, mein Name ist Nancy Delago, was kann ich für Sie tun?«, fragte eine freundliche Stimme mit leichtem amerikanischem Akzent.

»Mein Name ist Paulus Brenner. Ich war letzten Freitag in der Botschaft und habe mit John Ferry gesprochen. Ich habe eine wichtige Mitteilung für ihn.«

»Es tut mir leid, aber Sie rufen außerhalb unserer Bürozeiten an. Bitte versuchen Sie es morgen nach acht Uhr noch einmal.«

»Aber es ist sehr dringend! Können Sie mich vielleicht mit seinem Handy verbinden?«

»Das ist leider nicht möglich. Bitte rufen Sie morgen noch einmal an.«

Paulus versuchte, sie davon zu überzeugen, dass seine Informationen für die nationale Sicherheit der USA relevant seien. Die Frau blieb stur. Sie könne leider nichts für ihn tun, er solle sich im Notfall an die deutschen Behörden wenden.

Schließlich legte er frustriert auf. Langsam dämmerte es ihm, dass die Maschinerie der Bürokratie, wenn sie sich einmal in Bewegung gesetzt hatte, kaum zu stoppen war. Was für eine entsetzliche Vorstellung, dass vielleicht Millionen Menschen sterben mussten, weil eine Telefonistin zu borniert war, um einen Anrufer zu verbinden.

Hatte es nicht angeblich auch vor den Anschlägen des 11. September Warnungen gegeben, die irgendwo in den Kommunikationsknoten der amerikanischen Sicherheitsbehörden steckengeblieben waren? Wenn sie Glück hatten, würde mit den Informationen über das Manuskript dasselbe passieren, dachte er in einem Anflug von Sarkasmus. Doch darauf konnten sie sich nicht verlassen.

»Das bringt nichts«, sagte er. »Wir müssen hinfahren

und mit Ferry persönlich sprechen. Am besten verschwinden wir so schnell wie möglich von hier. Ich bin nicht sicher, wozu unsere Feinde fähig sind, aber ich möchte es auch nicht unbedingt herausfinden.«

»Gleich. Ich muss erst noch meinen Vater anrufen und ihn warnen.« Mele griff nach dem Hörer.

Paulus legte seine Hand auf ihren Arm. »Lass das lieber. Möglicherweise beobachten sie ihn, so wie sie uns beobachtet haben. Solange er glaubt, das Manuskript sei echt, werden sie ihm nichts tun. Die wollen bestimmt nicht mehr Aufmerksamkeit erregen als unbedingt nötig, und es wäre schwierig, einen Mord an deinem Vater wie die Tat von Islamisten aussehen zu lassen, die doch eigentlich gar nichts von ihm wissen können. Wenn du ihn aber anrufst, während sie sein Telefon überwachen oder das Haus abhören, bringst du ihn vielleicht in Gefahr.«

Mele nickte. »Du hast recht. Aber ich fühle mich nicht wohl dabei, ihn über die Bedrohung im Unklaren zu lassen.«

»Glaub mir, es ist besser so.«

»Was machen wir jetzt?«, fragte Mele, während Paulus die Telefonrechnung bezahlte.

»Erst mal verschwinden wir von hier«, sagte er mit einem Seitenblick auf den Mann an der Kasse. Er stellte sich vor, wie irgendwelche finsteren Typen, die Paulus' Anruf hierher zurückverfolgt hatten, den armen Kerl in die Mangel nahmen. Er verdrängte den Gedanken. Vielleicht wurde er langsam paranoid.

Sie gingen zurück zum Bahnhof und stiegen in den nächsten Zug Richtung Hannover. Im Zug löste Paulus zwei Tickets nach Lüneburg.

»Lüneburg?«, fragte Mele. »Was wollen wir denn da?«

»Übernachten«, sagte Paulus. »Ich kenne da ein hübsches kleines Hotel.« Er lächelte.

Mele verdrehte die Augen. »Männer!«

Er wurde ernst. »Irgendwo müssen wir übernachten, und ich möchte nicht mehr Zeit in Berlin oder Hamburg verbringen als nötig. In Lüneburg sucht uns sicher keiner.«

Das Hotel war in einem alten Fachwerkhaus untergebracht und lag direkt an dem kleinen Fluss Ilmenau. Paulus hatte hier einmal eine stürmische Nacht mit einer Studentin verbracht, die von seinen Kenntnissen über die alte Hansestadt und seiner Großzügigkeit beeindruckt gewesen war. Leider nicht für sehr lange.

Da sie vor dem nächsten Morgen nichts Sinnvolles tun konnten, spazierten sie durch die Innenstadt, die immer noch einen Abglanz ihrer früheren Bedeutung als Zentrum des Salzhandels ausstrahlte. Sie aßen in einem italienischen Restaurant und versuchten bei Rotwein und Lasagne die Bedrohung für eine Weile zu vergessen. Es gelang Paulus nicht.

Als er am nächsten Morgen erwachte, wandte er sich zu Mele um und betrachtete ihr Gesicht, das im Schlaf sanft und irgendwie glücklich wirkte. Dafür, dass die Welt am Rand des Abgrunds stand, hatte er erstaunlich gut geschlafen. Vielleicht lag das an der Art, wie sie sich gestern geliebt hatten – weniger ungestüm, zärtlicher als beim ersten Mal, jede köstliche Sekunde auskostend.

Die gestern noch so intensiv empfundene Bedrohung schien im Licht der Morgensonne, die sich zwischen den Vorhängen hindurch ins Zimmer zwängte, zu verblassen wie ein böser Traum. Es mochte ja sein, dass die Verschwörer einen Historiker und ein paar Studenten mit ihrer abenteuerlichen Konstruktion ins Bockshorn jagen konnten. Aber die Profis von der CIA würden bestimmt nicht auf diesen Quatsch reinfallen. Schon gar nicht würden sie wegen einer angeblichen Botschaft aus der Zukunft einen Atomkrieg vom Zaun brechen!

Der Gedanke beruhigte ihn. Er stand auf und duschte.

Als er zurückkam, war Mele wach. Sie lächelte und streckte sich. »Guten Morgen!«

Als sein Blick auf ihren nackten Körper fiel, hatte er Lust, wieder zu ihr unter die Decke zu schlüpfen. Stattdessen fragte er: »Wollen wir frühstücken gehen?«

Sie nickte.

Kurz darauf saßen sie im Frühstücksraum des Hotels.

»Ich habe noch mal nachgedacht«, sagte Paulus. »Die Sache mit dem Manuskript ist bei Licht betrachtet so absurd, dass ich mir kaum vorstellen kann, wie wir darauf reinfallen konnten. Die Geheimdienstleute sind bestimmt nicht so naiv.«

»Aber warum sind diese Typen dann immer noch hinter uns her?«

»Das sind eben irgendwelche Irren, die glauben, ihr Plan wird funktionieren. Aber das wird er nicht.«

Mele rührte nachdenklich in ihrem Müsli. »Ich weiß nicht. Denk mal an den letzten Irakkrieg. Damals waren die Hinweise auf die Massenvernichtungswaffen, die Saddam angeblich hatte, genauso falsch. Manchmal kommt es nicht darauf an, wie überzeugend die Argumente sind, sondern, wie sehr man sie glauben möchte.«

Paulus dachte darüber nach. Mele hatte recht – Kriege waren oft genug unter irgendeinem fadenscheinigen Vorwand angezettelt worden. Eigentlich immer, wenn man es genau betrachtete. Kaum jemand zog in den Krieg mit der Begründung, er wolle sich an den Schätzen seines Nachbarn bereichern oder seine Machtposition in der Region ausbauen. Stets ging es um höhere Werte wie Freiheit, Gerechtigkeit, Verteidigung gegen eine angebliche Aggression des Feindes oder gar um einen göttlichen Auftrag.

Seit der letzten Wahl saß ein stockkonservativer Präsident im Weißen Haus. Ein Mann, der als streng religiös galt und sogar einen ehemaligen Wanderprediger zum Stabschef des Weißen Hauses gemacht hatte. Bevor er Präsident wurde, war er Gouverneur im Mittleren Westen gewesen, in einem Staat des sogenannten Bible Belt, in dem besonders viele gläubige Christen unter den Wählern waren. Eine der ersten Amtshandlungen der von ihm ernannten Bildungsministerin war es gewesen, Darwins Evolutionstheorie aus dem Biologieunterricht zu verbannen. Das ließ nichts Gutes für die Zukunft der USA als Wissenschaftsstandort erahnen und hatte der Regierung heftige Kritik der Liberalen und der geistigen Elite des Landes eingebracht. Seit seinem Amtsantritt hatten sich die internationalen Beziehungen der USA besonders zu China und den arabischen Ländern deutlich abgekühlt. Die deutsche Presse ließ kaum ein gutes Haar an ihm.

All das bedeutete natürlich noch lange nicht, dass der Präsident eine aggressive Nahostpolitik verfolgte oder gar einen Angriffskrieg gegen den Iran befürwortete. Wenn er allerdings glauben sollte, ein Zeichen von Gott erhalten zu haben …

Paulus dachte an die Kreuzzüge, die so viel Leid über Europa und den Nahen Osten gebracht hatten und immer noch zu den Spannungen zwischen Christentum und Islam beitrugen. »Gott will es!«, hatten die Kreuzfahrer gerufen. Im blinden Glauben an den heiligen Zweck ihrer Mission hatten sie bei der ersten Eroberung Jerusalems auf äußerst brutale Weise Frauen, Kinder und Greise abgeschlachtet.

War solch ein absurdes Verständnis göttlicher Gerechtigkeit heute immer noch denkbar? In einem hoch entwickelten Industrieland wie den USA?

Paulus stand auf, holte sich eine der Tageszeitungen, die neben dem Buffet lagen, und blätterte sie durch.

Eine kleine Meldung auf der fünften Seite erregte seine Aufmerksamkeit:

Verteidigungsminister Johnson bricht Europareise ab

Washington. Wie das US-Verteidigungsministerium mitteilte, wird Verteidigungsminister Johnson seine aktuelle Europareise vorzeitig beenden und bereits am heutigen Dienstag nach Washington zurückkehren. Als Ursache gab das Ministerium »persönliche Gründe« an. Der Minister selbst stand für eine Stellungnahme nicht zur Verfügung. Ursprünglich hatte Johnson, der gestern an einer Sitzung des NATO-Rats in Brüssel teilgenommen hatte, heute mit seinem italienischen Amtskollegen Colieri zusammentreffen und danach in die Türkei weiterreisen sollen. Die italienische Regierung bedauerte die Absage, äußerte jedoch Verständnis. Man sei sicher, der Minister werde seinen Besuch in Kürze nachholen.

Paulus legte die Zeitung nachdenklich beiseite. Seine gute Laune war verflogen.

»Was hast du?«, fragte Mele, der sein Stimmungswechsel nicht entgangen war.

Paulus reichte ihr die Zeitung. »Lies mal.«

»Na und? Was ist denn so schlimm, wenn der Verteidigungsminister eine Auslandsreise abbricht? So was kommt doch dauernd vor.«

»Vielleicht. Trotzdem finde ich es beunruhigend. Es kann Zufall sein, aber falls die tatsächlich einen Angriff planen, ist es nur logisch, dass der Verteidigungsminister im eigenen Land ist, um die Aktion persönlich zu koordinieren.«

»Also passiert es vielleicht doch.«

Paulus nickte. »Ich habe keinen Hunger mehr. Lass uns den nächsten Zug nach Berlin nehmen!«

Sie stiegen bereits in Berlin-Spandau aus, was die Wahrscheinlichkeit, von den Verschwörern abgefangen zu werden, verringerte. Trotzdem war Paulus nervös, als sie den Zug verließen. Er unterdrückte den Impuls, sich nach etwaigen Verfolgern umzusehen, und zwang sich, im normalen Tempo zum Ausgang zu gehen.

Als sie schließlich im Taxi saßen, atmete er erleichtert aus. »Zum Brandenburger Tor bitte«, beantwortete er die entsprechende Frage des Fahrers. Der sah ihn einen Moment an, als hätte er es mit einem Schwachsinnigen zu tun – es wäre sehr viel kostengünstiger gewesen, bis zum Hauptbahnhof weiterzufahren und sich von dort ein Taxi zu nehmen. Dann zuckte er mit den Schultern, schaltete wortlos den Taxameter ein und fuhr los.

Auf der Straße des 17. Juni gerieten sie in einen Stau, was selbst im chronisch verstopften Berlin für die Mittagszeit ungewöhnlich war. Je näher sie dem Pariser Platz kamen, desto langsamer ging es voran.

»Was ist denn los?«, fragte Paulus nervös.

Der Fahrer zuckte mit den Schultern. »Keene Ahnung. Vielleicht 'ne Demo. Bestimmt wieder die beknackten Kommunisten.«

»Könnten Sie vielleicht mal in der Zentrale nachfragen, was da los ist?«

Der Fahrer folgte seiner Bitte. »Zentrale? Wagen 42. Steck im Stau auf der 17. Was is 'n los? Kommunisten in der Stadt, wa?«

»Die Gegend rund um den Pariser Platz ist weiträumig

gesperrt«, kam die Antwort. »Es gab eine Bombendrohung gegen die amerikanische Botschaft.«

Paulus und Mele sahen sich erschrocken an.

»Scheiß Kommunistenpack, sach ich doch!«, fluchte der Fahrer.

Der Verkehr wurde über die Ebertstraße Richtung Norden abgeleitet. Am Brandenburger Tor standen Dutzende Polizeifahrzeuge mit eingeschaltetem Blaulicht. Auch ein paar Feuerwehrwagen waren zu erkennen.

»Unseren Plan können wir wohl vergessen«, sagte Paulus. »Die haben die Botschaft sicher evakuiert.«

»Meinst du, das mit der Bombendrohung waren die?«, fragte Mele.

»Glaubst du etwa, das ist Zufall?«, gab Paulus zurück.

Der Taxifahrer warf ihnen durch den Rückspiegel einen misstrauischen Blick zu. Vermutlich hielt er sie jetzt auch für kommunistische Terroristen.

Sie stiegen an der Wilhelmstraße aus und versuchten, sich dem Pariser Platz zu Fuß zu nähern, wurden jedoch schon nach ein paar Metern von einem Polizisten angehalten, der eine Absperrung kontrollierte.

»We need to get to the US Embassy. It's urgent!«, sagte Mele, offenbar in der Hoffnung, dass er sie vielleicht durchlassen würde, wenn er sie für Amerikaner hielt.

»Sorry, you cannot go here. It is all closed«, antwortete der Beamte mit einem schweren Akzent, der Paulus an die Durchsagen des Schaffners vorhin im Zug erinnerte.

»What happened?«

»There has been a bomb alarm. All is closed. Please go further.«

»Is there some place we can go instead? I mean, some kind of emergency office for the embassador?«

»What?«

»Meine Verlobte möchte wissen, ob es ein Notfallbüro für Botschaftsangelegenheiten gibt, an das sie sich wenden kann. Es ist sehr wichtig!«

»Tut mir leid, das weiß ich nicht. Am besten wenden Sie sich an die Zweigstelle in der Clayallee.«

»Das machen wir, danke.«

Der Polizist schenkte ihnen ein dankbares Lächeln, offensichtlich froh, dass seine Schulenglischkenntnisse nicht weiter gefordert wurden.

»Und was jetzt?«, fragte Mele, als sie außer Hörweite waren.

»Erst mal von der Straße verschwinden. Sie haben uns den Weg zur Botschaft abgeschnitten, aber das heißt nicht, dass sie nicht doch hier irgendwo auf uns lauern.«

Mele sah sich erschrocken um. In dem Gedränge aus Schaulustigen, verwirrten Touristen und mürrisch dreinblickenden Geschäftsleuten fielen sie kaum auf, aber etwaige Verfolger waren ebenso schwer auszumachen.

Paulus fühlte sich erst sicher, als sie kurz darauf in einem Internetcafé in der Straße Unter den Linden saßen. Auf der Website des Nachrichtenmagazins REFLEKTOR erfuhren sie, dass Unbekannte heute Morgen um kurz vor acht eine Bombendrohung ausgesprochen hatten und daraufhin das Gebiet um die US-Botschaft geräumt worden war. Ein Polizeisprecher hatte angegeben, dass die Sperrung mindestens noch bis zum späten Nachmittag dauern werde, möglicherweise auch länger.

Paulus zweifelte nicht daran, dass ihre Gegner ihnen den Zugang zur Botschaft mit aller Entschlossenheit verwehren würden, solange es aus ihrer Sicht nötig war. Es hatte also keinen Sinn, hier herumzusitzen und zu warten.

Sie versuchten, Ferry anzurufen, aber wie erwartet lief nur ein Band, das darüber informierte, die Botschaft sei zurzeit geschlossen, in Kürze aber wieder erreichbar. Man könne sich inzwischen an die Visastelle in der Clayallee wenden oder sein Anliegen über die Website der Botschaft mitteilen.

»Verdammt!«, sagte Paulus. »Diese Mistkerle lassen uns am ausgestreckten Arm verhungern!«

Mele wies auf PC-Arbeitsplätze in dem Café. »Was ist mit dem Internet? Wir könnten doch in Foren und Blogs auf die Verschwörung aufmerksam machen! Die CIA oder wer auch immer liest doch angeblich alles mit!«

»Wer würde uns denn für etwas anderes als durchgeknallte Verschwörungstheoretiker halten?«

Mele seufzte. »Du hast recht.«

Paulus' Blick fiel auf den Monitor ihres PCs, auf dem immer noch die Nachrichtenseite geöffnet war. »Hey, das ist es!«, rief er aus.

Mele sah ihn verwirrt an. »Was?«

»Uns wird man vielleicht nicht glauben. Aber wenn es uns gelingt, ein großes Nachrichtenportal zu überzeugen, die Geschichte zu bringen …«

Mele blickte auf den Monitor. »Du meinst REFLEKTOR?«

»Warum nicht? Die Redaktion sitzt doch hier in Berlin! Es ist Deutschlands bekanntestes Nachrichtenmagazin und findet auch im Ausland viel Beachtung. Wenn die die Story auf ihrem Onlineportal bringen, wird die CIA sie mit Sicherheit lesen.«

»Und du denkst, die glauben uns?«

»Wir müssen eben sehr überzeugend sein.«

44.

Davis-Monthan Air Force Base, Tucson, Arizona, Dienstag 10:12 Uhr

Colonel Walter J. Snicket drückte den Schubhebel nach vorn. Die vier Triebwerke verpassten der B2X-6, einer Weiterentwicklung des legendären Tarnkappenbombers B2, einen ordentlichen Tritt in den Hintern – jedenfalls fühlte es sich so an. Es war das fünfte Mal, dass er diesen Prototyp flog, aber er genoss das Gefühl noch immer.

Trotz des gewaltigen Schubs dauerte es eine Weile, bis der Bomber mit seinen über 70 Metern Flügelspannweite und fast 200 Tonnen Gesamtgewicht Fluggeschwindigkeit erreichte. Snicket zog das Steuerhorn nach hinten, und die Maschine hob die Nase in den wolkenlosen Himmel. Er wusste, dass seine unmittelbare Kontrolle über das Flugzeug nur eine Illusion war – die komplizierten Bewegungen der neun Ruder, die das instabile Gebilde permanent austarierten und in der Luft hielten, konnten nur von Computern gesteuert werden. Dennoch fühlte es sich gut an.

Die B2X-6 war als strategischer Überschall-Langstreckenbomber konzipiert. Sie war mit ihrer eleganten Verbundstoffhülle auch für moderne hochauflösende Radaranlagen so gut wie unsichtbar, konnte in einer Höhe von 15 000 Metern fliegen und bis zu Mach 3 erreichen. Spezielle Dämmungen sowie eine Kühlung und Abschirmung der Abgase sorgten dafür, dass sie am Boden nahezu unhörbar und auch für Infrarotgeräte zumindest im Anflug unsichtbar blieb. Die Piloten hatten ihr deshalb den Spitznamen »Ghost of Wrath« – Zornesgeist – gegeben.

Der heutige Test war ein Langstreckenflug unter Gefechtsbedingungen. Eine Anforderung an die Entwicklung der B2X-6 lautete, dass eine Nutzlast von mindestens sechzehn Tonnen innerhalb von zehn Stunden an jeden beliebigen Punkt der Erde transportiert werden konnte.

Der Bombenschacht enthielt heute nur ein einziges längliches Objekt, auf das jemand ein Kreuz und den Schriftzug »St. Michael's Sword« gemalt hatte. Das flammende Schwert des Erzengels Michael. Wenn das lustig sein sollte, dann entsprach es jedenfalls nicht Snickets Humor.

Es war bloß eine Attrappe – natürlich war es eine; niemand wäre verrückt genug, einen Prototypen auf einem Testflug mit einer echten Bombe zu bestücken, erst recht nicht einer von diesem Kaliber. Doch offiziell mussten sie das Ding behandeln, als sei es echt. Es besaß genau die Abmessungen und das Gewicht einer B-107 Wasserstoffbombe mit einer Sprengkraft von 31 Megatonnen TNT, mehr als dem Zweitausendfachen der Hiroshima-Bombe. Selbst die entsprechende Steuerelektronik war vorhanden und an den Bordcomputer der B2X-6 angeschlossen.

Snicket warf einen Blick auf den Höhenmesser, der sich rasch der 15 000-Meter-Marke näherte und sich schließlich dort einpendelte. Aus dieser Höhe war die Krümmung der Erde deutlich zu erkennen. Das Blau des Himmels wurde nach oben rasch dunkler, bis es direkt über ihm fast schwarz war. Obwohl es erst Nachmittag war, konnte er ein paar Sterne erkennen.

Sie waren jetzt oberhalb des zivil genutzten Luftraums. Zeit, noch ein bisschen Gas zu geben. Kurz darauf lief ein Zittern durch die Maschine, als sie die Schallmauer durchbrachen.

Snicket stellte die Reisegeschwindigkeit von 2400 Kilometern pro Stunde über Grund ein. »Meine Damen und

Herren, wir haben jetzt unsere Reiseflughöhe erreicht«, sagte er. »Wir empfehlen Ihnen aber aus Sicherheitsgründen, während der gesamten Flugzeit angeschnallt zu bleiben. Die freundliche Stewardess wird Ihnen gleich eine kleine Erfrischung reichen.«

»Mir wäre es lieber, sie würde mir einen blasen«, gab Paul Williams zurück, der den dritten Sitz in der engen Kanzel belegte. Normalerweise reichten zwei Piloten aus, um den Bomber zu fliegen, doch bei diesem Testflug hatte Williams als Computerspezialist die Aufgabe, die komplexen Systeme der Maschine zu überwachen. Immerhin war die wahrscheinlichste Ursache für einen Absturz des Prototypen nicht ein Triebwerksschaden oder ein klemmendes Fahrwerk, sondern ein Computerfehler.

»Darf ich die Herren darauf aufmerksam machen, dass wir uns auf einem Testflug an Bord eines Kampfbombers der US-Luftstreitkräfte befinden und nicht in einer Nachtbar«, sagte General John »Kick Ass« Bolan. Obwohl er auf diesem Flug die Rolle des 1. Offiziers innehatte und somit formal Snickets Untergebener war, besaß er sowohl einen höheren militärischen Rang als auch mehr Einsatzerfahrung. Er hatte Kampfbomber in beiden Irakkriegen und in Afghanistan geflogen und dazwischen unzählige Spionagemissionen befehligt.

Die Nachricht, dass Bolan sein Erster Offizier sein würde, hatte Snicket erst kurz vor dem Start erhalten. Er war sich nicht sicher, ob er sich über die Ehre freuen sollte. Bolan genoss einen guten Ruf bei den Piloten, aber einen General an Bord zu haben, noch dazu als Ersten Offizier, machte ihn doch ein bisschen nervös. Offiziell war Bolan längst nicht mehr im aktiven Flugeinsatz, aber man sagte ihm nach, dass er immer noch lieber hinter dem Steuerknüppel saß als in einem Konferenzraum des Pentagon.

Vermutlich war dieser Testflug für ihn eine willkommene Gelegenheit, der Washingtoner Routine zumindest für eine Weile zu entkommen.

»Entschuldigen Sie bitte meine flapsige Bemerkung, Sir«, sagte Snicket.

Bolan grinste. »Schon okay, Jungs. Ich hab nichts gegen ein paar Späße. Aber jedes Wort, das wir hier sagen, landet auf dem Stimmrecorder und kann hinterher gegen uns verwendet werden, falls der Computer von Lieutenant Williams einen Fehler macht und wir auf dem Mond landen oder so. Wir sollten uns auf die Mission konzentrieren!«

»Jawohl, Sir«, erwiderten Snicket und Williams wie aus einem Munde.

Sie schwiegen eine Weile. Ihre Flugroute führte sie in südwestliche Richtung. Sie würden den Pazifik überqueren, das asiatische Festland südlich von Thailand passieren und Afrika etwa auf Höhe des Äquators überfliegen, um dann über den Atlantik und die Südstaaten der USA wieder zu ihrem Ausgangspunkt zurückzukehren. Insgesamt eine Strecke von fast 41 000 Kilometern, was in etwa der maximalen Reichweite der B2X-6 entsprach. Die Flugzeit war bei den herrschenden Windverhältnissen mit etwa 22 Stunden berechnet.

Mit Bolan an Bord würde die Zeit verdammt lang werden.

Die Kommunikation mit der Einsatzleitung verlief routinemäßig. Die üblichen Statusreports, ein paar laue Scherze. Keines der Instrumente zeigte irgendetwas Ungewöhnliches an. Die Maschine lag dank der ausgeklügelten Computersteuerung so ruhig in der Luft wie ein Öltanker bei Flaute.

Snickets Gedanken wanderten zu Sally. Er hatte sie vor zwei Wochen in einer Bar kennengelernt, auf die altmodische Art. Sie war ein paar Jahre älter als er, aber noch nicht zu alt. Er wusste, dass er bei älteren Frauen leichtes Spiel hatte. Snicket war nicht unbedingt eine Schönheit, aber die Sache mit dem Testpiloten zog immer. Natürlich glaubten ihm die Frauen zuerst nicht, aber wenn er dann seinen Dienstausweis zückte, schmolzen sie dahin wie Butter auf einem warmen Bagel. Nur schade, dass keine von ihnen länger bei ihm blieb. Erst einmal hatte er eine feste Beziehung über mehrere Jahre gehabt, doch Claudia hatte die ewigen Reisen und den Nervenstress der Testeinsätze nicht ausgehalten und ihn schließlich verlassen.

Er taugte wohl nicht für eine dauerhafte Beziehung. Aber das machte nichts, denn seine wahre Leidenschaft waren ohnehin nicht Frauen, sondern Flugzeuge. Ihre Schönheit und Eleganz, ihre Schnelligkeit und Stärke, die Macht, die sie ihm verliehen, vor allem aber das Gefühl der Freiheit hier oben, ganz dicht am Himmel – all das versetzte ihm immer wieder einen Kick. Das Wissen, dass der Vogel unter ihm jeden Moment explodieren konnte, weil sich irgendein Konstrukteur verrechnet hatte, erhöhte den Reiz eher noch. Wie Tom Wolfe es in seinem Roman beschrieben hatte: Er war aus dem Stoff gemacht, aus dem Helden sind. Schade nur, dass es keine echten Astronautenjobs mehr gab – er wäre gern einmal zum Mond geflogen oder besser noch zum Mars.

»Wird ein ziemlich langweiliger Flug werden«, sagte Williams nach einer Weile. »Wann fängt denn das Entertainment-Programm an?«

Snicket zuckte innerlich zusammen. Der Typ war wohl noch nie richtig zusammengefaltet worden. Vermutlich war er als Computerspezialist direkt von der Uni eingestellt worden und hatte nur eine kurze militärische Grundausbildung erhalten. Er war von Anfang an am B2X-6-Programm beteiligt gewesen und kannte die Systeme wie seine Westentasche. Von den Gepflogenheiten des Militärs schien er in dieser Zeit allerdings nur wenig mitbekommen zu haben.

Snicket warf einen kurzen Blick zu General Bolan, der eine Augenbraue hochzog, aber auf Williams' Spruch gelassen reagierte. »Lieutenant Williams, glauben Sie mir, ob das hier ein langweiliger Flug wird, wissen wir erst, wenn wir gelandet sind«, sagte er in freundschaftlichem Tonfall.

Williams war zumindest clever genug, an dieser Stelle die Klappe zu halten.

45.

Berlin, Dienstag 14:31 Uhr

Paulus und Mele betraten den großzügigen, von moderner Eleganz geprägten Empfangsbereich des REFLEKTOR-Verlagsgebäudes.

»Guten Tag«, sagte Paulus zu der Empfangsdame, die höchstens 25 Jahre alt sein konnte. »Wir möchten gern den Chefredakteur sprechen.«

Die Frau runzelte die Stirn. »Haben Sie einen Termin?«

Paulus schüttelte den Kopf. »Den haben wir nicht, aber wir haben Informationen, die ihn sehr interessieren dürften.«

Das Gesicht der Frau füllte sich mit Skepsis. Wahrscheinlich kamen hier jeden Tag irgendwelche Spinner herein, die Ähnliches behaupteten. »Was für Informationen?«

»Informationen über den Anschlag von Lourdes.«

Die Frau lächelte milde. »Haben Sie unser aktuelles Heft nicht gelesen? Ich fürchte, Sie kommen zu spät. Wir haben bereits eine große Coverstory über den Anschlag gebracht.«

»Wir haben neue Informationen, die die Sache in einem ganz anderen Licht erscheinen lassen.«

Paulus glaubte sehen zu können, wie die Frau innerlich einen Gedanken formte: Verschwörungstheoretiker. »Es tut mir leid, aber der Chefredakteur hat den ganzen Tag Termine. Am besten, Sie schicken Ihre Informationen per E-Mail an die Redaktion. Die Adresse finden Sie im Internet.«

Zeit, ihren Trumpf auszuspielen. Paulus nickte Mele zu.

»Und wir haben das hier«, sagte sie und legte einen zerknitterten Zettel mit arabischen Schriftzeichen auf den Empfangstresen. Paulus hatte kurz zuvor im Internetcafé mit Kugelschreiber eine Sure aus dem Koran vom Bildschirm auf ein leeres Blatt kopiert, das Papier in der Hand zerknittert, auf dem Gehweg in den Schmutz getreten und dann notdürftig wieder geglättet.

Als die Frau danach greifen wollte, zog Mele den Zettel wieder zurück. »Tut mir leid, aber das zeigen wir nur dem Chefredakteur.«

»Woher haben Sie das?«, fragte die Empfangsdame, nun in einem anderen Tonfall.

»Wir waren dort«, sagte Mele. »Wir haben die Angreifer gesehen. Sie haben das hier zurückgelassen.« Sie hielt den Zettel hoch wie eine verlockende Belohnung.

Die Frau wirkte jetzt angemessen beeindruckt. »Warten Sie bitte einen Moment, ich werde jemanden rufen, dem Sie Ihre Geschichte erzählen können.« Sie wählte eine Nummer auf ihrer Telefonanlage. »Jan? Kommst du mal bitte? Hier sind eine Dame und ein Herr, angeblich Augenzeugen von Lourdes ... Ja, ich weiß. Aber sie sagen, sie haben ein Bekennerschreiben gefunden ... Ja, ist gut.« Sie wandte sich an Paulus und Mele. »Sie werden gleich abgeholt. Wenn Sie möchten, nehmen Sie einen Augenblick dort drüben Platz.« Die Empfangsdame wies auf eine helle Ledergarnitur.

Fünf Minuten später öffnete sich die Fahrstuhltür, und ein Mann in den Vierzigern mit schütterem, leicht angegrautem Haar trat heraus. Er trug einen verwaschenen Pullover, Jeans und Turnschuhe. Der Chefredakteur war das nicht, aber damit hatte Paulus auch nicht gerechnet.

»Jan Kleibert«, stellte er sich vor. »Ich bin Redakteur im Politikressort. Wenn Sie mir bitte folgen wollen ...«

»Wir sprechen nur mit dem Chefredakteur«, sagte Mele.

Kleibert blieb gelassen. »Ich mache Ihnen einen Vorschlag: Sie erzählen mir, worum es geht, und dann entscheide ich, ob wir den Chefredakteur dazuholen. Okay?«

Mele warf einen fragenden Blick zu Paulus, der nickte.

Sie folgten Kleibert in den Fahrstuhl. Er führte sie im achten Stock des Gebäudes in einen kleinen Besprechungsraum. Die Einrichtung war spärlich, aber der Ausblick über die Dächer Berlins dafür umso beeindruckender.

»Möchten Sie einen Kaffee?«

Mele nickte, während Paulus um ein Glas Wasser bat.

Wie verabredet war sie es, die die vorbereitete Geschichte erzählte: »Also, wir sind nach Lourdes gefahren. Mein Mann hat Knochenkrebs, wissen Sie.« Sie warf einen entschuldigenden Blick in Paulus' Richtung – dieses Detail war nicht abgesprochen gewesen. »Er glaubt ja nicht wirklich, dass ihm die Heilige Mutter Gottes helfen kann. Er ist nur mir zuliebe hingefahren.« Plötzlich hatte sie Tränen in den Augen. Paulus fragte sich, wie sie das machte. »Aber dann … kurz bevor der Segen gesprochen werden sollte …«

Der Redakteur wartete ruhig, bis sie weitersprach. Immerhin machte er jetzt einen aufmerksamen, konzentrierten Eindruck.

»Plötzlich waren da überall Schreie, und dann ist etwas explodiert, und die Menschen sind alle durcheinandergerannt.«

»Und dann?«, fragte der Redakteur, als er merkte, dass Mele nicht weitererzählte. »Haben Sie die Angreifer gesehen?«

»Ja … nein … nicht richtig«, sagte Mele. Sie machte das wirklich sehr überzeugend. »Da war ein Mann, ich habe ihn nur kurz gesehen, er hatte einen engen schwarzen Anzug an und ein Gewehr.« Die Beschreibung hatten sie aus dem REFLEKTOR-Artikel übernommen. »Ich habe gesehen, wie er etwas fallengelassen hat. Und dann ist er über die Mauer gesprungen, in den Fluss. Wir sind dann hin und haben das hier gefunden.« Sie hielt den Zettel hoch.

»Darf ich das mal sehen?«

Mele reichte ihm den Zettel.

Kleibert betrachtete mit gerunzelter Stirn die arabischen Schriftzeichen. »Was soll das sein?«, fragte er schließlich.

»Das ... das wissen wir doch nicht«, sagte Mele. »Wir können doch kein Arabisch!«

»Ein Bekennerschreiben, vermute ich«, ergänzte Paulus.

»Es sieht auf den ersten Blick nicht wie ein Bekennerschreiben aus«, sagte Kleibert. »Aber wir lassen es analysieren. Warum sind Sie damit nicht zur Polizei gegangen? Ist Ihnen bewusst, dass Sie sich strafbar machen, wenn Sie Beweismittel unterschlagen?«

»Wir ... wir wussten doch erst gar nicht, dass das ein Beweismittel ist«, sagte Mele. Ihr Gesichtsausdruck wurde verschlagen. »Und außerdem ... die Polizei macht doch sowieso nichts. Wir haben gedacht, dass die Presse ... dass Sie ...«

Kleibert machte ein angewidertes Gesicht. Aber er war Journalist genug, um den Köder zu schlucken. »Also gut. Wenn Sie mir das Dokument dalassen, gebe ich es einem Experten, der es sich ansieht. Wenn sich dann herausstellt, dass es sich um ein Bekennerschreiben handelt, werden wir es der Polizei übergeben und Sie als Quelle anonym behandeln.«

Mele griff nach dem Zettel und zog ihn Kleibert aus der Hand. »Kommt nicht in Frage!«, sagte sie. »Erst wollen wir mit dem Chefredakteur sprechen!«

Der Redakteur seufzte. Dann erhob er sich. »Bitte warten Sie einen Moment. Der Chefredakteur ist momentan nicht verfügbar, aber ich kann den Ressortchef holen.«

»Ist er … hat er die Kompetenz, um uns …«, fragte Mele.

»Ja, er kann Ihnen ein Honorar für Ihre Information anbieten«, sagte Kleibert sichtlich genervt. Dann verließ er den Raum.

Kurz darauf kam er mit einem hochgewachsenen Mann zurück, der gut zehn Jahre jünger war. Er trug einen glatt gebügelten Anzug ohne Krawatte und ähnelte mit seinen gegelten Haaren eher einem Anwalt als einem Journalisten. Er stellte sich als Daniel Neumann vor, Leiter des Ressorts Internationale Politik.

»Darf ich dieses Dokument einmal sehen?«, fragte er.

Mele hielt den Zettel zurück. »Noch nicht.«

Neumann nickte. »Also schön. Wie viel wollen Sie?«

Jetzt war Paulus an der Reihe, das Gespräch weiterzuführen. »Zwei Stunden«, sagte er.

Neumann blickte ihn verdutzt an. »Wie bitte?«

»Wir möchten zwei Stunden Ihrer Zeit. Wir möchten, dass Sie uns zuhören.« Mele reichte Paulus den Zettel, der ihn vor den Augen der beiden Journalisten in kleine Schnipsel zerriss.

Neumann sprang auf, als wolle er Paulus daran hindern, obwohl es bereits zu spät war. »Was machen Sie da!«

Paulus lächelte humorlos. »Dieser Zettel war eine Fälschung. Nur ein paar Zeilen aus dem Koran, die ich vorhin aufgeschrieben habe.«

»Was soll das?«, wollte Neuman wissen. »Ist das hier ein Marketinggag oder was?«

»Nein«, sagte Paulus ernst. »Die Geschichte, die wir Ihnen zu erzählen haben, ist alles andere als ein Gag. Aber Ihre nette Empfangsdame hätte uns sicher nicht zu Ihnen vorgelassen, wenn wir ihr die Wahrheit erzählt hätten. Und außerdem wollten wir Ihnen demonstrieren, wie leicht es ist, auf eine Fälschung hereinzufallen. Darum geht es hier nämlich.«

Neumann stand auf. »Sie verschwenden unsere Zeit. Schicken Sie uns Ihre Geschichte per E-Mail. Wir lassen uns nicht gern auf den Arm nehmen!«

»Warte mal, Daniel«, widersprach Kleibert. »Vielleicht sollten wir uns zumindest mal anhören, was die beiden zu sagen haben.«

Neumann warf ihm einen grimmigen Blick zu, aber er setzte sich wieder. Offenbar war Kleibert zwar sein Untergebener, genoss aber einen gewissen Respekt.

»Zunächst werde ich Ihnen einige Fakten nennen, die Sie überprüfen können«, begann Paulus. »Am vorletzten Samstag wurde in meine Wohnung in Hamburg eingebrochen. Die Polizei hat Spuren und eine Täterbeschreibung aufgenommen. Am Tag danach wurde ich auf der Kölner Domplatte von einem Mann mit einer Pistole verfolgt. Diesen Vorfall habe ich der Polizei in Köln gemeldet, die allerdings wenig unternommen hat. Am folgenden Dienstag wurde in einem Heidelberger Kaufhaus ein Detektiv mit einer Waffe bedroht. Er wird den Vorfall vermutlich ebenfalls der Polizei gemeldet haben. Letzten Freitag wurde auf einer Landstraße in der Nähe von Soest ein junger Mann namens Dirk Mauser in seinem Auto von einem Motorradfahrer angeschossen. Der Schütze konnte unerkannt entkommen. Das Opfer liegt in Soest in einem Krankenhaus. Ich weiß nicht, ob Sie das irgendwie verifizieren können, aber am selben Nachmittag sind wir beide mehrere Stunden von Mitarbeitern der CIA verhört worden. Und dann ist da noch die Bombendrohung gegen die US-Botschaft heute Morgen.«

Neumann machte ein skeptisches Gesicht. »Sie behaupten, zu wissen, wer dahintersteckt?«

»Nein. Aber wir wissen, dass diese Bombendrohung nur ausgesprochen wurde, um uns davon abzuhalten, mit jemandem in der Botschaft zu sprechen. Er heißt John Ferry und ist Mitarbeiter der CIA.«

Neumann lachte auf. »Das wird ja immer besser! Der Pariser Platz wurde also extra für Sie beide gesperrt, wenn ich Sie richtig verstehe. Das ist wirklich gut!« Er drehte sich zu Kleibert um. »Tolle Story, oder, Jan? Ich gebe zu, das mit dem Zettel und der arabischen Schrift war eine clevere Idee, aber wir vertrödeln hier unsere Zeit!«

»Ich weiß, dass das alles noch ziemlich zusammenhanglos klingt«, sagte Paulus. »Wie gesagt, das sind nur einige überprüfbare Fakten. Alles, was ich Ihnen jetzt über die Hintergründe erzähle, kann ich leider nicht beweisen. Sie müssen es einfach glauben.«

»Also schön, Sie haben eine Stunde«, sagte Kleibert.

Neumann schnaubte verächtlich, widersprach jedoch nicht.

Anderthalb Stunden später hatte Paulus die ganze Geschichte erzählt.

»Und Sie erwarten jetzt von uns, dass wir das ernst nehmen?«, fragte Neumann. Er warf einen kurzen Blick in Richtung seines Kollegen, der nachdenklich wirkte, aber schwieg.

»Ich weiß, es klingt unglaublich«, gab Paulus zu. »Aber alles, was ich Ihnen gesagt habe, ist wahr.«

»Und warum kommen Sie damit zu uns? Warum gehen Sie nicht zur Polizei?«

»Wir möchten Sie bitten, die Geschichte auf Ihrem Internetportal zu veröffentlichen. Das ist die einzige Chance, dass wir die Entscheider im Pentagon rechtzeitig darauf aufmerksam machen, dass sie einem Betrug aufgesessen sind. Die Polizei würde viel zu lange brauchen, um die Geschichte zu überprüfen.«

Neumann schüttelte den Kopf. »Das ist völlig ausgeschlossen. Wir sind ein Nachrichtenmagazin, kein Portal für Verschwörungstheorien. Wir veröffentlichen Fakten, nicht Mutmaßungen. Wenn Sie Ihre Story unbedingt im Internet verbreiten wollen, gibt es dafür genug andere Möglichkeiten.«

»Bitte! Sehen Sie denn nicht, was hier los ist? Diese Leute haben dafür gesorgt, dass die US-Botschaft evakuiert wurde! Sie sind unsere einzige Chance!«

»Ich gebe zu, Ihre Geschichte ist eindrucksvoll«, sagte Neumann in mildem Tonfall. »Aber Sie sind nicht die Ersten, die hier reinspazieren und uns abenteuerliche Theorien auftischen. Wir hatten schon Leute hier, die uns weismachen wollten, Hitler wäre noch am Leben oder die Amerikaner hätten auf dem Mond ein Alien-Raumschiff gefunden. Einer hat sehr überzeugend dargelegt, dass die Wiedervereinigung einer geheimen Absprache zwischen Ronald Reagan und Michael Gorbatschow zu verdanken sei, die damit Westdeutschland wirtschaftlich und politisch auf Dauer schwächen wollten. Ein anderer glaubte, beweisen zu können, dass die Europäische Union eine Idee der Chinesen war, um die Deutschen und Franzosen als Konkurrenten auf dem Weltmarkt auszubremsen. Und wissen Sie was? Die haben ihre Argumentation alle auf sogenannten Fakten aufgebaut, die wir nachprüfen sollten. Wenn wir das jedes Mal täten, kämen wir zu nichts anderem mehr. Es tut mir leid, aber bei uns sind sie an der falschen Adresse. Versuchen Sie es doch bei den Kollegen vom BRENNPUNKT, da haben Sie vielleicht mehr Glück.«

»Ist Ihnen eigentlich klar, worüber wir hier reden?«,

mischte sich Mele ein. »Hier geht es nicht bloß um eine Geschichte. Hier geht es nicht um Auflagen, Leserzahlen oder die Glaubwürdigkeit Ihres Nachrichtenmagazins. Wir reden über einen Atombombenangriff auf Teheran! Millionen Menschen werden sterben! Der ganze Mittlere Osten wird im Chaos versinken. Die Existenz Israels steht auf dem Spiel. Und nur Sie können das verhindern!« Tränen glitzerten in ihren Augen.

»Junge Dame, Ihre Leidenschaft in allen Ehren, aber haben Sie nicht vorhin noch behauptet, Sie seien in Lourdes gewesen und hätten dort ein Bekennerschreiben gefunden? Sie sind eine ziemlich gute Lügnerin. Warum also sollte ich Ihnen jetzt glauben?«

»Weil ... weil es die Wahrheit ist!«, sagte Mele lahm.

Paulus unterdrückte einen Seufzer. Das Gespräch lief eindeutig in die falsche Richtung. Beim BRENNPUNKT würde es ihnen kaum besser ergehen. Die ganze Idee war von Anfang an naiv gewesen, reine Zeitverschwendung. Sie mussten irgendwie versuchen, Ferry zu kontaktieren. Vielleicht sollten sie zurück nach Hamburg fahren und es beim dortigen amerikanischen Konsulat versuchen. Die Chancen, dass ihnen dort jemand zuhören würde, waren allerdings gering.

»Machen Sie sich keine Sorgen: Wenn Ihre Geschichte wirklich stimmt, werden die Sicherheitskräfte der Amerikaner schon von selbst dahinterkommen, dass sie verladen wurden«, sagte Neumann. »Ich meine, wer würde denn ernsthaft an eine Botschaft aus der Zukunft glauben?«

Paulus warf einen hilfesuchenden Blick zu Kleibert, der immer noch schwieg. Er unternahm einen letzten Versuch. »Was, wenn Sie sich irren und wir recht haben? Was, wenn tatsächlich eine Atombombe auf Teheran abgeworfen wird?«

»Wenn das passiert, dann haben wir jedenfalls wirklich eine Story!«, sagte Neumann mit süffisantem Grinsen.

Kleibert verzog bei dieser Bemerkung das Gesicht. »Ich finde, wir sollten Oskar das entscheiden lassen«, sagte er. Oskar Ruhloff war der legendäre Chefredakteur des REFLEKTOR-Magazins.

Neumann schüttelte den Kopf. »Ich wüsste nicht, warum. Wir haben keine Fakten, wir haben keine Beweise, wir haben gar nichts. Er wird dasselbe sagen wie ich.«

»Kann sein«, entgegnete Kleibert. »Aber falls an der Sache was dran ist – ich sage ausdrücklich, falls – und wir ihn nicht gefragt haben, dann haben wir beide ein Problem!«

Neumann blickte Kleibert einen Moment lang schweigend an. Dann seufzte er. »Also gut, ich hole ihn.« Er stand auf und verließ den Raum.

»Bitte warten Sie einen Moment hier«, sagte Kleibert und erhob sich ebenfalls.

»Das lief bisher ja nicht besonders«, sagte Mele.

»Nein«, gab Paulus zu. »Aber es war wohl naiv von uns, etwas anderes zu erwarten.«

Sie schwiegen einen Moment, bis Neumann zusammen mit einem weißhaarigen Mann zurückkehrte, den Paulus aus dem Fernsehen kannte. Trotz seiner kleinen Statur beherrschte er augenblicklich den Raum mit seiner Ausstrahlung. Er begrüßte Paulus und Mele herzlich und setzte sich ihnen gegenüber.

»Ich habe gehört, dass Sie eine unglaubliche Geschichte zu erzählen haben«, sagte er und wirkte dabei gut gelaunt. »Ich muss zugeben, ich habe eine Schwäche für Unglaubliches.«

Paulus erzählte noch einmal eine Zusammenfassung der Ereignisse, die nichtsdestotrotz fast eine Stunde in Anspruch nahm. Ruhloff hörte ihm schweigend und konzentriert zu.

Neumann wirkte dagegen eher desinteressiert, als sei er jetzt, beim zweiten Mal Zuhören, umso mehr davon überzeugt, dass die Geschichte Unsinn war. »Und das sollen wir ernsthaft bringen!«, sagte er, als Paulus geendet hatte. »Ich wollte dich eigentlich nicht mit der Sache belästigen, aber Jan meinte, du solltest dir das anhören.« Er lachte trocken. »Auf jeden Fall hat es ja einen gewissen Unterhaltungswert!«

Ruhloff ignorierte Neumanns Einwurf. »Wenn die Geschichte stimmt, dann haben diese Leute einen ziemlichen Aufwand getrieben, um Sie zu überzeugen«, sagte er. »Warum, glauben Sie, hat man ausgerechnet Sie ausgewählt, Herr Brenner?«

Paulus zuckte mit den Schultern. »Ich habe ein paar Aufsätze über mittelalterliche Kryptographie veröffentlicht. Meine Großmutter wurde aus ungeklärter Ursache verhaftet und ist im Arbeitslager gestorben. Das gab ihnen einen guten Angriffspunkt für die Geschichte. Ich denke, man hat mich ausgewählt, weil ich die Aufgabe lösen konnte, weil ich nicht im Verdacht stehe, etwas gegen Juden oder Moslems zu haben, und weil man glaubte, mich relativ gut manipulieren zu können.«

Ruhloff lächelte. »Es scheint, in dem Punkt haben sich die Verschwörer geirrt.«

»Du ... du glaubst die Geschichte doch nicht etwa?«, fragte Neumann entsetzt.

Ruhloff wandte sich ihm zu. »Daniel, es geht nicht darum, was wir glauben. Wir haben die Aufgabe, Spuren nachzugehen, auch wenn sie auf den ersten Blick merkwürdig wirken. Gerade dann. Außerdem haben wir auch eine publizistische Verantwortung. Wir können viel Schaden anrichten mit dem, was wir veröffentlichen, aber auch viel Nutzen.«

»Eben«, sagte Neumann. »Wenn wir die Story bringen, werden wir uns bis auf die Knochen blamieren! Die Hitlertagebücher sind gar nichts dagegen! Wir könnten mit solch absurden Behauptungen sogar diplomatische Verwicklungen auslösen!«

Ruhloff nickte. »Wahrscheinlich hast du recht.«

Die Hoffnung, die Paulus aufgrund von Ruhloffs freundlicher Art geschöpft hatte, fiel in sich zusammen.

»Andererseits«, fuhr Ruhloff nach einer kurzen Pause fort, »muss man manchmal etwas riskieren, wenn man wirklich große Geschichten erzählen will.«

»Du willst unsere Glaubwürdigkeit aufs Spiel setzen? Hast du nicht immer gepredigt, dass man Jahre, ach was, Jahrzehnte braucht, um das Vertrauen der Leser aufzubauen, es aber mit einem einzigen falschen Satz zerstören kann?«

»Wir müssen es ja nicht wie eine Enthüllungsstory präsentieren. Wir können es so schreiben, wie es uns erzählt wurde: Zwei junge Menschen kommen in die Redaktion und erzählen eine unglaubliche Geschichte, die mehrere scheinbar unabhängige Ereignisse in Verbindung bringt. Der Leser soll sich selbst ein Urteil bilden.«

»Nichts anderes machen Verschwörungstheoretiker. Willst du dich wirklich auf deren Niveau herabbegeben?«

»Ist dir schon mal in den Sinn gekommen, dass es unter all den wirren Verschwörungstheorien ein paar gibt, die tatsächlich stimmen? Was, wenn die Amerikaner wirklich Teheran angreifen? Sollen wir da etwa tatenlos zusehen?«

»Nehmen wir mal an, es wäre so«, wandte Neumann ein. »Wir bringen die Story, und die Amis, die vielleicht tatsächlich vorhatten, Teheran zu bombardieren, lassen es bleiben. Ein Bioterroranschlag findet auch nicht statt. Dann wären wir die Dummen! Dieses Manuskript ist verschwunden, und die Amerikaner werden garantiert abstreiten, dass an der Geschichte was dran ist. Niemand wird uns dafür loben, dass wir eine Katastrophe verhindert haben. Sie werden uns alle auslachen!«

»Da hast du wohl recht, Daniel«, sagte Ruhloff. »Aber wenn man eine gute Tat nur wegen des erwarteten Lobes vollbringt, ist es keine gute Tat mehr, oder?«

»Herrgott, Oskar, wir sind ein Nachrichtenmagazin und nicht die Pfadfinder! Muss ausgerechnet ich dich daran erinnern?«

»Das habe ich nicht vergessen.« Ruhloff sah sich um. »Wo ist eigentlich Jan? Mich würde interessieren, was er darüber denkt.«

»Keine Ahnung. Ich such ihn mal.« Neumann verließ den Raum und kehrte kurz darauf mit Kleibert zurück.

»Ich habe mit der Polizei in Hamburg und Soest telefoniert und ein bisschen recherchiert«, sagte der Redakteur, nachdem er Ruhloff begrüßt hatte. »Was die beiden uns als Fakten präsentiert haben, stimmt.«

»Das beweist gar nichts«, sagte Neumann.

»Da ist noch was«, sagte Kleibert. »In der Nähe von Boston wurde ein Mann ermordet aufgefunden, der Papiere auf den Namen Aaron Lieberman bei sich hatte. Die US-Polizei hat einen Aufruf an die Bevölkerung herausgegeben, verdächtige Beobachtungen zu melden.«

»Lieberman ist tot?«, rief Paulus erschrocken. »Aber ... das verstehe ich nicht ...«

Er wusste plötzlich nicht mehr, was er glauben sollte. Wenn Lieberman einer der Verschwörer war, wieso hatte er dann sterben müssen?

Ruhloff schien seine Reaktion genau zu beobachten.

»Ich denke, es gibt vier Möglichkeiten«, sagte er nach einer kurzen Pause. »Immer vorausgesetzt, alles, was Sie uns erzählt haben, stimmt. Dann könnte es theoretisch sein, dass die Terroristen Lieberman in den USA aufgespürt und umgebracht haben. Das aber würde bedeuten, dass die Geschichte mit der Botschaft aus der Zukunft wahr ist. Und bei all meiner Unkenntnis über die Möglichkeiten moderner Technik kann ich das doch nicht so ganz glauben. Die zweite Möglichkeit ist, dass das ein Zufall ist. Vielleicht ist der Aaron Lieberman, den das FBI identifiziert hat, gar nicht der, der Ihnen das Manuskript gegeben hat. Oder er ist es, aber der Mord hat nichts mit der Sache zu tun. Das wäre allerdings schon ziemlich ungewöhnlich. Möglichkeit Nummer drei: Lieberman wollte aussteigen, und die Verschwörer haben ihn zum Schweigen gebracht. Ebenfalls nicht sehr plausibel, denn dann hätten sie ihn vermutlich gründlicher beseitigt. Somit bleibt noch Möglichkeit vier: Der Tote ist gar nicht Aaron Lieberman.«

Paulus sah ihn verblüfft an. »Was meinen Sie damit?«

Ruhloff wandte sich an Kleibert. »Jan, weißt du etwas über die Umstände des Todes?«

Kleibert blickte auf einen Ausdruck in seiner Hand. »Er wurde erschossen. Die Leiche wurde anschließend mit Benzin übergossen und angezündet.«

»Sehen Sie?«, meinte Ruhloff. »Jemand hat dafür gesorgt, dass man die Gesichtszüge des Toten nicht erkennt. Trotzdem konnte die Polizei ihn anhand seiner Papiere identifizieren. Das ergibt keinen Sinn, oder? Wenn die Mörder die Leiche verbrannt hätten, weil sie nicht wollten, dass man seinen Namen herausfindet, dann hätten sie ja wohl vorher die Brieftasche entfernt. Wahrscheinlich hat das FBI in Wirklichkeit irgendeinen armen Penner gefunden, dem man Ausweispapiere auf den Namen Aaron

Lieberman zugesteckt hat. Der wahre Lieberman ist untergetaucht, oder es hat ihn nie gegeben.«

Paulus nickte.

»Aber warum sollten sie so was tun?«, fragte Mele. »Warum musste dieser arme Mann sterben?«

»Um Ihrer Geschichte von dem Manuskript Glaubwürdigkeit zu verleihen. Überlegen Sie mal: Sie spazieren einfach so in die US-Botschaft und erzählen denen eine Science-Fiction-Story. Sie haben keinerlei Beweise für das, was Sie behaupten, außer einem Handy mit irgendwelchen mysteriösen Fotos, mit denen niemand was anfangen kann. Trotzdem nimmt die CIA Sie ernst. Die müssen einen Grund dafür gehabt haben, etwas, das sie wussten, das Sie beide sich unmöglich ausgedacht haben konnten. Denken Sie mal nach: Haben Sie den Namen Aaron Lieberman im Gespräch mit der CIA erwähnt?«

»Ich habe natürlich erzählt, wie Lieberman mir das Buch gegeben hat«, ergänzte Paulus. »Der CIA-Mann hat extra nachgefragt, wie der Mann aussah, und sich den Namen notiert.«

»Wer weiß, was die noch alles gemacht haben, um der Geschichte Glaubwürdigkeit zu verleihen«, sagte Ruhloff. »Das menschliche Gehirn ist so konstruiert, dass es permanent versucht, aus unabhängigen Einzelinformationen ein Gesamtbild zusammenzusetzen. Das haben diese Leute ausgenutzt, um ein überzeugendes Lügengebilde zu konstruieren, das weit über das Manuskript hinausreicht. Denken Sie nur an Lourdes! Siebzehn Menschen mussten sterben. In den Augen dieser Verbrecher war das nur ein weiteres Mosaiksteinchen, um ein glaubwürdiges Bild eines kurz bevorstehenden grauenhaften Anschlags zu erzeugen. Sie beide sind ebenfalls bloß Teile dieses Puzzles.«

»Für mich ergibt das alles immer noch keinen Sinn«, warf Neumann ein. »Die Zusammenhänge erscheinen mir an den Haaren herbeigezogen. Und selbst wenn es diese Verschwörung gibt – wenn wir das durchschauen, dann sollte die CIA dazu ja wohl auch in der Lage sein, oder?«

»Du vergisst, dass wir Informationen haben, die die CIA nicht besitzt – insbesondere die Jagd, die die Verschwörer gestern auf Herrn Brenner und Frau Kallen gemacht haben.«

»Trotzdem ... mich überzeugt das alles immer noch nicht«, sagte Neumann.

»Da ist noch eine Sache«, sagte Kleibert. »An sich nichts Aufregendes, aber im Zusammenhang mit dieser Geschichte könnte es signifikant sein: Johnson hat überraschend seine Europareise abgebrochen und ist in die USA zurückgekehrt.« Er sah auf die Uhr. »Er müsste in den nächsten zwei Stunden in Washington eintreffen.«

»Na und? Das ist doch nichts Besonderes!«, wandte Neumann ein.

»Ein bisschen ungewöhnlich ist es schon«, widersprach Kleibert. »Ich hatte mich schon vorher darüber gewundert. Es ist überhaupt nicht Johnsons Art, Verabredungen abzusagen, noch dazu ohne stichhaltige Begründung. Die ›persönlichen Gründe‹ kaufe ich denen jedenfalls nicht ab. Seiner Familie geht es gut, und er machte nicht den Eindruck, als sei er selbst schwer krank. Also was bitte sollen das für persönliche Gründe sein?«

»Was weiß ich?«, erwiderte Neumann. »Vielleicht hat er ja ...«

»Schluss jetzt«, unterbrach ihn der Chefredakteur. »Wir haben keine Zeit mehr. Vielleicht ist es sogar schon zu spät. Jan, in zwei Stunden brauche ich einen Entwurf für den Artikel. Schreib genau das, was wir wissen: Zwei junge

Leute kommen hier hereinspaziert und erzählen uns eine unglaubliche Geschichte. Wir wissen nicht, ob die Geschichte stimmt, aber wir halten es für unsere Pflicht, sie zu veröffentlichen. Lass sie gleich ins Englische übersetzen. Kriegst du das hin?«

»Klar.«

»Und du, Daniel, gehst zu Peter und bereitest eine Eilmeldung an die Nachrichtendienste vor: REFLEKTOR bringt eine Story, die die internationale Politik in ihren Grundfesten erschüttern könnte. Wir stellen den Bericht heute um genau 22.00 Uhr online, die englische Übersetzung spätestens um 23.00 Uhr. Ich will, dass alle Dienste das weitergeben, vor allem die internationalen. Alles klar?«

»Hast du eine Ahnung, was passiert, wenn das eine Ente ist?« Neumann schüttelte den Kopf. »Es ist deine Entscheidung, Oskar. Aber ich möchte auf jeden Fall noch einmal ausdrücklich festhalten, dass ich dagegen bin, die Geschichte zu bringen!«

»Ich übernehme die volle Verantwortung«, sagte Ruhloff ruhig. Er blickte Paulus an. »Wenn Sie uns angelogen haben, dann darf ich Ihnen schon mal gratulieren: Sie haben es geschafft, die beste Nachrichtenredaktion Deutschlands reinzulegen.«

»Wir haben Sie nicht angelogen«, gab Paulus zurück. »Danke, dass Sie uns vertrauen!«

»Ich danke Ihnen, dass Sie zu uns gekommen sind«, gab Ruhloff zurück. »Obwohl ich mir ehrlich gesagt nicht sicher bin, ob ich es nicht vorziehen würde, wenn Sie gelogen hätten.«

46.

Washington D. C., Maryland, Dienstag 18:41 Uhr

Eddie saß auf der abgewetzten Couch im engen Wohnzimmer seines Apartments und versuchte, sich mit einer alten Folge der Serie »Big Bang Theory« abzulenken. Doch seine Nervosität ließ die Gags um vier abgedrehte junge Physiker flach und albern erscheinen.

Den ganzen Tag über hatte er gespürt, dass etwas im Busch war – etwas Großes. Meetings wurden kurzfristig abgesagt, Leute liefen mit angespannten Mienen über die Flure, Jason Butler hatte fast den ganzen Vormittag im Pentagon verbracht, wie Eddie beim Mittagessen erfahren hatte. Eine merkwürdige Abkürzung machte hinter vorgehaltener Hand die Runde: Operation SMS. Niemand wusste, was das bedeuten sollte, aber jeder kannte irgendwen, der angeblich zum Kreis der »Eingeweihten« gehörte.

All das war in einer Behörde, die permanent verdeckte Operationen durchführte, normal. Menschen liebten nun einmal Mysterien und machten sich gern wichtig. Trotzdem hatte er das Gefühl, dass diesmal etwas anders war. Vielleicht war er nach seinem Besuch in Crowes Labor besonders sensibel, vielleicht sogar paranoid. Aber der Unterschied zwischen sorgfältiger Aufklärungsarbeit und Paranoia war ohnehin nicht besonders groß.

Schließlich hielt er es nicht mehr aus, schaltete den Fernseher aus und klappte seinen Laptop auf. Natürlich hatte er von außerhalb seines Büros keinen Zugriff auf wirklich vertrauliche Daten, aber er konnte immerhin die Mitteilungen des Informationsdienstes der CIA lesen. Vielleicht fand er ja einen Hinweis darauf, was hinter der rätselhaften Abkürzung steckte, die höchstwahrscheinlich nichts mit Kurzmitteilungen zu tun hatte. Wenn ihm das gelang, konnte er zumindest morgen im Büro seine Kollegen beeindrucken.

Er scrollte durch die Nachrichten, fand jedoch nichts, was auch nur ansatzweise den Anschein machte, für die Aufregung in Washington verantwortlich zu sein. Der bedeutendste Vorfall war eine Bombendrohung, die zur Evakuierung der Botschaft in Berlin geführt hatte. Eine Bombe hatte man allerdings nicht gefunden, und wegen eines solchen Vorfalls würde in Washington kaum jemand ein Meeting absagen.

Er wurde das Gefühl nicht los, dass SMS irgendetwas mit dem Vorfall im Labor zu tun hatte. Doch was sollte er tun? Er musste aufhören, sich um Dinge zu sorgen, die er weder verstehen noch beeinflussen konnte, weil ihm der Zugang zu den relevanten Informationen und die Entscheidungskompetenz fehlten. Er machte sich bloß verrückt.

Sosehr er sich auch bemühte, sie zu unterdrücken: Immer wieder gingen ihm Bilder wie aus einem Gruselfilm durch den Kopf – Straßen voller Leichen, Krankenhäuser, in denen sich die Ärzte kaum noch auf den Beinen halten konnten, plündernde Mobs, die durch die schutzlos daliegenden Wohngebiete zogen. Und dazu der quälende Gedanke: Er hätte es vielleicht verhindern können. Wenn er doch bloß nicht so verdammt voreilig gehandelt hätte!

Er schloss den Browser und wollte gerade auch den Mitteilungsdienst des CIA beenden, als ihm eine Meldung auffiel, die gerade hereingekommen war: »Deutsches Nachrichtenmagazin REFLEKTOR verbreitet absurde Verschwörungstheorie«.

Es waren gleich mehrere Dinge, die an dieser Meldung

ungewöhnlich waren. Erstens kümmerte sich die CIA normalerweise nicht um Unsinn, der in irgendwelchen Medien verbreitet wurde; schon gar nicht wurde dieser in internen Mitteilungen weiterverbreitet. Zweitens wusste Eddie, dass die englische Onlineausgabe von REFLEKTOR normalerweise eine recht zuverlässige Nachrichtenquelle für die Entwicklungen in Deutschland war. Dass man dort ungeprüft »absurde Verschwörungstheorien« verbreitete, passte nicht ins Bild. Drittens fiel Eddie die rätselhafte Meldung über die beiden Zeugen in Berlin wieder ein, die er gestern gesehen hatte, und dann die Bombendrohung heute Morgen. Das konnte natürlich ein Zufall sein, aber …

Er klickte auf die Meldung. Sie bestand aus einem Link zu dem fraglichen REFLEKTOR-Artikel und dem Hinweis eines CIA-Sachbearbeiters, man prüfe derzeit den Gehalt der Nachricht, sei aber nach erstem Eindruck der Meinung, dass die Behauptungen haltlos sein. Man weise dennoch »wegen der zu erwartenden Wirkung auf die USA-kritisch eingestellten Kreise in Europa« auf den Artikel hin.

Eddie folgte dem Link und las den Artikel mit wachsendem Entsetzen.

Als er geendet hatte, blieb er einen Augenblick stumm sitzen und versuchte, seine Gedanken zu ordnen. Dann suchte er aus seiner Datenbank eine Nummer heraus und wählte sie auf dem Handy.

Eine misstrauische Stimme meldete sich. »Crowe?«

»Dr. Crowe, hier ist Eddie Wheeler vom Heimatschutzministerium.«

»Sie? Was wollen Sie denn noch von mir?« Crowes Stimme wirkte unsicher und ein wenig schleppend, so als habe er gerade noch geschlafen oder, wahrscheinlicher, getrunken. »Hat man Sie nicht ausdrücklich angewiesen, mich in Ruhe zu lassen?«

»Hören Sie, es tut mir leid ...«

»Es tut Ihnen leid?« Crowe wurde laut. »Wissen ... wissen Sie eigentlich, was Sie gemacht haben mit Ihrer beschissenen Hausdurchsuchung? Sie haben meine Karriere ruiniert! Sie haben meine Ehe zerstört! Sie haben mein Leben ...« Crowe verstummte, als wisse er nicht so genau, was mit seinem Leben geschehen war.

»Dr. Crowe, ich weiß, ich habe Ihnen Unrecht getan. Ich entschuldige mich ausdrücklich dafür, und ...«

»Sie *entschuldigen* sich?« Crowe lachte humorlos. »Glauben Sie vielleicht, das ändert was? Glauben Sie, meine Frau kommt deswegen wieder zurück? Glauben Sie, meine Mitarbeiter haben wieder Respekt vor mir, weil Sie sich *entschuldigt* haben?«

Das führte zu nichts. Eddie musste die Kontrolle über das Gespräch zurückgewinnen, durch Fragenstellen wie bei einem Verhör.

»Dr. Crowe, halten Sie es für möglich, dass jemand das Computersystem manipuliert hat, in dem die Daten über die Proben in Ihrem Labor gespeichert sind?«

Crowe schwieg einen Moment. »Manipuliert? Wie denn manipuliert? Ich verstehe nicht, was Sie meinen.«

»Wäre es möglich, dass jemand die Daten so verändert hat, dass es nur so aussieht, als seien Proben verschwunden? Dass er den Bestand künstlich erhöht hat, so dass eine Inventurdifferenz entstand?«

»Ich verstehe nicht ... warum sollte jemand so etwas tun?«

»Ist es möglich?«

»Nein ... ich meine, ich weiß nicht genau. Ich bin doch kein Computerfachmann. Die Datenbank ist natürlich passwortgeschützt, und wir haben eine Firewall und so was, aber wenn diese Hacker sogar ins Pentagon einbrechen können …«

»Gab es in letzter Zeit irgendwelche Vorkommnisse mit den Computersystemen? Gab es Ausfälle, Pannen, Ungereimtheiten?«

»Nein … das heißt, ja, vor einem halben Jahr hatten wir mal ein Virus. Ein Computervirus meine ich, richtige haben wir ja eine ganze Menge.« Er kicherte. Offensichtlich hatte er ordentlich einen geladen. »Wir konnten einen Tag lang nicht auf die Proben zugreifen. Aber unsere Computerleute haben das in den Griff gekriegt, und danach lief alles wieder.«

»Ich danke Ihnen, Dr. Crowe. Sie haben mir sehr geholfen.«

»Mr. Wheeler, ich verstehe immer noch nicht … warum sollte jemand so was tun? Meinen Sie, da wollte einer meinen Ruf ruinieren?«

»Nein. Wenn ich mit meiner Vermutung recht habe, wurden Sie Opfer eines Komplotts, einer Verschwörung von unglaublicher Boshaftigkeit.« Er nannte Crowe den Link zu dem REFLEKTOR-Artikel. »Lesen Sie den Artikel, dann verstehen Sie, was ich meine. Und dann tun Sie mir den Gefallen und schlagen Sie Alarm bei allen ranghohen Militärs, die Sie kennen. Sagen Sie denen, dass höchstwahrscheinlich gar keine Proben verschwunden sind, dass das Ganze nur ein Trick ist. Und sagen Sie ihnen vor allem, dass sie die Operation SMS stoppen sollen!«

»Operation SMS? Was soll das sein?«

»Ich bin nicht sicher, aber ich fürchte, jemand ist im Begriff, eine Atombombe über Teheran abzuwerfen.«

Einen Moment lang herrschte Schweigen. »Das … das meinen Sie doch nicht ernst, oder?«

»Doch, das meine ich ernst, sehr ernst sogar. Ich muss jetzt auflegen, Dr. Crowe. Lesen Sie den Artikel, und dann tun Sie, was Sie können, um diesen Irrsinn zu stoppen. Ich werde das Meine versuchen. Auf Wiederhören.«

Eddie legte auf, doch er war keineswegs beruhigt. Er bezweifelte, dass irgendjemand dem betrunkenen Crowe ernsthaft zuhören, geschweige denn, ihm die absurde Geschichte glauben würde. Und er selbst, Eddie Wheeler, war ein viel zu kleines Rad im Getriebe des Sicherheitsapparates, um etwas zu erreichen. Noch dazu hatte man ihm ausdrücklich untersagt, sich weiter mit dem Fall zu beschäftigen.

Es half nichts: Er musste es versuchen, musste die Wahrheit Hierarchieschicht für Hierarchieschicht nach oben tragen, bis sie jemanden erreichte, der die Macht hatte zu handeln. Aber das konnte dauern, noch dazu um diese Uhrzeit. Und Eddie hatte das Gefühl, dass nicht mehr viel Zeit blieb.

Er wählte Bob Collins' Nummer.

47.

Luftraum über dem Indischen Ozean, Mittwoch 08:51 Uhr

Sie waren bereits gut neun Stunden unterwegs und befanden sich gerade über der Küste von Sri Lanka, als die Einsatzleitung Snicket aufforderte, auf einen speziellen, besonders abhörsicheren Kommunikationskanal zu wechseln.

»Nanu, was hat das denn zu bedeuten?«, fragte Williams. »Sieht aus, als hätten Sie recht gehabt, Sir: Die Einsatzleitung hat eine kleine Überraschung für uns vorbereitet. Wie nett!«

Snicket ignorierte ihn. Er warf einen Blick zu Bolan. Der General schien nicht überrascht. Hatte er gewusst, dass so etwas passieren würde? War er hier, um zu beobachten, wie die Crew mit der Situation umging? Aber es war ebenso gut möglich, dass auch Bolan überrascht war, seine Gefühle nur sorgfältig verbarg.

»Gehe auf Secure Communication Channel DA-44«, sagte Snicket. Er tippte den Code ein. Ein Fortschrittsbalken erschien, dann meldete sich der Offizier der Einsatzleitung. Seine Stimme klang leicht verzerrt. »Neuer Kurs 319–12. Weitere Anweisungen abwarten. Bitte bestätigen.«

Snicket warf einen weiteren Blick zu Bolan, dessen Gesicht ausdruckslos blieb. »Neuer Kurs 319–12«, bestätigte er, während er die Zahlen in den Computer tippte. »Autorisierung erbeten.«

»Autorisierungscode Alpha Delta Zwei Null Bravo Uniform Sechs November«, sagte der Einsatzleiter.

Snicket tippte den Code in den Bordcomputer ein:

AD2OBU6N. »Autorisierung bestätigt«, erschien im Display.

Snicket aktivierte den neuen Kurs mit einem Tastendruck. Augenblicklich neigte sich die B2X-6 nach rechts und beschrieb eine Kurve, bis die Nase des Flugzeugs nach Nordwesten zeigte. Wenn sie auf diesem Kurs blieben, würden sie in etwa dem Verlauf der indischen Westküste folgen und in ungefähr einer Stunde die Grenze zu Pakistan erreichen.

»Kann mir mal einer erklären, was das soll?«, fragte Williams. »Wir haben keinen Treibstoff für Umwege, oder?«

Niemand antwortete ihm. Snicket spürte eine innere Anspannung. Was immer das hier zu bedeuten hatte, die Kursänderung war bestimmt nicht die letzte Überraschung auf diesem Flug. »Einsatzleitung, erbitte weitere Informationen zum geplanten Flugverlauf«, sagte er.

»Warten Sie weitere Anweisungen ab«, lautete die lapidare Antwort. Irgendjemand hatte offensichtlich entschieden, dass sie im Unklaren darüber gelassen werden sollten, was vor ihnen lag.

Nach einer Stunde meldete sich die Einsatzleitung mit einer erneuten Kurskorrektur.

Snicket schluckte. Der Kurs führte sie ein paar Grad weiter westlich, so dass sie den Südwestzipfel von Pakistan überqueren und dann in den iranischen Luftraum eindringen würden. »Unter Gefechtsbedingungen« war offensichtlich ernst gemeint. »Neuer Kurs 302–81. Autorisierung erbeten.«

»Autorisierungscode Zwei Neun Hotel Echo Null Null Kilo Zulu.«

Der Computer bestätigte den Autorisierungscode und führte das Flugmanöver aus.

»Was soll das hier werden?«, fragte Williams. »Wisst ihr eigentlich, wo die uns hinsteuern?«

»Lieutenant, dies ist ein Einsatz unter Gefechtsbedingungen«, sagte Bolan barsch. »Jede nicht einsatzrelevante Kommunikation hat zu unterbleiben. Verstöße werde ich disziplinarisch verfolgen. Haben Sie das verstanden, Lieutenant?«

»Jawohl, Sir«, grummelte Williams.

Der General wirkte immer noch äußerlich völlig ruhig. Doch Snicket hatte plötzlich ein verdammt ungutes Gefühl. Was, wenn Bolan an Bord war, um notfalls das Kommando über die Maschine zu übernehmen? Was, wenn das hier gar kein Testflug war, sondern ein geheimer Kampfeinsatz? Es war äußerst ungewöhnlich, die Besatzung über so etwas bis zuletzt im Unklaren zu lassen, aber wer wusste schon, was irgendeinem Pentagon-Strategen einfiel? Außerdem fand dieser Flug ja offiziell unter Gefechtsbedingungen statt – das bedeutete nichts anderes, als dass sie jederzeit voll kampfbereit sein mussten.

»Bordwaffen für den Gefechtseinsatz klarmachen«, sagte der Offizier der Einsatzleitung. »Bitte bestätigen.«

»Ach du Scheiße!«, entfuhr es Williams. Er fing sich einen finsteren Blick des Generals ein, war aber zum Glück schlau genug, sich nicht auch noch zu entschuldigen. Im Fall der Übermittlung eines Einsatzbefehls hatte an Bord absolute Ruhe zu herrschen.

»Ich wiederhole: Bordwaffen für den Gefechtseinsatz klarmachen. Bitte bestätigen.«

»Bordwaffen für den Gefechtseinsatz klarmachen. Erbitte Autorisierung.«

Der Offizier nannte wieder einen korrekten Code.

»Bordwaffen für den Gefechtseinsatz klarmachen«, befahl Snicket.

Bolan wiederholte den Befehl und begann, Schalter und Hebel zu drücken. »Luft-Luft-Raketen scharf und gesichert. Radarablenkungskörper abwurfbereit und gesichert. Abwurfwaffe bereit und gesichert, aber nicht aktiviert.« Mit Abwurfwaffe war die Bombenattrappe gemeint.

»Verdammt, was machen die denn?« Williams' Stimme hatte eine hysterische Färbung angenommen. Snicket war jetzt sicher, dass die Militärkarriere des Jungen nach diesem Flug beendet war. »Ist … ist dieses Ding in unserem Bauch etwa … echt?«

»Lieutenant Williams, noch ein Wort, und ich stelle Sie nach der Landung unter Arrest!«, drohte Bolan.

»Entschuldigung, Sir, aber wenn wir diesen Kurs fortsetzen, sind wir in ein paar Minuten über iranischem Hoheitsgebiet, und in einer Stunde überfliegen wir Teheran!«

»Machen Sie sich nicht ins Hemd, Junge«, sagte Bolan fast väterlich. »Die Iraner werden nicht mal wissen, dass wir hier waren. Für deren Flugabwehrwaffen sind wir viel zu hoch.«

Sie erreichten die iranische Grenze. Noch waren nirgendwo auf dem Radar Feindaktivitäten zu erkennen. Wahrscheinlich hatten die Iraner sie tatsächlich noch nicht bemerkt.

Der Himmel war wolkenlos, die Morgensonne stand noch tief und warf lange Schatten. Die trockene, gebirgige Landschaft des Iran zog langsam unter ihnen vorbei, während sie sich der Hauptstadt im Norden näherten. Snicket beobachtete nervös die Anzeigegeräte, die vor einer Annäherung feindlicher Kräfte warnten. Doch bisher waren sie nicht einmal von einem Radarstrahl erfasst worden.

»Abwurfwaffe aktivieren«, erklang die Stimme des Einsatzleiters unvermittelt. »Aktivierungscode Drei Null Alpha Null Kilo Uniform Mike Oskar.«

Hatte die Einsatzleitung ernsthaft vor, ihnen zu befehlen, die Attrappe abzuwerfen? Selbst wenn er nicht explodierte, konnte ein Körper von der Größe und dem Gewicht eines Kleinlasters am Boden eine Menge Schaden anrichten. Auf jeden Fall würde das zu diplomatischen Verwicklungen führen.

»Wiederholen Sie das bitte, Einsatzleitung«, sagte Snicket.

»Abwurfwaffe aktivieren. Aktivierungscode Drei Null Alpha Null Kilo Uniform Mike Oskar.«

Snicket bemerkte ein leichtes Zittern seiner Finger, als er den Code eingab.

»Abwurfwaffe aktiviert«, meldete er.

»Abwurf der Abwurfwaffe vorbereiten. Zielkoordinaten 35–42–11–51–25–93. Bitte bestätigen.«

Während Snicket die Eingabe bestätigte und die Zielkoordinaten eingab, hörte er Williams rufen: »Heiliges Kanonenrohr, das können die doch nicht bringen! Wir können dieses Ding doch nicht wirklich über Teheran abwerfen! Da unten leben Leute, verdammt noch mal. Das hier ist ein Testflug und kein Killerkommando! Da ... da mache ich nicht mit!«

»Lieutenant Williams, das ist die letzte Warnung«, sagte Bolan ruhig. »Das hier ist ein militärischer Einsatz, und wir werden ihn nicht vermasseln, weil Sie hysterisch werden!«

Williams schwieg. Nach einer Minute begann er, in sich hinein zu murmeln. War das ein Gebet? Snicket hätte nicht gedacht, dass jemand wie Williams religiös sein könnte.

Er wünschte sich beinahe, selbst an Gott zu glauben. Allmählich machte die Situation auch ihm zu schaffen. Für einen Testflug war das hier ein bisschen zu abenteuerlich.

Unter sich konnte Snicket kleinere Orte erkennen, nicht mehr als unregelmäßige dunkle Flecken in der blassgrauen Landschaft. Er fragte sich, was die Bewohner dieses Landstrichs beim Anblick des dunklen Dreiecks denken mussten, das hoch über ihnen fast lautlos dahinzog. Wahrscheinlich hielten sie es für ein Ufo.

Noch fünf Minuten bis zum Erreichen des Abwurfgebiets.

Nun war auch Snicket kurz davor, die Nerven zu verlieren. »Sir, glauben Sie ... glauben Sie wirklich, dass ...«

Bolan lächelte milde. »Dass wir die Bombe abwerfen? Dass sie echt ist? Dass das hier ein Kampfeinsatz ist? Nein, das glaube ich nicht. Aber wir tun besser so als ob!«

Noch drei Minuten bis zum Zielgebiet ...

Ein Alarmton erklang. Auf dem Radar war ein einzelner Punkt zu erkennen, der sich ihnen langsam näherte. Offenbar hatten die Iraner sie entdeckt und eine Flugabwehrrakete gestartet, doch sie war zu weit entfernt und zu langsam. Sie würde nicht einmal in die Nähe der B2X-6 kommen.

Noch zwei Minuten ...

»Einsatz abbrechen! O mein Gott! Ich wiederhole: Einsatz abbrechen!« Die Stimme des Offiziers klang plötzlich aufgeregt. »Bombe deaktivieren! Ich wiederhole: Einsatz abbrechen und Abwurfwaffe deaktivieren!«

Snicket atmete erleichtert aus. Er hatte schon befürchtet, Williams könnte am Ende doch recht behalten. Er wollte gerade den Befehl zum Deaktivieren der Bombe geben, als ihm einfiel, dass die Anweisung noch nicht formell autorisiert war. Sicher wartete die Einsatzleitung nur darauf, dass er das vergaß.

»Erbitte Autorisierung.«

»Verdammt, Snicket, vergessen Sie die verdammte Autorisierung! Brechen Sie den Einsatz ab und deaktivieren Sie die gottverdammte Bombe! Sofort!«

Snicket grinste. Das gehörte natürlich alles zum Testflugprogramm dazu. Der Einsatzoffizier war ein guter Schauspieler. »Negativ, Befehl nicht autorisiert. Erbitte Autorisierungscode zum Abbrechen des Einsatzes.«

»Herrgott, Snicket …« Die Stimme des Offiziers klang jetzt beinahe hysterisch. »Autorisierungscode Zwei-Bravo-Juliett-Whiskey- nein, verdammt, Zwei Bravo Juliett Victor Xray Sieben Kilo Kilo. Ich wiederhole: Zwei Bravo Juliett Victor Xray Sieben Kilo Kilo.«

Snicket gab den Code ein. Er stimmte.

»Code bestätigt. Abwurfwaffe wird deaktiviert. Erwarten weitere Anweisungen.« Snicket gab Bolan die Anweisung, die Zielkoordinaten zu löschen und die Bombe wieder zu deaktivieren.

»Neuer Kurs 360–00.« Der Einsatzleiter klang erleichtert. »Gute Arbeit, Jungs. Meine Güte, das war knapp.«

Snicket war sich nicht sicher, was er von der Bemerkung halten sollte. »Erbitte Autorisierung.«

Er erhielt den Autorisierungscode und gab den neuen Kurs ein, der sie genau nach Norden führte. Kurz darauf erreichten sie die Küste des Kaspischen Meeres und verließen den iranischen Luftraum.

Er hatte alles richtig gemacht. Trotzdem hatte Snicket ein seltsames Gefühl im Bauch, so als hätte er beinahe einen verhängnisvollen Fehler begangen. Er wandte sich an Bolan. »Sir, wenn ich mir die Frage erlauben darf: Haben Sie davon gewusst?«

Der General sah ihn einen Moment lang schweigend an. Dann grinste er. »Wie ich schon sagte: Ob ein Flug langweilig wird, weiß man erst, wenn man gelandet ist!«

Epilog

Hamburg, Sonntag 10:20 Uhr

Die spätsommerliche Sonne ließ die Butter auf dem reich gedeckten Frühstückstisch auf Paulus' winzigem Balkon glasig werden. Es würde noch einmal ein schöner, warmer Tag werden.

»Gibst du mir mal die Brötchen, bitte?«

Mele reagierte nicht. Sie starrte auf ihr angebissenes Croissant, als handele es sich um ein seltsames außerirdisches Artefakt.

»Mele?«

Sie blickte auf. »Was?«

»Gibst du mir mal die Brötchen, bitte?«

Sie reichte ihm wortlos den Brotkorb. So schweigsam kannte Paulus sie nicht.

Die zwei Monate seit den dramatischen Ereignissen um das Manuskript waren wie im Flug vergangen. Mele war nach dem Besuch in der REFLEKTOR-Redaktion mit ihm nach Hamburg zurückgekehrt und bei ihm geblieben. Gemeinsam hatten sie bange Tage verbracht, in denen sie auf Horrormeldungen über Atomangriffe oder rätselhafte Epidemien gewartet hatten. Doch nichts dergleichen war geschehen.

Nach dem REFLEKTOR-Artikel hatte es ein Pressestatement der Berliner US-Botschaft gegeben, demzufolge die Behauptungen in dem Beitrag »haltlos« waren. Einige Kommentatoren in anderen Medien hatten das Magazin dafür kritisiert, »alberne Verschwörungstheorien« zu verbreiten. Der Bundesaußenminister hatte eine Richtigstellung gefordert. Doch die Aufregung hatte sich schnell wieder gelegt. In Zeiten, in denen manche Blogger mehr Leser hatten als die auflagenstärksten gedruckten Zeitschriften, spielte eine solche journalistische »Entgleisung« kaum noch eine große Rolle. Schon drei Tage später hatte die Meldung niemanden mehr interessiert.

Die Kriminalpolizei hatte Paulus und Mele noch einmal zur Vernehmung einbestellt. Daraufhin hatten Kriminaltechniker Paulus' Wohnung untersucht und tatsächlich mehrere Wanzen und sogar eine versteckte Kamera entdeckt. Sie waren noch einmal von Spezialisten des Bundeskriminalamts vernommen worden. Doch die anschließende Fahndung war erfolglos geblieben.

Natürlich gab es weiter intensive Bemühungen, die Hintergründe des Anschlags von Lourdes aufzuklären, doch der im REFLEKTOR hergestellte Zusammenhang wurde allgemein als absurd abgetan, und die Ermittlungen konzentrierten sich auf eine mögliche Al-Quaida-Splittergruppe.

Offenbar bestand kaum Aussicht, die Drahtzieher der Verschwörung zu entlarven und hinter Gitter zu bringen. Das störte Paulus, doch es gab nichts, was er tun konnte, und darüber war er im Grunde froh. Von Geheimoperationen und Verfolgungsjagden hatte er ein für alle Mal genug. Mele sorgte dafür, dass sein Leben auch ohne all das nicht mehr so langweilig war wie früher. Seit sie bei ihm lebte, machte ihm sogar die Arbeit am Institut wieder Spaß, und über Degenharts Launen konnte er nur lächeln. Hin und wieder besuchten sie ihren Vater in Düsseldorf, mit dem Paulus sich sehr gut verstand. Dirk hatte er einmal kurz im Krankenhaus besucht und danach nicht mehr gesehen.

Das Leben konnte schön sein, besonders, wenn man gemeinsam schlimme Zeiten überstanden hatte. Paulus hatte vor, es gemeinsam mit Mele in vollen Zügen zu genießen. Sie hatten es sich verdient.

Doch heute wirkte sie nicht so, als freue sie sich, hier zu sein.

»Was ist los mit dir? Hast du schlecht geschlafen?«

Sie blickte auf und lächelte schwach. Ihre Augen wirkten glasig. Vielleicht war sie krank.

»Entschuldige. Ich ... ich hatte einen seltsamen Traum ...« Sie führte den Satz nicht zu Ende.

»Was denn für einen Traum?«

»Ich weiß auch nicht. Hat wahrscheinlich nichts zu bedeuten, aber ... Nach allem, was passiert ist ...«

Die Türklingel unterbrach sie. Verwirrt stand Paulus auf und sah durch den Spion. Niemand war zu sehen.

Ein ungutes Gefühl befiel ihn.

Er betätigte den Knopf der Sprechanlage. »Ja, bitte?«

»My name is Eddie Wheeler«, hörte er eine unbekannte Stimme. »Mr. Brenner, I'd like to talk to you for a moment.«

Paulus bekam eine Gänsehaut. Es war offensichtlich, dass der unbekannte Besucher etwas mit den Ereignissen vor zwei Monaten zu tun hatte.

»Wer sind Sie?«, fragte Paulus auf Englisch. »Was wollen Sie?«

»Ich bin Privatdetektiv. Ich habe ein paar Fragen an Sie, zu gewissen Ereignissen vor zwei Monaten. Und ich habe auch einige Informationen, die Sie interessieren dürften.«

Paulus entschied, dass die Verschwörer wohl subtiler vorgehen würden, wenn sie ihm eine Falle stellen wollten. Und warum hätten sie das tun sollen? Es gab nichts, was er wusste, das er nicht schon verschiedenen Behörden erzählt hatte.

Er drückte auf den Türöffner.

Eddie Wheeler entpuppte sich als untersetzter Mann mit Halbglatze, der Paulus kaum bis zum Kinn ragte. Er trug Jeans und eine zerknitterte Windjacke und hatte eine abgewetzte Aktentasche bei sich. Sein Händedruck war angenehm fest. »Danke, dass Sie sich Zeit für mich nehmen, Mr. Brenner.«

Paulus führte ihn ins Wohnzimmer. Mele gesellte sich zu ihnen.

»Oh, Sie sind nicht allein«, sagte Wheeler. »Es tut mir leid, wenn ich ungelegen komme. Wenn Sie möchten, können wir einen anderen Termin machen. Ich bin noch für einige Tage in Deutschland. Ich … es gibt einige Dinge, die wir besser unter vier Augen besprechen.«

»Es ist schon okay. Mrs. Kallen weiß alles über die Ereignisse damals. Sie war dabei.«

Wheelers Gesicht hellte sich auf. »Oh, dann sind Sie die junge Dame, die in dem REFLEKTOR-Artikel erwähnt wird?«

Mele nickte. Sie wirkte immer noch blass, schien aber über Wheelers Anwesenheit nicht alarmiert. Das wiederum beruhigte Paulus, der Meles Intuition mittlerweile zu schätzen wusste.

»Es freut mich, Sie kennenzulernen«, sagte Wheeler und schien es auch so zu meinen.

»Sie sagten, Sie sind Privatdetektiv?«, fragte Paulus, nachdem er Wheeler einen Kaffee eingeschenkt hatte. »Für wen arbeiten Sie?«

»Für niemanden. Na ja, ich habe mich gerade erst selbständig gemacht. Bis vor kurzem habe ich noch für das Heimatschutzministerium der USA gearbeitet, doch ich wurde aus dem Dienst entlassen. Ich verfüge über gewisse Informationen zu den Hintergründen jener Ereignisse …«

»Unsere Namen wurden in dem REFLEKTOR-Artikel nicht erwähnt«, sagte Paulus, der immer noch ein leichtes Bauchkribbeln spürte angesichts der Anwesenheit des Fremden in seiner Wohnung. »Wie haben Sie mich gefunden?«

»Ich habe damals in unserem internen Mitteilungssystem einen Hinweis auf Ihren Besuch in der Botschaft gesehen. Allerdings waren Ihre Namen und die Inhalte der Verhörprotokolle nicht zugänglich. Erst später ist es mir gelungen, Einsicht zu bekommen.« Er grinste. »Ich musste dazu einen kleinen Trick anwenden. Hat mich den Job gekostet. Aber ich hatte ohnehin keine Lust mehr, in der Behörde zu arbeiten.«

»Was genau wollen Sie von uns, Mr. Wheeler?«, fragte Paulus.

»Ich bin hier, um mit Ihnen zu sprechen und um Ihnen etwas zurückzugeben. Sie haben durch Ihr mutiges Handeln eine Katastrophe verhindert. Ich nehme nicht an, dass Ihnen schon jemand dafür gedankt hat, was Sie für unser Land, für die ganze Welt getan haben, oder?«

Mele und Paulus schüttelten die Köpfe.

»Das dachte ich mir. Nun ja, die Sache ist ein bisschen delikat, und Sie wissen ja, wie Politiker sind. Wenn die zugeben würden, dass sie auf Verschwörer reingefallen sind und es beinahe zu einer Katastrophe gekommen wäre, hätte das ernste diplomatische Konsequenzen – von den Auswirkungen auf ihre politischen Karrieren mal ganz abgesehen. Deshalb werden Sie wohl kein Dankeschön bekommen, ebenso wenig wie der mutige Chefredakteur des REFLEKTOR.« Er räusperte sich. »Ich kann nicht für mein Land sprechen, nicht mal für meine ehemalige Behörde«, sagte er in einem förmlichen Tonfall. »Ich kann nur für mich selbst sprechen und für die Menschen, die mir nahestehen. Im Namen dieser Menschen möchte ich mich herzlich bei Ihnen für Ihr mutiges Handeln bedanken.«

Paulus und Mele sahen ihn verblüfft an. »Sie … Sie sind extra aus den USA gekommen, um uns das zu sagen?«, fragte Paulus und merkte im selben Moment, dass er dem angeblichen Mr. Lieberman eine ähnliche Frage gestellt hatte. Irgendwo in seinem Hinterkopf begann eine Alarmglocke zu schrillen.

Wheeler lächelte und schüttelte den Kopf. »Nein, nicht nur. Ich habe vor, ein Buch über die ganze Geschichte zu schreiben. Vielleicht können Sie mir dabei helfen. Und im Gegenzug erzähle ich Ihnen, was ich selbst herausgefunden habe. Was halten Sie davon?«

»Sie wollen ein Buch schreiben?«, fragte Paulus alarmiert. »Aber … haben Sie nicht gerade gesagt, dass die diplomatischen Kreise in Ihrem Land auf jeden Fall verhindern wollen, dass die Wahrheit ans Licht kommt? Was, wenn die Sie …«

»… umbringen?«, vollendete Wheeler den Satz. »Keine Sorge. So weit gehen die nicht, das würde viel zu viel Aufsehen erregen. Sie haben andere Möglichkeiten, die Wahrheit zu unterdrücken. Die Wirkungsvollste ist es, den Autor lächerlich zu machen. Wenn ich ein Sachbuch über die Affäre veröffentlichen würde, würden sie Wege finden, mich wie einen paranoiden Irren aussehen zu lassen. Das Internet ist voll von Verschwörungstheorien, die nach dem REFLEKTOR-Artikel entstanden sind. Es gibt sogar schon erste Sachbücher darüber, die als E-Books erschienen sind, voller absurder Behauptungen. Ich würde mich nicht wundern, wenn das eine oder andere dieser E-Books von der CIA selbst verfasst wurde, um der Öffentlichkeit Sand in die Augen zu streuen. Auf jeden Fall würde ein weiteres Buch von Eddie Wheeler kaum noch Aufsehen erregen.«

»Wie wollen Sie es denn dann machen?«

Wheeler grinste. »Ich werde einen Roman schreiben. Genau genommen nicht ich, denn ich verstehe mich nicht so aufs Schreiben. Ich habe einen Autor gefunden, der sich bereit erklärt hat, aus meiner Geschichte einen Roman zu machen. Er lebt hier in Hamburg und wird das Buch unter seinem eigenen Pseudonym veröffentlichen. Wir haben ein paar wesentliche Details verändert, so dass es wie eine rein fiktive Erzählung wirken wird. Und natürlich wird es auch einen Hinweis geben, dass jede Ähnlichkeit mit tatsächlichen Personen oder Ereignissen Zufall ist.«

»Das verstehe ich nicht«, warf Mele ein. »Was soll das bringen? Wenn es bloß ein Roman ist, nimmt es doch erst recht niemand ernst, oder?«

Wheeler nickte. »Die meisten Leser sicher nicht. Allerdings gibt es ein paar Leute, die das Buch vielleicht doch ernst nehmen könnten. Leute, die den Dingen auf den Grund gehen wollen und die vielleicht Details in der Geschichte wiedererkennen – Details, die für sie nicht fiktiv sind.«

»Ich verstehe das immer noch nicht. Wieso so umständlich? Wieso stellen Sie Ihre Geschichte nicht einfach ins Internet?«

»Einen Romanautor kann man nicht so leicht lächerlich machen und zum paranoiden Irren abstempeln«, erwiderte Wheeler. »Schließlich behauptet er ja gar nicht, dass seine Geschichte wahr ist. Und wenn er seine Sache gut macht, wird der Roman von viel mehr Menschen gelesen, als ich es mit einem Sachbuch oder einem Blogbeitrag je erreichen könnte. Vielleicht liest das Buch irgendwann jemand, der dadurch auf den richtigen Gedanken kommt. Jemand, der der Sache nachgehen, der etwas verändern kann.«

»Sie meinen einen Journalisten?«, wollte Mele wissen.

»Vielleicht ein Journalist, vielleicht eine junge Politikerin, die noch nicht allzu tief in dem Sumpf aus Lügen und Intrigen steckt, der im Rest der Welt als ›Washington, D. C.‹ bekannt ist. Vielleicht ein Polizist, der den Tod eines armen Penners aufzuklären versucht, dem man Ausweispapiere auf einen falschen Namen zugesteckt hat. Vielleicht ein Sicherheitsexperte des US-Militärs, der einen Hackerangriff auf ein Computersystem in einem Hochsicherheitslabor untersucht. Das Buch ist nur ein Kieselstein, den wir in einen großen, tiefen Teich werfen. Aber auch ein winziger Kieselstein kann Wellen schlagen.«

»Was war das für ein Hackerangriff?«, wollte Paulus wissen.

Er bekam eine Gänsehaut, als Wheeler ihm von den scheinbar aus dem Labor verschwundenen Proben hochgefährlicher Virus-DNA erzählte. Die Verschwörung war offenbar noch viel weitreichender gewesen, als Mele und er geahnt hatten.

»Wissen Sie denn, wer dahintersteckt?«, fragte Mele.

»Nicht genau. Aber ich habe einen Verdacht. Es ist offensichtlich, dass die Verschwörer den ultrarechten Kreisen der US-Politik zuzuordnen sind.«

»Sie meinen die Tea Party?«

Wheeler schüttelte den Kopf. »Gegen die Leute, die ich meine, sind die Tea-Party-Aktivisten geradezu Hippies. Ich rede von christlichen Fundamentalisten, die aus den USA im Prinzip einen Gottesstaat machen wollen, ganz ähnlich den Taliban in Afghanistan, nur eben auf dem Fundament des Alten Testaments statt des Korans. Leute, die der Meinung sind, dass Andersgläubige und Atheisten keine Bürgerrechte haben sollten. Die Schwule und Lesben mit Psychopharmaka ›heilen‹ wollen und Abtreibung oder Ehebruch mit dem Tod bestrafen. Für die Meinungsfreiheit gleichbedeutend ist mit Gotteslästerung.« Er machte ein angewidertes Gesicht.

»Sie nennen sich die Wahren Pilger«, fuhr er fort. »Offiziell ist über diese Organisation so gut wie nichts bekannt, es ist nicht einmal erwiesen, dass es sie gibt. Aber es gibt eine Menge Gerüchte; angeblich reicht ihr Einfluss bis in höchste Regierungskreise. Ich hatte in meiner Zeit im Heimatschutzministerium selbst einmal einen Fall zu untersuchen, bei dem vertrauliche Unterlagen verschwunden waren. Es bestand der Verdacht, dass diese den Pilgern zugespielt worden waren.«

»Und hat sich der Verdacht bestätigt?«, fragte Paulus.

»Ich wurde von dem Fall abgezogen, bevor ich genügend Beweise gesammelt hatte. Die Sache ist nie aufgeklärt worden.«

»Diese Pilger waren es also, die hinter uns her waren? Und die den Anschlag von Lourdes ausgeführt haben?«, fragte Mele.

»Nicht die Pilger selbst. Der Anschlag wurde höchstwahrscheinlich von Söldnern oder Gangstern ausgeführt, die von den Pilgern angeworben wurden, ebenso wie die Leute, die Sie verfolgt haben. Die Pilger machen so etwas niemals selbst. Aber sie verfügen über sehr viel Geld und Einfluss.«

»Wie kommen Sie darauf, dass die Pilger etwas damit zu tun haben?«, wollte Mele wissen. »Ich meine, mal davon abgesehen, dass diese Leute vielleicht ein Motiv hatten.«

»Es gibt mehrere Hinweise. Der Wichtigste ist, dass jemand auf höchster Ebene in die Sache verwickelt gewesen sein muss.«

»Und wer soll das gewesen sein?«

»Vielleicht haben Sie schon von Francis Willcox gehört. Er ist ein enger Vertrauter des US-Präsidenten.«

»Der Stabschef des Weißen Hauses?«

»Genau der. In Washington wird er nur ›Der Priester‹ genannt, weil er früher ein Wanderprediger war. Der Präsident vertraut ihm blind. Ich bin davon überzeugt, dass er einer der Köpfe der Organisation ist und maßgeblichen Einfluss auf die Entscheidung hatte, die Operation SMS durchzuführen.«

»Operation SMS?«

»SMS steht für ›Saint Michael's Sword‹. Offiziell hat es eine solche Operation natürlich nie gegeben. Aber ich habe aus gewissen Quellen erfahren, dass am selben Tag, als der REFLEKTOR-Artikel erschien, ein neuartiger Tarnkappenbomber zu einem angeblichen Testflug gestartet ist. Er hatte eine Bombe an Bord, angeblich nur eine Attrappe. Doch es gibt Leute, die davon überzeugt sind, dass es sich um eine echte Atombombe handelte. Der Flug, der eigentlich nonstop um die Erde hätte führen sollen, wurde außerplanmäßig abgebrochen. Die Maschine landete auf einem Stützpunkt in Italien und setzte erst einen Tag später den Flug über den Atlantik fort. Angeblich gab es an Bord einen technischen Defekt, der den Zwischenstopp nötig machte. Eines der drei Besatzungsmitglieder wurde noch in Italien unter Arrest gestellt, ein äußerst ungewöhnliches Vorkommnis. Etwas muss an Bord vorgefallen sein.«

»Oh, mein Gott«, entfuhr es Mele. »Die wollten wirklich eine Atombombe über Teheran abwerfen!«

Wheeler nickte. »Es sieht so aus, als wäre das eine verdammt knappe Angelegenheit gewesen. Der REFLEKTOR-Artikel kam gerade noch rechtzeitig heraus. Ich selbst bin zufällig darauf aufmerksam geworden. Ich habe bei meinem Vorgesetzten Alarm geschlagen und bei ein paar weiteren Leuten, die ich kannte. Was genau danach geschah, weiß ich nicht, aber in dieser Nacht gab es eine Menge außerplanmäßiger Meetings.«

»Sie sprachen von mehreren Hinweisen«, sagte Paulus.

Wheeler nickte. »Ein weiteres Puzzlesteinchen ist der Tod eines Schriftstellers namens Emmet Walker, der vor drei Wochen in seinem Haus erschossen aufgefunden wurde. Im Gegensatz zur Polizei, die von Selbstmord ausgeht, ist seine Ehefrau, die zum Zeitpunkt seines Todes verreist war, überzeugt, dass er umgebracht wurde.«

»Was hat denn ein Schriftsteller mit der Sache zu tun?«, fragte Mele.

»Walker schrieb Science-Fiction-Romane. Er ist oft für seine fundamentalistisch-religiösen und nationalistischen Untertöne kritisiert worden. Ihm wurde sogar der renommierte Nebula-Award, den er für einen seiner Romane erhalten hatte, nachträglich wieder aberkannt, weil er öffentlich den Holocaust verharmlost hatte. Seine Ehefrau behauptet, dass er Kontakte zu einem christlich-fundamentalistischen Geheimbund hatte, von dem er sich jedoch zuletzt angeblich lösen wollte.«

»Ein Science-Fiction-Schriftsteller …«, wiederholte Paulus nachdenklich. »Glauben Sie, dass er es war, der das Manuskript verfasst hat?«

»Das ist meine Theorie, ja. Er hatte einen deutschen Großvater und sprach selbst gut Deutsch. Er hat in seinen Romanen auch immer wieder historische Motive aufgegriffen, Zeitreisen spielten ebenfalls eine Rolle.«

»Das passt doch«, sagte Mele. »Die ganzen Verfolgungsjagden, bei denen wir immer wieder knapp entkommen sind – das kam mir schon ein paar Mal so vor, als hätte sich das alles ein Schriftsteller ausgedacht.«

»Exakt«, stimmte Wheeler zu. »Walker hat quasi das Drehbuch der Ereignisse geschrieben. Indem er eine mysteriöse Organisation schuf, die hinter dem Manuskript her war, hat er dafür gesorgt, dass Sie keine Zeit hatten, gründlich über die Sache nachzudenken. Deshalb auch der Anschlag in Lourdes nur sieben Tage vor dem angeblichen Ende der Welt: Die Verantwortlichen mussten unter Zeitdruck gesetzt werden, um eine so schreckliche Entscheidung wie den Nuklearangriff auf eine Großstadt zu fällen.«

»Was ich mich schon länger frage«, sagte Paulus, »ist, wie die Verschwörer gerade auf mich gekommen sind. Die Geschichte mit meiner Großmutter ... woher wussten sie das?«

»Ich vermute, dass Sie eine Art Glückstreffer gewesen sind«, erklärte Wheeler. »Wahrscheinlich haben die Verschwörer unter deutschen Historikern recherchiert und nach jemandem gesucht, der passende historische Wurzeln hatte, so dass man sich eine plausible Hintergrundgeschichte für das Manuskript ausdenken konnte. Die haben sich bestimmt gedacht, dass Sie die Authentizität des Manuskripts weniger gründlich prüfen würden, wenn es mit Ihrer eigenen Familiengeschichte verknüpft ist.«

»Womit sie leider recht hatten«, sagte Paulus. »Wenn ich mich ein bisschen mehr wie ein professioneller Historiker verhalten und zunächst Alter und Herkunft des Manuskripts gründlich analysiert hätte, dann wäre der Schwindel rasch aufgeflogen.«

»Da bin ich nicht so sicher«, widersprach Wheeler. »Diese Leute haben das sehr sorgfältig vorbereitet. Es würde mich nicht wundern, wenn sie altes Pergament benutzt und selbst Tinte und Leim so hergestellt hätten, dass man das Manuskript auch bei gründlicher Untersuchung für authentisch gehalten hätte. Wahrscheinlich hätten nur die Spezialisten der NSA die Handschrift als Fälschung entlarven können. Deshalb mussten die Pilger dafür sorgen, dass Sie zwar der CIA die Geschichte erzählen konnten, das Buch selbst aber nicht mehr in Ihrem Besitz war.«

»Daher also der Motorradfahrer und der Angriff auf Dirk«, sagte Mele.

Wheeler nickte.

»Nur einen einzigen Fehler haben sie gemacht«, sagte Paulus. »Im Manuskript gibt es eine Stelle, an der auf meinen Namen Bezug genommen wird. Dort heißt es: ›Nur du, der du den Namen des Apostels trägst, sollst die Weisheit erlangen, wenn die Zeit bestimmt ist.‹ Mele hat mich darauf gestoßen. Dieser Satz hätte niemals in einer echten Botschaft aus der Zukunft gestanden.«

Wheeler runzelte die Stirn. »Wer weiß, vielleicht war das ja gar kein Fehler. Vielleicht wollte Emmet Walker Ihnen damit einen versteckten Hinweis geben. Möglicherweise wollte er aus dem Projekt aussteigen, wurde aber von den Pilgern unter Druck gesetzt. Vielleicht wollte er später an die Öffentlichkeit gehen oder die Pilger erpressen und hat das mit seinem Leben bezahlt. Wir werden es wohl nie erfahren.«

»Danke, dass Sie gekommen sind und uns das alles erzählt haben, Mr. Wheeler«, sagte Paulus.

»Nennen Sie mich Eddie, bitte.«

»Okay, Eddie. Was können wir als Gegenleistung für Sie tun?«

»Ich hätte gern das komplette Manuskript. Ich meine, den Text natürlich. Sie haben ihn doch noch?«

Paulus zögerte. Wheeler machte einen sympathischen Eindruck, und seine Geschichte klang plausibel. Aber konnte man ihm trauen? Andererseits, welchen Schaden konnte es schon anrichten, wenn jemand den gesamten Wortlaut des Manuskripts kannte? Vielleicht half es

Wheeler ja dabei, die wahren Verantwortlichen zu entlarven.

Er warf einen kurzen Blick zu Mele. Sie nickte unmerklich.

Er stand auf und holte eine Mappe aus dem Schreibtisch. Es waren Kopien der handschriftlichen Aufzeichnungen, die Paulus während der Übersetzung gemacht hatte. Die Originale bewahrte Meles Vater in einem Bankschließfach in Düsseldorf auf. Ohne das Manuskript hatten sie zwar keinerlei Beweiskraft, doch sie waren sich einig gewesen, dass der Manuskripttext für alle Fälle sicher aufbewahrt werden musste. Eine Kopie hatte Paulus dem BKA zur Verfügung gestellt, eine weitere bewahrte er hier in seiner Wohnung auf. Diese gab er nun Wheeler, der sie neugierig durchblätterte. »Ich verstehe nicht viel von Kryptologie«, sagte er, »aber was Sie da geleistet haben, erscheint mir bemerkenswert.«

»Die Hinweise zur Entschlüsselung im Dokument waren eigentlich ziemlich eindeutig«, meinte Paulus. »Die Verschwörer haben es uns nicht unbedingt leichtgemacht, aber auch nicht allzu schwer.«

»Wenn Sie mir die Dokumente für eine halbe Stunde überlassen könnten, würde ich gern Kopien machen.«

»Sie können sie behalten. Das Original ist an einem sicheren Ort, wir können jederzeit neue Kopien davon herstellen.«

Wheeler nickte anerkennend. »Das ist sehr gut. Geben Sie gut darauf acht, vielleicht wird es später noch einmal wichtig. Auf jeden Fall vielen Dank für Ihre Hilfe. Als kleines Dankeschön habe ich auch noch etwas für Sie.« Er holte eine Mappe aus seiner Aktentasche und reichte sie Paulus.

Der öffnete die Mappe neugierig. Darin befanden sich

Kopien von handschriftlich ausgefüllten Formularen und maschinengeschriebenen Dienstanweisungen. Die meisten waren mit dem Reichsadler versehen, der ein Hakenkreuz in den Krallen trug.

Mit angehaltenem Atem blättere Paulus durch die Dokumente. Ein Haftbefehl, ausgestellt auf den Namen Klara Brenner, Vernehmungsprotokolle, ein Gerichtsurteil, das sie der Urkundenfälschung und des Verstoßes gegen diverse Reichsgesetze für schuldig befand und zu zehn Jahren Arbeitslager verurteilte. Ein Gnadengesuch, unterschrieben von ihrem Ehemann Paul Brenner. Ein Stempel mit der Aufschrift »Abgelehnt« war quer auf den Text gedrückt worden. Und schließlich die Kopie ihrer Personalakte als Mitarbeiterin des Standesamts Hamburg-Wandsbek, die sogar ein Passfoto enthielt. Es zeigte eine junge, hübsche Frau, die dieselben sanften Augen hatte wie Paulus' Vater.

Paulus schluckte. »Woher ... haben Sie das?«, fragte er.

Wheeler lächelte. »Es gibt ein Archiv in Washington, in dem alle Dokumente aufbewahrt werden, die den Alliierten bei Kriegsende in die Hände fielen. Die Dokumente dort sind nur Mitarbeitern von Regierungsstellen zugänglich. Ein guter Freund hat mir Zugang dazu verschafft. Die Pilger müssen dieselben Dokumente benutzt haben, um sich die Hintergrundgeschichte des Manuskripts auszudenken. Sie waren auf diese Weise sogar in der Lage, die Handschrift Ihrer Großmutter nachzumachen.«

»Die Mühe hätten sie sich sparen können«, sagte Paulus. »Ich habe nie Dokumente meiner Großmutter besessen.«

»Das konnten die Verschwörer nicht wissen«, sagte Wheeler. Er erhob sich. »Ich habe Sie schon zu lange aufgehalten. Noch einmal herzlichen Dank für alles, was Sie getan haben.«

Paulus stand ebenfalls auf. »Ich danke Ihnen, Eddie. Ich würde mich freuen, wenn wir in Kontakt blieben. Und wenn Ihr Buch fertig ist, wäre es nett, wenn Sie mir ein Exemplar schicken würden.«

Wheeler lächelte. »Das mache ich selbstverständlich.«

»Wie soll der Roman eigentlich heißen?«, fragte Mele.

Wheeler runzelte die Stirn. »Darüber habe ich noch nicht nachgedacht. Haben Sie einen Vorschlag?«

»Hmmm … vielleicht ›Die falsche Apokalypse‹ … Nein, das ist vielleicht ein bisschen platt.«

»Apokalypse bedeutet Offenbarung«, sagte Paulus. »Im Text ist von insgesamt acht Offenbarungen die Rede. Die Letzte ist die eigentlich Entscheidende, die den angeblichen Weltuntergang vorhersagt. Wie wäre es also mit ›Die achte Offenbarung‹?«

Wheeler nickte. »Klingt gut. Ich werde es dem Autor vorschlagen.«

Sie verabschiedeten sich herzlich voneinander.

»Netter Kerl«, sagte Mele, als Wheeler gegangen war und sie auf dem Balkon ihr unterbrochenes Frühstück fortsetzten.

Paulus nickte. »Ich bin ihm wirklich dankbar, dass er hergekommen ist. Ich habe nie viel über meine Großmutter gewusst. Die Dokumente, die er mir gegeben hat, bedeuten mir sehr viel. Vielleicht kann ich sie als Ausgangsmaterial benutzen, um ihre Geschichte noch genauer zu erforschen.«

Als er sich Kaffee eingoss, fiel ihm ein, wie verstört Mele vor Wheelers Besuch gewirkt hatte. »Du erwähntest vorhin einen Traum. Was war das für einer?«

Ein Schatten fiel über Meles Gesicht. »Nicht so wichtig«, sagte sie.

»Ich würde es gern hören.«

Sie zögerte. »Es … es war merkwürdig. Ich lag auf dem Bett, hier in deinem Schlafzimmer, und hatte das Gefühl, gerade aufgewacht zu sein. Aber dann war plötzlich dieser Mann da. Er … er sagte, er sei aus der Zukunft.« Sie stockte, dann fuhr sie fort: »Er hat mir dafür gedankt, dass wir die Geschichte um das Manuskript veröffentlicht haben. Wir hätten einen schrecklichen Terroranschlag verhindert, wenn auch auf andere Art und Weise, als es geplant gewesen sei.« Sie machte eine Pause, doch bevor Paulus etwas sagen konnte, fuhr sie mit brüchiger Stimme fort: »Und dann … dann hat er mir gesagt, dass wir dringend etwas tun müssen, um eine noch größere Katastrophe zu verhindern!«

Paulus starrte sie fassungslos an. Er brauchte einen Moment, bis er seine Stimme wiederfand.

»Du … du nimmst mich doch auf den Arm, oder?«

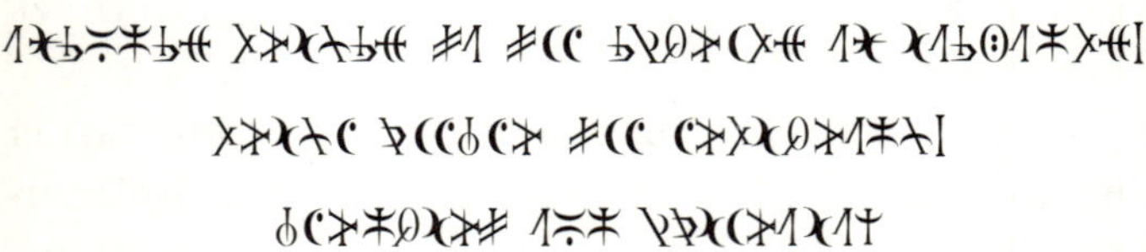

Leseprobe aus:

Karl Olsberg

GLANZ

Broschur
395 Seiten
ISBN 978-3-7466-2689-5

1.

Die Liebe einer Mutter zu ihrem Kind ist die stärkste Kraft im Universum. Ich weiß nicht mehr, wo ich diesen Spruch gelesen habe, aber er stimmt. Doch wie jede Kraft kann auch diese heilen – oder zerstören.

Ich bin New Yorkerin, geboren und aufgewachsen in Brooklyn. Ich habe meine Lektionen im Leben gelernt und bin nicht gerade zart besaitet. Von esoterischem Hokuspokus habe ich nie etwas gehalten, und gebetet habe ich das letzte Mal mit fünfzehn. Doch wenn deinem eigenen Kind etwas zustößt, dann kann es passieren, dass dein ganzes Weltbild einstürzt wie ein Wolkenkratzer nach einem Terrorangriff.

Das ändert alles.

Es war ein Dienstag. Ich hatte um neun einen Termin bei einer Werbeagentur in der Madison Avenue und war spät dran. Ich klopfte laut gegen seine Tür. »Eric? Eric, du kannst nicht schon wieder zu spät zur Schule kommen!«

Ich wartete ein paar Sekunden, bevor ich sein Zimmer betrat – pubertierende Jungs sind ein bisschen empfindlich, was ihre Intimsphäre angeht. In der Tür blieb ich stehen.

Sein Kopf mit den nicht zu bändigenden blonden Locken lag auf der Tischplatte. Ein Arm hing schlaff herab, die Hand des anderen umfasste noch die Maus. Nur das trübe Licht des Bildschirms erhellte den Raum.

Ich seufzte. Diese verdammten Onlinespiele! Wenn Eric so weitermachte, würde er den High-School-Abschluss niemals schaffen. Ich hatte schon alles versucht –

reden, schimpfen, drohen, locken. Vergeblich. Jede freie Sekunde hockte er vor dem Computer und jagte irgendwelchen Monstern nach.

Ich hatte nie verstanden, was ihn daran so faszinierte. Es musste etwas typisch Männliches sein – der Urinstinkt, auf die Jagd zu gehen, sich als Mann zu beweisen vielleicht. Dabei war es doch so armselig: Die Gefahren bestanden nur aus bunten Pixeln, und um ihrer Herr zu werden, brauchte man nicht mehr als ein paar Mausklicks.

Ich hatte irgendwo gelesen, dass mindestens fünf Prozent der männlichen Jugendlichen computerspielsüchtig waren – im Schnitt einer in jeder Highschool-Klasse. Trotzdem hatte ich immer gehofft, Eric würde die Lust daran von selbst verlieren. Irgendwann, so redete ich mir ein, würde er ein Mädchen kennenlernen, das ihn auf andere Gedanken brachte. Immerhin war er jetzt fast fünfzehn. Doch wie sollte er sich je verlieben, wenn er nur vor seinem Laptop saß und außerhalb der Schulzeit nie einen Fuß vor die Tür setzte? Es war wohl höchste Zeit, einen Psychologen zu konsultieren.

»Eric!« Ich rüttelte an seiner Schulter. »Eric, wach auf! Es ist gleich halb acht!«

Er reagierte nicht.

Das war der Moment, als die Angst aus den tiefen Höhlen meines Bauches bis in meine Kehle aufstieg. Ich spürte meinen Herzschlag im Mund.

»Eric!« Ich rüttelte ihn erneut, ohne jede Reaktion. Ich fasste ihn an den Schultern und zog ihn zurück. Sein Kopf fiel in den Nacken, der Mund klappte auf. Seine Augen waren weit geöffnet. Das Licht der virtuellen Welt spiegelte sich auf ihrer glasigen Oberfläche.

Mir blieb das Herz stehen. »Eric! O Gott, Eric!«

Ich hatte gehört, dass bereits Computerspieler an Erschöpfung gestorben waren. Doch er konnte nicht tot sein! Nicht Eric. Nicht mein Sohn!

Meine Fingerspitzen berührten seine Halsschlagader. Spürte ich dort tatsächlich einen schwachen Puls? Ich legte mein Ohr an seinen Mund und spürte einen leichten, regelmäßigen Hauch. Er lebte!

Erleichterung durchflutete mich und wurde gleich darauf von tiefer Sorge verdrängt. Ich rüttelte ihn erneut, gab ihm sogar Ohrfeigen, spritzte Wasser in sein Gesicht, bewirkte jedoch nicht die geringste Reaktion.

Schließlich rannte ich in die Küche, nahm das Telefon von der Station, lief zurück in sein Zimmer und wählte 911. Während ich Name und Adresse nannte und die Situation zu beschreiben versuchte, fiel mein Blick auf den Bildschirm des Laptops. Er zeigte eine von dornigen Sträuchern bewachsene Wildnis aus der Vogelperspektive. In der Mitte lag ein lebloser Körper in der glänzenden Bronzerüstung eines antiken Helden. Schwarze Vögel saßen auf der Leiche und pickten daran. Darunter hatte sich ein Eingabefenster mit drei Schaltflächen geöffnet: »Spielstand laden«, »Neustart« und »Beenden«.

Ekel erfüllte mich. Die Designer des Spiels, das Eric seit Monaten in seinen Bann zog – »Realm of Hades« hieß es, soweit ich mich erinnerte – hatten es mit dem Realismus eindeutig übertrieben. Angewidert klappte ich den Laptop zu, griff den schlaffen Körper meines Sohnes unter den Achseln und zerrte ihn auf sein Bett. Er war überraschend schwer. Dabei schien es doch noch so nah, dass ich ihn das erste Mal in den Armen gehalten und seinen kleinen Mund an meiner Brust gespürt hatte. Auch so ein Effekt von Kindern: Sie rauben uns jedes realistische Gefühl für den Fluss der Zeit.

Ich rief mir den Erste-Hilfe-Kurs in Erinnerung und

brachte Eric in die stabile Seitenlage, so gut ich konnte. Nun blieb mir nichts weiter übrig, als auf die Rettungskräfte zu warten.

Draußen erstrahlten die Glastürme der Stadt im Glanz der frühen Sonne. Ein Schwarm Vögel zeichnete sich dunkel gegen den klaren, kupferfarbenen Himmel ab, als hätten sie sich soeben von der Leiche des Computerspielhelden erhoben und wären irgendwie aus dem Laptop geflüchtet.

Es dauerte eine Ewigkeit, bis es endlich an der Wohnungstür klingelte. Der Notarzt untersuchte Eric kurz, überprüfte Atmung und Puls, während ich ihm erklärte, wie ich meinen Sohn gefunden hatte.

»Was ist mit ihm, Doktor? Glauben Sie, es ist bloß Erschöpfung?«

»Das können wir erst sagen, wenn wir ihn genauer untersucht haben. Reagiert Ihr Sohn auf irgendwas allergisch?«

»Nein, eigentlich nicht. Ganz selten hat er Heuschnupfen. Birkenpollen, glaube ich.«

»Nimmt er Medikamente oder Drogen?«

Ich stockte. Bis zu diesem Moment war ich nie auf die Idee gekommen, dass Eric etwas mit Drogen zu tun haben könnte. Aber wenn es so war, hätte ich es wirklich gewusst? Ich hatte selbst ein paar Mal Gras geraucht, wie man das eben so tat zu meiner Zeit am College, aber das härtere Zeug nie angerührt. Andererseits waren heutzutage an den Schulen alle möglichen Pillen im Umlauf. Doch Eric trank nicht mal Alkohol und ging kaum aus dem Haus. Außerdem, woher hätte er das Geld für Drogen nehmen sollen?

»Nein«, antwortete ich. »Jedenfalls nicht, dass ich wüsste.«

»Ist er Diabetiker? Hat er irgendeine andere chronische

Krankheit? Oder hat er in letzter Zeit irgendwelche ungewöhnlichen Symptome gezeigt? Hatte er Kopfschmerzen, war er oft müde oder war ihm übel?«

»Nein. Er ist eigentlich gesund. Bis auf …«

»Ja?«

»Na ja, er spielt sehr viel am Computer. Zu viel. Ich glaube, man kann da von einer Sucht sprechen.«

Der Notarzt nickte. Gemeinsam mit einem Rettungssanitäter hievte er meinen Jungen auf eine Trage und schnallte ihn fest. Für einen Moment hatte ich das Gefühl, zwei Diebe zu beobachten, die mir das Wertvollste raubten, das ich besaß.

»Möchten Sie mitkommen?«

Ich nickte und folgte den beiden zum Krankenwagen. Es waren nur etwa ein Dutzend Blocks von unserer Wohnung am Rande des Tompkins Square Parks im Südosten Manhattans bis zum Faith Jordan Medical Center. Ich erledigte die Formalitäten am Empfang, während man Eric auf die Intensivstation brachte.

Ich blieb den ganzen Tag im Krankenhaus, ohne dass ich mehr über seinen Zustand erfuhr. Verschiedene Ärzte untersuchten ihn und stellten mir alle dieselben Fragen – ob es ähnliche Fälle in der Familie gäbe, ob Eric bereits einmal in Ohnmacht gefallen sei oder epileptische Anfälle gehabt habe, ob er jemals allergisch auf Nahrungsmittel reagiert habe. Ich konnte nur verneinen. Auf meine Nachfragen aber antworteten sie ausweichend. Er leide an einem apallischen Syndrom, auch Wachkoma genannt, möglicherweise ausgelöst durch einen toxischen Schock. Genaueres könne man noch nicht sagen. Sein Zustand sei immerhin stabil; man könne nicht viel mehr tun als abwarten. Es sei hilfreich, wenn ich bei ihm bliebe und mit ihm redete.

Ich saß an seinem Bett und hielt seine Hand, während die Maschine, die ihn überwachte, gleichmäßig piepte. Er hatte jetzt die Augen geschlossen und schien friedlich zu schlafen. Doch vor meinem inneren Auge stand das unbarmherzige Bild des gefallenen Helden aus dem Computerspiel, von Aasvögeln bedeckt. So sehr ich es auch versuchte, ich konnte es nicht verdrängen.

Das Schlimmste in so einer Situation ist die eigene Hilflosigkeit. Der Körper spürt die Gefahr und pumpt Adrenalin durch die Blutbahn. Die Muskeln sind angespannt, je nach Bedarf flucht- oder kampfbereit. Doch in einem mit Elektronik vollgestopften Krankenhaus sind diese archaischen Impulse so nutzlos wie eine elektrische Heizdecke am Nordpol.

Mein Kind war in Gefahr. Jemand – etwas – hatte es verletzt. Doch ich konnte nichts tun.

Ich war nie besonders geduldig. Deshalb arbeite ich normalerweise allein oder nur mit wenigen Leuten, auf die ich mich verlassen kann. Ich bin Fotografin in der Modebranche. Mein Job ist es, das Schöne zu zeigen, und zwar so, wie es in der Realität so gut wie nie vorkommt – makellos, perfekt. Als ich jetzt Eric so liegen sah, seine Gesichtszüge völlig entspannt, hatte ich das Gefühl, zum ersten Mal diese Perfektion zu sehen, ohne dass ich mit Schminke, Kunstlicht und Objektivfiltern nachhelfen musste.

Ich strich sanft über seine Wange. »Wo bist du?«, fragte ich ihn. »Komm bitte zu mir zurück!«

»Möchten Sie vielleicht einen Kaffee?«

Ein Mädchen in der Kleidung einer Pflegerin war eingetreten. Sie schien höchstens zwei oder drei Jahre älter als Eric zu sein, und ich ertappte mich dabei, dass ich mich fragte, ob sie ihrer Aufgabe gewachsen war. Doch in ihren ungewöhnlich großen, dunkelbraunen Augen glaubte ich etwas zu erkennen, das mich anrührte: einen Schmerz, der meinen eigenen zu spiegeln schien, so als verstünde sie wirklich, wie ich mich fühlte. Ich schüttelte den Kopf.

»Mein Name ist Maria. Ich arbeite in der neurologischen Abteilung. Ihr Sohn wird auf unsere Station verlegt, sobald … klar ist, dass sein Zustand stabil bleibt.«

Ich rang mir ein Lächeln ab. »Vielen Dank, Maria.«

Sie war gerade gegangen, als ein grauhaariger Arzt das Zimmer betrat. Er ging leicht vornübergebeugt, als könne er die Last des Leids seiner Patienten kaum noch ertragen. Er stellte sich als Dr. Kaufman vor, Leiter der neurologischen Abteilung. »Leiden Sie gelegentlich unter Depressionen?«, fragte er. »Haben Sie jemals Medikamente gegen Stimmungsschwankungen verschrieben bekommen?«

»Ich? Nein, wie kommen Sie darauf?«

»Wir haben das Blut Ihres Sohnes untersucht und Spuren einer Substanz gefunden: Glanotrizyklin.«

Ich sah ihn verständnislos an.

»Glanotrizyklin ist ein starkes Antidepressivum. In der Szene wird es auch ›Glanz‹ genannt.«

»Szene? Was für eine Szene?«

»Drogen. Medikamentenmissbrauch. Glanotrizyklin wird eine bewusstseinsverändernde Wirkung zugeschrieben. Es hebt die Stimmung und verstärkt die Wahrnehmung. In letzter Zeit ist von einigen Fällen berichtet worden, bei denen Computerspieler versucht haben, die Intensität des Spielerlebnisses damit zu erhöhen. Sieht so aus, als hätte Ihr Sohn eine Überdosis davon eingenommen.«

Schwer zu beschreiben, was ich in diesem Moment fühlte. An der Oberfläche Entsetzen – etwas, das zu erwarten gewesen wäre: der Schock der Erkenntnis, als Mutter versagt zu haben. Doch darunter lauerte etwas viel Tieferes, Bedrohlicheres, eine Dunkelheit der Seele, eine Verzweiflung, wie ich sie noch nie gespürt hatte. Eigentlich hätte die Tatsache, dass die Ärzte endlich den Grund für Erics Zustand kannten, meine Hoffnung schüren sollen. Doch tatsächlich hatte ich in diesem Moment das übermächtige Gefühl, meinen Sohn für immer verloren zu haben.

Der Arzt versuchte, mich zu beruhigen. »Ich will Ihnen keine falschen Hoffnungen machen, Frau Demmet. Aber es gibt eine realistische Chance, dass Ihr Sohn in ein paar Tagen von selbst wieder aus seinem Zustand erwacht. Jung und kräftig, wie er ist, kann es gut sein, dass er keine bleibenden Schäden davonträgt.«

Es war eine barmherzige Lüge.